MISHIMA YUKIO

三 岛 由 纪 夫

作品系列

镜子之家

译者＝杨伟

MISHIMA YUKIO

三 岛 由 纪 夫

上海译文出版社

第一部

一

　　大家都打着哈欠。"现在又去哪儿呢？"峻吉说道。

　　"这晌午时分，哪有地方可去呀！"

　　"让我们在美容院下车吧！"光子和民子说道。她们俩真可谓精力充沛。

　　峻吉和收都对她们俩在美容院下车没有异议。这样一来，留在车里的女人便只剩下了镜子一个人。光子和民子对于把镜子留在车里也并不反对。于是，峻吉和收便按照各自的一套作风简单地向她们点了点头。谁知她们却满心期待着从夏雄那儿听到温柔缠绵的告别，尽管夏雄并不是她们的男伴。夏雄果真没有辜负她们的希望。

　　时值一九五四年四月初下午三时许，峻吉开着夏雄的车沿着市内的单行道来回转悠。去哪儿呢？是啊，去某个人少的清静地方吧。在芦之湖消磨了两天的光阴，可就连那儿也是人满为患，更甭提眼前回到的银座了。

　　这种时候应该听听夏雄的意见：

　　"我曾经去月岛对面的填筑地写过一次生，去那儿怎么样？"

　　大家一致赞同，随即便驱车赶往那里。

3

大老远就看得出来：胜哄桥一带车流不畅。"怎么回事呀？发生事故了？"收问道。不过就情形来看，像是吊桥向上升起的时间已经到了。峻吉禁不住咂嘴道："去填筑地就算了吧，这不，都快急死人了。"但夏雄和镜子却想瞧瞧从未见过的吊桥上升的情景，所以把车停在了很靠前的地方。大伙儿一个接一个地跨过铁桥部分上前观看。而峻吉和收却俨然一副毫无兴致的表情。

　　吊桥的中央部分是一块铁板，惟有这部分才会开启闭合。只见管理人员在它的前后两侧挥舞着红旗。被迫停下的车辆你拥我挤，人行道的前方也被一条铁链子挡住了去路，两旁挤满了围观的人群，还有不少暗自庆幸交通受阻而前来渔利的推销员和从餐馆出来送饭的小伙计等等。

　　通有电车轨道的铁板上什么都没有，黑黢黢的，鸦雀无声地躺在那儿。车辆和人群从两旁关注着它的动静。

　　不一会儿，铁板的中央部分霍然启动了。它徐徐昂起头颅，打开了裂缝。铁板逐渐升高，两侧的铁栏杆和横跨上面的铁拱门也随之升起，而它们柱子上的电灯依旧发出浑浊的光亮。夏雄觉得这一启动是那么美丽动人。

　　正当铁板就要达到垂直角度时，在两侧和轨道的凹陷处，只见无数的尘土扬起轻薄的烟雾，纷纷扬扬，最后坠落在地面上。两旁不计其数的铁钉所投下的影子渐渐缩短变小，最终与铁钉本身融合了。而两边栏杆的影子也缓缓缩小角度，动弹起来。等铁板完全垂直之后，影子也随即岑寂了下来。夏雄抬起视线，看见一只海鸥轻轻地掠过了横卧着的铁拱门的柱子。

　　……这样一来，没想到在他们四个人的前方，高高耸立起一堵硕大的铁墙，一下子挡住了他们的去路。

　　仿佛等了很久很久。当吊桥终于复原以后，去对面填筑地的满腔兴致也早已荡然无存了。可眼下既然吊桥已经放下，就又不得不去——一种义务感似的东西占据了他们的心头。总而言之，每个人的头脑都因睡眠不足、旅途的劳顿和气候的温暖而昏昏欲睡，不适于缜密地思考，抑或重新制订计划。反正目的地是大海，那就能到哪儿到哪儿吧。于是，大伙儿沉默地一边打着哈欠，一边慢吞吞地踅回车内。

　　汽车驶过胜哄桥，穿行于月岛的街市中，最后又跨越了黎明桥。放眼望去，平坦的荒野一片青蓝，棋盘方格般的宽阔柏油路把原野整整齐齐地切割开来。海风扑打着脸颊。峻吉在美军设施一角的跑道边挂有"禁止入内"的标牌处停下了车子。远处美军宿舍的四周，有几棵白杨树在阳光下熠熠闪亮。

　　夏雄从车上走了下来，他从眼前的这片风景中感受到了一种幸福，他思忖道：我喜欢的就是废墟和填筑地。他生性温和谨慎，所以对自己的种种感想从不诉诸言语。并不因艺术上的见解积留心际便会痛苦难挨，更何况这帮同伴在艺术见解上与他也无法沟通。而这一点却正合他意。

　　尽管如此，他的眼睛却从不懈怠地观察着。人工荒野对面的白色巨轮，还有此刻正从丰洲码头起锚出航，并且在烟囱上涂着白色"井"字的煤炭船等等，那一切无不显得井然有序、美丽祥和。而且这人工的、平坦的、几何学的土地和春意盎然的原野更是美不胜收。

　　突然间峻吉撒腿飞跑起来，他一直不停地跑着。转眼之间，他的身影在原野尽头变得越来越小。

"打明天起训练就要开始了，所以那家伙正憋足了劲儿呐。对那种四肢发达、喜欢运动的家伙我可真是羡慕不已啊。"收说道。他是一个至今还捞不上正经角色的龙套演员。

"他呀，在箱根时，每天早晨也都在练习跑步呐。真勤奋呀。"镜子说道。

峻吉站住了，在他的视野里，其他三个人的身影也同样显得又远又小。惟有跑步这一项是绝不可怠慢的——这已成了他刻骨铭心的座右铭。所以，即便在下雨的日子里，他也从没有忘记在集体宿舍的训练场上进行二十分钟的跳绳练习。

在镜子他们这一帮人中，峻吉是最年少的一个。他是拳击部的主将，明年才大学毕业。而镜子的其他朋友至少都是已经念完大学的了。收不例外，夏雄也不例外。

峻吉的秉性是不喜欢拘泥于某一事物的，自从他在拳击迷前辈杉本清一郎的邀约下初次造访镜子家以后，便立即成了他们中的一员。虽说他没有车，可驾驶技术却实属上乘，所以颇受朋友们的青睐。出于对拳击选手这一职业的好奇心，很多年龄、职业、环境各不相同的人都同样饶有兴趣地垂青于他。

他年纪轻轻，却拥有自我的信条。那就是不要去思考事物，哪怕是一瞬间也罢。至少他是用这种信条来陶冶自己的。

至于昨天夜里自己与民子干了些什么，当他今天早晨兀自沿着芦之湖的环湖公路跑步时，已经忘到了九霄云外，重要的是要使自己成为一个没有记忆的人。

过去……他从自己的记忆中只筛选出必要的部分和那些决不褪

色的缱绻部分来加以保留。而且还仅限于那些鼓舞着并支撑着现在的记忆。比方说，三年前考进大学，首次入选拳击部，首次进行练习的那一天的记忆，还有头一次与前辈对阵练习拳击的记忆，等等。

从第一次拳击练习时强装勇士开始，到如今他已走出了多么远啊！那还是在集体住宿后第一个月里的事情。虽经三番五次的洗涤，可手上那习以为常的绷带缠绕的感觉至今依旧记忆犹新。还有手背上、第二关节与第三关节间的平坦部分上，那宛若仪式般往复叠嶂的粗糙棉布摩挲着肌肤的感觉。他原本就喜欢自己那双毫无纤细感的手。那双充满攻击性的、健壮坚实的、从不绽露情感和神经的木槌般的手。手掌的纹路单纯明了，没有那种能够取悦手相师的复杂线条。惟有握紧或松开手掌才长出的那些深刻而单纯的纹理被镌刻在古铜色的皮肉里。峻吉迷迷糊糊地想起了两个同年级的学生在自己伸出的两只手上帮着佩戴十二盎司重的又大又难看的拳击手套时的情景。那是一副破旧的手套，鞣皮的外表已经出现了龟裂。那紫色的龟裂将皮革的外表撕扯得支离破碎，与其说是手套，毋宁说是手套的尸骸。可是，这丑陋的大手套的内层却是那么柔和而温暖地爱抚着手指。手套上的细绳正恰到好处地被缠绕在手腕的周围。

"紧不紧？"

"右手有一点紧。"

一个月里，他一直等待和憧憬着这种一问一答的瞬间。他犹如一只为了备战而受到豢养和宠爱的动物，被其他两个人殷勤地照顾着，竟然在被询问到手套绳的松紧时，涌动起一种难以言喻的甘美的情愫。他一直钦慕着在回合间的小憩时被助手们悉心照料着，用啤酒罐里的水漱口的那种拳击家的生涯。

无论如何，这一切都是为了战斗！战斗的男人有必要接受无微不至的关怀。

接着他的侍者给他戴上生平头一次佩戴的头盔。他是那么栩栩如生地记得这种加冕礼的感觉（尽管只是破旧的皮革头盔），还有当那血气上冲的滚热耳垂一时被皮革压迫住以后，外面的空气从耳朵处敞开的皮革口子里乘虚侵入时的那种感觉。

他用手套顶住自己的下颏，试着打击鼻梁和眉间，开始是轻轻的，随后再使出全身的力气。一种滚烫而钝重的黑暗撞击着脸颊。

"谁都是那样的，在第一次进行拳击练习时。"前辈在一旁说道。

……一想到这里，峻吉的脸霎时变得通红。一旦真地登上了拳击台，那开赛的钟声庄严响起，别提自己有多么狼狈寒碜！比自己过去曾好几次经历过的斗殴还要难堪得多。无论怎么努力，自己的手就是够不着对方的身体，可对方的手却从每一个角度瞄准自己的脸颊、胃部、肝脏，毫不留情地挥舞过来，使自己陷入了一种与千手观音对阵的错觉。可进入第二回合，当疲惫至极的左手打出的直击像棉球一般软弱无力时，却意外地博得了一阵喝彩：

"刚才的左手直击，真漂亮！"

从初次拳击练习的对手那儿赢得的这一声赞叹，使峻吉在刹那间感到了蕴藏其中的对方呼吸的急促和自己嗅到了对手弱点时的那种狡黠的喜悦，以及君临于这种喜悦之上的力量的复苏……

——峻吉眺望着眼前春天里被污染了的灰蓝色的大海。遥远的海面上停泊着一艘五千吨级的典型的三岛型货船。云朵不成形地淡淡地覆盖在水平线上。阳光明媚，能看见海鸥的白色是那么纯净爽洁。

峻吉把大海当作拳击对手，猛地伸出了拳头。他那喜欢恶作剧的灵魂又在作祟了。其实他之所以想当一名拳击手，最初也仅仅是缘于这喜欢恶作剧的灵魂的唆使而已。

这并非那种把看不见的东西作为对象的想像拳击，因为浩渺而肮脏的春天的大海分明就伫立在那儿，构成了他的对手。舔舔着岸壁下部的一串串微波与迢遥的海面上的滚滚波涛连成了一片。这是一个决不会战斗的敌人。一个只是吞噬一切，以可怕的宥和为武器的敌人。一个自始至终笑容可掬的敌人……

在等待峻吉回来时，三个人坐在施工用的石料上，抽烟小憩。这种时候，他们仨当中，与闲暇最为般配、与休息这种形式最为吻合、俨然是身在别处的人，当然是收了。

镜子和夏雄早就注意到了收的这种特性。哪怕是在稍事沉默之后，他的周围也会构筑起一道看不见的城墙，并在那里出现一个不容别人介入的惟有他一个人存在的世界。因此，收有时候被看做是一个乏味无聊的男人，甚至会闹出更大的误解，被认为是一个空想家。但只要稍微留心观察，就会发现他身上没有一星半点空想式的东西。收既非空想家，亦非现实家。总之，收就是处于此时此地的收。镜子对此早已习以为常，如今她甚至不再过问他在想什么。

尽管如此，他却并不是一个孤独的男人。当他独处时，很难找到一个比他看起来更不孤独的人。这个年轻人俨然咀嚼一块口香糖一样，总是在咀嚼着一团自己制造的略带快意的不安。自己此刻就在这里，确确实实地存在着。但是，自己究竟是否真正地存在着呢?——这种不安对于年轻人而言,并非什么特别稀奇的事。但收的特点在于:它表现为一种带着快意的不安,那种快意也许是——不,确确实实是——源自他的美貌。

峻吉跑了回来,他的身影在原野中变得越来越大。膝盖准确无误地弯曲着的姿势沐浴着西斜的阳光,显得果敢而纯洁。不一会儿,他那汗涔涔的红脸庞便停在他们的旁边,甚至没有发出半点的喘息声。

“大海发出的是一种什么气味?”镜子问道。

峻吉爱理不理地回答道:

“阿摩尼亚的气味。”

夏雄把目光投向远方。货船的吃水线把船只的上部和下部分隔成钝重的黑色和鲜艳的红色。夏雄思索着那条吃水线的精确性和力量。不仅如此,无数明晰的线条穿插交错着,牢牢地捕获住这一片广袤的风景。但是,地面升腾的暖气流扭曲了一些线条,把它们变成了娇弱的海藻般的东西。

收心不在焉地回想起实习生公演时自己初次登上舞台的那个夜晚。他扮演的是一个一开幕便出场的龙套角色。那上升的帷幕的阴影沿着身穿饭店侍应生服装伫立于舞台上的他的脚边徐徐向上攀升。自己的身影就这样渐渐显现在光雾弥漫的观众面前,仿佛自己存在的全部都被他人的目光一点点地吮吸掉并移交给了他人的存在——这种感觉油然而生时的那种战栗……

镜子喜欢让年轻人“放野鸭子”,甚至喜欢他们那种茫然若失的状态。她的第六感官告诉她:他们并不是在思考昨天夜里的那些女人。镜子也感受到了在旅行将尽那种疲惫至极反而会复苏的情感的亢奋。惟一的麻烦是一点点猛烈起来的海风或许会搅乱她的头发。当她把手贴在头发上，回首向车子望去时，看见四五个男人簇拥在车子旁边，他们正望着这边发笑。

他们全都身穿被泥土弄脏了的号衣①，绑着裹腿，穿着日本式的白短布袜。看样子是这一带的工人。其中一个人还把毛巾缠在头上。在此之前他们一直压低着声音，可看见镜子回头的脸庞时却提高了嗓门大笑起来，让人感到那笑声散发出浓烈的酒气。其中的一个人捡起白色的石块，向车子的顶篷掷去。于是爆发出一种令人不快的声响。随即他们又一起笑开了。

峻吉站了起来。镜子也跟着站了起来，但她是为了阻止峻吉。

收慢慢地从梦想中——与其说是梦想、不如说是他自身极其模糊的现实中——睁开了双眼。在进行机智的判断之前他已经放弃了。他还不曾与人争斗过。无论如何，这种毫无预兆地突然爆发的事件是他所难以置信的。

夏雄也深知自己的弱点，但却毫不做作地护卫着镜子。父亲给自己新买不到一个月的车，自己尚不能熟练驾驶，便交给峻吉开这辆车，上面的喷漆转眼之间便惨遭了毁损——他在心里描绘着车子遭到破坏的情景。打孩提时起，便对属于自己的物品颇为淡泊的夏雄，只是用一种空想式的眼神关注着自个儿的车子在自己的眼皮底下罹遭灾厄。

峻吉背靠着车子，被四个男人围住了。"你们要干什么？"他叫

---

① 手艺人、工匠等所穿，在领上或后背印有字号的日本式短外衣。

喊道。

"他在抗议。显然他在抗争。他为什么能那么做呢？为了一件仅仅是属于朋友的东西……"收不满地思忖道。收误会了峻吉。在他看来，峻吉是一个相信正义的人。

工人们怒目圆睁，吵吵嚷嚷着，却没有骂出任何一句富于独创性的詈语。峻吉仔细听着。其中的猥亵话无非是谩骂镜子的。意思是说，一群毛头小子驾着车子招摇撞骗，大白天在这种地方和女人鬼混，真不要脸，等等。当那个投掷石块的年长男人误以为峻吉是车主，骂他是资本家的小杂种时，峻吉因这种无中生有的误解而勇气倍增。为了投入战斗，被误解是不可缺少的条件。

那块投掷的石头打在了车门的玻璃上。玻璃虽然没有四处飞散，但却已经布满了蜘蛛网一般的龟裂。

就在刚才的一瞬间里，峻吉压住了掷石块的那个男人的手腕，所以削弱了石头的力量，没有把玻璃击成碎片。同时另一个男人想用穿着短布袜的脚踹开峻吉的脚。但是，光用脚踹是不可能取胜的。峻吉转身用头向那个男人撞去，那男人一下子跌倒在了草丛中。

镜子看着那个正要朝峻吉的后背扔石块的年长男人，提高嗓门叫喊起来。峻吉故意摆出用头撞向对方的姿势，实则侧身一闪，使那个手拿石块的男人扑了个空。峻吉趁机揪住他号衣的衣襟，迫使他身子倒仰，然后顺势冲着他的下巴猛击一拳。

镜子的叫喊声引起了另外两个男人的注意。他们看见的是一个被柔弱青年所护卫着的女人和在她身后怔怔呆立着却装束阔绰的青年。于是他们伸出肮脏的大手抓住了镜子套装的肩胛。

峻吉从一旁跳将过来，敏捷地拽住了镜子的手。但那个抓住镜子肩头的男人却挥手向峻吉的胸脯击去。峻吉被打得后退了两三步，但并没有倒下。他看见了对方的腹部和镀金已经剥落的皮带扣。那白色衬衫包裹的腹部上下起伏着，而皮带扣则绽露出了黄铜的材质。这是一个品位低俗的皮带扣，上面镌刻着一朵银色的大牡丹花。峻吉发现它是那么容易伤害自己的手指。倘若因这种事情而伤害了自己宝贵的手，是很不值得的。

对方正情绪亢奋。而峻吉一旦在瞬间做出了判断，便意味着已经稳操胜券了。只见他一连串的钩拳自如地打到了对方的腹部。他享受着被自己的手撞击到的皮肉所做出的反应，以及那接纳着自己钩拳的皮肉所拥有的庞大面积。那男人的上半身压了过来，然后又一动不动地蜷伏在地面上了。

而另一个男人却逃之夭夭了。

这时，夏雄跳进驾驶室，发动了汽车。镜子、收和峻吉也迅速进了车。车子飞奔着，很快跨过了黎明桥，穿行在月岛街市的杂沓中。夏雄对自己驾驶技术出人意料的精湛深感惊奇。

好一阵子峻吉不得不与斗殴后的厌恶感、自己的身体顷刻间陡然萎缩了一般的那种心绪奋力搏斗。不久，他那种决不思考任何事物的禁欲主义的信条战胜了这一切。

峻吉还禁止自己抽烟喝酒。不过，斗殴和女人却分明属于从天而降之物，对此自己是无可奈何的。然而，禁欲主义者并不只是峻吉。聚集在镜子家的男人们尽管职业和性格因人而异，但彼此的共同点却在于：他们都以各自的方式恪守着禁欲主义的信条。收是如此，夏雄亦是如此。而杉本清一郎更是其中之最。由于过分害臊于自己的苦恼和青春的焦躁，他们已习惯于对此缄口不语，从而变成了极端的禁欲主义者。他们一边咬紧牙关，一边却又做出一副快乐无比的样子。他们不得不强装出自己绝不相信在这个世界上存在着苦恼的样子，而且还必须一直佯装下去。

车子径直开往位于四谷东信浓町的镜子家。

世上毕竟还有供男人们聚会的家。镜子的家便是一个开放得可怕的家庭，甚至漂漾着一种妓院似的感觉。在这里没有不能开的玩笑、没有不能说的疯话，还可以不花钱畅饮豪呷。因为总有人携酒而来，然后便撂下而归。既有电视可看，也有麻将可打。想来即来，想走就走。这家里的物什全都是大家的共同财产。倘若有人驾车来的，那么他的车便听凭大家自由享用。

如果镜子的父亲化作幽灵出现在这个家中，打开来客的名簿，一定会吓得魂不附体。没有任何阶级观念的镜子仅凭魅力来判断人，从来客那儿拆除了所有阶级的框框。无论哪个社会的人都不可能像镜子那样忠实于时代所打破的东西。尽管不怎么阅读报纸，可镜子却把自己的家变成了时代新思潮的容器，她把自己无论怎么等待，心中也不可能产生任何偏见这一点视为一种病态，从而绝望了。宛若在乡间清洁的空气中长大的人经不起病菌侵袭一样，镜子遭到了战后这一时代所培植的种种有毒观念的肆意侵害，以致在其他人痊愈之后也无法痊愈。无论何时何地，她都把这种精神状态看作是一种常态。当听见人们斥责自己不道德时，她对这种陈腐不堪的诽谤只是置之一笑，却没有发现这正是如今最具杀伤力的诽谤。

瘦弱的镜子长了一张由父亲遗传的中国美人式的漂亮脸蛋，薄薄的嘴唇有时看起来带着点恶作剧的味道。但它朝里的部分那种

14

丰润而温暖的感觉与外侧冷漠的印象恰好形成了鲜明的对照。无论是贵妇人风格的西服套装，抑或夏季那种袒臂露肩的艳丽花纹的衣裳，一旦穿在她身上，无不显得妥帖协调。一年四季她从不会忘记穿紧身胸衣，只是在香水的使用上，她忽三忽四，没有准儿。

镜子最大限度地容忍他人的自由，比谁都更热爱无秩序，但却又比谁都更是一个禁欲主义者。就像一个出于畏葸而不愿动用自己判断力的医师那样，由于过分明白自身的魅力，反倒无意去咀嚼这种魅力所带来的结果。虽说喜欢夸示，但却也仅限于此。听到那些不伴有任何实质的不道德的评判，她会不由得内心窃喜。一旦听到人们判断失误，不把她看作一个坚强的女人，只视为女佣或舞女，她甚至会大喜过望。没有实质的事情就这样成了镜子的夸耀。她整日里奢谈情事，可内心却鄙弃情事。青年客人们都曾一度暗恋过镜子，最终却又都不得不死了心，转而去追求作为第二目标的女人——这种注定不变的结局是镜子无穷尽的幸福感的源泉。

不爱小鸟，不爱猫狗，只对人怀有兴趣——这样一个任性的拥有家业的独生女儿却偏偏有一个爱狗的丈夫。狗是他们夫妻间口角的始因，最后又成了离婚的理由。镜子将女儿真砂子留在身边，把丈夫和七只狼狗、大猎犬一起撵出了大门，好容易才从整个屋子弥漫着的狗臭中获得了自由。那与其说是一种狗臭，不如说是厌恶人类的男人所发出的不洁的气味。

镜子有一种不可思议的自信。在道路上与结伴而行的夫妻或情侣擦肩而过时，男人一方会向镜子投以一瞥。于是镜子会痛切地感到，那男人真正渴求的与其说是身边的妻子或情人，不如说是镜子，只是他们无言地忍耐着罢了。镜子喜欢所有男人处于忍耐中的目光，可丈夫却不具备这种目光。非但如此，或许丈夫也拥有与她同样的嗜好，即只爱那种处于忍耐中的目光，所以才会对那么多狗宠爱备至吧。哦！仅仅想到这儿，她就禁不住周身战栗。仅仅试着那么想像一下，就不由得浑身颤抖……

镜子的家位于高地的山崖上，所以进入大门后从正面的庭院放眼望去，顿时觉得视野变得开阔了。能看见信浓町站进进出出的国营电车。远方雄伟的明治纪念馆的森林和对面大宫御所的森林叠嶂着，把天空分割成几半。尽管已是花季，可眼前的风景中却缺少樱花，惟有在纪念馆森林黝黑的绿色丛中，一棵巨大的樱花树尽情地舒展着花枝。一群树木远远地高出其他灰暗的常绿树，挺拔地耸立在天穹，从树身上那些琐细而复杂的如扇子般展开的枯枝中，可以透见垂暮的天色。

这片森林的天空中，偶尔可以看见密密麻麻的乌鸦群。孩提时起，镜子就是这样远远地眺望着乌鸦群长大的。神宫外苑的乌鸦，明治纪念馆的乌鸦，大宫御所的乌鸦……这一带乌鸦的巢穴随处可见。这不，乌鸦又出现在客厅外的露台上。那远远地结队成群、又蓦然各奔东西的点点黑色在镜子的童心中烙下了隐隐约约的不安的印迹。她曾长时间地兀自一人眺望着那一切。乌鸦刚刚消失，又倏然闪现，在眼前的繁茂树丛中叽叽喳喳地叫着。那啼鸣声尖厉地穿越过天际……如今镜子自己也早已忘记了这一切，倒是常常孤零零待在家中的八岁的真砂子还时常在阳台上远眺着乌鸦。

门的正面是一个作为借景的西式庭院，左面是西洋馆，再往左便是在西洋馆被接管期间①一家人短时住过的小小日本馆。因为汽车没法停在门前狭窄的路上，所以夏雄在街门内的西式正门前把车停了下来。

当驶进街门的那一瞬间，夏雄看见御所森林上面黄昏时分的天空是那么美丽，他的心被深深打动了。在大门口让大家下了车以后，他又踅回来观赏傍晚的天空。

大家对夏雄沉默寡言、善良敦厚的秉性知之甚深，所以，他的行动在大多数场合都能逃脱他人出于好奇心的探究。倘若换成别人，不径直进大门而返回街门去的话，必定需要编造某个借口吧。至少很难幸免旁人"喂，你去哪儿呀"之类的盘问，但是却没有人来这样追问夏雄。

夏雄一点儿也没有那种富于感性的人常常遭遇的生存艰难感。这是令人惊异的。他不曾知道自己的感受与外界、与他人、与社会之间的冲突。他的感受性只是如同一个手段高明的小偷，趁着无人察觉之际悄悄地从外界剪取他所中意的绘画。他从不曾被自己的丰饶所折磨过，只是不断地感受到一种清澄的匮乏。

他那充满温厚、善良的同情心并为人所爱的性格，究竟是因为首先具备了这种特质才得以丰富了自己的感受性呢，抑或是天赋的、敏锐而无私的感受性为了保护容易受伤的自我而造就了这般的性格呢，这一点连他自己也穷于回答。尽管并不强求，但他自己却保持了均衡。他并不企图向外界的自然寻求任何意义，这反而使自然得以泰然自若地奉献它的美丽。从美术大学毕业以来，他连续两

---

① 指战后被政府强制接管。

年有作品被特别选入展览会，这个温和而轻率的青年日本画家从不曾为自己是否具有才能而烦恼过。

而且他的眼睛还遴选和裁剪外界的一部分，几乎是无意识地试图不断进行观察。

淡红色的波纹花样般的黄昏云霞悬垂在暮色降临的天穹上，映衬着森林上面的绿色。密密匝匝的乌鸦群在上边缓缓地游弋着。天空的上方呈现出那种已经被夕暮的预感所浸润的深蓝色调。

"我已经彻底忘记了刚才的斗殴，"夏雄想道，"那只不过是一场排遣郁闷的闹剧罢了……"

那是一场相当危险的闹剧，但也仅仅是一场闹剧罢了。事件乃是针对夏雄的汽车而引起的，但却不能说成是发生在夏雄身上的事件。绝对不会有事件发生——这是他人生的特色。

上个月日本渔船在比基尼岛①附近遭到原子弹试验灰烬的污染，使船员们染上了原子病。整个东京的人们对原子金枪鱼充满了恐惧，致使金枪鱼价格暴跌。这无疑是一个非同寻常的社会性大事件。但夏雄没有吃金枪鱼，也就意味着事件与他无关。他怀着善良之心同情被害者们，但却并不意味着他因此而蒙受了什么特别的精神打击。

夏雄有一种孩童式的宿命论，另一方面，在无意识中又有一种孩童式的信仰——自己被某个守护神所保佑着……当然，他对任何种类的行动都缺乏兴趣。

他的眼睛仅限于观察。总是在搜觅上等的食物，一刻也不放过

―――――――

① 美国核试验基地。

他的眼睛所中意的东西。那必须是很美的东西，以致有时候他自己的心中也难免掠过一抹不安：

"我真的可以一个不剩地去爱那些自己的眼睛所爱的东西吗？"

——这时，有人在背后紧紧地拽拉着他的裤子。真砂子发出尖利的声音大笑着。在这个家里所有的来客中，夏雄最讨真砂子的喜欢。

真砂子已经八岁了。她长着一张确实乖巧可爱的脸蛋儿，喜欢穿女孩子很少穿的那种特别稚气的衣服，以使自己接近于那种"可爱得想放进嘴巴里吃掉"的玩偶。但这却与大人的世界无关，绝非对大人的模仿。如果换个立场来看，那甚至可以称之为批评才能的表现吧。

当夏雄在家时，她总是缠住夏雄，不停地鼓捣他衣服的袖子、裤子、领带，抑或别的什么。镜子曾多次训斥过她的这种讨厌行为，但也只是在遭到训斥的当口她才稍稍离开一下夏雄，不一会儿又马上过来缠住了夏雄，而镜子也很快便忘掉了刚才的训斥。

"如果昨天夜里我真的干出了什么可笑的事，那就真的没脸再见这个孩子了。我的处世原则到底是没有错啊。"这个纯真的青年一边抚摸着真砂子乳臭未干的头发，一边思忖着。

在箱根的旅馆里，峻吉和收都分别与女人同室就寝了，而镜子和夏雄却分别要了一个房间。这乃是出于镜子自己的意愿，打一开始她便一直炫耀着自己的光明正大。但深夜时分，镜子却叩开夏雄房间的门走了进来：

"有什么可浏览一下的读物没有？我睡不着，真愁死了。"

夏雄还没有睡，正读着书，于是笑着将身边的一本杂志递给了镜子。尽管并没有特别挽留,镜子却在旁边的椅子上坐了下来。按理说,夏雄会对这种场合的交谈感到尴尬的,尽管的确没有感到尴尬的必要。平素对卖弄风骚颇为轻蔑的镜子此刻却像中了魔似的唠叨个不停。

在此之前,夏雄对镜子的友谊一直感激不尽。这次旅行中也不曾发生过任何一件有辱友谊的事儿。此刻他第一次试图用别的目光来审视镜子,但这种尝试却分明伴随着痛苦。

透过睡衣宽松的衣领隐约可见镜子光滑的胸脯,它在深夜过于明亮的灯光下显得寂寥而白皙。从镜子的咽喉延伸到胸脯的那平缓的斜面上,有某种近乎威严的东西。她薄薄的嘴唇不住地絮叨着,而一动不动的眼睛里却满含着慵懒的热情。镜子不时神经质地用绯红的纤细指尖,就像受了烧伤的人一样搔挠着自己的耳朵,而且多少有些辩解似地说道:

"戴惯了耳环,一旦不戴,总是不习惯。这耳朵四周空荡荡的,就像变成了赤身裸体一样。"

在这儿,惟一被等待的仿佛便是单纯的厚颜无耻了。但对镜子了如指掌的夏雄眼下却对自己要把所有的赌注押在那种不自然的厚颜无耻上感到莫大的麻烦。倒是那种永久持续的暖洋洋的幸福感更符合他的意愿。而且他相信镜子是一个洁身自好的女人,所以要斗胆误解她的话,自尊心的赌博就不得不需要一种可怕的勇气。而夏雄却完全缺乏在"勇气"这一粗俗的词语面前那种年轻人所拥有的虚荣心。

即使抛开这一点不管,感情这东西也不可能永远忍耐那种暧昧的状态。感情会自行命名,自行处置,并匆匆撤退的……夏雄并非依靠经验来认知这一点的,但这种顺其自然的处理方式却是无人可以仿效的、他自身特有的东西。

不久,镜子似乎相信了:夏雄的逡巡不前分明是出于对她的"敬意"。于是,她的表情又陡然变得晴朗而和美了,用一种与深夜极不相称的明快而恬静的声音道了声晚安,便出门去了……

真砂子这样说道:

"为什么汽车的玻璃打破了? 撞在什么上了吗?"

"嗯,撞了。"夏雄微笑着答道。

"撞在什么上了?"

"石头。"

":是吗?"

真砂子不像别的孩子那样,接二连三地向大人追问"为什么"。真砂子停止了提问。这并不意味着她明白了什么,或是解开了什么谜底,更不意味着她探究的欲望衰退了……但是,一旦追问到某种程度,这个八岁女孩的提问就会习惯性地戛然而止。

年轻人把镜子围在中央开始举杯畅饮。这儿有一瓶不知是谁留下的芬兰雪利酒。只有峻吉固执着要喝橘子汁。大家对他的养生之道早已见惯不惊了。

镜子让峻吉和收叙述昨夜所发生的一切。两个人都恬淡地坦白道,旅馆的住宿费是由女方支付的。收还好一点,而峻吉甚至身无分文,所以上述结局也是理所当然的。谈到做爱的具体细节,峻吉根本就是一本糊涂账,可收却记忆犹新,用一副索然无味的表情一一道来。镜子甚至想打听每一个琐屑的细节。而夏雄像往常一样，有些提心吊胆地看着真砂子满脸天真无邪的神情，在聊着这些猥亵话题的大人们周围走来走去。

"真讨厌！真讨厌！光子居然会做出那种事?!"

"当然是真的那么做了。"收说道。但话刚一出口，他又涌起了一种感觉：仿佛自己所说的一切全是弥天大谎，毫无真实性可言一样。

夏雄向缄默着的峻吉搭话道：

"应该向你道谢。多亏了你，车子才得救了。"

峻吉摆出一副俨然是在呷着酒的架势，傲慢地把身子埋在安乐椅中，啜饮着橘子汁。一听夏雄这么说，脸上立刻浮现出羞涩的笑容，默默地摆了摆手。

尽管如此，为什么峻吉身上事件频频发生，而夏雄身上却没有呢？当然峻吉的回忆不会超出拳击与从天而降的斗殴，而女人们则被他顷刻间抛在了九霄云外。

夏雄作为一名画家，早就对峻吉的脸部抱有浓厚的兴趣。那是一张单纯的充满男性特点的脸，如果说是一张被有意识地塑造出来的脸，不如说是无数次的斗殴把那张脸打磨得异常俊美。拳击手的脸有两种：极端美丽的脸和极端丑陋的脸，被殴打以后，其美丽越发突出的一类脸和相反类型的脸。峻吉的皮肤被磨练得强韧而坚实，焕发出一种光泽。他的脸属于那种单纯并且线条分明的脸，而变得强韧的肌肤更是越发增添了它的单纯，使其轮廓更加分明，让不会受伤的那一道直线式的眉毛和眼角俊美的大眼睛显得更加楚楚动人。特别是眼神的敏锐和水灵更是格外引人注目。与普通男人的脸不同，他的脸就像是一只足球，只从皮革的表层内部鲜明地露出一双眼睛来。而这细长清秀的眼睛又闪射着水灵灵的光焰，统一了整个脸庞，并代表了整个脸庞。

"那以后又怎么了？那以后……"

镜子压低声音问道。这倒并不是顾忌峻吉和夏雄，相反，她压低的声音让人觉得是在煽动发问者自己的情绪。

"那以后……"收又开始滔滔不绝地讲述起床第上发生的一切，甚至详尽到不必要的程度。随着自己叙述的继续，他越发萌生了一种感觉：仿佛昨天夜里自己并没有在那儿似的。浆洗得很好的床单那坚硬的褶皱，微微退去的汗水，弹簧过于灵敏的床榻，那船一般漂泊不定的感觉……这一切确实存在过。还有在那快感离他而去的瞬间，某种无边无际的安全感似的东西也确确实实存在过。可有一点却难以确认：他自己是否真正在那儿存在过。

天空中暮色开始降临了。真砂子倚靠在夏雄的膝盖上，翻阅着大开本的漫画书。

夏雄忽地陷入了对"幸福"的思索中，禁不住一阵毛骨悚然。"如果可以把自己现在所在的这个家也叫做家庭的话……"他思忖道，"会是一个多么可怕的家庭啊……"

通往阳台的法国式窗户是打开着的，从那儿清晰地传来了国营电车的喇叭声。信浓町车站已经点亮了一大串灯光。

夜里十二点，镜子家的门铃响了。因旅途的劳顿正准备就寝的镜子一听说是杉本清一郎来访，立即又踅到镜子前面重新整妆，而且睡意也倏地消失了。真砂子已经睡了。无论什么时候，对客人的来访都盛情相迎，这是镜子家的一贯家风。

在客厅里等候着的清一郎一看见镜子的身影,立刻有些不满地说道:

"怎么,大家都已回去了?"

"跟光子和民子在银座就分手了,三个男人到家里来后,峻吉和夏雄早早地回去了。坚持到最后的只有收,不过三四十分钟前他也回去了。而我呢,正打算去睡了呐。"

镜子没有加上"如果先来个电话就好了"这句话,因为决不事先挂电话便突然登门造访,是清一郎的一贯作风。镜子也没有说"呀,你可真有点醉了呐",因为深夜造访的清一郎大多喝了不少应酬之酒而醉意醺浓。更何况清一郎是来这儿的男人中最老的一个朋友,是她十岁起就一直交往的弟弟辈分的人物。

"旅行怎么样?"清一郎问道。

这一发问过分露骨地表现出一种漠不关心的态度,镜子甚至想不予回答,但最后还是说道:

"哎,还算差强人意吧。"

在这个家中,清一郎所流露出的表情里分明混杂着极度的不满和极度的安心,与那些从公司回家途中趸进酒馆里的工薪族的表情颇为相似,但清一郎坚实的下颏和锐利的目光,以及那张意志坚定的脸庞却又背叛了那种表情。他用这张脸,或者说是在这张脸的护卫下,虔诚地相信着世界的崩溃。

镜子劝酒以后,就如同跟高尔夫球爱好者聊起高尔夫球的话题一样,为了清一郎她开始转入世界崩溃的话题:

"……不过,如今这阵子,那种话无论对谁讲,都没有人正儿八经地听了。如果是在战争中正遭受大空袭那阵子,或许大家谁都会相信阿清所说的吧。或者说如果是在战争结束了，共产党人又在鼓吹什么明天就会爆发革命等等的那些时候，倒也有人相信阿清的吧。即使是在三四年前朝鲜战争爆发的当儿，或许大家也会相信的……可如今怎么样呢？一切都复归以前，人们都生活得一副满足自得的样子。即使对他们说世界就此完结了，又有谁相信呢？因为我们并不是全都一个不漏地乘坐在福龙号这艘船上的呀。"

"我的话可与氢弹爆炸毫无关系。"清一郎说道。

然后，他用因为醉意而提高了的朗诵般的调子向镜子诠释自己的见解。在他看来，如今看不见任何与破灭有关的征兆，这正是世界崩溃的确凿无疑的前兆。动乱依靠理性的协商来加以解决了，所有的人都相信和平和理性的胜利，权威再度恢复，在斗争之前先彼此谅解的风潮也应运而生……家家户户都饲养起奢华的爱犬，而储蓄则取代了危险的投机，几十年后退休金的多寡成了青年人的话题……一切都洋溢着和美的春光，樱花正处处灿烂盛开……所有的这一切无一不是世界崩溃的前兆。

——通常清一郎是一个不和女人一起争论问题的男人。而和男人在一起，他又竭力避免争论。

但和镜子在一起，清一郎觉得镜子便是自己的同类。这是一个抛开所有的义务、委身于无为，为了深夜十点的来客而精心化妆却又绝不卖身的女人。

"那项链与西服一点也不协调。"他透过盛满洋酒的酒杯毫不客气地说道。

"是吗？"

镜子马上起身去换项链,因为她最信任这位总角之交的见解。

"这阵子一疲倦,她的眼角就会出现很细微的皱纹呐。"清一郎忖度道,"镜子比我年长三岁,算来也该三十岁了吧。我和镜子也不得不与世上的人们一样一天天衰老下去,这分明是不公平的,因为我们俩从不曾企图生活在现实之中。"

镜子换完项链又踅了回来。事实上也的确比刚才的那一副更适合于她今晚的装束。这一小小的变化——仅仅是从镜子白皙的喉咙到胸脯的肌肤这一块小小的地方所发生的细微变化,便使世界在某种程度上减轻了不协调感,而增加了和谐感。或许是醉意夸大了清一郎的感触吧,总之他说道:"这下挺协调的。"镜子感到很满足。两个人相视而笑了,彼此都感到了相互间的默契。这种多少有些戏剧性的愉悦浸润着他们俩的心田。

在这个家中,当镜子的父亲亡故、丈夫被逐以后,清一郎才得以自由地呼吸其间的空气。清一郎过世的父亲一生都是镜子父亲忠实的随从秘书,每逢星期天和节假日,常常携带家眷前来请安。多亏了颇为"民主"的镜子父亲,幼小的清一郎才得以充当镜子玩耍的伙伴,得以无所顾忌地开口说话,而且,回家时还肯定能得到一大包点心。但随着镜子长大成人,清一郎不再能自由出入了,而他的父亲也不再带他前去拜访了。在镜子成婚以后,她父亲尚健在人世的那段时间里,学生时代的清一郎又恢复了一年数次登门拜望的习惯,并受到了家长和年轻夫妇的热情款待……但如今每当来到这个家中,清一郎的一举一动俨然就像是这儿的家长一样。

想来,这种行为是有些可厌的。但对镜子了如指掌的清一郎赞同她打破阶级观念的炽烈精神,认为自己这么做不外乎是以身作则罢了。他不讲时间观念的突然造访,毫不客套的蛮横态度,不分青红皂白把自己的朋友一律介绍给镜子,使其进入镜子的社交圈的做法……这些都是镜子所希冀的。如果说镜子是在爱着清一郎,那未免有些言过其实,但在变得孤独的瞬间里,她的确从清一郎那儿找到了一个独一无二的挚友。镜子在这个世界上头等讨厌的东西莫过于卑屈。傲慢远比卑屈要美丽得多。或许从小他俩便是同类,而且这种同类的程度远远超过了他们自己的想像。

清一郎在这个家里所表现出的随意和任性,没有一星半点不自然的成分,镜子对此颇为赞赏。他具有一种微妙的节制。在有关镜子家的财产管理上,他总是一丝不苟地充当顾问,为镜子出谋划策,这也是他才能的一部分。但同时,他那漫无边际的虚无主义却黯淡了他的影子,使他在这个家中成了真砂子最不喜欢的客人。

因为清一郎带着过于预言式的口吻谈到了世界毁灭之日已经迫近,所以镜子不由得说道:

"好容易才得以复苏了,如果又被搞得乱七八糟的,可怎么受得了啊。上周,我爬上M大楼的屋顶,由上而下地俯看着久违了的东京中央地带。我亲眼目睹了如今的东京经历了怎样的复兴,禁不住大吃一惊。只见废墟已经彻底清除,城市宛若报纸的纸型一般被淹没在不规则的凸凹之中。过去那么多草地的绿色现在也已所剩无几,惟有人流像杂草的种子一样随风涌动着。"

清一郎问,镜子当时是否真的从那一片风景中感受到了喜悦。镜子回答说,没有。

"对吧?如果让你吐露真言的话,其实你也是蛮喜欢崩溃和破灭的。你是它们的同伙，念念不忘在那一片燃烧的荒原中所点起的巨大而清新的火光，想用它来照亮过去的记忆，并眺望现时的街道。肯定是这样的……你走在如今早已修复的冰冷的混凝土路面上，倘若感受不到足下烧焦的土地上余烬的热能，心中就必定会产生某种欠缺感；如果不能从新建的嵌满玻璃的摩登大楼中透视到废墟里生长着的蒲公英花，那你就必定会感到寂寞难耐吧。尽管如此，你所喜欢的是已经化为过往之物的破灭，你的内心肯定存在着一种要将破灭在破灭之中亲手培育、洗涤并加以完成的自尊。你的内心之中也必定对那种所谓从灰烬中爬将起来，从恶德中振作起来，讴歌建设，改良复兴，以造就更出色之物，重新迈出人生第一步之类的行为，存在着一种无法改变的品位上的厌恶吧。你不可能生活于现时之中。"

"倘若如此，也不能说你是生活于现时之中的吧。"镜子反唇相讥道，"你总是杞人忧天，满脑子不必要的担忧，净是些世界末日即将到来的论调。"

"是的。"清一郎自己也承认道，但他的话语里逐渐增添了抒情式的热情，不由自主地暴露出了年轻人的本性。但是，在这个家以外的地方，他是决不会出现这种疏忽的。他又说道：

"是啊，如果失去了对世界必然毁灭的虔信，人怎么可能生活下去呢？倘若以为上下班路上的红色邮筒会永久伫立在那儿的话，怎么可能没有厌恶没有恐怖地打那条路上倘徉而过？假如邮筒是永远存在的，恐怕我们一刻也不能容忍它身上的鲜红颜色和它张着大嘴的怪诞模样吧。我一定会立刻扑向邮筒，与邮筒搏斗，直到把它打翻砸碎。我之所以能够容忍路旁的邮筒，容忍它的存在，我之所以能够容忍那个每天早晨在车站遇见的长着一张海豹脸的站长的存在，我之所以能够容忍午休时分在屋顶上看见的那些胀鼓鼓的广告气球，这一切的一切都无非是因为我深信这个世界终将会毁灭的缘故。"

"哦，原来你就是这样容忍并咽下了一切。"

"因为就像童话中的猫一样，咽下一切乃是惟一剩下的战斗方法和生存方式。童话中的猫把路遇的东西全部咽下，诸如马车、狗、学校的建筑物等等，如果喉咙发干，还会咽下贮水箱、国王的队列、老太婆、牛奶车……那猫的确懂得该如何生存呐。

"你梦见过去的世界崩溃，而我预知未来的世界崩溃。在这两个世界的崩溃之间，是现实在苟延残喘。这苟延残喘的方式卑怯而无耻，迟钝而冷漠，并不断地让我们抱着永远延续永远存活的幻影。幻影渐渐扩张，麻痹了众人，使大众以为如今不仅现实与梦境之间的界限已经消除，而且幻影比现实更现实。"

"你是说，惟有你知道那是幻影，所以才能如此平静地咽下一切？"

"是的。因为我知道，真正的现实乃是'破灭迫在眉睫的世界'。"

"你从何知道？"

"我能够看见它。稍稍凝目而视，谁都可以看到自己行动的依据，只是没有人愿意去看见它而已。我有勇气去看见它，而且在我看见它以前，它已栩栩如生地显现于我的眼帘，以致我毫无办法，就像清楚地瞥见了远方钟楼上的钟摆一样。"

他醉得更厉害了，涨得通红的脸和松软无力的四肢仿佛是在表明着：他对自身的思想并不承担任何责任。深蓝的西服、素雅的领带和素雅的袜子，随时准备混入众人之中不留任何痕迹的这个年轻人，甚至迫使衬衫袖口上的小小污渍也散发出一种普通生活的气息、非个性化生活的气息。那污渍与其说是自然沾上的，不如说是他苦心经营以显得自然的人工饰物。如同被冲上沙滩的海蜇一样进行分解。在镜子的家里他俨然是各种矛盾相互撞击、彼此胶着的疙瘩，俨然就是把思想、情感与衣裳不协调地拼凑起来的大杂烩这样一种不可救药的存在。

突然清一郎改变了话题：

"阿峻练习前的状态怎么样？"

"似乎蛮不错呐。他憋足了劲儿回去了。"

镜子描述了今天下午斗殴的前后经过。

清一郎大笑了，因为他是一个决不会打架的男人，所以反倒喜欢听说别人打架。他还极力夸奖镜子没有因斗殴而受到太大冲击的胆量。

他深深地呼吸了一口夜晚的空气，坐着伸了个大懒腰。他突出的喉结在灯光的照射下耸动着。他像是弹跳起来似的蓦然欠起身来，走近镜子，握住了她的手。

"晚安。我回去了，想必旅行归来你也正疲倦着呐。"

"你来究竟有何贵干？"

镜子从椅子上起身问道。她的眼睛没有看着清一郎，只是盯住自己红色指甲尖上那仿佛在深夜里变得更尖利了的锐角。

"你来是为了什么呢？"

他摇晃着文件包，在门旁边来回踱了两三次，宛若在欣赏着自己的影子游弋于陈旧的橡木门上一般。过了一会儿他说道：

"我有点头疼。是的……本来是该和你商量商量，听听你的意见的。"

"什么事?"

"或许不久我也不得不结婚了。"

把清一郎送到大门口的镜子对此一言未发。夜阑人静,突然加剧的风撞击在围住前庭的三面墙壁和石垣上,翻卷而去。在大门的灯光照射到的地方,只见绿树上晶莹透亮的红色果实和淡绿的嫩叶正随风摇曳。无数的红色果实集聚在一起,轻轻地颤动着。

"风可真大呀。"

临别时镜子说道。于是,清一郎那有些惊诧的目光一下子敏感地转了过来。因为他知道,镜子是决不会在风大时加上什么"风可真大呀"之类的注释的。而在镜子看来,他这种时候突然流露出的诧异表情才是最为冒失的。但镜子没有任何理由憎恨清一郎。

……像外国小孩那样被迫一个人单独睡觉的真砂子在客人起身回去的动静中醒了过来。今夜,最后一个客人回去得真早啊——她看着枕边的时钟琢磨道。她起身蹑手蹑脚地打开了玩具柜的抽屉。她擅长一声不响地打开抽屉。

抽屉里装满了玩偶的替换衣裳,散发出强烈的樟脑气味。真砂子喜欢那些被各种玻璃纸所包裹着的樟脑,以致在抽屉里塞得到处都是。不仅如此,当她一人时,还喜欢把鼻子凑近抽屉,使劲地吮吸这种浓烈的气味。

玩偶的衣裳在透过窗户玻璃照进来的灯光下,看起来带着点淡淡的蓝色和桃色,发硬的廉价花边呈波浪形地围嵌在下摆上。真砂子有时候会觉得这些不会出汗的衣裳过于无聊乏味。

她环顾四周，痉挛似的伸出舌头，用上下牙齿使劲地顶住舌头，从衣裳下面拉出了一张照片。然后她跳到窗口，凑近外面的灯光，目不转睛地端详着被逐出家门的父亲的照片。

　　那是一个软弱无力的、瘦瘠而端丽的年轻男人。戴着无框眼镜，梳着三七开的边分发型，从衣领之间露出了领带（这领带神经质地系得很紧）上小小的结子。

　　真砂子用在物色什么东西似的毫无感伤的眼神，目不转睛地看着父亲的照片，宛如深夜睁眼醒来时的习惯性仪式一般，在嘴巴里呢喃道：

　　"等着吧。什么时候真砂子一定会去唤你回来的。"

　　照片散发着樟脑的气味。这气味对于真砂子而言，既是深夜的气味，也是秘密的气味，更是父亲的气味。一嗅到这种气味，真砂子便能够安然成眠。这儿已经没有那种令镜子生厌的狗的气味了。

二

　　"犬养①真是个窝囊废！"

　　午休时一起外出散步的同僚佐伯说道。两个人朝着二重桥的方向正要进入皇居外苑。

　　"不是犬养，而是饲犬。②"佐伯接着说道。

　　清一郎随声附和道：

　　"是啊，那家伙这次可真是丢尽了脸面。眼睁睁看着一生中惟一一次大出风头的机会也溜掉了。"

　　吉田首相是维持秩序和厌恶变革的代表人物。那种令人愉快的旧式怪人除了他以外，还大有人在。而犬养却是一个新派的喜剧演员，一个不管自己的思想、嗜好，在众人面前用一种让人吃惊的笨拙手法，亲自表演着该如何为既成秩序做出贡献的人物。那俨然是一种故作的笨拙，就像丑角所佩戴的高筒礼帽使人不得不怀疑高帽本身的尊严一样，他的表演反而让既成秩序的尊严猝然坠落。这件事无疑也激怒了民众，以致于这种愤怒已化作了普遍的情绪。

　　昨天的晨报刚刚刊登了犬养法务大臣开始行使指挥权的新闻，可晚报却又报道了他立即提出了辞呈的消息。无论在谁眼里，这只能被视为支离破碎的矛盾行动。倘若有意提出辞呈，就不该行使什么指挥权，而一旦行使了指挥权，就还是不提出辞呈为妙。他想在首相和民众两者面前都讨好卖乖，结果却适得其反。这构成了一幅激怒人们的滑稽漫画。

人们群情激愤。这愤怒包容了所有的偏向，以致产生一种没有任何偏向的普遍情绪。如果在这种普遍情绪之上再添加一分愤怒，那么这种愤怒无疑是最安全的。所以，清一郎采取了与大众的愤怒协调一致的态度。何况他也理应愤怒，因为愤怒比不愤怒更自然。

"那家伙的所作所为与女人的尖叫哀鸣没什么两样，喂，难道不是吗？"佐伯又说道。

"真让人生气。"清一郎说道。清一郎在发表自己的见解时，总是不忘勒紧缰绳，以免让某些超出保守派报纸几十年如一日的修正主义论调的东西露出马脚来。

这是一个暖融融的、半阴半晴的晌午。众多的男女职员在他们的身前身后来回散步，以帮助消化。他们俩在护城河边站住了。

杨柳青青，在护城河周围狭窄的草坪上，密密麻麻的南苜蓿叶中间，蒲公英花星星点点，蔚为壮观。在蓝黑色的黏稠的河水中，垃圾积淤在角落里，仿佛是肮脏的地毯翻了个儿漂泛在水里一般。

佐伯和清一郎又踱开了步子，跨过了车辆川流不息的桥梁。他们对这一带的一草一木都了如指掌，就如同他们那司空见惯的办公室内部一样，其间不可能发生什么变化。熟悉的道路上那作为标志的松树

---

① 指犬养毅（1855—1932），政治家。在五·一五事件中被杀害。
② 在日语中，"犬養"与"犬飼"发音相同。而"犬飼"与"飼犬"两词语序不同，一为"养狗人"，另一为"被饲养的狗"。

与办公室内的衣帽钩并没有什么差别，仿佛它们根本就不存在一样。

佐伯像是猛然想起自己有权利突发奇想似的，提议去某个尚未涉足的地方。清一郎瞅了瞅手表，暗示对方时间已经不早了。可佐伯一个劲儿地往前走着。他看见一辆辆井然有序地停靠在一旁的游览车后，仿佛又心血来潮地想到了某个就在附近但却一直敬而远之的地方。这儿的外苑有一条微妙的分界线，使散步的职员与游览车上的乘客们各自为政，互不侵犯。

办公室的职员和小姐们带着被嵌入都市风格的绘画里的骄矜，挺着胸脯进行饭后的散步，俨然是在举行一场小小的仪典。在恬美的半透明的阳光下，他们的胃袋寻求着运动，出于养生的考虑而缓缓挪动着脚步。新鲜的空气、充足的日光、二三十分钟的散步，这一切全都妙不可言，更何况是免费的。

"这种小小的健康上的考虑，倘若出自某一个人的心里，倒没有什么不自然，"清一郎想道，"可如此众多的人同时出于同一种考虑而一致行动，这幅图画显得多么荒诞啊。这么多人一齐祈望着永生，这本身就让人恶心。一种疗养院式的精神……也可称之为一种强制收容所的精神……"

他记起了今天早晨使用剃须刀时在嘴唇边留下的伤痕。他用舌尖舔了舔，觉得还有些咸味。早晨，当他在镜子中看见自己嘴唇边渗出的鲜血时，竟然为这个小小的无害的失误而情绪大振。偶尔的冒失和不慎并非什么坏事。或许那剃须刀的刀刃正是在一瞬间里接纳了他自己的意志才横着划向嘴唇边的。

"瞧，这儿还没有来过吧。"

佐伯走在前面，从所有车辆禁止通行的烧焦了的木桩中穿行着，一边得意地说道。

"是吗。可小时候倒是来过这儿的。"

"小时候又另当别论嘛。"

脚踏低矮的松树树荫下散乱的纸屑，他们仰望着高高耸立的青铜像。那是妇孺皆知的马背上的楠公①像。

楠公头上那顶镐形的头盔戴得很低，几乎遮住了他的眉头。他用右手拽着缰绳，驾御着一匹剽悍的骏马。骏马鼓胀着浑身的肌肉，骄傲地高昂着头颅，凌空飞扬着左前肢，让鬃毛和尾巴高高地竖立着，从而勾勒出迎面而来的狂风那猛烈的势态。

这种古老的忠君爱国的铜像居然在占领时期②平安无恙地存留下来，的确是不可思议的。骏马雕塑得比楠公要出色得多，所以让人觉得多亏了这匹马，雕像才得以幸免于难。事实上，在青铜薄薄的皮层下面，能看见勇猛的骏马宛如年轻竞技者一般的肌肉正滚烫地充着血，鼓胀着血管。它以一种神奇的力量迫使人们做出这样的想像：在它激动人心的运动所指向的地方必定有敌人存在。但如今敌人却已经死亡。那曾经出现在眼前，真切地存在过，并用同一种铠甲护卫着身体的敌人，如今已永远逃遁而去了，摇身变成了更加狡诈的敌人，在仰望着铜像的马首而目瞪口呆的乡巴佬头上，在暖昧的春天这半阴半晴的天空中，嗤笑着远远地飞走了。

面对五六个上京观光的乡下人，导游小姐正热心地讲解道：

"请看吧。在铜像的马尾上有麻雀在筑巢，它们至今还在鸣叫着

---

① 楠木正成（1294—1336）的敬称。
② 指美军占领时代。

'忠孝忠孝'呐。"

　　她的嗓音被年轻的唾液滋润着,清脆而响亮。但刚一说出口,就在她那因春天的尘埃而失去了水分的口红上面被下午刮起的大风拧断。几个游客用沾满泥土的皱巴巴的手贴在耳朵上,惟恐听漏了一言半语。

　　无数的纸屑和无数的鸽子。其中一只鸽子停立在头盔的镐形中间。疲惫不堪的观光客人们在鹅卵石上曳步而行,发出了阴惨的脚步声。总之,眼前是一幅凄凉的风景。瞧,疲惫就犹如春天的尘土一般撒遍了每一个角落。

　　不景气的画面,不景气的风景……这并不意味着存在于那里的事物发生了什么变化。朝鲜战争结束以后,暂时性的投资热潮持续了去年一年,如今又开始萧条了。所谓"不景气"这个词,如同火盆中的灰烬经水一浇,纷纷飞扬,随即便充斥了四周,污浊了空气,继而波及到物象的表面,并改变了它自身的意义。很快树变成了"不景气的"树,雨变成了"不景气的"雨,铜像变成了"不景气的"铜像,领带变成了"不景气的"领带。就像萧条时代佐佐木邦①的白领小说曾风靡一时那样,如今人们争相阅读源氏鸡太②的言情小说。因为那种小说虽然是一种绝望的产物,可字里行间却从不出现绝望的字眼。

　　佐伯和清一郎在围住铜像的铁链子上坐了下来。就这样被参观名胜古迹的游客们包围着,却摆出一副毫不动容的冷漠面孔独自抽

---

① 佐佐木邦（1883—1964）日本小说家,是代表大正时期自由主义的大众作家。
② 源氏鸡太（1912—1985）日本小说家,代表作有《英语通》等。是日本颇受欢迎的言情大众作家。

着烟,这确实有点令人心旷神怡。

"真羡慕楠公呀。他没想过什么景气与不景气的吧。"

"在某种意义上我们也是楠公呐。只需用'忠孝忠孝'来让头脑发热不就得了吗?"乍一看比清一郎更玩世不恭的佐伯说道,"剩下的便是让健壮的马儿来为我们运筹帷幄了。可我们的骏马就叫'财阀公司'。"

"确实是一匹剽悍的好马。"

"一匹杀也杀不死的好马。马当中的不死鸟。即使肢解其手脚,即使用烈火焚烧,它也会立刻复活的,正如你所看到的那样。"

佐伯尽管愤世嫉俗,但却决不相信什么"毁灭"。他也是一个永远不朽的信徒,金刚不坏的铜像的信徒。但是,当他采取随随便便的说话方式时,他那有些凸出的眼睛会在眼镜后面发出兴奋的光芒。

"哦,是吗?我忘了告诉你,"佐伯突然换了一种截然不同的声音说道,"今天早晨的报纸上不是登了因不景气而倒闭的化妆品公司女经理自杀的消息吗?谁都会认为女人是不可能因那种原因而自杀的。事实上,绝对是因为男人呗。其证据是,那女人打定主意拼命奋斗,是在年轻时被一个男人抛弃之后。她在功成名就后,一边装作厌恶男人的样子,一边接二连三地捕食男人,当最后一个男人在她破产的同时也抛弃了她以后,她自杀了。不过,引发这个女人发奋图强的那个冷酷的初恋情人,你猜是谁?其实不是别人,正好是我们的部长坂田。"

清一郎早就知道这段逸闻,但还是故作天真地流露出吃惊的神色,并且没有忘记加上如下一番老一套的感想:

"嘿,部长也曾有过那样罗曼蒂克的时代呐。"

"你呀,也太单纯了。"佐伯说道。

被斥之为"单纯"时,清一郎的脸上不由得浮现出一种满足的微笑,但很快便收敛了起来,以免被佐伯发现。

"你也太单纯了。这可不是什么罗曼蒂克的事情。部长是为了让那女人资助大学的学费才和她勾搭上的。这不是典型的功利主义吗?看来部长在加入我们山川物产以前,便早已深谙物产的精神了。"

"我们也得学着点。"

"至少你是做不到的。像你这种单纯的好男儿类型的人,一旦恋爱起来,准会不顾一切地倾注所有的热情。"

这种离谱的评价既然能使清一郎快活和幸福,那么,他对佐伯多少还有些信赖,也就在情理之中了。但是,佐伯自己无论从哪个角度看都离好男儿的类型相去甚远,属于戴着眼镜,皮肤白皙的秀才型人物,所以,他在很大程度上仗恃着自己的复杂性。有时候他会摆出一副沉重的面孔向清一郎倾吐自己的苦衷:

"真羡慕你呀。你行动自然,并在某些地方具有一种天生的与社会的适应性。你全然没有那种杞人忧天、因偏执于某种过分深刻的见解而不能自拔的毛病。"

沿着绕过日比谷交叉点的迂回道路往回走,两个人一路上猛烈抨击着政府的通货紧缩政策。一言以蔽之,政府除了银根紧缩已别无他法,而在预算的制定上更是毫无主见。千篇一律的重复,就如同冲昏头脑的恋爱的亢奋必将以幻灭告终一样,生产的高涨总是以滞销货物的积压和贸易差额的恶化,以及政府资金的超额发放而宣告结束,以通货膨胀的危险和陈腐的财政紧缩、通货紧缩政策而走向完结……对于商社的职员来说,对政府的批评委实是一个安全的话题。政府从明治时代起便不过是他们耀武扬威的保镖,而这个野蛮保镖的一举一动都会引发店铺伙计的哄笑,这也是司空见惯的事情。

帝国剧团预售票处的招牌隔着道路,映入了清一郎的眼帘。这是约瑟芬·贝克从后天起将进行公演的立式招牌。镜子曾打电话来邀请他一同去观看,但被他拒绝了。他不喜欢陪着镜子在公共场所抛头露面。若是想见面,只需去镜子家便得了。她淡淡地听着他这种并不稀奇的拒绝,说道:"没什么,我和阿收一起去。"英俊而木讷的收算得上是与镜子结伴去那种地方的最佳人选。他兼有男子气十足的眉毛和少女般的嘴唇,长着一双浪漫而潮润的眼睛,让人无法得知他究竟在思考什么……从外表看,清一郎和收毫无相似之处,可清一郎却不时涌起一种感觉,仿佛自己对收的心思无所不知似的。这种时候,不禁让人感到:收那种无意识的生存方式与清一郎那种意识过于强烈的生存方式不啻为盾牌的两面而已……

山川物产那栋阴郁而老气的建筑物开始出现在大楼街的一角。时值下午一点差五分。只见属于同一个科室而今年才新进公司的小谷满脸通红,气喘吁吁地从面前走过,还不忘向清一郎和佐伯点头致意。他急匆匆的样子虽说还算不上是在奔跑,但却迈着机械的步伐朝职员的出入口飞快地赶去了。

"喂,用不着那么急嘛。"

清一郎咕哝道,心想反正他是听不见的。当然他也确实没有听见。

"或许是有人教育过他,必须比前辈早一步坐在办公桌前。"

"尽管如此，新职员毕竟是大家的教育重点呐。他们是一群营养过剩的家伙，和我们这一代靠吃代用食品和豆渣长大的人大不一样。"

新职员们身上那种凛然不可侵犯的年轻，眼中过剩的光彩，愿意被人看作是愉悦轻松的（而不愿被人看作是阿谀奉承的）拘谨的微笑，一旦失败便抓头搔脑的那种青年人特有的程式化动作，为了展现敏捷活泼的态度而一直绷紧的肌肉，什么事都要挺身而出的那种献身的热能……这一切在人们眼里无疑是赏心悦目的，但清一郎却更愿意看到一两个月以后，他们的脸不知不觉被倦怠和不安以及幻灭的预感所侵蚀，从而腐烂下去。清一郎在进入公司三年后的今天，仍旧保持着在同僚们之间颇为引人注目的那种果断的态度、紧张的脸庞、给人好感的年轻和恰到好处的沉默，并有一种从不流露出丝毫倦怠和松懈的自信。

山川物产的办公室位于挂着"山川总公司"这张青铜招牌的一幢灰色的八层建筑里。山川财团喜欢这种朴素淡雅的外观。乍一看，这幢建筑物毫无时髦之处，在很煞风景的钢筋框架里，下半截镶嵌着坚硬而冷漠的花岗石，拒绝引发观看者的遐想。而在对面摩登建筑大楼的玻璃幕墙上原封不动地映照出了山川大楼这一顽迷不化的影像，以致使它自己的摩登效果也被减退了几成。

由于三个公司的合并，在今年早春山川物产复活以后，整个公司从清一郎度过了进入公司最初三年时间的N大楼搬迁到了这栋传统悠久的山川大楼。古老而辉煌的东西全部复活了。他在搬进这栋大楼，初次穿过入口时，禁不住想起了自己告诫自己的种种纲领。这些纲领的宗旨至今仍被忠实地执行着。

一、铭记：绝望会培养出实干家。

二、与英雄主义彻底划清界限。

三、发誓：绝对服从自己所轻蔑的东西。倘若轻蔑习俗，就要绝对服从习俗；倘若轻蔑舆论，就要绝对服从舆论。

四、平庸理应成为至高的德行。

……

清一郎甚至对创作平庸的俳谐①也得心应手，缺乏诗才是博取他人信赖的捷径。他出席科长喜欢的俳句会，热心地炮制那种偶尔能获得一两分的可怜俳句。他热情洋溢地想尽办法，要在十七个假名里用汤匙恰到好处地添加"平庸"的佐料。

"昨天你和镜子一起去看了约瑟芬·贝克的演出吧。"

收半梦半醒地听着光子说话。

"是去了。"收回答道。于是，光子像动用磔刑一般。把他裸露的双臂掰开又摁住，然后将自己身体的重量一古脑儿压在了他的胸口上，用嘴唇交替着搔痒他两个胳肢窝。收最怕人搔痒，所以被光子折腾得大声乱叫，但却又无法推开女人那炽烈而沉重的身体。

"胆小鬼，小瘦猴。"女人用收最讨厌的言辞来羞辱他。收索性停止反抗，精疲力竭地闭上了双眼。压在他胃上的女人的身体，还有他那被唾液濡湿了的腋窝，都让他感到一阵恶心。而这恶心又是那么令人生厌、混浊不堪，从遥远的地方如草汁一般不断地涌上心头。在此期间，那种怕痒的预感如同惊弓之鸟一般，在身体的每个

---

① 带滑稽趣味的和歌。狭义指俳句。俳句是由五、七、五共十七个音节组成的短诗。

部位来回窜动跳跃着。"光子居然管我叫小瘦猴。假若演戏时,摊上个裸体的角色,我该怎么办呢?我只注意到自己的扮相,还不曾留心过自己的身体……假设我多长了些肌肉,是否意味着我的存在会增添一点分量呢?既然肌肉本身是一种存在,是一种重量,那么增加了肌肉,我的存在感也就会随之增强吧?就会更实在吧?就能够摆脱这种仅仅是液体般流动不定的状态吧?我能够摆脱为了确认自己的存在而不得不经常面对镜子自我观照的状态吧?"

他终于把手臂从光子的手中抽了出来,用手在枕边摸索着,希望能找到一面镜子。

"你在找什么?是镜子吗?"

光子对他的癖好了如指掌。在罩上浴巾后变得灰暗了的台灯微光中,光子的手臂带着黝黑透亮、神圣而浑圆的轮廓,伸到了收的脸上,于是传来了一阵栀子花似的气味。原来,光子手臂的移动并不是为了把她放在榻榻米上的电筒递给收,而是为了把电筒扒拉得更远。

"这儿没有镜子哟。让我来帮你照照你吧。"

光子说着,用两只手牢牢地捧住收的双颊。收的脸上几乎没有胡髭,所以,光子捧住的乃是他光滑的皮肉。光子的嘴唇首先触吻着收那光亮的前发:"这就是你的头发。"随即又触吻着收白皙的额头:"这就是你的额头。"然后又轮番用嘴唇触吻收的两道浓眉,说道:"这就是你的眉毛。"……能感到女人的嘴唇像苍蝇一般爬行在自己薄薄的眼睑上。在紧闭的眼睑中,他动了动眼球,仿佛想逃离那只苍蝇。自己裸露着的冰冷的眼球隔着一层薄薄的眼睑,被人用滚烫的气息精心地温暖着。

"这就是你的眼睛……"

"能看见吧。完全看见了吧。"光子对依旧闭着双眼的收说道。

"比照镜子还看得清楚吧？"

"这就是你的鼻子"，光子又开始了。他那在夜里的冷空气中变得冰凉的秀丽鼻子嗅到了一股焖透了的呼吸的气体。仿佛曾经在某一个夏日的河岸边闻到过这种气味。

收像一个乏力的重病人一样，甚至无法拂去脸上的苍蝇。尽管自己的确身陷于极度的厌恶之中，但却如同懒猪浸泡在晌午的泥沼中一样，他知道这种厌恶感正好适合于自己。无论如何，镜子的明晰是必不可少的。但是，此刻房间被笼罩在一片昏暗的光线中，他的手指只能徒劳地在榻榻米上摸索，哪儿也找不着镜子。

和丈夫分居的光子如今一个人住在公寓里，但和收幽会时，她却从不使用自己的公寓，而选择涩谷附近的旅店。最初去那里时，收看见光子对旅店的女佣和账房先生那种颐指气使的态度，很是吃惊。那旅馆的客房是一间间分开修建的，庭院里的池子构成了复杂的水路，把各自的耳房隔离开来。夜阑人静之时，常常听见鲤鱼跳跃的声响。透过窗户能眺望到涩谷车站附近和店铺林立的高地上忽闪忽灭的霓虹灯，但四周却寂静得不自然。

收猛地起身穿上圆领衫。他想从女人身边逃离片刻，所以起来解手。关上背后的门，在厕所摇曳的灯光下，他一看见那扇大镜子，就蓦地变得安详了。瞧，刚才的那番折腾使他的头发变得乱蓬蓬的，于是他小心翼翼地梳理起来。不一会儿，那涂抹了发油的黑发再次带着漆器般的光泽变得温驯老实了。

"讨厌,讨厌,讨厌。我想爱一个更可爱的、一点也不缠人的、长着一张合我口味的脸蛋的少女。"收忖度道。他那映照在镜子中的面孔漂亮得足以博取所有少女的欢心。曾几何时他也和一个少女睡过觉。但当对方怀孕之后,他便抛弃了她。尽管做爱在人们眼里并不丑恶,但做爱的后遗症却从此使他胆战心惊。

光子是一个身体微胖、肤色黝黑、不太匀称的美人。长着有点下吊的大眼睛、光滑的鼻梁、有些地包天的嘴巴和形状姣美的耳朵。倘若现在回到床上去,光子又会唠叨些什么呢?他知道不外乎又是"我有点啰嗦吧?对不起"之类的话。尽管这个女人在和他一起度过的夜晚里,会像常人一样产生嫉妒,也会做出某些疯狂的举动,但她的自尊心和情感却始终完美地保持着协调。当收不理睬她时,她是决不会纠缠不放的。他们的幽会总是带着一种痉挛的性质,有时候是连续十天终日耳鬓厮磨,有时候是两个月也不思相见。初次与光子相识是在镜子家里,收怀着一种极其怠惰的心绪任凭自己成为别人相中的对象。

——收俊美的容貌轮廓清晰地映现在深夜的镜子里。

"我确实存在于这里。"收想道。他那男子气十足的眉毛下是细长清秀的眼睛、乌黑发亮的瞳仁……无论在哪个街头都很难遇见如此英俊的青年吧。这张脸具有一种绝不让刚才发生过的行为留下任何阴影的澄明。正是从这种澄明中,收咀嚼到了一种心满意足的快感。

"我干脆就听从朋友们的建议来练举重吧,用厚实的肌肉来武装身体吧,将整个身体变成一张脸蛋。"收琢磨道。

与脸蛋不同,肌肉无需借镜子便能够进行自我观赏。而且他可以从自己的手臂、胸脯、腹部、大腿以及所有的部位中明白无误地找到自己存在的确凿证明，还有那种存在所发出的从不间断的呼唤与那种存在所写下的诗行吧……

剧作座①排练场的墙壁上张贴着下次公演的角色分配表。收用眼睛瞅了瞅上面，只见在倒数第三的位置上，青年D便是他将扮演的角色。这是一个只在幕终的酒吧里跳跳舞的龙套角色，没有一句台词。因目睹女主人公被杀的场面而大吃一惊，然后便匆匆退场了。

在排练场的舞台上正在进行排练。户田织子扮演的女主角正在念下面的台词：

"我所经营的歌舞酒吧不是世上的普通酒吧。每天夜里这儿都不乏刀光剑影，都有悲剧发生，还有真正的爱情的搏斗和真正的热情，——啊，无论多么粗劣的热情，都比你们博学的脸更高尚。——那种真正的热情、真正的仇恨、真正的眼泪、真正的鲜血，是必须流淌的。首场演出的请柬再过两三天便会印刷完毕。你们只需光临酒吧从头至尾看个究竟。说不定你们也会成为剧中的临时演员吧……"

在灰尘弥漫的舞台上，脸上没有怎么化妆的织子在头发上罩着一个发网，身穿色彩很不协调的罩衫和裤子，站在与舞台装置的尺寸相匹配的脏兮兮的护墙板前面。导演三浦说了声"等等"，便中断了织子的台词。"在念'真正的鲜血，是必须流淌的'这句台词时，请往左边的浅见博士身边走个两三步，并带着点威胁对方的语气……然后，就像我经常说的那样，'你们只需光临酒吧'这句台词要再盛气凌人一点……"

---

① 日本的剧场和剧团常以"……座"为名。

织子在舞台上默默地点点头。舞台监督草香低声问三浦"要再来一次吗",然后大叫道:"再来一遍,从'我所经营的歌舞酒吧'前面那句浅见博士的台词开始。"

一部无聊的戏,——收倚靠在排练场的墙壁上,带着找不到角色的年轻演员所特有的怨恨,客观地评价道。的确是一部无聊的戏。对那个狡黠的季洛杜[①]所抱有的纯真无邪的憧憬将剧作家海绵似的大脑浸渍在了水中。一个天生无法理解梦想这东西所具有的那种沉甸甸的反讽意义的可怜灵魂。这个剧作家也曾饱尝了人生的辛酸,但却不断地做着一个同义反复的梦,以致那些辛酸并不具备任何作用。让人为难的是,他的梦想并不是那种强有力得足以降服人生的东西,而仅仅是胆小的孩子在遭人欺侮时借以逃遁藏身的小小杂货间中某个角落的区区空间。无论怎样重复经历世态炎凉都只能做一个浅梦的人,无疑只能生存于浅薄的人生之中。尽管如此,为了弥补其艺术上的弱点,他让自己所历经的人生之苦发挥了巨大效用,从而培养了与常人一样的矜持,他从不是一个庸俗之辈,却被人们当作一个不可侵犯的纯情之人,拥有众多的年轻崇拜者。这种滑稽的事情在艺术家的世界中是屡见不鲜的。

但收却喜欢这个名叫朝间太郎的剧作家。实际上这仅仅出于一个十分单纯的理由:朝间曾表扬过收在实习剧目中扮演的角色,这次也指名为收安排了一个虽说并不重要的角色。无论怎样指责他的剧本低劣,但像他那样敢于把现代剧中罕有的梦幻面包卷似的东西引入自己戏剧中的剧作家却是凤毛麟角的。

[①] Jean Giraudoux (1882—1944),法国小说家、戏剧家,创立了印象主义形式的戏剧。

一部自己无缘参加演出的剧作，无论是怎样早有定评的名作，作为演员也不可能由衷地去热爱它。过去筑地座的伙伴们观看《底层》[①]，感动得浑身颤抖，以至立志做一名演员的往事，一直都存在于某个离收的习性十分遥远的地方。迄今为止他仍然没有能够成为那种纯粹的"被感动的观众"。他茫然地梦想着陶醉，梦想着自己具有那种别人的舞台无法给予而惟有他自己能够给予其他人以陶醉的才能。

舞台将他的人生变得游移不定，把他锁定在一个半梦半醒的地方，并将他自身当中那些漂浮不定的东西置于一种浅薄的不满状态中。成为演员，啊，这就意味着将自己的人生交给他人的手来摆布安排。不是自己去选择，而是几乎终生都处于被选择的位置上，任凭他人来挑选，等待角色的分配，按照作者的命令来说话行事，在被他人给予的情感中生存，甚至于连从这张椅子迈向那边的墙沿之类的细枝末节也必须听从他人的意志。只有私生活是自我意志所能自由支配的。但是，对于他来说，私生活却又毫无魅力可言，他把一切赌注都押在了"被选择"的生活上，这种生活使自由变得毫无意义。而正如被选出的美女一样，最终所有的一切又都化作了自己的拥有。

愉快地贪食对自由的污辱——无论将这怠惰的食欲怎样长久地抛在一边，它也不会消失殆尽。收在某个喉咙干渴的清晨，从报纸上读到一则全家人自杀的新闻。那家人的母亲让一个六岁、一个两岁的孩子喝下了拌有氰化钾的橘子汁。当标题为"给孩子喝有毒橘

---

① 1902 年在日本初次公演的高尔基的戏剧。

子汁"的一行大字映入眼帘时，收感到那"有毒橘子汁"几个大字是那么难以言喻的香甜可口，俨然是一种凉幽幽地滋润喉咙的美味饮料，一种色泽鲜艳、香气馥郁、满含迅速奏效的毒素、在某个干渴的早晨不管你愿意与否都有一只温柔的手强迫你收下的饮料，一种在饮下它的瞬间，世界便蓦然改观的饮料。或许他久已盼望的正是这样一种饮品。

没有任何确定不移的东西，只任凭属于他人的情感的暴风雨在自己的体内横行肆虐。当它们过去后，虽然不会留下任何东西，可周围世界的意义却全然改变了。"假如我演罗密欧……"收一边呼出一口热气，一边想着，"那么，在我扮演罗密欧以前的世界和以后的世界就不可能是一成不变的。当我从舞台上走下来时，我其实是在走向一个自己从未涉足过的世界。"

他担心自己的腿在穿紧身裤时会不会显得过于纤细，但是，那几乎没有汗毛的腿部肌肉一定会让紧身裤冷冰冰的真丝质地优雅地贴紧自己吧。即使在脱掉紧身裤以后，他的腿也已经变成了曾经扮演过罗密欧的年轻人的腿，而他的嘴唇也变成了一度扮演过罗密欧的年轻人的嘴唇吧。当他再次穿过舞台背后的破烂东西回到后台时，在他眼里，那一大堆破烂东西也早已化作了魔物般黑黢黢的美的结晶体，而他来剧场时穿过的鞋子上积留着的大街上的尘埃，也会看起来像是闪闪发亮的令人赞叹的微粒的聚合物吧……一切都将改变。而这种关于世界蓦然改观的非同寻常的记忆，他将一直保持到满脸皱纹的耄耋之年吧。

收终于能够长时间地、毫不厌倦地悉心思考自己在不久以后应该给予他人的魅惑和陶醉。我们的时代早已淡忘了高尚的狂热。收有一种感觉：除了自己，谁也不可能带给观众这种狂热。但这也仅仅限于"有一种感觉"而已。

如同被朝露濡湿了的树木的气息并夹杂着雨丝的微风一般吹向人们的面庞，滋润人们的眼睛和脸颊，然后悄然逝去——这多么美妙啊。成为那种风一样的存在是美好的。而且，化作带有刺痛肌肤般的浓烈海风去吹打人们的胸膛也是美好的。啊，要带给人魅惑、给予人陶醉，就得把自己变作风的形态。在舞台上，自己的身体任美丽的衣裳包裹起肉与血，像神殿般巍然耸立，可自己却看不见自己，只能从发狂的观众的眼光里，感觉到演员的身姿宛若超越了存在形式的光彩照人的风的流动……肉体坚固的物质性的存在本身便化作了一种悖论……站在那儿，在那儿说话，在那儿运动，这就犹如马蜂翅膀的颤动一般，化作了一种肉眼看得见又看不见的七彩音乐……收梦想着这些事态的飘然降临。他梦想着，却毫无作为。他一边梦想着舞台上那种最终意义上的突变和辉煌无比的存在悄然消灭的瞬间，一边却不断地为自身存在的不确定性和那种动辄便擦身而过的恐惧感而胆战心惊，以致于为了寻找到片刻存在的证据，而去和女人睡觉。因为女人总是首先对他美貌的魅力确切地做出回应。除此之外还有另一个东西比女人更忠实可靠，更坚定不渝……那就是镜子。

清一郎所在的机械部位于一楼的房间中，在公司里也算不得干净整洁。桌子已经颇为陈旧，书架和衣橱也已有些年代了。这个大楼在解除接管以后只有新涂的油漆还是新崭崭的。

建筑物古老，窗户的形状也很古老。若论窗外的景物，不外乎隔着阴郁庭院对面那些千篇一律的窗户。在晌午过后的几个小时内，透过窗户可以看见把对面窗户和墙壁的极少部分倾斜着切割开来，宛若被张贴在玻璃上面似的阳光。那与其叫阳光，不如说更像摘掉一幅长时间挂在那儿的画框后，墙壁上所露出的白垩之类的东西。但阳光这种不自然的新鲜感有时也能构成促使人们走向窗边的理由。透过窗户的上面部分，就像倒立着的水井的水面一样，也能好歹眺望到外面的天空。

一般的内庭很难设想有比它更糟糕的景色。其间没有一丁点儿可供绿色介入的余地。这儿只有覆盖在地下锅炉室上面的灰色屋檐和通往地下的阶梯，还有通风孔的两个棚盖，以及铺在周围地面上的粗大碎石。在终日不见人影的这个地方，雨天潮润闪亮的黑色碎石与周围室内繁忙的工作景象恰好形成了有趣的对照。这时，碎石便成了眼睛的安慰，以致科长曾经以碎石为题材，滥制了几首拙劣的俳句。

室内的空间里，荧光灯的灯绳从天花板上很有规律地垂落到桌子上面。灯绳一动也不动，仿佛与四周忙碌不堪的氛围毫不搭界。机械部的五个科按照商社特有的排列方式，为方便各科之间的联络，中间没有放置任何隔板，只有一排排紧紧相挨的办公桌。在清一郎搬到这栋大楼之后，因为旁边尽是老前辈，所以他的办公桌只是忝列于末座上。尽管如此，在这次四月上旬合并后的初次加薪时，他依旧获得了三千日元的破格加薪，所以，以前二万三千二百日元的基本月薪已经涨到了二万六千二百日元。

在清一郎的科室里，科员们彼此照面只有早晨九点出勤时和傍晚的五点左右。几乎所有的科员上午都要外出一次，他们一上班便拿着样本和报价表忙忙碌碌地出门而去。过去，和别的公司一样，通常在黑板上自己的名字下面标明出差的目的地。可顾忌到偶尔前来办公室的客人有可能在黑板上发现自己生意上竞争对手的名字而引起尴尬，所以这个习惯不知不觉被废弃了。一旦科员外出，只要不是在电视转播的棒球比赛的观众席上看见他的脸，那么谁也不可能知道他的去向。

科长是一个瘦削羸弱的、可以称之为小市民卓越代表的男人，属于那种由大都会造就的早熟儿的典型。他把所有充满活力的表现斥之为粗鄙，喜欢用一种含混难懂的声音说话。清一郎从没有向公司里的任何人谈起过自己喜欢拳击的事，以免传到这个科长的耳朵里。而科长代理关却与科长正好相反，是一个嗓门洪亮、磊落大度的男人。因长期患病缺勤而延误了升级的不幸命运，反倒使他比一般人更加倍地快活，他知道自己为人拥戴，所以特别喜欢强调自己这种大咧咧的性格作为社会上的人是何等吃亏，同时又对自己这种对社会的不适应性引以为豪，并视为自己人缘好的原因。清一郎初次接触到科长和科长代理这两种截然不同的性格时，为同时博得他们俩的欢心而深感头痛。当然，同时博得两者的欢心也是毫无意义的。每逢审查考勤表时，科长代理关比科长的发言更强硬。明白这一点之后，清一郎发现：关之所以那么明显地夸耀自己的缺点，实质上乃是旨在确保自己的独特性，而并非意味着高度器重他的同类。于是，清一郎开始留心着兜售自己的"明朗的社会适应性"。虽说他算不上什么运动员，但他具备了运动员所特有的让人放心的单纯，以致如今人们都把大学时代的清一郎想像成了一个不算太差的全能选手。

与清一郎抵背而坐的是佐伯。佐伯所属的那一列桌子处于另一个管理人员的辖区。同僚们都很讨厌佐伯,但清一郎却出于这同一个理由,感到有必要与佐伯保持亲近,因为能够与众人讨厌的家伙轻松自若地进行交往的性格,足以使第三者放松警戒,更何况佐伯并没有被视为危险人物,而仅仅是令人讨厌罢了。所以在清一郎眼里,他是一个再好不过的陪衬人。

不可思议的是,尽管周围的人把清一郎对佐伯的亲近当作热门话题,可佐伯对自己的孤立状态却一无所知,所以并没有对清一郎抱有某种特殊的感激之情。他自认为是一个极端复杂、颇有魅力的人物,引起清一郎这种单纯之人的兴趣是不足为奇的。就像狂人在某种程度上知道自己是狂人一样,讨人嫌弃的人也并非毫无自知之明。但狂人一点也不为那种自我意识所烦扰,同样,不受自己讨人嫌弃的意识所烦扰,正是讨人嫌弃之人的真正特质。

——清一郎从午休时分的散步归来,一坐到座位上便习惯性地抽了一支烟。眼下还没有什么公务,也没有任何来客。

他顺势瞅了瞅吊在桌边的擦手毛巾和当班日志。他总是在这里挂一张清洁干净的毛巾。尽管那毛巾的洁净不曾出现在人们的话题中,但却理所当然地映入了所有同僚的视线,向他们昭示着清一郎的人品。毛巾证实了汗水、年轻、单纯、飞奔、跳跃、体育运动、明朗的天空、田野的绿色、跑道的白线等等所象征着的青年特有的无思想性、盲目的忠实、无害的斗志、青春的顺从、旺盛的精力这一切被社会所要求和被社会认为有益、并且易于驾御的种种特质。

为了排解无聊,清一郎伸手取下当班日志,一边吸着烟,一边翻阅自己今天早晨所写的昨天的记录。

　　　昭和二十九年四月二十一日（星期三）
　　　访问清田机械工业株式会社墨田工厂
　　　会见人……清田社长、山口科长
　　　随行人员……松波技师
　　　事项……关于大泽电工函询的挖掘机一事，为听取有关技术说明而前去访问。从目前的技术情况来看，与进口商品相比毫不逊色。窃以为：今后这一公司销售的扩大对本公司而言，有百益而无一害。

关从桌子对面扯开破锣一般的嗓子说道：

"喂，杉本君，两点钟能否和我一起去一趟东产公司？今天有可能签订合同。"

"行啊。"清一郎爽快地答应道，随即将一度脱掉的衣服又匆匆忙忙地穿在身上。

关依旧是一双因酗酒而充血的眼睛。尽管他行为磊落大方，但却养成了嗜药的癖好，常常尝试着服用治疗酗酒和头昏的新药，并且在没有好好阅读药效和服法的说明之前便把药片一古脑儿吞下肚皮。

两个人从公司职员的通行口来到了阳光刺眼的户外。阳光照射到关的眼睛，使他禁不住打了个喷嚏。这个宛若从天而降的小小幸福感一般的喷嚏竟然使他的眼睛变得潮润了，使他那张不再年轻的脸开始抽搐起来。对于关的家庭纠葛，清一郎也并不是一无所知。

从走向车站的关的步履中清一郎推测：他可能有什么两个人之间的事要谈。果然，关开口道：

"虽说这样提问有些冒昧，但你现在到底有没有结婚的打算？"

清一郎慢慢地用一副深思熟虑的腔调回答道：

"我想自己是不是也该到结婚的年龄了。"——因为关的发问是他预先知道的，所以，他的回答无非是他在预习之后的现成答案罢了。

"有对象吗？"

"不，还没呐。"

"有没有双亲大人给定下的人选？"

"不，老头子早已去世，所以……"

"是吗？……好了好了。我无非是想问问，你到底有没有结婚的意思？"

"莫非有什么好人选？"

"请你千万保密，事实上，有人托我给库崎副社长的千金小姐做媒呐……"关说道。

信息灵通的科员私下里到处传播着这条小道消息，说是库崎副社长为把自己的女儿嫁给公司里最有前途的职员，正委托部长四处物色人选。而机械部长坂田是副社长以前在中央金属贸易公司当社长时的部下，所以副社长才特意从几个部中挑选了这个部。

清一郎丝毫没有流露出什么别扭的表情，只是观察着单身职员们对这一传闻所做出的世俗反应。隔壁的一个科里，就有一名让人佩服的势利之徒。尽管他已年届三十，却一心指望能够攀上这门高枝，所以决不向任何女人的诱惑低头屈服。这种大都市特有的浪漫主义者,其实与那些陷入公寓房东的女儿、打字员、女办事员等设下的结婚圈套的来自乡下的秀才并非相去甚远。

当听说这一传闻时,清一郎立即相信自己乃是一个有力的候补人选。那种不顾虑现状,而只看重未来、前途、能力和发展性的婚姻,不可能找到比他这种执著地相信毁灭的人更恰如其分的人选了。他会成为一个理想而又不祥的女婿候选人吧。为了保护那个姑娘免遭那些打着如意算盘、充满发迹欲望的候选人的侵害,阻止其他男人成为她的丈夫,他只能让自己成为她的丈夫,并要她体会到与相信未来只存在着毁灭的丈夫之间那种纯粹的婚姻幸福……在片刻之间成为世俗的羡慕焦点,这并不是坏事。无意义地掠取其他人野心的目标——这就是善良!

“我将结婚吧,不久就将结婚吧……”曾几何时他开始这样想道,而且他的这种想法中并不包含着爱什么人的成分。不知不觉之间,这心中的嗫嚅化作了呐喊,尽管不是欲望,却变得如同欲望一般了。清一郎惊异于那种被称为因循守旧的社会习性在一个男人内部是如此融洽地与破灭的思想同居一处。

整个身体上贴满了与他人迥然不同的标签,这已不能使他满足。如今他又打算把“已婚男人”的标签据为己有。他把自己看作是一个企图把所有的邮票——不是什么珍奇的邮票,而是广泛流通的邮票———搞到手中的古怪收藏家。或许什么时候他会在镜子中发现一张令人满意的丈夫的肖像吧。一想到这里,他便禁不住热情洋溢地重新勾勒起自我漫画的素描来了。

收常常睡懒觉。他对“无为”这东西从不厌倦。早晨的雨已开始停了，从窗户磨砂玻璃的明亮中便可以知道。即使打开玻璃窗，能看见的也只有邻居家的屋顶和那些招牌的后背。

在夏天的夜晚，后乐园夜场比赛的灯光由淡而浓地照亮了那些招牌夹缝中透出的狭长天空。还能听见一阵阵呐喊声。有时正举行着百万人的音乐会，随着风势的强弱，那些通过扬声器的贝多芬音乐会不时地传到收的耳畔。

虽说在东京有家，可他还是在去年开始有夜场比赛的季节里，一个人特意搬到了本乡真砂町的公寓里。收尽可能向别人隐瞒现在的住所，因为这儿远不是一个值得向人夸耀的居所，里面的家什横七竖八地乱堆一气。更何况他想把这里建成自己无为的根据地。虽说常常在外留宿，但他却从不让女人进入这个房间。他过着乍一看毫无规律的生活，但在附近的主妇们中间却有口皆碑。

雨完全停了。收从床上伸出手，给煮咖啡的电热杯通上了电。这是某个女人送给他的礼物，可他却只是在没有女人陪伴的夜晚睁眼醒来时才派上它的用场。于是，在这个五月初晌午刚过的房间里，便很快飘荡起了咖啡的香味。

在枕边的小镜子里，收映照出自己醒来后的脸庞。它一点也没有那种睡觉后的浮肿，它是一张肌肉紧实、明朗而年轻的面孔。它就映现在那里，显得那么漂亮英俊。

他的父亲是个游手好闲之徒，母亲在新宿经营一家妇女服饰店，由于经济不景气而生意萧条。对此的担忧霎时间划过了他的胸口。据说母亲想和他合计合计，看能否把服饰店改造成一间咖啡屋。

收在今天伊始之际，就仿佛隐约透视到了一天的末尾。在他的眼睛里，看到了这个明显不会带来任何变化便要悄然逝去的日子的终结。尔后就再也看不到更远的将来了，当然也没有看到它的必要。未来被笼罩在黑暗之中，以傲然无比的幽暗，犹如一匹从未见过的黑魃魃的巨大野兽一般遮挡了他的视线。

在和大学的前辈碰头的N体育馆前面，收看见天空很快阴了下来，就像刚才喝过之后滞留在胃中的咖啡一样，发出糊焦味的凝重香气随着加大的风势飘了过来。突然他觉得鬓角处有点疼痛。来不及用手摸那儿，便已听见了什么东西开始叩打着四周的凌乱声响。原来是冰雹下了起来。

收赶紧退回到大门的屋檐下，只见冰雹打在人行道的路面上又被反弹了回来。就它那种从天而降的下法来说，未免显得过于粗鲁和过于任性。但被晌午过后的日光照得暖烘烘的道路却马上溶解了它封冻的外壳。尽管眼珠似的散乱东西还保留着眼珠的形状，但已不再是冰雹，而仅仅是普通的水滴罢了。

"舟木君，"有人隔着肩头呼叫收的姓氏。收扭过头去，看见了比自己身材矮小的前辈武井的脸。几年不见，武井已完全变样了。向上挽起的衬衫衣袖在粗壮的两条胳膊周围出现了因瘦小而引起的褶皱。透过衬衫便能清晰地窥见他肩头肌肉的隆起。衬衫的前襟又宽又大地鼓胀着，像是要撑开胸口的纽扣。

"呀，多棒的身体啊！"

"该是吧？"

就像是对收这种理所当然的寒暄语做出的理所当然的感情表示一样，武井一点一点地鼓起肩膀、手臂、胸脯的肌肉让收一饱眼福。这是在用肌肉来回答对方。他的胸脯在衬衫下鼓动着，仿佛沉重的肌肉神经质地翻转了身子一样。

"对吧？无论谁只要努力，都可以练成这种身体的。只不过成败的关键在于努力的多少罢了。"

武井身上有一种新兴宗教的传道士那样的特征。从别人那儿得知他的消息后，收曾给他打了个电话。当时武井回答他的口吻里颇有一种像是扑向新的饵食一般急不可耐的感觉。武井大学毕业后，在父亲的工厂里当一天和尚撞一天钟，随即又对举重产生了兴趣。眼看自己已没有希望成为正式选手了，于是便着眼于这项运动的另一个侧面，到处搜寻美国进口的几十本杂志来仔细研读，从而成了在日本鲜为人知的肌肉锻炼新法的开山鼻祖，并说服母校的举重部，使之与这项新的运动项目成功地合二为一了。如今他的脑子里塞满了"肌肉"。随着时间的推移，他自己的身体便成了这种肌肉福音的活生生的化身。

冰雹已经停了。在横穿公路的他们俩头上，延展着乌云撤退后的一片蓝天。在去举重部的健身房之前，武井带着收去了附近的咖啡馆，首先在这里向收传授心得要领：

"日本演员的裸体真是不堪入目，电影演员的裸体要么过于瘦弱，要么过于肥胖，真是惨不忍睹。可美国电影呢，你瞧瞧他们的宗教剧或者古代戏吧。即使是临时的群众演员，不也都有着肌肉隆起的强壮体魄吗？"

武井开始了他的讲义。他完全是从肌肉的视角出发来品评所有电影的，就如同鞋匠总是从鞋匠的观点出发来评价所有的电影一样。

按照武井的说法，无论演技多么高明，倘若一个演员不具备漂亮的肌肉，那么便一文不值。那种演员的演技纵然适合于表现文明的细枝末节，但也决不可能在舞台上展现出作为典型的人以及人自身的价值。"在舞台上，能够展现全人类价值的惟有高度发达的肌肉！"……世界的颓废和细分化乃是源于下列原因：即在偏重理智的基础上容忍了那些悲哀的、衰弱的、丑恶的、苍白的、单薄的、平板的、可怜的、(武井把这一类形容词罗列了一座山之多)老态龙钟的、没有光泽的、纸片一般的、脆弱易碎的肉体的主人，或者那些猪猡般的、大腹便便的、稍一动弹便如波涛起伏一般松弛肥厚的、肉蛆似的、脂肪过多的肉体的主人，不仅容忍了他们，甚至把这两种荒诞的怪物供奉在社会的上层。其实肌肉才是判断人类价值最明确的基准，但人们却忘记了这个基准，用一种远远暧昧不清的标准来混淆和模糊了人类本身拥有的诸种道德的、审美的和社会的价值。

凡是导致肌肉衰微和腐败的东西皆是恶的。肌肉，这种男性惟一的神话般的特质在现代已沦落为最软弱无力的东西。被缚在铁链上的普罗米修斯、被毒蛇紧紧缠住的拉奥孔所象征的男性的悲剧性格，是依靠其隆起的肌肉才成为肉眼可视的东西的。但在肌肉遭到轻蔑、被排斥到角落里的今天，男性的悲剧成为了一种极其抽象的东西，而肉眼所看见的男人全都不外乎滑稽的存在。男性的真正尊严本来应该只驻留于不乏悲剧性夸张的发达肌肉里，可如今，地位、财富、才能、做工精致的上等西服、钻石的领带别针、新型的高级轿车、雪茄烟等等无聊透顶的玩艺儿却被奉为尊严的依据。

肌肉之社会地位的失落起源于社会生活中肌肉作用的减退。这种作用的减退本身是一个不可否认的现实(的确是一种无情而可悲的事态)，我们已经不可能把文明社会那种将肌肉视为多余之物的趋势加以扭转。

武井迷信柠檬，一边喝着所谓对消除疲劳卓有疗效的柠檬果汁汽水，一边琅琅地背诵着惠特曼诗歌的一节：

> 假使有什么东西是圣洁的，
> 人类的肉体便是圣洁的，
> 一个男子的光荣和甘美，
> 便是未被污损的男性的标志，
> 在男人或女人身上，
> 一个洁净、健强而坚实的肉体，
> 比最美丽的面孔更美丽。①

　　一般的运动项目就是要保存肌肉的这种原始效用，并将效用的一个个部分加以夸张地表现，并在一定的运动之下进行醇化。只有在体育运动的世界里，还依稀可见往昔那种一对一搏击的风貌。柔道选手的屈肌力量，赛艇选手在齐水面高的赛艇上摆动手臂荡起双桨的那种惊人的背部肌肉、背阔肌、二头肌、前膊肌、大腿肌的力量，橄榄球和足球选手腰部与下肢的力量，铁饼选手的臂力，游泳选手胸脯的力量……这一切的确只是在某个空间里划过了一道力量的闪电而已，可那种参与的乐趣和观赏的乐趣却与过去的荣光、过去的辉煌密不可分，紧紧相连。诚然，记录的更新增添了人们对未来的希望，但是，既然体育运动如今就整体而言不过是倚仗着现实中已经没落的肌肉效用的残渣，那么，真正能够焕发自然光辉的时代便

---

① 惠特曼《我歌唱带电的肉体》一诗中的一节。

只能是遥远的往昔了，而一般的体育运动无异于对失落了的往日荣光的临摹和对神话的改写。

武井所希求的并非让体力劳动去收复业已丧失了的领地，也并不是要重现原始搏斗所具备的那种体育运动般的洗炼。他的目标在于促成肌肉机能的完全恢复和最高程度的发达。另一方面，力图从肌肉那里彻底拭除其社会效用的残滓，创造一个可以称之为"纯粹肌肉"（武井喜欢把这个新造的词挂在嘴边）的东西，并由此恢复肌肉的外观本身所包含的伦理与美学的崇高价值。

武井断言道：

"在一般的体育运动中，能够贡献给未来文明的东西已荡然无存。它们只着眼于力量、速度和高度，而忽略了肌肉自身的绝对价值，所以，不具备积极的文化意义。"

肌肉，比方说手臂的肌肉，在举、打、拉、推时拥有使运动变得最为有效的理想形态，但人的形体美却远远超过了这种运动机能，蕴含着与此不同的独立的美学价值和伦理价值。否则，希腊雕塑的理念便不可能诞生吧。为了获得这种独立的价值，需要进行的不是以投掷、打击为目的的训练，而是摒弃了任何实用价值的训练，即肌肉必须只以肌肉本身为目的来进行锻炼。

当然，希腊人健美的肉体是阳光、海风、军训和蜂蜜的产物。但如今这种自然已经死亡。为了达到希腊人的肉体所拥有的诗化的、形而上的意义，只能依靠相反的方法，即为肌肉而锻炼肌肉的人工方法。

"可以联想一下人的脸，"武井指着自己颧骨突出、眼睛细小、不太漂亮的脸说道。即使在野蛮人那里，关于脸，也只是关注其形态的美,而并不涉及其功能性的一面。鼻腔有利于通风,嘴巴有利于进食,眼睛能看,耳朵能听,这些功能固然重要,但在我们看来,却是次要的。我们只是依据眼鼻口等排列方式的微妙差异,来判定其相貌的美丑,决定其精神价值的深浅。武井扬言,对肌肉也作如是观的时代已经翩然来临。

当然,脸部具备的这种精神表象,在于眼耳口鼻等的机能是纯粹被动的,脸部的能动作用只是由名叫“表情”的这种情感的表白来加以承担的。人类在悠久的社会生活历史中间已经掌握了从脸上的表情来读取意志和感情的生活习惯。与此相反,身体各部分的肌肉却担负着动态的积极作用,提供向外界发起行动的线索,以致人们习惯于只从与情感表白无缘的运动机能这一点上来把握它们。

但是,决非仅仅如此!肌肉决非仅仅如此的东西!(武井再一次在紧绷绷的衬衫下鼓胀起胸肌给收看。)想想吧。情感和心理有多大的价值呢?为什么惟有情感和心理才是微妙的?其实,人体中最微妙的莫过于肌肉!情感和心理不外乎是在肌肉上一划而过的火焰般的东西,抑或说是肌肉的某种流露或肌肉的一种紧张状态,而并不是具备什么更大价值的东西。愤怒、眼泪、爱情、欢笑,不可能比肌肉富于更多微妙的含义。肌肉呈现出鼓胀、松弛、快乐、欢笑、微妙的肤色、早晚细微的光泽差异所表现的疲劳程度、汗水的晶莹透亮等等诸多形态,它宛若山岩一般由严酷的矿物质的浓黑变幻成高山植物的紫色,犹如根据一天光线的推移而时刻变化不止的山丘一样展示出种种变化。

看看可怜的肌肉的悲哀吧。它比情感的悲哀更壮烈。再看看挣扎着的肌肉的叹息吧。它比心灵的叹息更真切。啊,情感并不重要，心理并不重要。肉眼看不见的思想也不重要！

思想必须如肌肉般清晰。思想被埋没在内心的黑暗中形态模糊。用肌肉来代替思想无疑要有效得多，因为肌肉严格地从属于个人，同时又比感情更具有普遍性。它与语言酷似，却比语言更明晰。在这一点上它是比语言更优秀的"思想的媒体"。

武井滔滔不绝地说到这儿，然后倏地站起身，催促收道：

"喂，走吧，由我来指点你。"

两个人穿过被大楼的阴影遮蔽了一半的车道，进入了让煤烟熏得阴沉沉的体育馆。显然举重部的房间受到了冷遇。这是一间布满灰尘的、牢狱般阴暗的混凝土房间。从关不严实的拉门外面传来一阵轻轻的呻吟、急促的呼吸声和叹息声，还有近于嗟叹的声音。一打开拉门，便有一种令人联想到如同被囚禁的野兽般的气味扑鼻而来。那是汗水与锈铁的混合气味。收此刻所看见的无异于一个刑讯室。

在古代的采石场、年轻奴隶们的劳役所……在笼罩着传奇色彩这一点上，这个房间与其他体育运动的俱乐部大相径庭。年轻的人们蜷曲着剽悍的后背，因背负的重量而咬紧牙关，双腿的肌肉直打哆嗦。死一般岑寂，既没有呼喊声，也没有吆喝声，只有苦恼、紧张、汗流浃背、充满淤血的年轻肉体。

举重练习今天已经结束了。在这里的全都是武井宗派的晚辈们。有人把脚绑在倾斜的木板顶上，倒立着身体，用手臂上下挥舞着左右两边套着沉重铁盘的木棒；有人横卧在马扎上，往胸口上举起同等重量的铁器；有人将沉重的铁器扛在肩上，忽而站立忽而坐下；有人目不转睛地看着自己双臂的鼓胀，一边把带有双层铁盘的哑铃轮番举到齐肩膀高后又一古脑儿放下；有人俯身叉开双腿，将左右装有沉重铁盘的东西放至与地面齐平的位置上，然后又憋足力气举到触胸的地方。收不禁觉得这一切都属于凄惨而又滑稽可笑的奇怪姿势。瞧，他们正默默地承受着各自被课以的种种刑罚。

但在这种刑场的空气中，却有一种令人着迷的东西。半裸的年轻奴隶们一个个被幽禁于无法窥知的、黑暗而神秘的、肉体的冥想之中。黄昏时分，没有点灯的天花板，积满尘埃的地面，古老的铁制器具，一切都显得暗淡，只有肌肉熠熠生辉。仔细一看，的确，这里所看到的各部分肌肉，无一不显得敏锐而善感。收从未在别的地方看见过如此敏感的肌肉群体。一个年轻人伛下了身子。于是，立刻在他的侧腹上清晰地浮现出了无数绳结儿一般的肌肉疙瘩。即便是在一动也不动、安静地站着休息的年轻身体上，有时也宛若各种各样的感想会蓦然闪现一样，只见迅捷的运动从一块肌肉波及另一块肌肉，从而引发手臂上的肌肉急不可待地高高隆起。收觉得武井的话不无道理。

"首先脱掉上半身的衣服，让我瞧瞧你的身体。"比收显得矮小的武井骄横地说道。在这里，收为自己瘦瘠的身体感到特别害羞。这时武井拽住收半裸着的胳膊，把他不容分说地拉到了镜子前面。镜子里映照着收羞于看到的身体。虽说不很清晰，但却能看到肋骨的起伏。

"看吧！"武井说道，"你骨节很粗，犯不着为现状沮丧。说起现状，也就是为零吧。这充分暴露出你长久以来那种没有节制的生活。既缺乏你这个年龄所应用的皮肤的光泽，也缺乏与你年龄相称的力量，苍白无力，无异于一块豆腐。"

听着这样的解释，武井的晚辈中有两三个人一边笑着，一边聚集到了收的周围。与他们的魁梧相比，收的裸体显得越发孱弱苍白了。

"与其说是豆腐，不如说是一只可怜而瘦小的、被剥了皮的小鸡。"武井趁势继续埋汰道，"肌肉嘛，就和其他的所有器官一样，也会出现非能动性萎缩。看看你的三角肌吧。不错，是一块肩膀圆圆的肌肉。再跟这些家伙的肩膀比比看。迄今为止，你过的是完全与力量无缘的生活，致使你的肩头骨节毕露，只剩下了一丁点已经萎缩的三角肌。"

实际上，收也不得不承认，他的身体确实缺乏与他脸部那气度高雅的美貌相同的美感。他的身体又干又瘦，与优雅相去甚远。这表明男性的优雅脱离了某种程度的健壮是不可能成立的。他纤细的胳膊从肩膀上无力地耷拉着，似乎力量已从指尖滑落殆尽了。他热切地希望："我要拥有诗人的脸和斗牛士的身体。"他发现自己完全缺乏朴素、狂放、野蛮等要素的支撑。真正抒情性的东西只可能诞生于诗人的脸庞和斗牛士的身体之少有的完全结合之中。

"今天是初次练习，只要用轻点的杠铃分别练习两组便可以了。先练两组挺举，再练两组抓举，接着是两组背撑，再是两组卧推，然后是两组半蹲，再然后是两组深蹲。最后再做些腹肌运动。"

武井命令收穿上运动衣裤。收换了服装。他深感羞辱，觉得自己在这个陌生的环境中被布满荆棘的空气螫刺着，很难相信自己长时间游手好闲的肉体能一直沿着一个目标奋勇向前。他在自我之中看到了一个萎缩退避、被动挨打的羸弱的小家畜的形象。一个与用于睡觉的潮湿干草告别，与自己的气味告别，在半梦半醒之间踯躅彷徨着，在别人的驱赶之下被迫服役的小小家畜……收感到自己好容易才用手触摸着了自己的存在。供初学者专用的灰色小杠铃横卧在薄暮时分的混凝土地面上，犹如夏季杂草丛生的碎石场背后一对失落了车身的手推车的车轮。

他用双手抓住杠铃，举向胸口。没想到它竟然出乎意料地轻巧。

——母亲正在浓妆艳抹。尽管她只不过是一个普通的小小服饰店的女老板，但收却喜欢从母亲的这种化妆中凭空臆想：母亲正在从事什么奇怪的买卖。

收还喜欢听母亲夸张地讲述她的不幸，喜欢听她用喑哑的嗓音把自己的生涯加工成浅草电影馆的广告招牌画上的那种色彩浓烈的悲剧。

"今天我去做了点体育运动回来。"收说道。

母亲一边抽着烟，一边用目光追逐着香烟袅袅升起的烟雾。她把注意力的一半分给了烟雾，把另一半用在了谈话上。

"嘿，你去做体育运动了?! 这倒挺稀奇呐!"

"我想拥有一个健美的身体。"

"有了健美的身体，又怎么样呢? 哦，对了，如今的女孩子倒是喜欢身体棒的小伙子呐。"母亲说道。

收感到一阵亢奋，这亢奋里奇妙地混杂着流汗后的爽快和从事体力活儿以后全身的力量还凝固在身体每个部位中的感觉。因而他一反常态，从高处俯视着他的母亲。今天的母亲看起来特别矮小，穿着不相称的套装，用浓浓的口红掩盖了嘴唇上的皱纹，把自己所能想像出的"辛劳"当作紧身衣一般束紧自己的身体。

"你老爹似乎又迷上了一个无聊的女人。"

"你怎么知道是一个无聊的女人?"

"和你老爹鬼混的肯定是无聊的女人呗。"

"说的倒也是。"

收愉快地笑了。总是有女人像疥癣似的纠缠住丑陋而可怜的父亲。

太阳西沉，行人如梭。他们店所处的地带有不少酒店、咖啡馆，所以不适合做如今的这种买卖，而只能眼巴巴地透过店里的橱窗观望着行人来来往往。店里的商品柜中杂乱地陈列着项链、胸针、手镯、耳环、手巾、手套等。自从对面的咖啡馆装上了巨大的原色霓虹灯以后，在那些灯光的反照下，这边店铺的商品也总是色泽变幻不定，惹得母亲牢骚满腹。无论如何，在这种只能将店铺的衰微全部归结于不景气的区区店铺里，经济萧条的阴翳很自然地浓郁地笼罩着一切，无论把店堂装饰得何等明亮，都总有一抹黑暗将顾客的脚步推得越来越远。

很稀奇地居然有两个办公室小姐模样的年轻女客人在橱窗的前面停下了脚步。"她们是不会买的，"母亲在店铺里咕哝道。由于她过分相信自己的判断，使这种判断不知不觉之间演变为一种绝望，以致如今的她早已放弃了招揽客人的努力。就像吉卜赛的女占卜师一样，她坐在店铺里一动不动地从远处揣摸着客人的模样，渐渐地开始满足于抽中一个凶卦了。

两个女人虽说显得并不富裕，但打扮却干净利落。她们的视线在一条项链上游弋着。那项链十分昂贵。母亲又在低声嘀咕道：

"那两个家伙是不会买的。"

但在那两个女人的眼睛里，显然欲望渐渐增添了光焰，开始膨胀起来。那已不是一条单纯的项链，而是对她们关于生活的所有梦想，她们理应拥有的身材匀称的美丽，还有对寒碜的钱包所进行的一种罗曼蒂克的抵抗……不光如此，它还是那种能将人拽入到与自杀、投水的欲望相类似的东西中的力量的总和。

但就在此时，有什么东西倏然从那女人的眼睛里消退了。欲望烟消云散，重新回复到了安详的宽容眼神。她与刚才还视作仇敌的项链握手言和了。总之，她已打消了购买的念头，而仅仅停留于观赏。在她们下班回家途中充满一天疲劳的脸上，还有涂抹着口红的侧脸上，对面那些花花绿绿的霓虹灯正描绘出色彩不断变换的轮廓。

……收的脚步不由得一下子迈了出去。那两个正要离开的女人朝着这边望了望。只见女人的眼睛忽地一闪，所有观察事物的力量便集中在了眼角上。"和刚才盯着项链看时的眼神一模一样，这下我成了项链的替代品了。"收思忖道。两个女人侧着身体，再往店里跨进了一步，佯装着正在观看别的商品。她们不时把目光投向收的脸，宛若被一条细线牢牢地牵制着似的。

"欢迎光临！"收说道。两个女人几乎同时嫣然一笑。

"那些家伙终于掏出了她们的工资。"收心满意足地看到那条被卖掉的项链的价格显示在了收银器上，说道。

"在我包装项链时，那两个姑娘对你嘀咕了些什么吧。"

"说什么在对面的咖啡馆等我来着。女人都那个样，恨不得立竿见影收回成本。"

"要是你肯来店里当伙计，这个店肯定会兴旺的，也不必花心思改建成什么咖啡馆了。"

"哼，谁愿意到这种店来……"

"设美男计来做买卖，对男人来说，也不会没趣吧。"

母亲喜欢和儿子说一些有失体统的话。在她看来，儿子的放荡就等于是自己的同伙在对丈夫的放荡进行报复。无论如何，这也属于孝敬母亲的一种啊。

有失体统的谈话最后变成了发牢骚。然后，她把店铺的改造计划和报价表拿给儿子看。"经费怎么办？"儿子问道。"借不就得了。"母亲回答道。

好一阵子两个人都思考着资金问题，所以，只是怔怔地注视着别的空间，陷入了沉默之中。他们从那一片空间中猜测到了某种隐隐约约的危机。两个人同时感到那危机就如气球一般飘浮在头顶上，医治了母亲可能被顾客、而儿子可能被戏剧角色的分配所抛弃的无时不在的不安。即使未来一片漆黑也罢，母子俩依然无力而怠惰地半带着游戏的心情从那漆黑的未来中感到自己是被挑选出来的选民。

"快去快回吧。那两个姑娘正等着你呐。"母亲做出了平时常做的那种驱赶儿子的动作。她很爱儿子，却不愿意两个人长时间地单独厮守在一起，害怕看见自己的不安被映照在儿子身上。

"哼，我就是要让她们等得心慌才好呐。"

他对着商品柜上的镜子用梳子梳理着头发。由下而上照射着的荧光灯使他那造型漂亮的、羽翅一般的鼻翼显得格外苍白。

母亲默默地把刚才卖掉项链的钱原封不动地塞进了儿子的口袋里：

"这可是你自己赚来的钱。"

收只是端详着镜子，没有道一声感谢。如果说母亲是富于空想的，那么儿子也同样是富于空想的，因此可以说这母子俩的悲剧不无空想的性质。更何况收是一个演员。他做出一副喜欢反抗的放荡儿子的神态，歪斜着身体，蓦然从商品陈列柜中间穿行而过，走了出去。

清一郎并不那么喜欢喝酒。他很容易就醉了。一喝醉酒，他就会被异样的不安所驱使着，隐匿起身体走向镜子家。这是惟一一处他不怕被人窥见真实面目的场所。

今夜他没有醉。而茕茕孑然的夜晚张开了大嘴。这种时候，他会匆匆忙忙地去嫖完女人后，比先前更孤独地走在大街上。

这是一个阴沉沉的、暖洋洋的五月之夜。灯光渗透进他那疲劳后的眼睛。他眯缝着眼睛一看，发现街道已经融解了。行人的影子和汽车的形状全都融解了，仿佛街道是由潮润的、容易融解的物质所构成的一样。

一直待在办公室里、处于恒久不变的坚固物质中的清一郎，就这样兀自一人在街道上徘徊着。此时，他觉得自己仿佛是行走在一个危险世界的中心地带。这世界的骨骼是一件由闪光的金属薄片所构成的、即使是轻轻一触也会分崩离析的纤细的玻璃工艺品。对于他来说，这正好是一个可亲的世界。无数花里胡哨的招牌和霓虹灯竞相展示着自己对虚伪的美的忠实。只见一盏霓虹灯闪现出了"不夜城"三个字体古朴的红字，可事实上夜晚早已迫近四周，甚至侵占了那些笔画间的空隙。清一郎真想让自己也变成一盏霓虹灯。这样一来，他对欺瞒的奉献就会最终完成吧。纵然是一瞬间也罢，能够不为自己的法则而生存的那种盲目的禁欲主义，一旦化作了霓虹灯，便会成为一种什么也不是的、习以为常的自然习惯。

在某个酒馆的后门口堆放着无数的空啤酒瓶。其中一瓶的底部尽管已完全没有了酒泡，却还积留着一丁点儿残酒。每当汽车从一旁疾驶而过，那些酒瓶就会在无人知晓之间敏感地直打哆嗦。清一郎正是想变成这样一种啤酒的渣滓。明天是不存在的，因为瓶子里尽管确实还残留着一点啤酒，但瓶中的啤酒确确实实已经被人"喝光"了。

我要当大将！我要做高官！我要成为大发明家！我要当一个伟大的人道主义者！我要做一名大实业家……啊，搜遍孩提时代各种记忆的角隅，他也不曾有过这些愿望。或许他像别的孩子一样，想过当售票员、士兵、消防员。无论在谁眼里，他都仅仅是世间一个普通而快活的男孩子，但是，他的心却是一个空洞，从未给自己描绘过在这个世界上渴望成为的形象。

……在行人密集的背街胡同的一角，从一间规模庞大的弹子游戏店内发出一阵阵明快而响亮的金属撞击声，使人老远就知道它的存在。那铃铛的响声、铁弹子滚落的鸣响，与普通机器的轰鸣截然不同，可以从中听出人们情感的反应。小小的失望，小小的满足，小小的喜悦与弹子落下的声音一起被弹飞到街道的杂音中，最后又像石块一般被人踩在了脚下。

清一郎站在门口，往弹子游戏店的里面瞅了瞅。到处都是一笑也不笑的侧脸，屋子里充满了恍若来世般的明亮。

有一个楼梯通向二楼。映出"娱乐中心"几个字样的霓虹灯在上楼的梯子口附近瑟瑟颤抖着。拾级而上，能听见机关枪的声音和警报器的鸣叫。

清一郎被那声音诱惑着爬了上去。二楼的射击场上并排陈列着美国占领军遗留下的各种娱乐器械。在进门的地方是保留着昔日遗风的金鱼捕捞点和鲤鱼垂钓处。在一个狭窄木箱盛满的水中，只见一群不久将被垂钓的金鱼在噪音的重重包围下悠闲地游着。

机关枪、猿猴、潜水艇、高射炮、汽车兜风、赛车、曲棍球，无论玩哪个项目都只需一次付二十日元。这二十日元的消遣隐含着对所有社会性精力的郁积所进行的公开侮辱。这种侮辱比甜点心还要香甜，它向社会的弱者们献媚。他们心安理得地接受这种东西，张开大嘴狼吞虎咽。

清一郎开始搜寻空着的机器。什么都行，只要能依靠对某一台机器的迷恋而恢复与自己之间的小小亲密感。

赛车还空着。他把二十日元交给一个从机器背后探出头来的女人，然后在玻璃箱前面的椅子上坐下，用两只手握住安装在箱子外面的大方向盘。

箱子里面点着灯。这是在初夏刺眼的光芒照射下的高速公路上的光景。被画成圆筒形的高速公路仿佛是要爬上山丘的顶部似的，山丘的远方被浮云飞渡、涂满油漆的湛蓝天空全部占据了。道路的左右两侧画着小小的花草，牧场的栅栏内有牛群在嬉戏玩耍。没有谁会厌恶这样一幅图景。可在这种乐天而平凡的诗化世界里恰恰缺少了人的影子。这个玻璃箱里的晴朗的星期天。

一辆红色的敞篷车在高速公路上飞奔着。圆筒开始迂回向前。如果仅仅如此的话，车子肯定能顺利地在路上行驶。可圆筒常常不规则地同时向左右两边拐弯，所以车子动不动就驶出了路面。清一郎手脚敏捷地转动方向盘，以便让车子不偏离车道。可车子还是很快飞出了路面，狂奔在画有山崖、小河的周边地带。偶尔有别的车辆飞驰在路上，这时，箱子外面的红灯就会照亮"On the road"的英文,在蓝天的各个地方接二连三地亮起灯来,显示出用鲜艳色彩标明的得分数:500、1000、2000等。

蓝天上出现的红黄紫色的数字图景真可谓鲜明清晰,似乎一旦没有它,晴朗的蓝天也就不可能成立一样。它强化了诗一般的蓝天。2000、3000,这些笔画很粗的数字熠熠闪着光,照射在眼睛上,使蓝天变成了带有预言性质的蓝天。

……时间已到,圆筒的移动变得舒缓乃至平息了。与开始时一样,高速公路远方的山丘成了用白铁皮制作的未知的地平线。机器随即戛然停止了。

女人探出头,一言不发,把用沾满灰尘的蜡纸包装起来的两根麻花糖放在了清一郎面前。

箱子里的灯灭了。玻璃里映出了旁边两三个围观者的脸,而其中在笑的那张脸便是收。

"呀——"清一郎从椅子上欠起身,把手搭在收的肩上。

"真蹩脚呀。不拿5000分怎么行?"收说道。

别的客人坐在椅子上,握住了方向盘,所以站着说话的他们俩稍稍挪开了身子。旁边高射炮的轰鸣不时盖过了他们的谈话声。四台高射炮安装在玻璃箱内部的四个角落里,每当捆在中央柱子上盘旋的两架飞机被高射炮击中,其红色的翼灯便会神经质地闪闪烁烁。

"现在你去哪儿呢?"清一郎问道。

"哎,那两个纠缠不休的女孩可真是太乏味了,刚刚甩开了她们……对了,是不是去镜子家呢?刚好有个伴儿。"收说道。

……对于聚集于此的青年们生活中逐渐发生的变化,镜子不予理会,而只是继续重复着同样波长的生活。如果把青年们看作是函数,那么镜子就是一个常数。乍一看,她具体地体现着生活始终不渝的姿态。镜子的家无论什么时候前去拜访,都依旧是镜子的家。无论青年们在哪儿干什么,都能够在心里描绘出这样一幅情景:一到夜里,镜子家便点亮了灯盏,于是换上晚礼服的镜子就会合计着今晚又去哪儿玩耍,或是刚好从游玩地归来,正预备着又将开始啜饮洋酒。

无论身居都市多么僻远的角落,只要一想到镜子家就在那儿,就会给经常登门造访的青年们带来一种安慰,以至于整个都市都变得可亲可敬了。在这里,不道德的水车不分昼夜地旋转不停,特别是在情事方面,无论何种背信弃义都能得到容忍。烦恼、信赖、誓言、羞耻、温柔的呼吸、心灵的悸动在这里被赋予了与背叛、谎言、无耻、欺骗、死皮赖脸的求爱、堕胎的咨询等同样的价值。一想到这种场所存在于这个世界上的某个地方,便令人兴奋不已。因为在这里不存在任何被视为禁忌的话题,所以,与倾吐失恋之苦而获取心灵的慰藉一样,就连那些向可爱的少女犯下的罪愆也得到了安慰。打骨髓里便是一个女人的镜子深知加害者的屈辱和烦恼,并对此抱有充分的共鸣和同情。

尽管自以为生活得我行我素,可不知不觉地自己已成为客人们必不可少的存在。深知这一点的镜子越来越竭力使自己去接近于周围的人们所描绘的她的肖像。有时候她就这样走向了关于自身的误解的极限,甚至沉湎于莫名其妙的空想中。"我是一个过多拥有母爱的人。"

……实际上,生活的单调几乎没有给镜子带来什么威胁。人们曾一度打定主意献身于悖德的生活，可最后却又不断地被发明的要求、独创性的要求追赶得走投无路，以致这种独创性的危机导致了破灭。然而镜子没有遭遇过这种危机，她得以平稳安定地生活，而且毋需独创性的一鳞半爪。因为总是有很多男人将不道德的东西携带进这个家里，所以她没有必要来自己发明。

镜子甚至不知道不眠症是怎么回事。当最后一位客人告辞而去，刚才那种种性感的对话便化作了很好的催眠药，使她得以沉浸在摆脱了所有烦恼后获得自由与客观性的满足感中。关掉枕边的台灯，把头埋在枕头上，不一会儿便进入了惬意的睡眠。

那天晚上，光子和民子来到了镜子家。光是女人待在一起，无论怎么拉开话匣子，都让人感到索然无味。正好这时，收打来了电话，说是立刻与清一郎一起来访。虽说是彼此熟悉的好朋友，可两个男青年马上驾到的消息却依旧使在座的人大为振奋。

民子是大森山王一个殷实富裕的地主的千金小姐，只是凭着"兴趣"在酒馆里上班。她对工作是三天打鱼两天晒网，想休息就休息。民子身上颇有些傻乎乎的地方，是一个达到病态程度的好心人，对谁说的话都尽往好的方面想。也多亏了她这种不可思议的人品，才幸免了因上当受骗而抱头痛哭的麻烦。谁也不可能欺骗民子。面对她这种轻信的人，竟敢趁人之危的男人也未免太令人扫兴了。所以，作为这种轻信的一大好处，便是她与那些多疑多虑的女人相比，尽管在免遭男人欺骗这一点上殊途同归，但在与男人的交往中却更具有轻松自若的优势。

民子和谁都能成为朋友，大臣也罢，菜店的推销员也罢，西洋人也罢。她是一个相当实证性的绝对和平主义的信奉者，以致对下列问题大惑不解：为什么全世界的人不能手牵手围着地球大跳集体舞呢？她自己为人慷慨大方，也喜欢从别人那里接受东西。即使在这种时候，她也闹不明白，物品和现金各具何种不同的意义。

关于男人？民子更是缺乏主见。不管对方是六十岁的老头儿，抑或十六岁的小伙子，她都承认他们各自的优点，把"坏人是没有的"这句话当作口头禅。这就播下了老是与光子争论不休的火种。光子只钟情于年轻男子，对男青年的魅力具有独特而精到的一家之言，比方说，男人的发型、眼睛、衬衫、鞋子、微微敞露的胸膛、言谈时的措辞、低头时肩膀的角度……而这一切对于民子来说，却没有什么意义。

与这种争论相比，镜子的兴趣爱好则显得别具一格。与其说她对男人身上洋溢着的魅力感兴趣，不如说她是一个情爱事实的收藏家。若是谈论魅力，那么仅有她自身的魅力就已经足够了。即使在空想之中，她也是自我本位主义，更喜欢想像那些迎面而过的男人从自己娇艳的倩影中所描绘出的大胆而淫荡的空想的地狱。本来可以坐汽车去的地方，她偏偏喜欢乘电车去，却又害怕电车过于拥挤，所以总是选择不挤也不空的时间带去乘电车。

大门口的门铃终于响了。"来了来了，"光子和民子大声叫道，并很快商量好千万不要流露出急不可待的表情。

两个青年就像是回到自己家一样地进了屋子。嗅到三个女人身上发出的不同香水味，清一郎用阴郁的口吻说道：

"哼，好大的人味，好大的人味！"

说完，一下子在空着的壁炉前的椅子上坐了下来。收坐到了长椅子上光子的旁边。

镜子喜欢清一郎那种食人族式的寒暄语,出于天真无邪的好胜心,她说道:

"我们三个人中你想先吃掉谁都行啊。"

不过清一郎并不是空腹而来的。

"什么,你要结婚了?!"

光子发出一阵怪叫,并在"结婚"这个词上倾注了最大限度的猥亵成分。

"对方的老头子很中意我,说我是一个明朗快活而又大有希望的青年。"

三个女人大肆抨击那个老头子缺乏看人的眼力。大家都想刨根问底地打听对方的情况,可清一郎却闭口不谈。无论如何这都算不上绯闻,不适于在这个地方高谈阔论。

副社长叫他一起共进了一次午餐。在东京会馆幽暗的西式小餐厅里,当谈到董事们在丸之内附近进午餐的话题时,副社长不经意地向他提出了几个无关痛痒的问题。总之,对他很是满意。他的特技就在于能够给人以沉默寡言、城府很深却又明朗豁达的印象。这个年轻人对自己给予他人的印象颇为精通,与世间的教诲相反,他从一种不可思议的直觉出发得出了这样一个结论:了解社会本质的捷径与其说在于研究他人,不如说在于研究自己本身。这原本是女人的方法,但现今的社会要求年轻人的并不是做一个男人。

——一来到这里后,收便感到肌肉疙瘩在一点点地胀大着,长时间不曾使用的肌肉正发出轻轻的呻吟,倾诉着钻心的疲惫。第二天早晨，身体的各个部分又会一齐发出疼痛的叫喊吧。这种不安的内部感受显得不可思议地新鲜，甚至带着快意。他能在自己的体内感到那种种子即将破土萌芽一般的东西。迄今为止一直不曾意识到的肌肉现在已开始从沉睡中苏醒过来，蠢蠢欲动。自己的内部明显地被分为灵与肉这两个彼此重叠的层面，仿佛自己正一点点地把精神向外掏出，并使它变质为肌肉。或许什么时候精神总会被全盘掏空化作肌肉的吧。他将成为一个彻彻底底只在外部被创造，只从外部被渗透的人，一个不具备心灵而只拥有肌肉的人……收呆呆地坐在椅子上，梦想着不久将有一个斗牛士般满身敏捷肌肉的男人坐在自己现在这个位子上。

"那时候，我将完完全全地存在于这儿吧。而此刻抱着如此想法的我这一模糊的存在将不会留下任何蛛丝马迹吧。"

"你在想什么？"光子猛地摇晃着他的膝盖。

光子总是无法容忍他的出神状态。不但如此，还喜欢用自己的诠释来对此做出简单的结论，并把那种诠释强加于人，自以为能够用自己的一套疗法来治愈收的疾病。

"我明白了。你呀，肯定正在想一个小时前在某个街头，有个不知何处的姑娘迷恋上了你的那张脸吧。肯定还在想像着这段浪漫史今后将会怎样展开吧。最后你厌倦了这种想像，索性认定每一个姑娘都是大同小异的。你的眼睛看起来不像是在追寻一个未知的东西。"

收没有回答，只是微微蹙紧了眉头。尽管光子从头至尾全部判断失误，但收却喜欢看着别人像推拿按摩一般认真分析他自己，特别是那种错误的分析。那是一幅与他毫无关联的他的肖像画，甚至比他本身更坚实地存在着。

——镜子讨厌揣摩和臆测。在这个家里，大家都理应变得更诚实，都理应从嫉妒、羞耻及一切的困惑中解放出来。刺破夜晚的空气从洞开的窗户中传来了电车发车时的喇叭声，这喇叭声引发了她出门旅行的念头。

"去不去旅行？大伙儿再一起去旅行怎么样？"

从大家的嘴里流露出分不清是赞同还是反对的低语。总之，没有人明确地回答。只有镜子热烈而湿润的声音的余韵好一阵子都还萦绕在空中。

"院子里有脚步声呐。"民子说道。尽管她是出于善意说的，可她的发言总是不能引起别人的重视。

过了一会儿，这次光子说了同样的话。可听起来不乏做戏的成分，所以也没有人信以为真。

终于镜子站了起来。

"的确，刚才我也听见了。确实有人在阳台下走动……这下又停住了。大概是藏起来了吧。"

大家面面相觑。但收却没有表现出半点的关心，而清一郎则做出一副对别人求助于自己深感麻烦的神态，只顾钻入自己的城堡中饶有兴致地观望着三个女人被不安所攫住了的情景。那种不安与她们之间的搭配显得奇妙无比，宛若穿着不协调的和服或是戴着不协调的帽子。

阳台上什么也看不见。明治纪念馆森林的尽头垂挂着一轮新月。空地上的一户人家忘记收敛的鲤鱼旗上面的红鲤鱼也在夜色中显得幽暗恍惚了。旗子在微风中悠然地晃荡着，缓缓地翻转身子，突然间旗尾飘离了旗竿。

坐在打开的法国式窗户边的民子突然跳起来发出一阵尖叫。玻璃门中的一扇发出"哐唧"的一声一下子关上了。与此同时，一个黑色的人影从阳台上跳了进来，嚎叫着叉开双腿站到了房间中央。一看，原来是峻吉。他穿着黑色的衬衫和裤子，浑身黑色的装束，在枝形吊灯下笑着。那一瞬间，他显得出奇地高大和魁梧。

峻吉满意地笑了。清一郎觉得那笑容几近于无礼。今夜所有在场的人中，没有谁比此刻的峻吉更由衷地感到心满意足的了。

女人们七嘴八舌地谴责着这一恶作剧，可没想到夏雄又出现在了同一个阳台上。尽管他参与了峻吉的恶作剧，但却没有像峻吉那样华丽而耀眼地登场。他只是一边腼腆地掸掉上衣的尘土，一边走到大家面前，这反而使在场的人毛骨悚然。

然后又是一阵热烈而恐怖的表白。一旦听说峻吉与夏雄是在街上偶然遇见后相约来到这里的，清一郎和收不禁惊诧万分：今夜真是一个富于偶然性的夜晚。

这时，客厅的门打开了。穿着睡衣的真砂子探出头来，一只手上还抱着个大偶人，显得更加可爱了。她用一种宣言式的口吻说道：

"吵得太厉害，把我都闹醒了。"

因为这一句宣言，镜子打消了把真砂子再次赶回床上的念头。真砂子迈着宛如童话剧中小白兔似的孩子气的脚步，一蹦一跳地钻进了夏雄的双膝中间。

大家为事隔一个月后原班人马重新相聚而欣喜万分。在清一郎的询问下，峻吉讲述了他在临近拳击联赛前从早到晚进行超强训练的每个日子。然后他又向民子谈到了自己对本月二十四日白井对艾斯皮诺扎一仗的预测：或许白井能够艰难地卫冕成功吧……打旅行回来以后还不曾见过面的民子看到峻吉脸部的每个角落都不再残留着箱根之夜的记忆，只好无可奈何地与他争相装出一副恬淡的模样，拼命地说一些充满善意而又刺激他的话。

"反正对于拳击来说，女人都是一种禁忌吧。"

酒上来了，只有峻吉一个人没有喝。谈话不知不觉地把女人们抛在了一边，而在四个久违的男青年之间热烈地展开了。不过夏雄依旧十分谨慎，对自己的事只字未提。

"到底我们的共同点是什么呢？"清一郎让镜子加入到他们的谈话中，问道。

"也许在于谁都不想变得幸福这一点吧。"镜子只是远远地说了这么一句。

"不谋求幸福，这是一种古老而感伤的思想。"清一郎反驳道，"其实，我们对于变得幸福这一点也并不在意，对于幸福像青苔似的纠缠住自己的身体也毫不惧怕。愚蠢的是，人会因一些无聊的理由而不知不觉地变得幸福，而那些像躲避麻风病一样躲避幸福的家伙们的英雄主义不外乎是一种又脆弱又可怜，并且陈旧无比的贵族主义。我们对一切都是免疫的，但愿你们认为我们对幸福也是免疫的。"

被这种一本正经的宏论所压倒，镜子再也不说话了，她加入了女人们的话题。

但四个男人全都在缄默不语中找到种感受：我们是伫立在墙壁

前面的四个人。

那是时代的墙壁呢，还是社会的墙壁？这是不得而知的。总之，在他们的少年时期，这种墙壁已经彻底瓦解了，而在外面明亮的光线中，瓦砾却一直延伸到了无限远的地方。太阳从瓦砾的地平线上升起又坠落。每天的日出把玻璃瓶碎片照射得熠熠闪光，将美给予了散落在地面上的无数碎片。相信这个世界是由瓦砾和碎片所构成的那段无限快活、无限自由的少年时期已经消失了，如今惟一确切无疑的事情便是：面前有一堵硕大的墙壁，而他们四个人正站在那里将鼻子凑了过去。

"我要打碎那堵墙，"峻吉握紧拳头想道。

"我要把那堵墙变成一面镜子。"收怀着慵懒的心绪想道。

"总之我要在那堵墙上画画。如果墙壁能变成一幅画着风景和繁花的壁画就好了。"夏雄热烈地思考着。

而清一郎的想法则是：

"我要变成那堵墙，我要化作那堵墙本身。"

……沉默之中，各自的思绪四处漫流。在一瞬间里，他们变成了热情澎湃的青年。清一郎喜欢自己身为青年却又同时是青年们的煽动家。

"是啊，好不容易这样相聚一堂了，"清一郎像是猛然想起了似的说道，"再过几年，每当我们聚首重逢时都要毫无隐瞒地倾心交谈吧。重要的是各自需要固守自己的方式。为此我们不能够相互帮助，因为一星半点的互助都是对每个人宿命的侮辱。无论身陷何种逆境，我们都将结成互不相助的同盟吧。这是一个历史上谁也不曾尝试过的同盟,一个历史上惟一永恒不变的同盟。因为在此以前的所有同盟都是无效的,只能以一片纸屑作为结束,这是历史所证明了的事实。"

"就不和女人结成同盟吗?"很快就对女人之间的话题感到厌倦了的民子说道。

"早就结成同盟了。"

"是啊,早就结成了。如果要和女人结成同盟,那么,绝对不与女人睡觉便是一个先决的条件。所以,也就意味着惟有你一个人没有和在座的任何一位女士睡过觉啰。"

"我只喜欢卖淫的女人。不过,不和你们睡觉的可不只我一个人,分明还有夏雄君呐。"

"夏雄还是一个童男哩。"

这露骨的说法使夏雄羞红了脸,但他并没有因此而受到伤害。在这个问题上他完全没有什么虚荣心。

镜子站起身说道:

"喂,大伙儿一块儿去哪儿玩玩吧。'玛奴埃拉'怎么样?不过去那儿可不能没有西服和领带。"

清一郎和峻吉拒绝了。清一郎讨厌去奢华的场所,而峻吉明天一大早就有野外长跑训练。夏雄倒是西装笔挺,可收的身上却只穿着一套运动服。

"把爸爸的上衣和领带拿出来借给收。"镜子命令真砂子道。分手的丈夫留下的几件穿过的衣服在这种场合总是能派上用场。

镜子自己倒是已经做好了夜里外出玩耍的准备:穿着晚礼服,

佩戴着夜晚的耳饰和项链，还擦了夜用的香水。这身旨在夜总会昏暗的光线中显得年轻十岁的打扮，此刻在客厅明亮的灯光下多少有些过于娇艳，反而带给人一种寂寞的感觉。

她一直在想着清一郎的婚事。她明白自己没有任何理由为此感到嫉妒和凄楚。他们俩之间从不曾表现出什么近于恋爱似的态度，这并非自尊心作祟或是意气用事，而只是顺其自然的结果。

那么，此刻这内心的疼痛便只能被看作是与这个家中弥漫着的情爱的气息毫无关联的、丧失了朋友之友情的疼痛，是丧失了同她一样信奉无秩序并且还相信一切道德的精神伴侣的凄楚。然而，清一郎并没有背弃和辜负无秩序的思想。按照他的那一套僻论而言，正因为相信破灭，不相信明天，才能够心安理得地与世俗握手言和，屈从于习俗惯例。但是……——镜子又思忖道，——毕竟他也是血肉之躯呀。尽管以前忽略了这一点，可他毕竟也是肉体之人。虽然内心蔑视一切情爱，可镜子又怎能否认眼前动弹着的那种活生生的情感呢？曾几何时，他注视着她，说她是一个"决不可能生活在现时之中"的女人，可如今却在镜子的面前出现了两个可怕的东西，即现时和悔恨这两个可怕的东西。她似乎必须从中选择其一。

"不过，我是决不会进行选择的。"她重新振作起来，坚定地想道，"我是不会选择某一个人的，基于我的这种原则，也就没有必要来选择某一个瞬间了。进行选择的同时，也就意味着被选择，而这是我所不能允许的。"

……光子说道：

"你还是在眼皮底下稍打点粉为好。"

镜子对大部分的熟不拘礼都能坦然接受，可在化妆上被人说三道四,却是她所不能容忍的。

"你是说我的眼皮底下有阴影?就连你也……"镜子回答道。

真砂子趿着拖鞋,发出明快的脚步声回到客厅里来了。她穿着齐脚踝长的父亲的上衣,脖子上挂着一条领带,那神情使大家忍俊不禁。

但真砂子却一点也没有笑,用充满威严的态度走近收说道:

"阿收,可以把我的上衣和领带借给你,但你得好好爱护哟。"

民子大声地赞扬那上衣与领带在色彩的搭配上十分协调。

收系好领带穿上上衣时,只见真砂子侧着身子坐在毛毯上目不转睛地盯着他看。尽管因为缺乏力量小孩的手够不着远处,可她却一直在旁边观察着。她目睹了某种连小孩也不能容忍的行为在眼前像仪式一般堂而皇之地进行。然而,她的那种目光显得多么天真烂漫,多么纯洁可爱啊!并且不曾流露出半点谴责的痕迹。对此,真砂子感到由衷的满足和陶醉。

三

在秋季展览会上，夏雄因为去年有作品特别入选，所以可以不经过审查直接参展。但他却无法确定绘画的题材。从春天开始，他心里一直牵挂着这件事，但又未能找到中意的题材。他的心中贮满了他那丰富的感受性的猎物。无数被他的感受性之箭所射中的东西堆积如山，恰如在荷兰的静物画中那些野雉、山鸠的遗骸与丰醇的果实混杂重叠在一起，共同沐浴着夕阳一般。或许因为收成过于丰饶，以致反倒抓不住焦点了。

进入七月后的一天，夏雄怀着走投无路的悒郁心情，随身携带写生簿，驱车前往多摩的深大寺。

日头已经西斜，树木投落下颀长的影子。驱车进入古老水车旁的道路，只见树木遮蔽着的黑暗中水光粼粼格外耀眼。不久在树林更幽深的地方，据称是建于桃山时代的深大寺的红色山门便出现在了石级上。夏雄在此停下车来。

郊游的中学生们坐在清澈的泉水边的折叠凳上，吵吵嚷嚷着。这儿建有临时的荞麦面馆、陶器铺，还有小贩在出售鸽笛和草编的马儿。夏雄买了一只鸽笛，试着吹了吹。随着笛声的响起，几乎所有的中学生都一齐吹响了鸽笛。夏雄不禁吃了一惊：这声音仿佛在静寂灰暗的寺门前的风景画上泼洒了嘈杂而且极不协调的原色颜料似的。

夏雄在山门前低下头鞠了个躬，决定到山里去。道路通过被莲叶和浮萍所覆盖的辨天池畔，在一家出售树根工艺品的古朴的茶屋前往右拐去，然后是一个上坡。此时夏雄化作了抱着写生簿步入自然中的画家这一抽象的存在。在被幽暗的杉树护卫着的陡坡上，除了他，再也看不见别的人影。他一边爬山，一边吹响了鸽笛。笛声渗透进幽深的杉树丛中，然后又悄然消失了。他觉得自己是一只孤独的鸟儿。

爬上去一看，这里形成了一个舒缓的斜坡，稀疏的红松林透出西斜的阳光。传来了响亮而清脆的笑声。只见两三个中学生正利用这个斜坡和松林比试惊险的自行车特技。那叫声与夕阳下旋转的车轮发出的银色闪光融为了一体。夏雄想打开写生簿，随即又打消了这个念头，因为那一切过于充满了动感。

不久，骑自行车的少年们飞驰下陡坡消失了。

夏雄就这样在初次观赏到的风景中流连徜徉，他体会到了那种与不眠之夜大脑异样清醒，以致无数鲜明的意象接踵而至的状态颇为相似的东西。那些意象如乱麻一团，难以形成完整的画面，而只是一些没有意义的残片，其中还有不少已经流失了。有时候，一幅完整得灿然发光的绘画会横斜着身子从眼前白白掠过，来不及捕捉住它的全貌便已悄然逝去了。大多数风景就这样接二连三断片似的显现在眼前。

但风景这东西恰如翻阅画卷一样，既有开端也有终结。不妨把

88

面对风景时的精神状态比作临睡前的状态，有时会觉得大脑清醒无比，无数的意象陡然地跳跃着，似乎正和睡眠背道而驰，可就是在这时的某个瞬间大脑突然开始向睡眠急速陷落。与此相同，陷落于风景中的状态也会在某个意想不到的瞬间突然驾临。的确，画家是用眼睛来观察风景的，在最仔细地观察时看得最明晰。尽管如此，那种明晰的极致却与突然降临的睡眠属于同一种尤物。

……夏雄在稀疏的松林中前进，发现那种瞬间尚未来临。

穿过树林，面前开阔的广袤草地是那么明朗而鲜丽。在刚才那片阴暗的森林中向上攀登时，决没料到会有如此平坦而辽阔的风物在山顶上展开。站在草地上的身体与身后的黑暗森林、遥远的地平线上毗连成列的圣祠之间，除了倾斜着划过远方的高架线之外，便是一望无际的平坦田园。森林中奇缺的日照却丰饶而慷慨地流泻在这片原野上。因为是西下的夕阳，所以光线倾斜而低平，使野草和田畴的表面反倒漂漾着发自内部的明朗和光亮。放眼望去，除了在远处农田里劳作的两三个人影外，看不见别的人烟。

尽管离都市并不遥远，可夏天的傍晚，在天空和广大的原野、田畴、森林的中央，自己竟然会陷入一种完全孤独的状态，这不禁让夏雄感到难以置信。向地平线远远望去，只见所有的风景正环绕着他，纯洁地化作了他的所有物。是啊，在这毫无特色可言的夏日黄昏的田园，包括透过每一棵草尖的那种夕照的色彩，一切的一切都无不纯洁澄净。显然这儿有一种净化的功能。

夏雄感到自己现在已摆脱了那些纷繁意象的叠嶂，正一步步接近风景的核心。从草地的尽头取道左行，开始漫步在麦田、玉米地和刚才通过的那片森林尽头的边缘地带。小径左面的森林里，古老的巨树参天而立,使周围黑暗得恍如夜晚。小径右边的麦田一片葱绿,叶子的轮廓清晰可见。绿色被夕暮的黑暗一点点侵吞着,已经开始发黑了。

夏雄在前面道路的尽头听到了摩托车的嗡嗡叫声,以为它会驶向这里,不料它很快远去了,想必它是从某个地方的侧径出现在这条小道的尽头,然后又驶向了远方吧。尾灯的一团红光鲜明地闪烁在野径的深处。

夏雄这才第一次望了望小道尽头的西边天空。那儿日头已开始西沉。

地平线被傍晚黑色的云朵笼罩着,地面与天穹之间的界线被融解消隐了。那是一片厚重而密集的云海,其表层宛若被切成了碎片一般,形成了拖曳着的浮云的重叠。因此,透过浮云的夹缝能窥见淡蓝色的天空,在密云的上面甚至还残留着窗户般的淡蓝色缝隙,而那扇云烟的窗户其形状恰好像是横着放置的诗笺①。在这些云烟的对面,只见太阳已经开始落山了。

这时夏雄成了某种独特而深刻感受的俘虏。他感到自己突然被陷没在风景的核心部分里。这是一种处于冷静的极限中,同时又被目眩头晕的幸福感所攫住了的特殊状态,在这种状态中他的眼睛最明晰地看见了风景。

太阳西沉了。当它呈现出耀眼的橙黄色,开始侵蚀最上面的一层浮云时,从那些散乱的浮云中折射出了庄严的光芒。而一旦太阳继续下落,那折射出的光芒便渐渐褪色了。太阳徐徐地变成了血红

---

① 原文为"短册"。是一种长约36厘米、宽6厘米的日式诗笺。

色。被浮云所割裂开的太阳的上面部分依旧保留着橙黄色,而下面部分却化作了鲜血欲滴般的红色。

太阳眼看着从几道拖曳着的浮云中间滑落下去了,它开始填充着在黑色密云中央洞开的那扇形状如横放着的诗笺一般的窗户。上面和下面都被黑云牢牢地包裹住了,惟有那窗户充满了落日的余辉。至此,夏雄看到了这个世界上最神奇的四方形的落日。这红彤彤的四方形太阳好一阵子就那样驻留在那儿。原野已经黑透了,麦田在微风中发出黑色的簌簌声响。

不久,形状如诗笺般的太阳越变越窄,直到最后的余火燃尽,夏雄都一动不动地伫立着,甚至不曾打开写生簿。太阳完全隐没之后,在高高的天穹上,纤细的云朵在澄明的光线中凝神静止了。

就画它!——夏雄在心里打定了主意。

拳击联赛结束已经一周了。峻吉所在的大学获得了冠军,主将峻吉因此大出了风头。他不知道该怎样来表达这种喜悦,于是拽上低年级同学来到了正在举行妖怪大会的游园地。他抓住装有特殊装置的幽灵的手使劲一拽,谁知幽灵的手竟然被他拽掉了。他和管理人员发生了争执,演出了一幕激烈的武斗场面。迷宫被破坏得一塌糊涂。

清一郎听说了这件事,他对峻吉表达喜悦的方式很感兴趣。虽说结局显得颇为愚蠢,但喜悦的表达最后以破坏而告终,这的确显得奇特而真实。峻吉带着破坏的冲动,将目的地定在妖怪大会,这也是很得要领的。峻吉希望有幽灵存在,当然,也理应有供他惩治的幽灵存在。

大学已进入暑假，联赛结束也已过去了两周。杉并集训地的集体生活还在持续着，联赛期间中止了的野外跑步训练又从早晨开始了，一群身着灰色运动裤的年轻人选择了没有铺柏油的道路，沿途进行空拳练习和跳跃练习，从尚在沉睡中的街道上奔跑而过。

　　七月初的某个星期六，清一郎刚过三点便空闲了下来，所以出发到集训地观看他们的练习。

　　集训地是由一个陈旧的街道工厂改造而成的，工人的宿舍如今成了学生们的集体宿舍，车间部分则成了健身房。连接宿舍和健身房的是大煞风景的食堂兼厨房，以及设有淋浴的澡堂和厕所。一棵树也没有的前院被用来做预备体操。这种粗糙陈旧的木板建筑作为朝气蓬勃的青年们的活力的容器，不能不说是恰到好处。

　　清一郎从一扇破旧的小便门进入了前院。只见夏日的夕阳清晰地照射着一无所有的地面和澡堂前的苔藓。他站在厨房门口往里瞅，有两个人在当班，正剥着土豆皮。在他们粗壮的手指间，被剥皮后的土豆露出了鲜嫩而娇艳的白色肌肤。

　　一瞥见清一郎的身影，两个人就老老实实地低下了光头，向前辈行了个礼。清一郎把带来的一包牛肉扔在了案桌上。

　　"大伙儿一起吃吧。"

　　沉甸甸的生牛肉撞在案板上发出"嘭"的一声响。两个人再次回过头，情不自禁地微笑着道了谢。

　　清一郎思忖道：这两张充满了乡村气息朴实的新面孔，多亏进了拳击部才得以让那种朴实免受毁损。他走出厨房，从前院向二楼的一个窗户大声喊道：

　　"喂，峻吉在吗？"

"哦。"峻吉用沙哑的嗓音回答道。那声音就像是要自个儿赶走午休的睡意似的。峻吉半裸的身影与他的声音一起同时出现在窗口边。一发现来客是清一郎,立刻握住双手举到头顶上,发出印第安人一般的嚎叫:

"上来吧,离练习还有一段时间。"

清一郎沿着嘎吱作响的楼梯向上爬,打开了峻吉房间的拉门。三个只穿着一条裤衩的年轻人横七竖八地睡在榻榻米上面。峻吉发出的怪叫声也丝毫没有妨碍他们的酣睡。胡乱躺着的这三具赤裸的肉体就像是在睡眠中被醋浸渍着的,因汗珠而闪闪发亮的金色果实或别的什么。

从峻吉的眼角到眉毛,那些贴在联赛时受伤处的橡皮膏还没有取下来。但从他那没有任何伤痕的光彩照人的肩胛到侧腹一带,却因为刚睡过觉而明显地留下了榻榻米的纹路。连圆圆的脸庞上也不例外。

有两三本无聊的讲谈①杂志乱扔在地上。

"你成功地做到了一瞬也不思考事情。"

"是啊,成功了。因为那样走运的拳击是不会出现在思考之后的。"

明朗快活的峻吉不属于那种拘泥于憎恨和轻蔑的人,但惟独对思考这种行为本身充满了蔑视,也从未想过存在着一种轻蔑思考的思想。思考仅仅是他的敌人而已。

行动和有效的拳击占据他的世界的核心。思考无异于一种装饰品,犹如浓浓地涂抹在核心周围的甜奶油,难免有一种多余物质的

---

① 日本大众说唱艺术的一种,指对听众讲说历史故事或虚构故事。

感觉。思考属于简朴的对立面、单纯的对立面、速度的对立面。如果说速度、简朴、单纯和力量中存在着美的话，那么思考则代表了一切的丑。他甚至很难想像会有一种像离弦的利箭般飞速敏锐的思考。莫非会有比一瞬间的直接爆炸更快捷的思考吗？

思考的人那种像树木一样迟缓的生长，在峻吉眼里只映现为一种可怜的植物性的偏见。被诉诸文字的事物的不灭与行动的不灭相比，分明要卑微低下很多。因为它的价值本身并不产生不灭，而是在不灭得到保证以后才产生价值。不仅如此，思考者们如果不把行动用作一种比喻，将一步也不能前进。倘若大论战的胜利者脑子里没有浮现出那俯视着敌人在眼前鲜血淋漓地倒下时的胜利者的形象，又怎么可能沉湎于胜利的快感中呢？

"思考"这东西本身所带有的含糊性质！越增加其透明度，它就会越是堕落成毫无用处的旁观者的呓语，而不透明的思考只有依靠其不透明的性质才会有助于行动。由此看来，在这一次联赛中那制敌人于死命的辉煌无比的幸运一拳，是从活力不可测知的黑暗深处，宛若忽地一闪升上天空的闪电一般带着透明的姿态而倏然出现的。它是那种在一闪之间便把我们救离了黑暗的力量。

……清一郎每次与峻吉相见，都痛感语言的无力。这是一对奇妙的朋友，从不曾进行过真正的交谈。

"今天练习后有空吗？"

"嗯。"

"一起去吃饭吧。"

"晚饭要和部员们一起吃。前辈也一起吃吧！"

清一郎对自己没有告诉峻吉给他们带来了牛肉这件事颇为得意。

"这也行啊！吃饭后不出去玩玩吗？"

清一郎伸出小拇指，暗示峻吉：有想见他的女人。

"哼，是今晚就能马上上床的女人吗？"

"可真是来得直截了当啊！不过，峻吉很讨厌干这种买卖的女人吧。"

"对干这种买卖的女人和麻烦多事的女人，我都只有举手投降。卖淫的女人不干净，麻烦的女人又多事……"

就像是眼前摆着一大堆乱七八糟的算式一样，峻吉空想着繁琐的情感上的讨价还价。但仅仅是凭空想像也让他禁不住一阵战栗。他把那些繁琐的感情与思考本身混为一谈，把两者都视为敌人，视为女性特有的恶。他认为："把一件事情想来想去的家伙就是女人。"

峻吉闭上一只眼微笑了。

"眼下我倒是有个比那些女人都好的女孩呐。过一会儿就让杉本见见她。"

"怎么个好法？"

"想法简单，大大咧咧，身体又棒……说来还有些傻乎乎的。不过，大家都说她是美人，想必就是吧。"

"是民子那种类型吗？"

峻吉已记不清民子的长相了。

川又教练来了。他总是在练习开始前十五分钟准时到达，出现在院子里。练习在五点钟开始。清一郎本来就认识川又，所以走近他寒暄一番。

川又只生硬地回答了一声"呀"。他平常总是一副生气的样子，以致谁也无法断定他是否真的生气了。他是二十年前的现役选手。如今在这个世界上，除了拳击，已没有任何一样能够引起他关注的东西，在这个名教练门下涌现了很多著名的选手。

川又眼睛与眉毛间的皮肉有些隆起，鼻子长得像马鞍，耳朵长得像花菜。一看就知道是拳击家的脸，俨然形成了一座纪念碑。它如同被海蛆蛀蚀了的船头那庄严的面部一样，是长时间被拳击蛀蚀后才塑造出来的一件作品。从这种脸上人们只能纯粹地读出"拳击"这一个词语，恰似在老练的渔夫脸上人们只能读出大海的名字来一样。

他沉默寡语，几近可怕的程度，偶尔用拳击家特有的那种沙哑得含混不清的声音，让极少的几句话如食盐一般蹦出他的嘴边。可只有在练习中间，他才像换了个人似的变得饶舌了。不过他的话全都近似于怒吼，无秩序地迸发出许多短小的、断断续续的、劈柴拌子似的词语。那与其说是语言，不如说是对他那双灵敏的手的运动所做出的一种注释。

"请允许我参观一下。"清一郎说道。

"哦，请吧。"

两个人周围，骤然间增加了不少沉默着的青年半裸的身影。他们一个个向川又无言而郑重地问候致敬。他们手缠白色的绷带，不停地晃动着身体，在那儿转来转去。他们那动弹自如的肩膀上的肌肉使肩胛骨看起来就像是两只隐蔽的翅膀。

为了正在临近的激烈搏击，大家都在活动身体。一些人像在冬日封冻的路面上的行人经常做的那样，在炎热夏天夕阳西下的地面上匆忙地原地踏步；一些人则交替挥舞着缠有绷带的双手。尽管上半身裸露着，下半身却套上了护腿的紧身裤，还加了一层褪了色的拳击裤。

峻吉出现在院子里，先是对教练说了句"开始吧"，接着行了个礼，然后便喊起了预备体操的口令。

清一郎背靠在护墙板上，观赏着十四五个年轻人赤裸的双脚一起开始跳跃的情景。峻吉喊着双手叉腰、扭动身体、深屈膝、舒展脚腱的体操口令。那年轻尖厉的声音是多么口齿伶俐而又响亮清脆啊。

……终于开始了室内练习，管理人鸣响了铃声。

一瞬间，刚才还在这里的青年们全都一齐奔向了另一个世界，只留下了清一郎一个人。

仅仅只在一旁观看的清一郎也能感到自己早已远离了那些诸如"关于这个问题嘛"、"能不能请您考虑一下"、"站在敝公司的立场"之类的陈词滥调。那些落入俗套的说法仿佛在一个自己看不见听不着的遥远地方，变成了漆黑的一团，乃至绝了种断了根，而眼前却跃动着一个截然不同的世界。作为身在那个陈词滥调的世界中的一员，自己至少在此刻彻底地远离了那个世界，而置身于离另一个跃动着的世界最近的地点上。那种运动传遍了轰隆作响的陈旧地板，也传达给了他，以致它的飞沫直接溅在了他的脸上，使他恍若置身于行动的岸边。

"这个世界必然以破灭告终，但在此之前，光辉耀人的行动将在一个个瞬间中诞生，在一个个瞬间中消亡。"

清一郎思忖着。这种思考很容易滑向这样一个观点：惟有在行动里才注定有人的永生，惟有在行动里才有某种恒久不变之物。但他自己却并不打算投身于那种行动中，仅仅是观赏它便已经深感满足，而绝不试图出动自己的身体……他不愿意在自己演示的行动中不协调地添加永垂不朽的光辉。与其成为一个美丽的人，还不如成为自己所厌恶的那种人的化身。

在他的面前，跳动着一群"行动"者。十五六个人，还有穿梭于他们中间的教练，像是被起伏着的惊涛骇浪摇曳，晃荡着一样。铃声响了，第一个回合结束了，全体人员都停止了运动。地板上到处撒落着黑色的汗滴。

在三十秒的休息时间里，峻吉甚至没有向清一郎投来一丝微笑，只是绷着脸，面对窗户调整了一下呼吸。这使清一郎对他很有好感，因为他应该如此。

铃声用那种宛如被反弹回来般的尖厉声音鸣响着。再次群情激奋，各自开始了空拳练习、跳绳，或者向着沙袋、梨球以及用两端分别系在天花板和地板上的粗橡皮筋所支撑着的轻袋一阵乱打。

狂烈的波涛又一次在眼前汹涌澎湃，甚至连地板的嘎吱作响也都伴随着节奏。在不足二十坪①的木地板房间这样一个弥漫着皮革与汗水的气味的空间中，充满了鞋底在地板上磨蹭的尖厉声音、粗壮的手臂挥舞得嗖嗖作响的声音、打出直拳时从牙缝间迸发的蛇一般的呼吸声。

---

① 日本土地或建筑面积单位，1 坪约合 3.3 平方米。

98

而且这所有的声音不断地变换方向，一点点地向着左侧弯去。接着下一轮来自各个角度的声音又追逐而来，与刚才的声音重合在了一起。敏捷的脚步彼此交叉着，白色的鞋带在各自的鞋面上飞舞闪亮。

　　另一方面，绳子像鞭子似的叩击着地面，围绕着跳绳者的身体，沙袋发出钝重的肉体般的声音，以回应对它的击打。梨球那机械而痛快的连续响声更是分外悦耳。

　　"还有一分钟。"管理人大声吼叫道。

　　峻吉正在与沙袋作战。这沉甸甸的厚重物犹如悬挂在肉店铁钩上的巨大肉块，阻挡在他的面前。它不过是一个肮脏而褴褛的灰色皮口袋罢了，可在灼热的目光里，它却化作了沾满鲜血的巨大肉块，并对来自拳击手的打击发出深深的回应。他使出全身力气的猛烈击打每次都遭到了它用一种不可征服的重量感来进行的挑衅。的确自己使出的力量从这种皮沙袋中承接了一种奋力抵抗的力量。峻吉伛下身子，给了它一记准确的上击拳。沙袋向后仰了仰，随即又毫不变形地重新吊垂在原处。

　　这家伙还存在着！无论怎么打击它，它都存在着。峻吉趑向左边，对着它连续出击。他的拳击手套就像是深深扎入了那皮沙袋似的。可事实上却并非如此，这不，力量只是在沙袋的表皮上便轰然爆炸了，然后传遍了他的手臂，又返回到了他炽烈的力量的源头。汗水从他的身体向四周飞散开来。

　　第二回合结束了。从第三回合起开始了一组实战演习。川又从拳击场外不断地用难以听清的声音抗拒着场内的嘈杂声响，一个接一个地投来下列语言的断片：

"再小一点。大了大了。"

"不要伸出下巴!"

"往前往前,放松!"

"脚! 脚! 脚!"

"上去!"

"太小了,不行。"

"不能用手指尖打,放松点,身体已经过去了。"

"转身! 快转身!"

"把右手轻轻向上,右手!"

"再往前一步。再打一拳!"

"对对对,这就对了。"

……

"还有一分钟。"管理人吼叫道。

夕阳照射着场内。这时清一郎看见两三个年轻人跃动的头顶上笼罩着一轮光环。一些人下颏滴落的汗珠正一颗颗发出神圣的光芒,而另一些人汗津津的短发则被夕阳镶上了一层金边。他们的发根上驻留着的汗滴无不晶莹透亮,闪闪发光。

——练习和晚饭结束后,清一郎和峻吉走出集训地,在夏夜霓虹闪烁的街道上款款漫步。因为是星期六的晚上,那些出售冰块和冰激凌的店铺里挤满了身着单衣的携带家眷的人群。

"今天实战演习的那家伙,你觉得怎么样?"

"看起来挺不错的。"

"对吧。"峻吉得意洋洋地说道,"那家伙可是一个被偶然发现的宝贝呐。击拳不怎么样，可时机却掌握得很好。他肯定会大有作为的。"

"而且好像很有胆量。"

"不是有句俗话叫'男人靠的是胆量'吗？"

清一郎以为自己从那些落入俗套的陈词滥调中逃脱了，可没想到又在这儿遭遇了它。但与清一郎不同，峻吉一点也不畏惧自己所使用的套话。

峻吉说想吃刨冰，可清一郎说到处都很拥挤。峻吉说他知道一个人少的店，于是，带着清一郎走进了胡同里的一家小冰铺。"我要草莓刨冰。"拳击家叫喊道。

一个微胖的、长着可爱脸蛋的姑娘走了过来。从她的神态中，清一郎判断，刚才话题中谈到的那个"想法简单、大大咧咧、身体很棒"的美人肯定就是她了。

"你对季节很敏感。"

"你是说我吗？"

"一到夏天，你便转而挑选刨冰店的姑娘了。"

拳击选手默默地微笑了，站在旋转着的刨冰机前面，姑娘一边把玻璃器皿伸到下面按住刨冰，一边朝着这边炫耀着她那浑圆的臀部。

草莓刨冰不愧是一种美妙的饮料，它那人工的鲜红色浓浓地沉淀在玻璃杯底部，越往上走颜色就越淡，将冰碴染成了浅浅的桃红色，就像是街头上的姑娘们那系在和服上的华丽衣带或别的什么掉进了玻璃杯底部，从上面脱落的颜料一下子渗透进了白雪里似的。再加上夏季的酷热，使它作为一种饮料未免显得过分色情，甚至露出一种容易中毒的危险性……总之，它是一种美丽的饮料。

峻吉舀起刨冰大口大口地喝着，眼珠却在刨冰和女人身上轮番扫描。就在快要喝完的时候，他叫来了那姑娘。

"再来一杯，"说完，又小声地问道，"现在能出去一会儿吗？"

"现在不行。因为招牌上写着十点打烊。在此之前你就先去看看电影，打发一下时光吧。十点过后，老地方见。"姑娘像是对峻吉的这个问题早有准备似的，不假思索地回答道。看见峻吉的眼神里充满了失望，等那姑娘一走开清一郎便安慰道：

"不好吗？我陪你去看电影。"

"那种事如果不是现在就干的话，真让人受不了。"峻吉嘟囔着。

当集训结束时，每个选手都会突然遭到那种欲望洪流的袭击，峻吉打算一点一点地将它排泄掉。这是一种聪明的做法，但他并非为了要聪明才这样做。联赛胜利结束了，他获得了自由，能够用手去捕捉眼前的东西了。

清一郎也知道，在这个拳击手身上完全缺乏耐心等待，特别是慢慢等待各种事物的成熟所必须具备的素质。他和清一郎一样，完全不相信时间与未来会带来益处。无论干什么事情，都绝不相信由利润所代表的那种时间的收益，这一点乃是他们俩产生共鸣的源泉。

清一郎目不转睛地打量着牢牢镶嵌在拳击手坚固的脸庞上的那双生动而清澄的年轻眼睛。此刻驱使着峻吉的是欲望吗？关于这一点，就连同样作为男性的他也很难想像。抑或是神经质的焦躁？可峻吉与那种神经质的类型又相去甚远。或许作为什么也不思考的归宿，峻吉只是牢牢地把握住现在每时每刻拥有的坚固的存在感而已，这种存在感恰似放在眼前这张水汪汪的桌子上的那杯鲜明清澄的草莓刨冰一样。此刻,他像草莓刨冰似的存在于这里,而他的眼前又分明存在着自己的女人。在这种单纯的构图中,拳击手应该喝着草莓刨冰,然后在这里当即和女人做爱。可能的话,就在现在!并且就在这里!就在刨冰店的桌子上!否则,不等一瞬间过去,或许他的存在就已经崩溃解体了。

那边有一家子善良的人正一边喝着小豆刨冰,一边不无厌恶地瞅着峻吉这边。峻吉眼角的橡皮膏足以引起女人和小孩的畏惧。

那是由一对贫寒的职员夫妇、两个并不快活的小姑娘所组成的一家子。小姑娘们用一只手护着玻璃杯,生怕碎冰泼洒在地面上。瘦癯的家长为了保护一家人免遭暴力袭击,偷觑着峻吉那双穿着木屐的脚(峻吉正把双腿大大地叉开在椅子的两侧)。现在小姑娘们的眼睛奇妙地低伏着,关注着自己手上的匙子那匆忙的动作,以免让发光的薄白铁匙子划破了自己的嘴唇。

一个新来的客人撩开布帘子走了进来。这是一个顶天立地的大个子男人,敞开着露出土里土气的开襟衬衫的胸部,红黑红黑的脸上因为汗水而油光闪亮,剃着一头短发,年纪约摸有四十五六。他用毫不客气的声音问姑娘道:

“老板在吗?”

“不在。”

“你撒谎!”

他大踏步钻进了店铺的里间。待他进去后,姑娘像是用腰杆来扒拉开椅子似的,迈着Z字形的步子走近峻吉的耳边说道:

“这是个放高利贷的人呐。老板是在自行车竞赛中输光了老本,才落到这步田地的。”

忽然里面开始了一阵高声的争吵，能听见你一言我一语的："没有就是没有。""我要砸碎你的狗店！"清一郎和峻吉面面相觑。那一家人匆匆付完账，走了出去。现在店里只剩下了他们两个客人。

这是一场相当激烈的争吵，因为里面很狭窄，所以，店老板——他是一个在毛线腹带上套着一条短衬裤的胖子——为了把高利贷推搡出去，不得不走出里间来到了店头，又接着吵开了。店老板怒发冲冠，面红耳赤，把尚未收拾的玻璃杯从桌子上推翻在地，砸得个粉碎。这次高利贷又对着那姑娘大施淫威道："不还钱，哼，老子他妈的就宰了你！"——这是那放高利贷的家伙离开店前留下的最后一句恐吓话。他再一次环视着四周，为发泄愤怒，竟把墙壁上的美人画年历一把扯了下来，撕了个粉碎，随即扬长而去了。店老板气得都快要窒息了。

"哎呀，今天倒霉透了。早点摘下招牌关门吧。对不起，先生，今天已经关店了。"

出来拾掇的姑娘动作麻利地收起了布帘子。"等着你哟。"她向峻吉使了个眼色。峻吉回了个眼色才起身离开，刚走出店门才两三步，两个人就互相拥着肩膀，大笑了起来。竟然在世界上存在着神助这种东西。不到三十分钟，峻吉就能和那姑娘一起同床共欢了。

清一郎在车站前面与大笑不止的峻吉分了手。

"夏雄呢？"从公司回来的父亲问道。

"今天一天都关在画室里呐。"母亲回答道。

每当这种时候，这一对半老的夫妇就会从彼此的目光中搜寻到说不清是感动还是困惑的神情。他们对自己两个人之间怎么会生了这样一个儿子，至今仍觉得不可思议。夏雄的两个哥哥一个是公司职员，一个是技师。还有一个姐姐嫁给了银行家的儿子。从这个颇具市民性的山形家族中居然莫名其妙地出现了一个艺术家。

夏雄虽说并非生来就有一副强壮的身体，可也并非什么羸弱多病的血统的产物。有一群维也纳诗派的世纪末诗人曾公开宣称：如果诗人双亲中的某一方不是疯子、梅毒病患者或残疾人，就难以跻身于他们中间，如果从这种可怕的艺术家定义来看，夏雄是完全不合格的。而从世俗的观点来看，他分明属于"幸福的王子"一族。他轻松愉快地长大成人，其成长的方式中找不到任何可供精神分析医师说三道四的材料。

但是，他的某些地方在弟兄中间却显得有些特别。父母亲抓不住那种微妙差异的性质，只好长时间以近于恐怖的心境来关注着他。可夏雄是一个心地善良的人，又是最小的儿子，受到了父母兄姊的百般宠爱，以致他察觉不到自己有什么异样。就这样理所当然地诞生了一个不自觉的艺术家。这是一种与疾病中最该警惕的所谓丧失了自觉症状相近似的东西。

从纯粹市民性的家庭这一点来看，山形家怎么会突然降生一个艺术家，这是一个百思不得其解的谜团。在对周围的风物从不加注意，一心生活在社会关系与人际关系中，并对这种生存方式从不抱任何怀疑的人们中间，居然诞生了一个只是为了单纯地进行观察、感知和描写而生存的人物！可这的确是事实，以致成了亲戚们永不穷尽的话题，最后只好用"才能"这个方便的词语来加以概括总结。

如果是制造一台机床，建造一栋房子，烹调一盘菜肴，那么无非是为了满足某种需要罢了，所以倒不难理解，可是，为什么要把那些业已存在的苹果、鲜花、森林、夕阳、少女,绘制在画布上呢?这超越了这个家庭的理解范围。它不仅是存在的徒劳重复,而且强调自己这一崭新存在的权利,并企图剥夺既定的存在。倘若夏雄是一个病人,或许这会作为病人的一种消遣而获得宽恕吧。可夏雄却具备着健全的体魄,既非疯子,亦非肺结核病人。

在嗅知艺术才能的内部所潜藏着的一种难以摆脱的阴暗这一点上,世俗的人们的鼻子是不可小看的。所谓才能乃是宿命的一种,而所谓的宿命或多或少都是市民生活的敌人。只依靠天生的东西来经营人生,这显然属于女人和贵族的生存方式,而并非男性市民的生存方式。

观察、感觉、描写,把这个活着的、运动的世界变成一些只有色彩和图形的静止的纯粹物象,这是一件可怕的事情,但夏雄却感觉不到其中的可怕。而最初深感恐怖的父母也在不知不觉之间对世间所评价的"才能"这种说法感到释然了。但这依旧是一件可怕的事情。他观察事物,而且事实上他也的确能够看见某些东西!

在旁人眼里,夏雄的某些地方总有点与众不同。从孩提时代起,他与环绕着自己的世界就没有任何格格不入的感觉,从不曾想像过世界是以另一种风貌映现在他人眼里的。尽管如此,在他可爱的举止中,却有某种引发别人来庇护他的感情的东西,这一点是确确实实的。一个曾见过十二三岁时的他的妇人(尽管是一个热中于看相的人),这样说道:

"他的长相在几百万人中才有一个。这少爷可要好好爱护啊,必须像对待玻璃那样来精心养育他。他有一双多俊秀的眼睛啊。这有力的目光会把这个少爷从玻璃的易碎中拯救出来。否则，不到四五岁他就早已像露珠似的消失了。或许可以称之为天使吧，反正有一种并非此间之物的感觉。少爷是这个世间的宝石，所以周围的人必须得好好待他哟。而他自己呢，也该好好珍惜自己。"

这是一个颇为上等的预言，但同时又是一个不祥的预言。玻璃、露珠、天使、宝石，这些能说是对人的比喻吗？在孩提时代，父亲带着他和兄弟们一起去大海。大海波涛汹涌，发出阵阵可怕的喧嚣。哥哥们一个个喜滋滋地跳进了大海。但夏雄却很害怕，以致那以后再也没有涌起过跳进大海的念头。他开始预感到自己的人生决不会发生什么事件，或许正是在这个时候。

……夏雄在父亲为他安装了进口空调的画室里起居生活，并从事创作。他已打好一张小画稿，只等把它划为围棋盘似的方格子，再用炭笔放大到用几张纸粘接而成的高五尺宽六尺的大幅仿造纸^①上。

长时间为小画稿的构图和色彩煞费了一番苦心，以为这下可以定稿着手制作了，可忽然间那小画稿又陡然显得不够完美了。于是再次返回画桌，凝神注视着那大学笔记本一般大小的详尽画稿。

它已经远远超出了写实。四方形的夕阳宛如在阴暗的画面中央燃烧着的一只神奇的眼睛。

从那时所看见的风景到凝结成这样一幅小小的画稿，其间有难计其数的风景的微妙变形——掠过了他的脑海。被剪裁下来的一部分自然所显示的均衡是赝品的均衡，因为这种均衡在某个地方被托

---

① 仿照日本的局纸造出的纸。

付给看不见的整体，它是从自然整体的均衡那儿被盗取来的，而且一边模仿着那巨大的均衡，一边在某个地方被整体所侵蚀。画家的任务首先是从令人瞩目的风景中挖掘出被整体所侵蚀的部分和整体的投影，并铲除它们，从那些貌似崩溃了的残余中重新组合起崭新的小小画面的整体均衡。正是在这里存在着绘画的使命，而照片无论如何都难以免除自然整体的投影。

一开始，那横放着的诗笺一般不可思议的落日与黑魆魆的森林、田野的近景一起作为一幅写实的风景而保存在了他的心里。它甚至保持着被观察到的那种姿势，留下了远去的摩托车的响声和森林中茅蜩的鸣叫。但渐渐地就像记忆为了蜕变成更强有力的记忆而必须一度被忘却一样，这写实的风景在夏雄的心中开始了迅速的分解作用。这是一种美丽的腐化，所有的形象都丧失了棱角。比如，被夕阳镶嵌了金边的森林边缘便丧失了自然那种过度的微细和明晰，开始描绘出那种像模糊的海滩上的砂砾一般的光线的图案，并化作了与森林、天空相同的质料，犹如两种浓密的液体混杂在一起似的彼此融合了。而腐化下去的并不仅仅是森林。道路、田野、还有麦子的那种油绿色，也全都分解为各具量感与色彩的群落，以致麦子、原野、田畴这些词汇的意义也逐渐消失了。最典型的莫过于傍晚的天空，所有云彩的形状、那种光芒、那种红颜色的浓淡、那种黑暗，全都失去了朝着一分一秒沉陷下去的落日被渐次收敛起来的效果，各自在色彩和形态上变得一律平等了。

夏雄用自己的眼睛捕捉到那一瞬间的落日的风景时，他依靠画在纸上保存了那些与时间一起灭亡的东西，但经过上述的分解作用，每个细节越来越洗却了时间的因素。为此画家仿效时间的力量，以惊人的神速改变了那种将一切东西还原为不变质料的长久努力，而在眨眼之间把一切逼入腐化中来进行解体，并还原为色彩和形态的元素，即完全属于空间的元素。

这样，那奇妙的落日的风景便被完全从带有意义的词语中戛然截断开来，也被从音乐、幻想和象征中截断开来，变成了纯粹的空间要素的集合。只有这时他才站在了一张绘画诞生的起跑线上。

在夏雄的内心里，常常带着深深的感动和喜悦感受到拥有时间和空间的整个自然的大伽蓝彻底崩溃的那一瞬间。这时，世界完全崩溃了，只剩下一张必须描绘的白色画面。

一个充满温驯而善良的同情心的年轻人消失了。如今他是一个艺术家，为了创作而招来了虚无。对于独自一人在画室里从事这种可怕作业的夏雄来说，那跃跃欲试的、充满恶作剧心理的灵魂很快便崭露头角了。

这嬉戏的灵魂！在容忍无意义，一点也不害怕无意义的灵魂面前，制作的无限自由开始了，感觉和精神的放荡也开始了。他将形象和色彩反复揉搓揣合，任凭它们向四处游动，还把它们一会儿竖立一会儿横置……面向一个自身也不甚了然的秩序，长时间地把无秩序当作一个玩具来鼓捣。

这种操作无疑在苦涩中渗透着欢欣、在理性中掺杂着陶醉，其缜密的技术性考虑与感觉上的沉溺合为了一体。

——他再次审视着小画稿。其实，那四方形落日的红色，即使用炭笔拓下画稿后再稍加修改，也足以凑合了。然而，一旦觉得它不尽如人意，便怎么也没法把它原封不动地撂在一旁了。

他打开装着颜料的小抽屉，把红色的颜料放在了榻榻米上。他曾把颜料装入玻璃瓶中，一一标上颜色的名字，然后把二十四瓶一齐放在了抽屉里面。父亲从不吝惜买颜料的钱，所以，夏雄年纪轻轻的，便已经成了可与大画家媲美的颜料收藏家。

当夏雄开始描绘黄昏时那扇黑云形成的神奇窗户中所出现的落日时，使用的是早些年从外国进口的那种纯红色。但是，再一一观察各种各样的红色，比如九华朱、红赤汞、旭日光朱、高丽朱、凤舌朱、浓红朱、丹红朱等，并用手指蘸上粉末涂在纸上比较一看，他改变了主意，打算用凤舌朱了。在白色的颜料碟上，他一点点地用鹿胶来融解凤舌朱的粉末，试了试颜色。果然，这种鲜红的颜色把碟子染成了不祥的落日的那种色彩。

"现在碟子里停留着一个落日。"夏雄想道。面对这种颜色，再和小画稿的色彩进行了一番比较，夏雄不由得长时间地沉浸在令人麻醉了的快感的思考中。颜色有一种危险的性质，它是一种既使感觉苏醒也使感觉麻痹的奇妙的毒素。越是进行比较，各种颜色就越是在某一瞬间里焕发出让人沉醉的美丽，而在某一瞬间里却又突然变得丑陋不堪了。"哪个才是真正的落日呢？那黄昏时分隐没在地平线上的落日才是赝品吧。而在这小小的白色碟子里，不正是落日的精髓在闪闪发光吗？"

一天，峻吉给夏雄打来电话，说是要带母亲去给哥哥扫墓，请夏雄把车借给他用用。这是常有的事，夏雄几乎从没想过：自己对汽车的所有权体现在什么地方。

他也知道，峻吉是从不撒谎的。即便峻吉借车是为了去泡妞，他也会供认不讳的。惟其如此，夏雄的车子才得以在与主人毫无关联的情况下不时干出一些不合时宜的事情。

因此，既然今天他用车是出于这样一个光明正大的理由，再加上长长蛰居后夏雄也想自己驾车出去消遣消遣，所以便问峻吉意下如何。峻吉十分赞同。下午，夏雄在涩谷车站把峻吉母子俩搭上了车。

峻吉的母亲在一个三流百货店的食堂当主任，好容易才请准了假，所以她说想去为战死的长子扫扫墓。年轻时，她做过大户人家的女佣，如今虽说有些肥胖，但却举止稳重，彬彬有礼，与拳击手儿子形成了有趣的对照。

她穿着朴素的和服，手里拿着一束鲜花和线香。虽说大儿子的忌辰是下个月的二十号，可一个月前的今天又恰逢盂兰盆节，所以母亲想起要去扫墓，并让峻吉也一同去。

大约开了四十五分钟，车子到了多摩川灵园前的车站，从这里再沿着河流的方向往下游行驶。出发的时候日光已经西斜了，所以不是很热。还没有到达目的地，母亲便为能够在凉爽的天气中进行扫墓而三番五次地向夏雄表示感谢。峻吉老老实实地表现出在这种场合下作为一个害羞的儿子应有的反应，极其少见地一直保持着沉默。而夏雄则陶醉于自己精湛的驾驶技术之中。

雄壮的山门高高地出现在前面通有小径的地方。它耸立在宽阔的石梯顶端，正对着东方，所以从背后沐浴着夕阳，将粗大圆柱的阴影投向了这边。从下面往上仰望，只能在山门的一排圆柱之间看见夕阳映照下熠熠生辉的一片天空，所以这古老的山门看起来宛若神殿的废墟一般恢宏而悲怆。夏雄为在这样一个被人遗忘的地方有着如此漂亮的山门而不胜惊异。

在石级的两侧有几株松树亭亭玉立，而周围却不见人烟。

三个人走下车，沿着石级缓缓而上。渐渐地山门那边的风景映现在眼前：看不见理应有的正殿的影子，只有平坦的台地那边遥远的森林在夕阳中璀璨闪亮，庄严无比。寺院就位于正陵宽大的山顶上。爬到石级的尽头，出现在视线里的是占去了这广阔地面一半面积的无数崭新的坟冢。基石几乎全都形状相同，而且大都显得新崭崭的。那不久前才砌上去的墓石正沐浴着夕阳，透出鲜活的光芒。在这过于明亮的墓地景色中隐伏着一种特别的鬼气。

　　寺院里树木稀少，只能远远地听见那些一齐鸣唱的蝉声。

　　"你哥哥的墓上终于立起了一块漂亮的墓石。"母亲说道。

　　夏雄跟着他们俩在新砌的墓石中间走来走去。这儿全都是战死者的坟墓，他们无一例外全都是二十来岁的年轻人。

　　夏雄还不曾见过这样的墓地，这儿既没有疾病、老丑，也没有腐烂，它是一片光彩照人的青春活力与死亡蓦然相接而产生的墓地，即青春的墓地。正因为如此，较之世界上的普通墓地，这儿更是死亡恣意挥霍力量的纪念地。

　　从同样大小、同样形状的墓石中间，母亲立刻找到了儿子的墓标。在墓石的侧面雕刻着："昭和十七年八月二十四日，战死于所罗门群岛，享年二十二岁。"

　　母亲蹲下身子，供上鲜花和线香，把小小的念珠挂在肥胖的指尖上祈祷着。夏雄也双手合十。峻吉站在母亲身后，绷紧了那张英武的面孔，目光紧紧盯着哥哥的墓标。倘若哥哥还活着，也该有三十四岁了，或许早已变成了一个貌似通情达理，实则沾染上世俗污垢的可怜虫。而眼前的他却是一个永远年轻勃发、永远翱翔在战斗的世界中光彩照人的哥哥。拥有这样一个哥哥使他颇感幸福。哥哥便是行动的龟鉴。行动家所必需的东西,即驱使他行动的一切动机、强制、命令、名誉感,还有对男人而言,一切与宿命密不可分的观念——义务感、有效的自我牺牲、斗争的喜悦、简洁的死的归宿等等,这一切的一切在哥哥那儿无一或缺。而且,哥哥拥有与如今的峻吉十分相似的俊美的年轻肉体……一旦完整地拥有了这些东西,那么,再苟延残喘着去搂抱女人和领取薪水,又算是什么呢?

从不羡慕他人的峻吉却惟独羡慕他的哥哥。

"哥哥真狡猾。他不必恐惧无聊,也不必恐惧思考地走完了他的人生之路。"峻吉在心里高喊道。在峻吉的生活中,那种哥哥从不曾体会过的日常性阴影与生存所伴随的繁琐夹杂物的阴影交错在一起。他的行动中缺乏名分和动机,以致越是打倒敌人,就越是不得不直面这种行为所具有的抽象性质和过于纯粹的性质。他的行为为了免遭那些夹杂物的侵害,而化作了越来越纯粹的成分,一旦离开他的身体,便很快地挥发殆尽,无踪无影。

——母亲站起身,向下眺望着一直绵延到多摩川河滩的广阔青田,为陶醉在这种美丽的景致中长眠不起的儿子的冥福而由衷地高兴。然后,就像是夏雄卜中了这块土地而建起了儿子的墓地似的,她再一次向夏雄表示感激。

夏雄突然指着青田的一部分大叫起来。他的眼睛发现了什么东西。

峻吉和他的母亲也往那边望去,只见在一半已沉入夕照中的青田上空,一只白鹭低低地飞翔着,它的翅膀在夕阳的余辉中金光闪闪。三个人感慨不已,一直守望着低翔的白鹭消失在多摩川流向的远方。

归途上,夏雄为了找一个乘晚凉的好地方而在离多摩川灵园很近的二子玉川的河滩上停了车。从电车站走到这里很有些距离，所以，河堤在一片白色苜蓿花的包围下显得闲散而清静。

薄暮已经迫近，但一到河边，对岸仍旧清晰可见，甚至能看见两个女人正在河堤上推着婴儿车。从对岸传来了遥远的鸟儿的鸣啭，还从对岸那围着铁丝网的棒球场上空随风飘来人们热烈的助威声。

三个人有前有后地在长满芦苇和芒草的小道上漫步而行。走在最后的母亲不断地低声向夏雄说道：

"喂，您有没有办法阻止他参加拳击？无论我说什么他都不听，您能不能想办法阻止他干那种危险的事情？"

夏雄被夹在母子俩中间左右为难。峻吉的母亲在他的身后半像是自言自语似的重复着她那些无望的牢骚。那声音和动静立刻传到了峻吉的耳边，但他只是用默不作声的后背来对着母亲，兀自向前走着。这时，母亲的声音变得越发高亢了。峻吉蓦地回头盯视着母亲，那目光掠过了夏雄的脸旁，显得那么锐利严酷，母亲马上就有些胆怯地沉默不语了。

有人用架设的两块木板代替了浅滩上的桥。他们仨跨过木板到达了被高高的芦苇和芒草所包围着的巨大绿洲上。这儿竟见不到一个人影。走到河边一看，有一片柔软的草地，在这儿的小小河岔中漂浮着一只红色的毛毡拖鞋。

河风凉爽，他们坐在河边尽情地纳凉。夏雄和峻吉的话题转到了不在场的清一郎身上。

"他打内心里喜欢拳击呐，"峻吉说道，"真的是发自内心地喜欢。可一到镜子家，他干吗净说些那么虚无的话呢？"

夏雄不喜欢在背后议论别人，所以马上转向为清一郎辩护：

"他是一个优秀而又有才能的公司职员，对吧。可是，他对'有才能的'这个形容词与'公司职员'这个名词之间滑稽的连结感到很困惑。你是一个'有才能的拳击手'。瞧，这多自然啦，一点也不滑稽，相当妙。所以，拳击是他所向往的。"

拳击手的自尊心受到了极大的鼓舞，沉浸在幸福的心绪中。他想顺手拔掉身边的芦苇叶，可又害怕自己百般爱惜的指尖被芦苇的叶子划破，所以只得停住了手。

"他很喜欢我呐。这种喜欢超过了普通前辈的那种喜欢。而我之所以喜欢他，说真的，或许是因为他比我更爱拳击的缘故吧。"

"讨厌！我讨厌有人喜欢拳击！不过，眼下倒是凉爽极了，这风也挺好的。今天托您的福，让我享受到了意想不到的凉爽……"母亲又对夏雄说起了感谢的话来。

"但是，他干吗要说那种虚无的话呢？"

峻吉完全无视母亲的存在，重复着同一个疑问。虽说夏雄能够想像得到，峻吉在其行为的过程中经常接触到虚无，但峻吉毕竟是一个没有必要进行自我研究的人，他不必去发现在自己身边蠕动着的虚无，甚至没有必要去追究他自己乃是何许人也。这是业已确定的事实：他是一个"拳击手"。

但夏雄的直觉告诉他：清一郎所亲近的虚无对他自己来说，也并非某种疏远的东西。

"他是个公司职员，"夏雄试着找出一些不明确的语言来一点点地加以解释，"他在我们四个人之中，比谁都更真切地置身于世俗的世界中。所以他无论如何得保持平衡。在世俗的社会不像现在这般规范化统一化，以至于人们能够在啤酒店一边啜饮啤酒，一边同声合唱的那些时代，仅凭个人主义便足以与此保持平衡，与此进行对抗了。或许啤酒店的合唱与个人主义之间已构成了适度的平衡和适度的对照吧。然而，如今已不可能这样，因为世俗的社会变得更加庞大、机械、千篇一律，成了一个令人目眩头晕的巨大无人工厂。为了与它抗衡，仅靠个人主义已属杯水车薪了，所以他才抱有如此深刻的虚无主义。他那像巨大滚筒般夸张的、机械的，而且是千篇一律的虚无主义，他那关于世界破灭的空想，人与物无一例外地被碾得粉碎的漆黑滚筒似的空想……这些也许是他为了保持与社会的平衡所必需的条件和最后的抗争手段吧。他独自一人意识到并代表了这种思想，所以仅从这一点来看，杉本也有足够的资格被称做‘最有才能的公司职员’。”

在夏雄的这种辩护理论中，丝毫没有讽刺挖苦的阴翳。而在一旁听着的峻吉母亲一边敞开衣领好尽情地纳凉，一边说道：

“喂，真是股好风……喜欢什么虚无主义，肯定是个讨厌的人吧。”

峻吉的兴趣已从夏雄的解释中游离开了，像是要掸去母亲那句盖棺定论似的话一样，他任敞开的胸脯尽情接受河风的吹拂，并站了起来。丰盈的河水开始一点点黑了下来。在对岸森林的树荫中开始摇曳起灯光，而周围则响起了稀落的唧唧虫鸣。他想跳跃，可河流阻隔着两岸。与对岸之间的距离令人心急火燎。他刚一使劲迈出左脚，鞋子的一半便被埋进了水浜松软的泥土中。

向着看不见的敌人，做出一副像是打击他腹部的架势，朝着他的腹部轻轻地挥动了一下左拳。这是旨在吓唬对方的击拳，即所谓佯攻。在对方为了保护腹部而乱了阵脚时，他的右手却马上打向了对方的脸部。尽管敌人又恢复了招式，但却亮出了腹部，于是他

116

的左拳又不失时机地给予敌人的腹部以猛烈的一击,这便是斯派克·韦伯有名的"两次连攻战术"。

峻吉想,依靠击打腹部便足以打倒敌人。他浑身的力量几乎全部集中在了左拳头上。河面的空间中清晰地出现了被他的拳头打击后的痛苦模样,而这种痛苦好一阵子都一直沉淀在河风之中。

峻吉颇为自豪地对夏雄说道:

"你是否体会过这样的瞬间?即由左手钩拳一拳定音的这种无法形容的美妙瞬间?"

夏雄理解了峻吉的喜悦。但这分明与他所栖身的世界相去甚远。虽说遥远,可那种喜悦却又像火焰一般清晰地显现出了它的色彩和形态。夏雄闭口沉默了。他想说自己也曾有过与此相似的喜悦。

在创作的进程中,他会突然感到恩宠的骤然降临。它不可抵抗,倏然从背后闪现出来,猛地揪住他的衣襟。只有这种时候,他才会被笼罩在这个世界最幸福的虚无之中。

——但是,不喜欢讲述自己的夏雄只是含糊地微笑着点了点头。

有人影在他们的上面晃动着。峻吉和夏雄抬起头,望着那人的身影。原来是一个女人,而且是一个年轻女人。

在河边稍稍高出的地方,那女人被茂密的芦苇簇拥着,任凭黄昏的风吹拂着她的头发。她高高地挽起深蓝色花格子罩衫的衣袖,穿着一条深蓝色的紧身裙子。那身影以夕暮的天空为背景,显得异常美丽,腋下还挟着一本薄薄的白纸皮的书。

女人脸色苍白,在夕暮的天空映衬下,俨然如傍晚时分的月亮一般。惟有嘴唇是红红的,鼻子和脸颊被染成了黄昏的色彩。或许是沉湎于自个儿的诗境中,对这三个乘凉的人甚至不屑一顾,仿佛从抚摸着她白皙喉部的河风中感受到了某种半精神半感官的快意。莫非她是诗人?但这也并不值得恐惧。女人的诗歌想像大都不超乎官能的东西。

估摸有二十四五岁吧。可峻吉属于那种不太介意女人年龄的人。

突然,拳击手低声说道:

"对不起,能不能帮我用车把母亲送回家?"

"你呢?"

"我想一个人留在这儿。"

母亲竖起耳朵听着这一问一答,不等成行便先对夏雄特意用车送自己回家的辛劳说了一大通感激的话。夏雄留下峻吉,带着他母亲,跨过浅滩上架设的木板,把河岸抛在了身后。只见河滩上石砾的白色在夕暮中显得越发耀明了。

"这种事常发生吗?"画家一边坐上汽车,一边用良家子弟的口吻问道。

母亲一边啰里啰嗦地道谢,一边坐进了汽车。待等汽车发动以后,好心肠的母亲又说道:

"哎,净给您添麻烦。不过,那孩子也很能体谅大人的心情呐。所以我这边也必须体谅他呀……"

镜子在轻井泽有一栋父亲留给她的别墅。但与丈夫分手以后,她已不去那里了。其中的一个理由是,如果夏天去那里,会有与分手的丈夫不期而遇的危险性。再一个理由是,夏天将别墅用昂贵的价格出租以获取超过维修费与租金总和的收入,这已成了她的一大乐趣。这是在听从了清一郎的忠告后进行的。

夏季，民子在酒吧里频繁地请假休息，去位于热海伊豆山父亲的别墅消夏。那儿原本是父亲的避寒胜地，可一到夏季便向这个无可奈何的女儿敞开了门庭，而他自己却决不在这里露面。所以每到夏天，民子总是把朋友邀请到这个比东京还酷热难当的家中玩耍。

夏天快要结束了。这天，镜子、收和峻吉商量好来这里玩。但清一郎忙于公司事务，而夏雄还在埋头进行画的创作，所以不能同行。

民子父亲的别墅本来是一间不大有特色的日本式平房，可利用临海山崖上的斜面，在平房上增建了一层又一层，以致形成了如今这种分不清是三层楼还是平房的有趣结构。这是一个最适合孩子们捉迷藏的房子，所以，就连大人也可以在这里充分享受到嬉戏的乐趣。

在逗子的朋友家避暑的收最先到达。镜子理应坐着峻吉驾驶的夏雄的车随后就来。

民子知道，独自先来的收已很快换好游泳裤去了院子里，所以，她把冰镇饮料端到客厅里，朝院子里叫着他的名字。这儿与其说是客厅，不如说是连结大门与院子的木板屋，里面胡乱地摆放着躺椅。无论怎么悉心擦拭，有人用脚带来的沙子还是不可避免地积留在了木板屋里。大家把在这儿所跳的舞命名为"沙沙舞"，因为跳舞时脚踩在沙砾上总是发出"沙沙"的响声。

收把手搭在院子角落里的松树枝上，眺望着大海和夏天的云彩。听见民子的叫声，他回过头来。其实他眺望着的并非大海和夏天的云彩，而是大海和云彩所映现出的他那被阳光炙晒后的胸脯和胳膊上新增的肌肉。

那儿新生的肌肉正熠熠闪光。曾经习惯于无为的他近三个半月以来，每周三次从不间断地出入健身房，才练成了这副模样。在依旧捞不着舞台角色的这些日子里，肌肉却以微妙的实在感慢慢增多了。肌肉一点点地将空气排除到了他的轮廓外围。他暂时停止爱自己的脸庞，而爱上了像盆景般精心栽培的肌肉。

……收赤脚走进了木板屋。从他的脚掌上有一些金色的沙子像是布施似的散落到了地板上。

民子和收面向大海，将身子深深地埋进躺椅中，一边呷着冰镇饮料，一边聊起了镜子和峻吉的闲话。然而，收所希望的话题却别有所在。他巴不得民子能够早点就他那令人刮目相看的健壮身体发表点什么感想。

然而民子对此却闭口不提。所以他只好又俯下身子瞅着自己凸起的胸脯。只见胸脯被阳光晒成了琥珀色，散发出肉体馥郁的馨香，被强有力的纤维绷扯得紧紧的，看上去丰腴而柔和地高高隆起着。谁会相信这就是过去那个收的胸脯呢？……但民子依然未置一词。或许出于无意识，或许想把民子的注意力引向自己的身体，他把葡萄色的饮料泼洒了一点在自己的胸脯上。只见一线液体宛若神秘的鲜血一般从他的喉头流向了胸脯肌肉的表层。可民子却没有发现。收终于在希望未果的焦虑中用自己的手粗鲁地揩拭着自己的胸脯。

"或许肌肉还不够多吧？"

肯定是如此。开始训练才仅仅三个半月，更何况自己眼睛能够判明的变化在别人眼里不一定就能清楚地显现出来。一想到这儿，他感到胸脯的肌肉仿佛陡然间急剧萎缩了似的，曾经是那样映衬出大海与夏日云彩的胸肌竟然消失了。没有引起别人的任何注意，这使新生肌肉的存在又变得模糊不定了。

就像有人慌忙捏紧手指间滑落的沙子那样，收带着异乎寻常的羞耻心，将咒语似的力量全部押在了下面的话语上：

"你没发现吧，自五月以来，我的体重增加了一贯①五百，胸围也增加了十厘米。"

其实这并非什么离奇古怪的问题。民子有义务更早留心到这一点，因为他们俩第一次睡觉，就是在去年夏天的这个家中。而那以后民子再没有看见过收的裸体。

民子对收这种暗含谴责的语调颇为吃惊，于是把目光转向了收。但是，民子要从那里辨认出收的身体却并不容易，因为打那以后的一年中，她所见识过的很多男人的裸体交织于她的大脑中。而且她的缺乏主见是那么彻底，不太习惯于不同的男人拥有不同的肉体这样一种想法。无论男人的裸体是肌肉翻滚还是骨瘦如柴，抑或虚胖无比，又怎么可能把这些称之为"个性的"标志呢？

在发愣了一会儿后，民子发出了源于她那天生善解人意的性格的赞叹声：

"说来倒也真是的，你变得这么健壮，我都差点认不出来了。的确是很出色的肉体美。"

但这一奉承却严重地伤害了收。

——镜子和峻吉一起到了。啊，镜子驾到！镜子驾到！她那种欢闹而贵族的到达方式中常常伴随着这样一种感觉，与这种感觉很相配，镜子戴了一顶大大的夏季遮阳帽。

---

① 日本重量单位，一贯等于3.75公斤。

121

初次来这里的镜子尽管连声说"真热真热",但还是立刻走到庭院里看海去了。

"前一阵子刮台风时怎么样了？离海这么近……"

"你说的是五号台风吧,鹿儿岛县遭受了特大水灾呐。"民子只是对新闻材料很有记性。

"鹿儿岛的事情什么的,我可没问呐。"

"哦,你是问这里？毕竟还是折腾了一阵子呐。那一整天可真是涛声震天。"

尽管如此,在台风退去的第二天,却飞来了很多红蜻蜓,而在天空的一隅有一大片卷积云绵延开来。这是仅仅持续了一天的秋天的前兆,随即一切又回复到了今天下午这样的酷热天气。

镜子透过松树的下枝,望了望海上的初岛。这个形同瓦房屋顶的岛屿无论从热海的哪个角度看过去,都能从正面望见它。其形状和名字都一直稳固地伫立于人们的眼前,使它的形象颇为风雅地化作了遥远的东西。但镜子对这些并不在意。这属于她初次来到这里,初次走到庭院中由她自己所发现的岛屿。

镜子在长途乘车的疲惫和因炎热而血气上冲的心境中,很快对着这个岛屿开始描绘起幻影来了。岛屿的旁边是被染成杏黄色的积云,在无遮无掩的大海对面,一切都透着难以形容的美丽和富饶。

"我想去那个岛看看。"镜子说道。

"游得过去的,还不到一里远吧。"倚靠在旁边的墙垣上,拳击手一边眺望着海面,一边若无其事地说道。

……镜子不顾阳光的暴晒,兀自望着岛屿。她猛然想起清一郎

122

曾经说过:"你决不可能生活于现时之中。"

　　海风迎面扑打着镜子的脸庞,将她两鬓的短发吹散到脸上,使她此刻所感觉到的情绪变得难以归纳整理。但刚才忽然记起的清一郎那句话却与眼前目睹的岛屿之间似乎存在着某种关联似的。

　　岛屿在熠熠发光的远方,一边保持着除了海风再也没有任何东西可以填平的距离,一边又表现出一伸手便能握在手中的颇带诱惑性的邻近。但是,岛屿这种存在却并非现时之物。它要么属于未来,要么属于过去。

　　岛屿难以看清的细部混杂在清一色的灰蓝色中,它看起来既像记忆,又像希望,既像快乐的往事,又像萦绕于未来的不安的影子。把岛屿和镜子他们此刻所在的场所连接起来的力量,乃是一种与音乐颇为相似的力量,它犹如海风的振翅一般填平了存在的距离,将距离本身幻化成闪烁流动的情绪的连锁。镜子感到,乘着这种音乐光芒照人的翅膀,自己可以迅捷地纵身飞向那既是过去亦是未来的岛屿。

　　如果去到那里,会有些什么呢?

　　镜子感到,似乎会有另一个无所顾忌地沉溺于恋爱中的自己来取代待在东京时对一切都不失客观冷静的自己,并在那岛屿上长久地居住下去。与她所具有的那种坚定的无秩序不同,那岛屿具备着宛如真丝般柔软的情感的秩序。

　　峻吉说道:

　　"游得过去的,还不到一里远吧。"

　　这时,民子正怔怔地把头扭在一边。在镜子沉湎于日照中的梦想时，民子突然想起了自己从昨晚起就酝酿着但还没有告诉大家的计划。于是，她不顾大家此刻的话题，而突然宣布道：

"稍稍休息一会儿以后，大家一起去初岛吧。家里备有小船，还准备好了船夫，正等着我们呐。"

大家不胜感激地回头看着一贯如此好心的民子。民子完全不明白，大家干吗用这种表情来瞅着自己。

"欢迎欢迎。"收这才向镜子寒暄道。平时总是在这种寒暄声中接受镜子的迎候，今天则刚好调换了位置，所以他觉得很有趣。

"哎呀，原来是你?! 完全认不出来了。脱光衣服，就像是一尊青铜雕像呐。"

镜子毫无成见地说道。这既是因为镜子对肉眼可见的美和均衡十分敏感，也是因为她对聚集在自己家的青年们抱着一种管理者的持续不断的关心之故。

事实上，萌生的肌肉确实给收的身体蒙上了一层薄薄的铠甲。尽管这身体还相当清癯，但却具备了一种锐利的美，看起来就像是被夏天的烈日摩擦得锃亮闪光似的，而事实上那却是肌肉鼓胀的结果。

海风有一种使感觉复苏的作用。镜子的耳畔不断传来一种音乐般的东西。进了屋子以后，她一边恰到好处地应付着大家的谈话，一边将耳朵朝向不断鸣响着的向阳处。的确，阳光照射着的地方充满着声响。波涛的巨响、夏蝉的鸣叫、蜜蜂的飞翔、树林的摇曳、连接伊豆山与热海的火车的汽笛、海的空气与山的空气不断相克所引起的密度上的龃龉……这一切浑然一体，形成了夏日午后那种盈满内心的单调音乐。如果不留心，将会什么也听不见，但如果侧耳倾听，那么它就会确确实实地存在于那里。但是，它无疑是一种内在的音乐，以至于镜子感到自己的内心中弥漫着音乐。

"喂，走吧!"民子催促道。

峻吉果断地把叠好的浴巾搭在肩上，手拿民子家备有的美国造潜水镜和形状像一把枪的渔叉，发出了与他颇为般配的简洁的出发令:

"喂，走啊!"

四个人排成一列，沿着山崖上人修建的羊肠小道下到海边。在山岩间的小岔河上停泊着可以容纳十人左右的带引擎的日本老式木船。两个船夫正抽着烟。到达这里的客人们听见被雇用的船夫用简慢的口吻对主人的女儿民子说话，都不禁吃了一惊。帮助民子上船时，那个年轻的船夫还顺势摸了摸民子的臀部。民子似乎很快活地大声叫喊着。

镜子不得不惊愕地看着民子的这种神态。船夫抓住老雇主女儿放荡生活的把柄，表现出一种源于轻蔑的狎昵，可民子却心甘情愿地接受了这一切。在这种船夫的眼里，想必把镜子也当做了酒吧女郎吧。平常镜子会因自己被人误认为舞女或女佣而窃喜，可在今天这种场合却多多少少保持着高高在上的矜持。正因为她热爱没有偏见的平等，所以才生就不会遭人轻视。

高高的波涛冲击着岩石。当它后退时，引发出一阵掀翻水底石头的雷鸣般的巨响，使女人们胆战心惊。但两个船夫牢牢地将船桨支撑在岩石上，一边从波涛的逆卷中拯救出船只，一边估摸着开船的时机。一股巨浪翻卷而来又破碎而去了。当它伛偻着开始退却时，木船乘着膨胀的海水启程了。它高高地昂起船头，摆脱了刚才那股拼命阻挠自己的波浪的力量，蓦然投身于更巨大的空间，满怀喜悦地滑向浩渺的水面。

峻吉把手拄在船缘上，想起自己在好几次比赛中也曾体验过这种木船挣脱毁灭自身的力量而奋勇前进的自由自在的感觉。而这恰恰是意识到属于自己的力量化作了空白，从而体会到更大自由的瞬间。

他把力量凝聚到握紧的拳头上，凝视着它。这儿隐藏着无敌的击拳。但这击拳并不是像被小孩用拳头牢牢抓住后无法脱逃但却富于弹性的绿色蝗虫那样隐匿着的东西，它乃是从拳头之外，当包围着拳头的空间中的种种力量被全部粉碎后，宛如血红的霜花一般在伸手打击的瞬间里结晶而成的东西。打出的拳越是准确无误，就越是觉得那并非出自自己的力量。

"最近，有没有遇上什么有趣的女孩子？"镜子问道。

峻吉试图回想着，但怎么也想不起来。他就像穿越墙壁的魔术师一样穿越女人，而墙上的泥巴和灰浆都不能给他留下任何痕迹。

"哦，五天前才拜拜了。是一个缠人的女孩子，而且是什么诗人。还是在多摩川的河滩上初次相遇的，那以后常常来往，还送给我一些奇怪的诗歌，说是献给拳击手的。"

听峻吉说有人向他献诗，民子和收都表示出极大的兴趣。民子说道：

"什么样的诗？背诵给我们听听。"

"谁会背诵那玩艺儿！"

在此民子开始背诵起过去那个初恋的少年献给她的情诗。大家对民子那种少见的执拗的记忆力和那首诗表现出的令人肉麻的甜腻感到不胜惊讶。

镜子开始对峻吉的这桩情事刨根问底起来，但他的回答依旧杂乱无章，难以引发任何具体的形象。虽说不甚明了，但还是可以推定：峻吉之所以厌倦了的原因，与其说在于那女诗人本身，不如说在于她扭捏作态的神经质的性爱态度。

"诗人都那个样呗。"民子表现出明显的轻蔑。依靠这种轻蔑，民子获得了一种相当高尚的认识。她觉得自己这种淡泊而缺乏主见的态度，还有与自己一模一样的峻吉的态度，要比那女诗人的态度更富有诗意。不过，那充满诗意的关系仅仅在春天的箱根一夜之后便烟消云散了。

……木船以缓慢的速度向小岛驶去。海面上的积云从云层褶襞的内侧向外释放着玫瑰色的微光。日照虽然强烈，但海风却让人忘记了酷暑。只有镜子一个人害怕被太阳晒黑，用毛巾长袍从游泳衣上面严严实实地遮掩住皮肤，还戴上了遮阳镜和一顶很大的草帽。宽大帽檐的阴影使她的嘴唇显得娇艳而性感。她清癯的雪白肌体就这样被阴影护卫着。在烈日之下，就像对太阳充满了冷冷的恶意一样，一点汗水也不流地暗自蜷缩着。对此，她的内心油然升起一股快意，而且她是那么喜欢船只无常的颠簸动荡。

收靠在船舷上，将手插入水中，任凭迅速退去的冰凉海水渐渐麻痹了手的神经，钝化了手的感觉。以致产生了一种错觉：仿佛手腕被人像手套一样从胳膊上砍掉后落入了大海。

收是一个消闲的行家，对船只行进速度的快慢毫不在意。他望了望太阳，只见一朵云垂悬在天上，很快便破碎了，射落无数锋锐的光芒。"这便是我的角色。"他思忖道，"角色什么时候也会像那样降临于我吧。没有比那种大获成功、从序幕一直辉煌到剧终的大角色更适合于我了。"

但是，眼下却不会有哪个角色从天而降，所以他的思绪又回到了女人身上。被民子的奉承话深深刺痛了的收蓦然想起了已经疏远的光子，他有一种感觉，倘若是光子来爱抚自己，就一定能够确认自己周身上下萌生的肌肉吧。她甚至还扮演着镜片的角色……但忽然间耳畔又回响起光子那毫不留情的奚落："胆小鬼，小瘦猴！"

"不行。从今以后我就只和初次相遇的女人交往吧！"

那岛上会有那样的女人在等着收吗？他眺望着那渐次增加着细腻色彩的岛屿。无论哪儿都可能有那种女人在等待着他。最引人瞩目的魅力是属于收的。

但是，收有一种相当真切的预感。他知道，无论什么样的女人都不会努力去揣测他的希望，而只会在他的手臂中沉湎于自己的陶醉，进而颓然地倒下吧。女人们这时无疑会不约而同地化作一撮沙子从他的手指间悄然滑落。

"岛是有手的。"峻吉说道。他独自站在船头，像船长一样凝目望着前方。"要是卡宾枪暴力团的大津逃往某个岛屿的话就好了。"

对他这种孩子气的自言自语，大家都冷淡地没有附和。但峻吉并不在意。风迎面扑打在他交叉双臂站立着的胸膛上，再加上木船的颠簸，使他的脚看起来丧失了平衡。可峻吉却泰然自若。他知道自己的脚绝不会失去平衡，所以从不放过试验这种自信的机会。

峻吉从自己决不思考事物的信条出发，给自己课加了成为一个彻底缺乏想像力之人的修炼任务，因为这是免除恐怖的惟一方法。前方有一个岛屿，但还看不仔细，只能开始看见各种各样的自然景物与房屋色彩的混合，但这依旧还属于想像力的领域。所以，岛屿也就还不属于他。岛上可能发生在他身上的冒险、斗殴、闪电般的恋爱等等，也都还不属于他。此刻，确确实实属于他的惟有吹拂着他英武的脸庞，一点点加深着他被太阳晒黑的肤色并包容了阳光的海风。

镜子透过遮阳镜，眺望着徐徐靠近的岛屿。眼镜上深绿色的玻璃片平添了岛屿些许的庄严。

前来垂钓的男人，乘坐自己的摩托艇暗自享受孤独的男人，那些男人中的某一个，或许会悄悄跟踪着镜子，最后让镜子变成了他归途上的船客。镜子好一阵子沉浸在这种梦想之中。不一会儿，清一郎的影子映现在了她的心上。于是她萌发了一种信念：那种男人的潇洒言谈、进口渔具、英国制造的碎花格子裤、水手用的大烟斗……这一切都无异于影子的影子。她绝不会爱这种虚假的"平静生活"和虚假的安定。这些全都是她父母所热爱的东西的滑稽漫画。

与刚才的思考正好相反，她想，这岛上理应存在着更充满活力的破灭和无秩序。那儿理应存在着虐杀抢劫后的静谧和在烧焦的泥土上为数不多的幸存下来的爱的营生。倘若是这样的东西，她决不会拒绝吧。而如果是在死去的渔村那被撕裂了的渔网之上……如果是在从烧焦的瓦砾中顽强长出的夏蓟花旁边……或许镜子就会安然自得地去做别人所做的事情吧。

——岛屿渐渐逼近了。首先映入眼帘的是码头旁边的茶馆和木板房那鲜艳的红色屋顶。那鲜明的红色四角形斑点从覆盖着山崖的绿色中脱颖而出，渐渐带有了意义和形状。当最后明白那就是屋顶的瞬间，与一觉醒来环视微暗的室内，只见那些充满种种色彩、光线、形状的物什随着其轮廓的逐渐回复，一下子沦落为司空见惯的水壶、装饰架上的玻璃器皿、挂画上的玉石坠子等等日常平庸事物的瞬间，颇为相似。

可以看见在画着波涛图案的旗帜上用红色写着一个巨大的"冰"字，还有用油漆涂抹得花里胡哨的欢迎观光客人的高塔。还能看见标着通往木板房村的道路的立式招牌。在小码头的周围，能看见一些穿着艳丽的夏威夷衬衫的男人，还有迈着危险步履跨过堤坝的穿着泳装的女人身影。不久便能分辨出她们的长相，甚至能看到她们微笑着的口腔内部吧……

终于出现在眼前的这座岛屿上的风物将木船上的人们进行各种想像的快乐剥夺得一干二净。

四

　　初秋，清一郎的婚约在公司里成为众所周知的事情，不用说还是在订婚之前。不可否认，在年轻人中间对他的评价有所降低。这是因为在此之前他一直被认为是最没有可能缔结这种"资产阶级的权宜婚姻"的男人。

　　如果这是一家社会上的普通公司，那么发出如此进步谴责的人，或许是那些工会的激进分子吧。可山川物产却没有工会。仅仅罢工一天便足以让商社瘫痪倒闭的说法被视为没有工会的正当理由。在这里，工会运动被看成氰化钾那样的可怕之物。然而，无论哪个世界里都不乏奇人怪物，这不，在山川公司里也冒出了一个意欲染指氰化钾的职员。公司当天便颁布了辞退令，将他驱逐到了北海道以远一间屋檐下雪积冰封的办事处。

　　佐伯以一种算计失误的热情站在了清一郎一边。并且他是假定自己站在了与副社长的千金小姐订婚的立场上来为清一郎辩护的，结果遭到了众人的嗤笑。

　　库崎副社长是一个实力派人物。他蔑视那些实业界的新权贵至今还强加给子女们策略婚姻，决定依据实力和人品来为宠爱备至的女儿选择夫婿。虽说生活在这样一个世纪末中，他却抱着"事业如其人"的资本主义兴盛时期的信念。他"观察人的眼光"决不会发生偏差。他也就是这样"发现"了清一郎。

财团的解体与朝鲜动乱①的爆发，其目的好像就在于使库崎迅速致富似的。哪怕缺乏其中任何一样，他也不可能有今天的巨富。在机遇中抓住了好运的男人喜欢把自己看作时代的风云儿，所以，副社长所崇尚的只有精力与命运。

当山川财团解体时，曾在战前的世界中广泛兜揽生意的山川物产被彻底打碎，分散成微粒子般的两百几十家小公司。以前是物产部长级别的库崎摇身变成了金属部门的一个商社社长，但除了铁屑外却没有什么可以经营的东西，以至于按照人们戏谑的叫法，他也自称是"铁渣铺的老板"。

在这种无望的状态中，突然发生了值得纪念的盛大庆典，意想不到的新正宴会——朝鲜动乱。库崎公司得以迅速发展壮大。这个以十九万五千日元资金起家的中央金属贸易株式会社马不停蹄地增值资金，职员由最初的二三十人陡增了几十倍。在过去由山川物产化整为零的二百多家公司一大半都已落伍衰败以后，库崎的公司开始在山川物产的大旗下争一夺二。

但实属谨小慎微的库崎却是在与渎职行为和一切非正当行为无缘的前提下走过来的。即使说他赚了大钱，也无非是依靠巨额的奖金、无限升值的股票和股票的行市而获得成功的。

库崎在这样的巨大成功中，也时刻不忘曾经将翅膀扩展向全世

---

① 即"朝鲜战争"。

界的那个往日的综合商社。那简直就是一个帝国，具备正规的徽章，并拥有王室一族和宫廷礼法。年轻时库崎曾在加尔各答的印度分公司做过事，那期间当山川本家的夫妇前来访问时，他曾享受过带领他们前去购物的荣光。夫妇俩还买了满满一枡①红宝石呐。

倘若让天皇皇后两陛下站在作为当时的财阀阀主的两夫妇旁边，也肯定会显得鄙俗土气吧。他们是财富、威望、气度与风雅的化身。他们因为不怕被人看成吝啬鬼而可以大胆地变得吝啬小气，因为不担心被人认为粗俗，而可以心安理得地使用粗俗的言辞。在年轻的库崎眼里，这种洗炼便是一种美妙的东西。到今天为止，他都一直严格规诫自己，以免变成一个假绅士。但假冒绅士却化作了潜藏于内心的梦想变成了公司经营最抽象的理想核心。他所崇拜的精力和命运理应鼓舞着他彻底朝着这个方面奋勇前进。

无论时代如何变迁，日本经济都有其不变的法则，即怪癖。在景气之时，忘乎所以地大肆挥霍；一旦陷入萧条，便又歇斯底里地高喊振兴贸易。库崎的公司并不是一家应与一时的特需②所带来的繁荣共命运的公司。当面临着被重组的山川物产吸收合并之时，为了改善合并条件，必须将公司置于最佳状态。而且必须瞅准公司处于最佳条件的良机，迅速促成合并的达成。

排除集中合并的法律早就名存实亡，而垄断禁止法也即将名存实亡。库崎知道，下次到来的大萧条对于垄断资本来说，无异于起锚出港的满潮时辰。在特需景气期间，他拼命提高利润，对这种不会长久存在的公司的名字并没有怀着什么留恋之情，而只是祈盼着

---

① 量器，升、斗。
② 指美军在日本采购军用物资。

萧条的黑潮早日驾临。

萧条！萧条！不久朝鲜动乱平息了。在被炮弹轰炸得坑坑洼洼的朝鲜半岛的荒山上，当最后的枪声回荡着终于停止之后，萧条将会冲破堤坝溢向四方吧。可政府还沉浸在天真的预想中。不过，"物产的人们"却像蚂蚁预知洪水一般，动用着他们绝对准确的触角。当萧条袭来时，必须不失时机地实现合并，再现垄断资本。因为只有在萧条时，为了振兴贸易，才会使庞大的综合商社成为必要之物。金融资本从安全第一主义出发，将融资对象集中在大资本上，而中小企业却被逼得走投无路……因为"我们的时代"来临了。

第一次合并结束了。中央金属贸易株式会社已经吞并了三家公司。在剩下的几家中，除了大潮贸易与太平洋商事，已经不再有可怕的敌手。他在轻井泽拜谒了因老年人结核病而处于长期疗养中的原山川财阀阀主。

山川喜左卫门已经彻底衰老了。他的夫人却精神矍铄，依靠其定居纽约近郊的富翁村帕切兹的兄长，出门踏上了漫游美国的旅途，给她丈夫邮来了在那儿的花园舞会上拍摄的纪念照。照片上的山川夫人依旧不失过去那种对周围不屑一顾的高傲和威严。夫人漂亮的鼻子和锐利的目光在照片上所有的客人中最具贵族的风范。

山川夫妇在痛失独生子以后，随着战后财阀的消灭而隐居下来，怀着要断子绝嗣的愿望，没有招收养子。喜左卫门自己是上代主人的次子，山川家族每一代都没有逃脱长子夭折的奇怪宿命。战争末期，山川夫妇的嗣子也在叶山别墅的庭院中那尚未挖掘完工的防空壕里死去了。是被人从后面猛推下去，头部撞在基石上而死去的。报纸上没有登载这一新闻。虽说几经搜索追捕，但凶犯至今仍逍遥法外。

尽管山川喜左卫门曾那样频繁地前去外国旅行,但却压根儿不相信近代医学,而只信奉那些奇怪的按摩师。关于这一点,库崎也知道,对他进行劝告无异于白费力气,所以也就缄口不语了。不过,旧阀主的衰老似乎并不仅仅缘于那循着缓慢过程渐渐恶化的老年人结核病。

囤积下来的宝石,还有从旧公司名下的各个公司秘密进贡的钱款和无数记名股票,依靠这些喜左卫门仍然在过去那幢雄伟壮观的别墅里过着富裕的生活。种着草坪的庭园中有一个斜坡,从都铎风格的家中一直朝下延伸到开满菖蒲花的小溪边。他谈到不久前一个周末来此地休养的吉田首相曾顺便来看他,一起畅叙了伦敦时代的旧话。喜左卫门常常在言谈之间亲昵地直呼库崎的名字。这一套往昔的作风深深地感动了库崎。倘若时势不变,他怎么也不会想到自己能和阀主在一起这样促膝交谈。

但是库崎自始至终一直谨慎地保持着一个前来探望者的节度,避免提及工作上的话题。喜左卫门似乎也竭力回避着。那张气度高雅的大脸黝黑黝黑的,紧闭的嘴角偶尔因咳嗽苦笑似地松开着。他身穿一件结城绸子①做的普通衣服躺在睡椅上,用一张苏格兰制造的华丽的深绿色格子毛毯一直盖齐胸口,更是显得老气横秋。他的生命仅仅是在财富遥远的折射下(这种折射就如同在古老得开始腐烂的屋檐下曳动着的池水的折射一般)保存下来的一丁点亮光。

“生就的富翁是可怜的。”在回程的火车上,库崎陶醉在健全的

---

① 以茨城县结城市为中心生产的捻线绸。

思考中，"这家伙无论怎么做都很糟糕。从父辈祖辈那儿继承过来的财富，或许也会同时传给他某些遗传性病毒之类的东西吧。"

这样一想，库崎的心中便萌生了另一种安心感，而旧阀主的存在业已渐渐变形，化作了渺小而可怜的形象。但这种观察却无疑是大错而特错的。后来库崎不得不明白这一点，并因此而后悔不迭。

与山川喜左卫门的会见使他更加确信自己的合并计划。一九五三年六月，朝鲜战争停战以后，全仗着政府的积极预算，才使投资的繁荣依旧得以维持。八月，进行了垄断禁止法的第二次修改，为摆脱萧条而结成的特殊卡特尔和合理化卡特尔被予以承认，使垄断禁止法彻底名存实亡了。现在正是合并的大好时机。

大潮贸易尽管依然是强劲的对手，但太平洋商事的经营状态已日趋恶化。库崎认为太平洋商事已不足挂齿。不料，此时山川喜左卫门将山川银行的头目室町重藏叫至轻井泽，指令他为了太平洋商事的重组要求长尾满就任社长。

长尾满在被解除公职①的实业家中间也是名声最为辉煌的一个，是植根于山川财阀的人物。长尾是一个酷爱重建的人，所以自告奋勇地当上了太平洋商事的社长。当得知这一消息时，库崎大失所望，终日不思开口。既然长尾这个大腕人物出马了，那么无论现在太平洋商事的经营状态如何，合并之际，也肯定是长尾就任山川物产的社长吧。这一点是不言而喻的。

种种明争暗斗的结果，一九五四年二月合并得以成立，名义上

---

① 原文为"追放解除"。作为战后民主政策的一环，根据1946年1月GHQ的备忘录，将军国主义者、国家主义者从议员、公务员及其他政界、财界、舆论界的领导地位上驱逐出去。但1952年4月对日讲和条约生效后自然废除这一政策。

还停留在"清理中"的公司山川物产又再度复活了。长尾荣升社长，库崎和大潮贸易的社长南分别就任了副社长。

但库崎采取了弃名求实的策略。股票的合并比率要数中央金属贸易最为有利，对大潮贸易为一比一点五，对太平洋商事为一比二，对经营状态十分恶劣的二十世纪贸易则为一比五。因此，库崎所持的股票事实上增值到了原来的三四倍，库崎就这样在一尘不染的副社长办公室里，透过窗户观察着丸之内的杂沓街景，静静地等待着社长的任期届满或突发的脑溢血。

库崎藤子是一个苗条、潇洒而又玩世不恭的姑娘，虽说身边不乏各种各样的男朋友，但却一直淡然地守住了自己的贞操。她的性格使她从不怀疑自己应该把贞操奉献给符合父亲眼光的郎君。从介绍见面起，她就觉得清一郎的外表并不差，还暗自喜欢他身上某个地方透出的那种假惺惺的味道。不愧为库崎弦三的千金小姐，比起被人爱，倒是被人利用更能带给她极大的刺激。清一郎丝毫没有流露出那种"纯粹的爱情"式的东西，而这正合藤子之意。这分明是最初的误解。她把清一郎误认为是一个野心家。

虽说是一种相当现代的浪漫想法，但把清一郎想成一个比一般人更老谋深算的男人，使藤子感到了一种自以为是的"危险的诱惑"。这种特质在那些有钱人的男朋友身上要么极其罕见，要么就以极其夸张的不自然的形式显露出来。更何况藤子打心眼里蔑视恋爱。她的这些现代的特征中没有一样会妨碍她顺从父亲的旨意早日成婚。

而清一郎则对自己所有的年轻特征进行了总动员。这些特征平常以持续不断的紧张感形成了他漂亮的外部轮廓,而现在他又进一步加以打磨,使其衍生出青年人特有的轻率、莽撞等等这些在办公室里决不会示之于人的种种要素。他不得不表现出自己一个人摆脱了那种冻僵了现代青年的社会性早衰。初次与藤子相见时,他认为这是一个很难用常规手段来对付的姑娘。但他也一眼看出,她那自以为深藏在内部的锋芒其实只不过是见惯不惊的处女式的锋芒罢了。

镜子在很多地方都成了清一郎看待藤子时的参照标准。从她还好好地保持着那种镜子早已抛弃的偏见和珍视那些被镜子业已忘却的社交上的机智与狡黠来看,藤子俨然就是镜子的雏形。清一郎面对这样的藤子,常常扮演着一个颇具热爱公司精神,并缺乏社交机智的单纯而明朗的青年。但真正吸引藤子的却是时而掠过这个貌似没有阴影的男人眼底的那种暗淡光芒。

在这一点上,他那种巧妙地欺骗了男性社会的个性,却很有可能被女人用短暂的一瞥便加以识破,只是女人的这种洞察力稍不留心就会脱离靶子,把他误认为一个野心家,这一点已在前面表述过了。

野心家!清一郎认为没有比它更不适合于自己,也更不曾打算让自己去模仿的角色了。

藤子与父亲的见解不同,她被他那种若有若无的"装模作样"吸引住了。

"他把我看成是一辆汽车,上面装载着金钱与满足性欲这两种男人们渴求的东西。我喜欢他那种看重物质的目光。"藤子罗曼蒂克地思忖着。她已经厌倦了那些游来荡去的平庸伪恶者似的青年人,反倒钟情于多少有些落后于时代的这个伪善者。

藤子在各种意义上都很美,圆脸庞上的大眼睛,可爱的鼻子,形状姣美的大嘴巴,漂亮的牙齿,这些都是天赋的丽质。女人大都让自己的思想去仿效自己的脸蛋,所以,藤子的思维方式也与她轮廓分明的长相颇为般配。

　　机械部长坂田夫妇主动担当媒人从中斡旋。订婚的那天正逢星期日,所以坂田夫妇造访了清一郎家。让部长夫妇走进自己虽说并不狭窄但却颇显陈旧的家里,使清一郎很是拘谨紧张。

　　清一郎的母亲和妹妹一起出来迎候部长夫妇。母亲虽说并不是什么大家闺秀,但却彬彬有礼,说了声"订婚的彩礼倒是已经准备停当了",随即拿出了将父亲的惟一遗产——三间房屋出租所得收入一点点积攒起来的钱。尽管清一郎一再说没有必要在库崎这样的有钱人面前强装面子,但还是无济于事。

　　坂田夫妇首先访问杉本家,收下了订婚彩礼和目录,在上面罩上了红白两色的双层小绸巾,然后带着它们前往库崎家。接着,又拿着女方的彩礼回到了杉本家。最后又带上清一郎来到了库崎家,列席犒劳兼庆贺的宴会。部长夫妇驾轻就熟地演出了如此繁琐的三次往返的剧目。

　　清一郎说来倒也是一个喜欢陈规旧习的人。没有什么比陈规旧习的滑稽和徒劳更能描摹出一幅社会生活整体之徒劳无益的滑稽画卷。这正好暴露出我们平素拼命劳作的愚蠢。如果认为公司的时间打卡机并不愚蠢可笑,那么,又怎么能说订婚的三次往返是愚蠢可笑的呢?

　　最后在坂田夫妇的陪伴下,穿过库崎府邸的大门时,只见初秋夜晚的黑暗中,豪宅内的门灯和正门的门灯,还有全部窗户的灯盏几乎全部点燃了。在它们非同一般的炫目中清一郎被一种不可思议的感觉攫住了。寂静的宅邸中的这种无边无际的明亮的确异乎寻常，就好像是在某间房子里发生了什么异样的变化。

可到底发生了什么呢？"我订婚了！"——这空疏的语言碰击到那些洒落在窗户上的明亮灯光，随即又被反弹了回来。在夜的远方，他所喜欢的"破灭"正在高声呐喊，然而传来的却是突如其来的鸡鸣。后来清一郎才从藤子那儿得知，隔壁家原伯爵的长子因治疗青光眼被延误从而导致失明以来，一直在养鸡呐。

藤子穿着长袖和服，到大门口迎迓。她恬淡地笑着，以无可挑剔的寒暄语欢迎着客人，还一边目不转睛地观察着另一个订婚人在这种场合会显得多么张皇失措。清一郎也确实有必要做出一点"怯场"的样子给对方看。他厌烦地脱掉鞋子时稍稍绊了一下。于是，藤子支撑住了他身穿深蓝色西服的后背。这一切进行得过于圆滑自然，所以只起到了淡化此刻所发生事件的现实感的作用。

他一边沿着四周长长的廊子前行，一边想起了公司里听到的风言风语："娶副社长的千金小姐固然风光体面，可实际上不是等于入赘吗？如果是一个稍有自尊心的男人，也肯定会断然拒绝这门亲事吧。""这不是明摆着吗？那样一个单纯的男人……"清一郎在一刹那里记起了这些，脸上禁不住浮现出了笑容。他的自尊心里没有谄媚的成分存在，所以被看成是一个单纯的男人。联想到这些风言风语，他感到自己的思维一直栖身于又高又黑的铁塔顶端。从那儿往下俯视，只见点亮无数灯火的街道正明显地向着"破灭"倾斜着。尽管明白一切都将在不久的将来毁灭，可又与副社长的千金小姐结婚，这究竟意味着什么呢？"我那完全没有实感的日常生活，我那荒唐无稽的现实生活，将从现在开始了。"

……他与自己的未婚妻并肩站着，举起了干杯的酒盏。碟子和雕花玻璃的餐具闪射出无数的光芒。藤子那长袖和服上的金丝银线也在刺眼地闪着光。大家七嘴八舌地说着庆贺的话，一切都是那么奇怪荒诞。

"你有没有过认为自己是一个无用之人的时候？"库崎弦三冷不防冒出了这样一个问题。大人物总喜欢语出惊人。库崎夫人马上谨慎地制止道：

"哎，在这么一个大庆大喜的宴会上，说那种话……"

库崎却毫不留情地一问到底：

"怎么样？你有没有那样想过？"

清一郎感到藤子正在自己身边饶有兴味地等待着他的答案。在藤子的胸脯中——那个部位正被她那艳丽的和服带子内的衬垫高高地鼓胀着——只剩下了理性的好奇心，这一点清一郎是十分明白的。她现在可以倚仗着父亲大人来考察未来丈夫的机智。

"不，没有想过。"

"真的吗？"

"真的。"

"那么，你是一个比我更坚强的人啰。"

时而装出自尊心受到伤害的假相，以被动的形式来欺辱对方，这也是大人物的惯用伎俩。

"坚强与软弱另当别论，杉本君只是说他没有这样想过罢了，"坂田部长在一旁插嘴道，"这种说法倒的确很像杉本君说的话。我也对杉本君持这种印象。或许现在的年轻人,特别是优秀的年轻人都是这个样子的吧。这也是与过去的秀才们不同的地方。"

这一来一切都砸锅了。尽管在库崎心里曾经动过念头,要向女婿进行一番小小的精神告白。

藤子缄口不语了。这倒也并非坏事。但她却并不知道,清一郎是故意节省了自己的机智。他的回答让人觉得充满了自负而又无聊透顶。

库崎突然改换了一副洋洋自得的开朗腔调:

"说来也是呀。无论什么时候,都不要把自己想成是一个无用之人,这才是人生的秘诀呐。在陷入逆境时,我也曾那么想过,但却绝没有说出口来。"

"杉本君也是绝不会说出口来的吧。"坂田煞有介事地保证道。大家毫无意义地笑了。

藤子在这大贺大喜的订婚宴上,期待着清一郎表现出他作为野心家的一鳞半爪。可清一郎却辜负了她的期待。宴会后,库崎夫人机敏地说道:

"清一郎还没有好好看过家里的庭院吧。虽说是在夜里,还是让藤子带着去看看吧。"

坂田夸张地附和道:

"这可太好了。"

这一来,库崎夫人不着痕迹的机敏一下子变成了某种含有特别意味的东西。为此夫人像女学生一般涨红了脸。

"一喝酒,我就会马上变脸。现在肯定很红吧。"夫人谋求着女儿的随声附和。可藤子不喜欢老式的人们那种对于性所抱着的惶惶然却又颇带装饰性的态度，于是冷淡地回答道：

"不，母亲，一点也不红。"

——尽管如此，两位订婚人还是一起来到了庭院里漫步。在这繁星闪烁、秋高气爽的夜里，穿过灯火星星点点撒落而下的草坪，两个人登上了假山上的亭子。上去一看，不禁大吃一惊：纯粹日本式的亭子内壁上竟然安装着收音机，还藏着烘烤小食品和饮料的电子烘烤箱。藤子随即打开收音机的开关，将大声响起的迪克西兰爵士音乐开到了最大音量。

库崎公馆的全景尽收眼底，从这儿看不见庆贺的宴席，但却可以看见手拿碟子的女佣们穿过二楼走廊的身影，显得有趣而真切。室内灯火的斑点犹如断云一般杂乱地撒落在草坪上的每一个地方。

"这是父亲依靠朝鲜战争所买下的房子。这亭子里的收音机和烘烤箱是我安上去的，将地面改造得可以跳舞的也是我。"藤子用一种故意暴露自己恶行的语气说道。

"倘若能够为了我也发动一场那样的战争就好了。"清一郎说道。他本来旨在昭示日益迫近的世界没落和最终的破灭，但藤子却从这句话中发现了他那野心家的灵魂。"这个人对未来充满了自信呐。"她感到一阵欣喜。藤子从未在自己身边发现过如此相信未来的青年，以至于宽恕了他在庆宴上那种令人失望的态度。藤子的心变得温柔了。

清一郎深谙这种时候应该和对方接吻，于是，便凑上前去亲吻了藤子。彼此都感到对方决不是生平的初吻，但却并没有引发他们的失望。藤子感到这个吻是恬然而成熟的吻。

正当两个订婚者亲吻之际，又一次遥远地响起了突如其来的鸡鸣，宛如夜晚的红色龟裂一般。似乎别的鸡也醒了过来，以致那高亢而悲壮的啼鸣此起彼伏，持续了好一阵子。清一郎从藤子那儿听说有关那个可怜的养鸡人的事，便正好是在这个时候。

收所属的剧作座决定在十一月上旬上演创作剧目，所以在春季便已委托剧作家水岛守一执笔创作剧本。剧本进展顺利，九月里已经完成，按照日本独特的奇怪惯例，在上演之前先行发表在十月上旬出版的文艺杂志上。这是一部五幕悲剧，因为水岛是一个性情乖僻的古典主义者，所以他仿效法兰西古典剧的三一律原则，将一个单一的事件安排在一个单一的场所并在二十四小时内发生，而且出场人物也仅有八个。所以，除了八名演员以外，就再也没有群众演员出场的余地了。

因为水岛经常写出场人物很少的剧本，所以收不喜欢水岛。与此相反，朝间太郎常常写三十名，最多时达五十名出场人物的剧本，并自诩最善于观察整个剧团中每个人的才能，所以，就连不起眼的小角色也由他一一指名而定。水岛守一却不同，他所写的人物全都是他头脑里的产物，从未琢磨过实际存在的演员是什么样子。

剧作座的年轻人很快买来杂志，阅读剧本，私下里议论着各个角色的分配。剧本取名为《秋》。因为剧名并不特别吸引观众，所以经营部怨声载道，但水岛却执意不肯改变剧名。这个四十二岁的爱情心理剧行家将波托－里什①改造成德国式的凝重风格，是一个一刻

---

① Georges de Porto-Riche（1849—1930）法国剧作家，以具有独创性的心理剧见长。

也会不忘自己是天才的人物。他阴悒沉闷，生性孤僻，但却十分讲究着装，拥有好几百条领带。

他写的台词总是很长很长，所以，如果能够摊上八个人中的某一个角色，仅此便有相当于其他剧中主角的台词量。人们把这叫做水岛式的台词而加以嘲笑。倘若不成熟的演员一本正经地念起台词来，便会上气不接下气，呼吸变得急促，以致在某个新人剧团中，出现了排练中引发脑贫血之类的事件。

《秋》这出剧目描写的是一个家庭中所发生的纠葛。这个家住在位于某个海边断崖上的一幢孤零零的古老洋房里。这是一个错综复杂的家族，其家长与如今的这第三任妻子之间没有子嗣，膝下的两个孩子分别为前二任妻子所生。而这两个同父异母的兄妹竟然出奇地要好。还有另一个家庭与这一家住在一起，其漂亮的女儿也大有嫌疑属于上述那个家长的后嗣。哥哥与这个漂亮姑娘之间孕育着不安的恋爱。妹妹的嫉妒和阴谋。最后在秋天的暴风雨中，哥哥与漂亮姑娘这一对情人殉情自尽了。

哥哥的角色的确是一个精彩的角色，他是一个二十二三岁的颀长而美貌的青年。不过，戏剧的中心人物实际上却是直到最后为止也没有卷入这一悲剧漩涡中，而只是从幕后操纵着这出悲剧的家长之妻。不用说，这是户田织子的角色吧。家长的角色和住在一起的那对夫妇的角色也当然属于那些老练的演员们。

剩下的三个年轻角色中间，究竟哥哥的角色分配给谁，大家意见各异，众说纷纭，难以预料。本来在剧作座待了长达七年的小生演员须堂是最适合的候选人,但须堂连续两次公演都扮演的是大同小异的年轻恋人角色,所以谁都认为这次不可能再是他了。在新宿附近的廉价酒吧里,剧作座的年轻人不厌其烦地议论着。一个人说让收来演好,另一个人也说,收生来便是为了扮演这个角色的,对此,大家也都表示赞同,以致那天晚上收久久未能成眠。

收在本乡真砂町公寓的二楼上,彻夜点亮枕边的台灯,打开登载有剧本的杂志,开始吟诵哥哥这一角色的台词:

"真是一个无聊的世界。我一伸出脚,脚便碰在了墙壁上。我一伸出手,手便碰在了窗户上。星空紧贴着窗户,浓黑的夜化作了抹墙的泥土。一切都增加着浓度,在我这个透明而稀薄的身影周围,毫不留情地纷至沓来,企图把我捏成碎片……啊,赖子,不久的将来,在这个世上难道连人与人气息相触的场所也要丧失殆尽了吗?"

收用水岛可能会要求的那种快节奏念着台词。他举起枕边的小镜子,映照出自己念台词时的口形。漂亮的嘴唇敏捷地张合着,舌头伶俐地衍生出词语。他想,戏剧平静的效果不会容忍表情的激昂,必须把台词念诵得犹如只有语言在感情的深处沸腾燃烧一般。

从公寓的窗户不时传来前面大道上出租车来来往往的喧嚣。在迂回曲折的下坡路上有电车的轨道横跨而过,使得过往的车辆在交接处变得颤颤悠悠的,某些破旧的车辆甚至发出了像是把木匠的工具箱折腾得哐当作响似的声音。声音有时还会轻轻地震动着窗户上的玻璃。月光皎洁。醉汉们一边哼着歌曲,一边蹒跚地走过。他们那趿着木屐的脚步声向人们通报着没有过往行人的古老大街上月光的皓丽。传来了运货的电车驶过水道桥车站时发出的遥远的轰鸣和汽笛。一切都澄静无比。收深深地感到,在自己对某种不确定的东西燃烧起如此可怕的热情时,时光已如流水般逝去了。是的,自己绝对是孤身一人。纵然梦想真的实现了,也只不过是舞台上的虚妄的梦想,可是当自己独自一人时,它却化作了如同将烧红的烙铁放在肌肤上的那种灼热的现实。不断在舞台上流逝而去的时间在这儿也以同样的姿态流逝着,而且在破旧的瓦屋顶上空,有一轮这儿看不见的月亮。月亮是真实存在的,有一轮月亮,有一个不眠的青年。没有任何欠缺的东西。"我是一个演员。"——收想道。

第二天,收去排练场一看,只见墙上已张贴着《秋》剧的角色分配表,上面没有他的名字,相反却起用了一个与他同年加入剧团并远远不及他漂亮的新人。

由于自尊心的刺痛,他猛然感到一阵心脏的悸动,而这种悸动本来只在欢乐时才显得自然。一股难以名状的愤怒涌上了心头。把自己和那个新人一放在天平上,为什么天平要倒向那个新人一边呢?一想到这里,他的心中顿时萌生了无数的揣摩和臆测。他感到,本来在这块园地里绝不允许的舞弊和背理正侵蚀着戏剧的角色分配。尽管如此,犹如战争的胜负一样,定局就是定局,不可能改变。

要扮演那个哥哥的角色,必须美貌、年轻、音色动听,对剧本具有犀利的知性理解和直觉理解,身段和体态也必须轻盈而优雅。当然并不是说收就具备了这一切,但是,被分配到这个角色的新人却一样也不具备。只要"客观地看待"事物,便自然会明白这一点。收从没有像今天这样痛切地感到:戏剧世界的一切都是对"客观真理"的侮辱。但可悲的是,只要他还是客观性的代表,他便不可能是舞台上的人物。

是否该马上奋起抗议呢?无论在谁的眼里看来,都应该匡正明显的错误，将事物引回正确的轨道……但是，决定了的事情就是决定了，最后他也只能心甘情愿地忍受这种屈辱吧。光荣、名誉、赞美、屈辱、欺侮，忍受这一切，并像被别人喂奶的婴儿一样，必须毫不抵抗地吞下这一切。而这就是所谓的演员。

——收的脚被一股嵌入地面般的黑暗力量一动不动地固定在贴有角色分配表的墙壁前面。从昨夜起一直笼罩在自己周围的光辉，此刻宛若被折叠起来的扇子一般，突然被回收了，只剩下了一片阴影。

角色分配表上映出了一个女人头发的投影。收抬眼望去，原来是富山千鹤子。她曾是收很早以前的女人，可如今已什么都不是了。角色分配表上也找不到千鹤子的名字。曾经传闻妹妹的角色可能会轮到她，但也仅仅以传闻而告终了。

千鹤子身穿黑色的套头毛衣和令人耳目一新的柠檬色长裤，一副贫血质的脸色，鼻子和嘴角就像是用浅淡的色彩粉刷过一样。她用严峻的目光抬头望着收。两个人的视线相遇在一起。女人的眼睛里闪过一丝既像谄媚又像嘲笑的神色。彼此都以为早点表现出对对方的怜悯便是自己的胜利，以致这种霎时间的竞争使他们演出了一幕奇妙而拘谨的眼神与眼神的短兵相接战。结果谁的眼睛里都没有浮现出怜悯的神情。

"去不去喝点茶？"千鹤子发出了邀请。

收早就对那种由不满而结盟的同志爱感到厌倦了。

"不巧我现在有点事……"

"没有角色演，也照样有事情呐。"这次女人毫不含糊地挖苦道。

此刻收正匆忙地赶往体育馆。他先乘都营电车，然后又转乘另一条线的都营电车。这是一个清爽的下午,一个久违了的秋日的晴天。今天早晨气温很低,还打了霜。一个主妇告诉他,她从公寓的晾衣处清楚地看见了富士山。

巨大的愤怒攫住了自己,而且它是一种无法排遣的、纯粹个人的愤怒。这种意识彻底打垮了收。自己没有被选中这样一种明明白白却又极不合理的愤怒。电车上的乘客们尽管显得各有心事,但似乎都被愤怒和怨尤折磨着,只是他们的愤怒比他的愤怒显得更符合情理,可以向任何人敞怀倾诉。收发现自己的愤怒最终是不合情理的,缺乏逻辑的。而最最不该的却是自己刚好又明白这一点。

自己没有被秋日天空中的巨大光芒所选中,这究竟意味着什么呢?从都营电车的窗户望出去,只见杂货铺前面立着一张新近发售的软管牙膏的广告牌。那金属的软管、反射在上面的秋日的阳光、从软管里向外挤出的纯白牙膏、薄荷的香味、早晨的漱口水的闪光、生活、从晾衣处所看到的富士山……为了将这一切变成收所疏远的东西,使他对生活心存敌意,把他从一切中排挤出来,仅仅为了这样一个目的而没有挑选他的那种充满恶意的存在又究竟是什么呢?

收咬住手指尖,以免叫出声来。这是表现焦虑的常用手段。立即从嘴里抽出的指尖被唾液濡湿了,被咬得发白的地方倏然间又泛起了红色。这种红红的抒情的色泽是不死的,它与鲜血毫无相似之处。

避开想坐便可以坐下的空位,收凭窗而立。他并不担心有人看见自己的脸。外面的亮光在肮脏的车窗玻璃上只能模糊地映现出人的脸来。他不停地对着玻璃表演着愤怒和怨恨的表情,让自己依稀可辨的脸庞从满是秋天果实的水果店、银行、点心铺的屋顶上滑行而过。但这种快乐却一点也没能拯救他。只有舞台上那种人工的感情才是有效的，惟有它才可以拯救人。当电车在车站上戛然停住时，是那么剧烈地颠簸着，像是打了个大嗝儿。旁边的中年男人撞在了他的身上，也没有道歉，而只是重新调整姿势后把身体掉向了另一方。收对此感觉不到任何愤怒，只是怔怔地望着那男人的背影。那肮脏西服的后背是存在着的，但收自己却是不存在的。

晌午过后的体育馆还是空空荡荡的。在更衣室里，一个经常与收在一起的学生向他打着招呼。两个人在存衣柜之间那积满灰尘的狭窄地面上，身体对着身体，脱了个精光。

"舟木进展好快呀。我也想早点练成那样一副胳膊呐。"学生说道。

两个人攥紧拳头，比试着胳膊上的肌肉疙瘩。

"终于长到三十五厘米了。"收说道。

"我三十二厘米。接下来的三厘米可就难了，前阵子考试又瘦了一点。"

"倒不见得是那样，只是稍稍停止训练，就会有那种感觉罢了。"

收对自己的话带着如此自信发出响亮的回音感到颇为吃惊。在这个体育馆里，没有一个人知道他的失意落魄。

收只穿一条游泳裤走进了练习场，站在一面很大的壁镜前面。于是，一阵喜悦油然而生。这里映现出的既是他，又不是他，是与存在紧密相连，同时不用自己的眼睛确认便又无法存在的东西，即眼前这身漂亮的肌肉。

这半年来，他把所有的闲暇全部耗在了健美上，比那些利用上班或上学的余暇去体育馆的人获得了更加显著的进展。如今他成了体育馆的明星人物之一，而且在他的肉体中存在着让这种剧烈的运动产生有效结果的天分。因为他生来便骨骼坚实，所以，肌肉沿着骨骼迅速生长，形成了被称之为那种"定义"的各个部分肌肉之间所具有的雕塑般的明确轮廓。收在镜子面前挺胸收腹，把力量集中到了胸脯上。于是，胸脯就俨然变成了一张坚实的盾牌。

他想起了这儿的一个学生会员曾经说过的话。那是在讨论了男人与女人的裸体究竟何者更美以后，学生颇有感慨地嘟哝着的一句话。

"大家怎么想我不知道，但就我而言，女人的裸体只不过是猥亵的东西。而美丽的无疑是男人的裸体。"

——收的身体在量感上还远远逊色于体育馆里的前辈们，但在匀称与肌肉的美感上却无人与他相比。他的肌肤并不白皙，而是官能的、橘黄色的、光滑而年轻的，上面没有任何污点、黑痣、擦伤的痕迹，它紧紧地包裹着肌肉，几乎没有一点体毛，仿佛是用黄色的蛋白石雕刻而成的。乌黑而浓密的头发与这种裸露的肌肉形成了鲜明的对照，发油的光泽与因运动而汗津津的肌肉的光泽一起构成了乌黑与金色同时熠熠闪亮的身姿。

此刻收正存在于镜子里！刚才那个被抛弃了的失意青年已无处可寻，这儿只有美丽而强健的肌肉，其存在的可靠性是显而易见的。因为这些肌肉确确实实是他自身所创造的，并且就是"他自身"。

——收终于注意到了这阳光照不到的混凝土房屋在十月里的料峭秋寒。他避开镜子，走到窗边，开始做预备体操。窗户外面是高高的混凝土围墙。

他从镜子中发现，身后有新入会的人在目不转睛地看着他。这个新入会的会员不知什么时候在武井的带领下已站在了窗户旁边。

在做体操的间隙里，收和武井四目相会，彼此点头问候。武井说道：

"把你的身体展示给他看看。"

在这里，介绍名字之前先介绍身体是一个惯例。

收站在新入会的瘦小少年前面，挺起胸脯，把两手的手掌用力地放在侧腹前面。于是，除了漂亮的大胸肌之外，两腋下面还隆起了一双翅膀似的阔背肌。

武井毫不客气地把手伸到他腋下，把肌肉捏给少年看。

"瞧，他比我晚入道，但仅仅半年便练就了这样一副体魄。初次来的时候，别提那身体有多丑陋了。可现在却成了这个样子。不过，舟木君倒的确是一个很拼命的人呐。他的热情和斗志，在体育馆里都是数第一的。要不是付出了非同寻常的努力，半年就练成这样是不可能的。哎，都是全靠努力呀。"

少年目不转睛地望着收的身体，那是一种羞于直视却又被一种不可抗拒的诱惑所驱使着的目光。他的眼睛里充满了对力量和稳固的存在所怀有的敬意。那眼神一半是孩子们注视棒球选手时的眼神，一半是孩子们恶作剧时的眼神。"我正像体育馆的招牌女郎一样被人注视着。"——收思忖道。他一边挤压着敏感的肌肉疙瘩，一边在猛然抬高的右手臂上显露出坚固的二头肌，让人误以为上面放着一个色泽鲜艳的柠檬。

订婚带来的是一种不可思议的感情。清一郎曾经在各种随随便便的情爱中为拥有的预感而颤栗过,但其中却仍旧隐伏着对不确定的未来的不安,而不像现在这样享受着对确确实实的拥有加以预约之后的安心感。它已经确确实实地归属于他的手,尔后便只剩下了通往卧室的时间问题。更何况在时间上也还大有余地,这是一种可以在手中鼓捣着它,时而享受它的重量,时而又忘却它的存在的时间。他觉得自己还不曾拥有过这样一种时间。

但这些都符合清一郎的禀性。他讨厌不安。战后那"不安"的时代给他的少年时代留下了讨厌而丑恶的印象。少年的他曾经这样想到:不安是希望的兄弟,两者都长着一张丑陋不堪的脸。这个决心抛弃不安的少年憧憬着死囚临刑前的那个早晨的心境。在登上绞刑架的阶梯面对存在着确定不移的死亡,而囚室的那扇窗户却早已铺满了朝霞。

清一郎每次与藤子相见,都并不讨厌自己能在那张明朗丰腴的脸上不带任何不安地眺望到确实而可靠的未来。未来存在着坚定不移的破灭,而在此之前存在着婚姻,这显然是符合法则的。比起不安与诱惑,倒是它朦胧地显现出了现实的墙壁,以致在未婚妻的面前也不时把他带入幻想之中。一切都是终结前的暂时休止。倘若清一郎是一个艺术家,那么,在这种虚构的、被决定了的时间中徜徉着的乐趣,就理应是他老早以前便已经体会过的东西了。

山川物产公务繁忙,所以订了婚的恋人只能每周星期六幽会一次。周末的夜晚,银座的热闹和嘈杂足以令人瞠目结舌。人们一边漫步一边谈论着其他人的事情,诸如亨利·马蒂斯的去世、鸠山一郎结成的新党等等。其他的人有些已经死去,有些在行贿,有些在通奸,有的在杀人,有的在一口气连喝十杯年糕小豆汤,有的结成了新党。"而我却正与未婚妻结伴而行，"……他咀嚼到一种自己侨居在他人的世界里化作了象棋中的一个马驹似的不可预测的乐趣。学生时代他是那么厌恶星期六的街道。在这些"幸福的"人群中走过，他感到自己是一个混迹其间的刺客。

刺客及其颠覆世界的幻想。其膨胀着的使命感与英雄主义……这些东西理应夭折，刺客理应夭折，夭折的理想全都是丑恶的。如今，清一郎蔑视各种革命，因为倘若有必要伸手帮助世界的破灭，那么破灭的可靠性就会变得模糊不清，而这无疑会酿成最坏的东西，即不安。

藤子把恋爱看成是心理上的东西。心理上的东西就如同霉菌一样无处不生，因而它在订婚者之间繁衍也不足为奇。她不时偷觑着未婚夫的脸，想像着这个青年野心家的内心已长满了霉菌。总之，她想在清一郎的眼睛里读出不安。

在街道上漫步的两个人时常停下脚步伫立在布料店和家具店前面。在布料店里他们合计着该买什么样的窗帘，而在家具店里又对陈列着的桌椅那粗糙的样式品头论足。藤子的父亲将为这对新郎新娘建造一栋新房。

"听说黄色能使人沉浸在幸福的心境中。"藤子说道。她似乎打算用黄色的窗帘和黄色的墙纸来营造自己的茧巢。

"你就打算用窗帘和墙纸来制造幸福吗？"清一郎讥笑道，"假如本来就是幸福的人，即使躺在棺木中也是幸福的吧。因为注定是幸福之人，所以即使在墙壁上围满葬礼上的黑白竖条布幕，也没有妨碍。"他的这些粗暴的爱的语言使藤子欣喜若狂。

不久将建起一幢非常摩登的新家。或许那种黑白竖条布幕真的与这个新家是协调相配的吧。奇特新颖的设计冲动深深地攫住了藤子。她惊异于竟然没有人发明圆形的双人床。

一边喝着茶,饮着开胃酒,两个人就像世上所有的未婚夫妻一样,净说些未来的话题。清一郎想起自己也曾和镜子一起常常谈起未来,尽管谈论的内容截然不同。

清一郎提了个很平庸的问题:

"我很难想像,你能对自己老爹所定下的未婚夫抱着什么样的感情呢?"

"托人买来的彩票,也有可能中彩呐。要想喜欢一个人的话,越是没有责任感就越好……"藤子妥帖地回答道,不过这回答并非在对她自己的心情进行什么说明。于是她又加了一句:

"严格说来,我谁都讨厌。"

清一郎觉得一直陷入恋爱论未免令人疲倦,也就缄口不语了。

藤子对订婚这种伪善的形式,感到了一种肉体的惊险和刺激,这一点是那么明显,以至于清一郎动辄便察觉到了她的这种心理。藤子轻蔑那些浪漫的小姑娘,很久以前就公开宣称自己抱着这样一种信条:"越神圣的东西就越是猥亵,所以,婚姻比恋爱要猥亵得多。"

两个人的经济状态过于悬殊,所以在付账时需要一番微妙周全的考虑。就此,藤子的父亲为他们想出了一条权宜之计。两个人就餐时通常选择库崎家可以赊账的餐馆,只要清一郎在账单上签上"杉本"这一姓氏便可以畅通无阻,以免清一郎的矜持受到伤害。

未婚夫妻一旦走累了,就在上述的那种餐馆中进餐。女店主们都颇得要领,大都让年迈的女招待出来侍候,而藤子则仿佛觉得敲诈父亲是一种社会性的慈善之举似的。

有时在餐桌的碟子中会突然浮现出镜子家的幻影。

那一切并非遥远得已化作了往事，但从这里望去，确实显得又远又小。有法国式窗户的灯光。五六个小小的人影忽而站立忽而坐下。还看见穿着夜礼服，坐在长椅上的镜子，传来了周围的说话声和嬉笑声，出现了一张又一张脸。有峻吉，有收，有夏雄。某个人一边笑着一边说道：

"那家伙竟然结婚了。"

"幸运的是，被愚蠢想法魔住的不只是女人呐。"

在那儿，结婚的话题肯定是一种笑料。那儿既没有婚姻，也没有阶级，既没有偏见，也没有秩序。光子正讲着一对孪生姐妹在浴盆中比谁掉下的毛发更多这样一个猥亵的话题。或许在场的人不知不觉之间都被囚禁在了社会的孤岛上，又全都在不知不觉间探索着决不会崩溃的思想，并企图生活在这种思想之中。清一郎还不能准确地知道，这种思想究竟是什么。

藤子突然说道：

"结婚之前，需要考虑好的事有一大堆吧。"

藤子属于那种绝不问"你在想什么"的女人。清一郎也简单地回答道：

"是啊，得整理整理大脑呐。"

藤子觉得他们俩之间的对话就像是一对处于倦怠期的夫妇，竟然变得有些兴奋和得意了。

婚礼定在十二月七日星期二，镜子家里的那帮朋友一个也没有受到邀请，这倒并非因为清一郎疏远了旧友，而只是为了自始至终将镜子家的一族完好无损地放置在另一个世界中。作为清一郎一方的客人，只邀请了如今已疏于见面也并不思念的过去学校的朋友和老师。这毋宁说是他把自己的婚姻看作与自身毫无关系的意志表现。但是母亲不断地发牢骚，抱怨库崎家这种公开表演式的婚宴无论在谁看来，都给人一种把清一郎当作入赘女婿的印象。还说即使在如今家道中落的杉本家族中，过去也曾有过可以对藤子的祖父颐指气使的人物，等等。清一郎也没有特别耗费精力来说服母亲，他自己认为这种"借来的婚礼"是一种令人满意的形式。甚至连婚礼当天的晨礼服也是由库崎家出钱在他们经常光顾的西服店定做的！他爽快地接纳了一切，而即将成为岳父的那个人也十分欣赏他"不拘泥于物质的明朗态度"。

婚礼的会场定在明治纪念馆，婚宴定在帝国饭店的孔雀厅。按照藤子的意见，宴会采取鸡尾酒加牛排的形式。请柬一共发给了五百人，其中库崎家的客人就占了四百五十六人。不过压缩到这么多人也并非一件易事。媒人由库崎的前辈、原总理大臣、本届新党筹备会的代表委员之一大垣弥七夫妇担任。

到昨天为止天空一直阴雨绵绵，让人担心不已，可一到七号，却变成了阳光明媚的大晴天，把女人们从害怕盛装被雨打湿的担忧中解放了出来。清一郎的母亲一副坚毅而冷静的面容，比平常挺得更高的胸脯较之任何时候都更昭示着她是一个寡妇。

当载着杉本一家的包租轿车进入明治纪念馆时，清一郎发现：这个初次来到的地方正好被一片森林包围着，而他曾经从镜子家的阳台上无数次眺望过这片森林。每到傍晚，宛若芝麻一般密布着乌鸦群的这片森林，当他深夜造访镜子家时，这片曾经毫无感动地远眺过、黑黢黢地静卧在月光下的森林。森林中一年到头都沸沸扬扬着举行婚礼的人群。中间隔着低矮的谷地和信浓町车站，镜子家和这片森林之间的对照是颇为得当的。而他独自一人从那个家的阳台上飞身跳向了这森林的背后一侧。

……此时，镜子也在光线充足的法国式窗户旁边，一个人进早餐兼午餐。真砂子已去了学校，女佣在远处一声不响，甚至连电话铃声也没有。窗边的地毯因日照而减褪了色彩。

大约一周前，久未露面的清一郎打来了电话，申辩自己之所以没有邀请她出席婚礼的理由。"客人们净是些我不认识的大人物呐。"他说道。镜子问了问婚礼的会场和婚宴的场所。当得知是明治纪念馆时，镜子想说"就在这附近呐"，可一想到清一郎的心思早已飞向了别处，似乎不会留意到这些，她便欲言又止了。

镜子深谙清一郎不邀请自己的心理。她远离世俗的社交生活已经时日匪浅，倒不是对方拒绝了自己，而是自己拒绝了对方。

镜子一边咀嚼着涂抹了橘皮果酱的土司，一边瞅了一眼下午一点左右的那片森林。这儿有热气腾腾的咖啡，有冷冰冰的孤独，而那边有男人的晨礼服，高岛田型的假发和笙、筚篥。而那一切从这里是看不见的。尽管看不见，但森林却还是在雾时间里陡变成一副滑稽猥亵的形态了。

从现在开始清一郎所要做的事情全都是既定的；可镜子所要做的却没有一样是既定的。或许该去美容院吧。恐怕会因为寒冷而不能成行，必须得去定做了衣服的西装店试穿一下。尽管很讨厌，可还是有必要束紧腰部。不，或许哪儿都不去。不去就不去吧，反正也许会有人打电话来，有人会邀她去看电影或听音乐吧。说不准会有谁突然闯来,搂住镜子的膝盖,倾吐被恶人抛弃了的哀叹并号啕大哭。或许那个志在每周攻陷一名有夫之妇的新面孔青年会霍然出现在门口吧。他惟一的梦想便是遭到深怀嫉妒的丈夫们的射杀,以留下一名好色男儿的荣耀。或许那个承蒙镜子介绍了五位新顾客的妇产科医生又会打来戏谑的电话吧:"有什么新客人没有?我会随时给予精心处置。谁也不会有什么不满吧,因为没有比我更安全可靠的医生了。"

……啊,在森林的那一边,每个人都只有一次人生。可是在这儿,在镜子的周围,人生却多得不计其数,而且全都便于洗涤一新。

镜子一个人独处时,从不想看电视,或是听收音机和唱机。在这沉默里,在这午后的怠惰中,在这透过玻璃暖烘烘温暖着身体的阳光里,她像冬天的苍蝇一样一动不动地蛰伏于性的幻想中。

镜子也曾有过新娘的初夜,这记忆是那么滑稽,但却化作了她对别人婚姻的细节想像的凭据。在想像中,他人的婚姻比自己的婚姻有着更重要的意义。

当她陷入这种想像时,冬天的光线也开始显得十分强烈了,而且房间的一个角落还点燃着煤气炉。尽管在淡紫色的希腊式睡衣上只披着一件深紫色的绗缝缎子长袍,胸部却早已微微出汗了,镜子在香水与汗水混合的若有若无的气味中,感到咖啡正徐徐排遣掉起床后的倦慵。

她又瞅了一眼将景色划分开来的常青树森林。高高的落叶树在森林上边铺展起纤细的枯枝的网眼。"那儿正要进行的事情,还有我这胸脯上的汗水,"……镜子觉得:即使这汗水与香水在蒸发的过程中将淡淡的气味飘进了在婚礼上听着祝词的清一郎鼻腔中,也没有什么不自然的。她从这种想像中玩味到一种秘密的亵渎神明的乐趣。

——在房间角落的椅子上,她发现了上学前真砂子放在这儿的偶人。镜子颇为罕见地想到要把偶人还回到真砂子的房间里,她已经很久没有进过孩子的房间。

在这个一切都是按孩子的趣味装饰起来的小房间里,桃色底上刺绣着玩具熊的大床罩显得又宽又大。镜子想,应该给她换一种更适合女孩子的花纹床罩。

镜子想把偶人放在装饰架上。突然,她的目光停留在旁边的玩具房子上。这是德国制造的玩具,一个精巧的房子模型,里面的各扇窗户上都点燃着灯盏,呈现出一派夜晚的小小团栾景象。房子的大门微微敞开着。镜子漫不经心地用中指那红红的指尖戳开了门扉,见里面塞满了纸屑。

"居然把这当作纸屑篓在使用。那么,纸屑篓又到哪儿去了呢?"她一边纳闷想着,一边把抽出来的一张被揉成一团的纸片展开一看,只见上面用幼稚的铅笔字写满了"爸爸、爸爸、爸爸"。

镜子陡然被一种莫名的愤怒打懵了,甚至在这玩具房子里面的里面也肯定一层又一层地塞满了咒语般的写着"爸爸、爸爸"的纸片吧。镜子恨不得把纸片全部抽出来付之一炬,但转念一想,还是原封不动地把纸片塞回玩具房子中重新关上了那扇门。

"哎呀,你没邀请友永夫人吧。"当清一郎在母亲和妹妹的陪伴下,沿着纪念馆嘎吱作响的黑暗走廊走向等候室时,母亲这样问他道。清一郎并不是没有预料到母亲会提出这个问题的。

"你是说镜子？因为我们已经很久没有往来了。"

和镜子目前的交往也是瞒着母亲的。

"不过，过去曾经给人家添了那么多麻烦，更何况友永这个姓氏在他家老爷过世以后依旧声望很高呐。"

"可镜子是一个和入赘的丈夫离婚后把他赶出了家门的人呀。"

母亲忽地流露出很沮丧的神情说道：

"是吗，我都忘了。"

等候室的中央隔着一幅帘子，以便婚礼前两家人互不照面。这里有点像牙科医生的候诊室，在紧关着的窗户外面，隔着积满尘埃和种有花木的大煞风景的庭院，能看见与走廊连成一片的婚礼会场。另一场安插在清一郎他们前面的婚礼正在那儿沸沸扬扬地举行着。

杉本家的亲戚已经到齐了，可媒人夫妇，还有库崎家的人却一个也没有露面。母亲有些焦躁不安了。索性掀开了隔在两家中间的帘子，以便让库崎家的人到时，能一眼看到等得精疲力竭的杉本一家。

不久，库崎家的人静悄悄地出现了。身穿白色礼服，罩着面纱的藤子显得格外漂亮，一看见清一郎，脸上便浮现出了大胆的微笑。

库崎弦三像是要推开新娘似的兀自走在前面。与平素相比他脸上的神情很有些异样，也不向大家打招呼，而只是挥动着手上的灰色手套，把清一郎叫到了走廊里。

"什么事？"来到走廊上的清一郎发现，弦三那种暴躁骄横的态度与其说像一个岳父，不如说更像一个副社长。他不禁感到有些畏葸。

"出了点麻烦事。刚才吉田内阁集体辞职了。"

"嘿?！"

"说来你也不懂啊。显然，今天大垣先生不可能在这种地方优哉游哉。"

"那可就麻烦呐。"

"真是为难呀。但是据说会赶来出席婚宴并致祝辞的。要是真能妥善安排那么一点时间就好了。我很担心。万一他迟到的话，就只好让婚宴的程序来将就大垣先生的时间了。"

"大垣夫人怎么样？"

"夫人应该马上就能赶到。总之，今天只好请夫人一个人来做两个人的事了……这一点你要得到你母亲及大家的谅解。"

清一郎回到不知发生什么事而惊慌失色的杉本一家人旁边。等明白事情的原委，大家的脸上顿时露出了"原来不过如此"的神情。母亲走到窗边，用清一郎似乎听得见又听不见的声音咕哝道：

"还不是因为过于追求大人物效应……"

她对库崎在谋求这种问题的谅解上支使女婿的做法很不高兴。

看到大家都明白了事态的变化，弦三又恢复了趾高气扬的态度，微笑着走向杉本一家，用堂而皇之的口气说道：

"总之，尽管有诸多不便，但无疑是一件值得庆贺的事。媒人的政敌倒台之日，说来不也正好是吉祥如意的象征吗？"

在婚礼会场上，神官正念诵长长的祝词。这时清一郎想像着，在今夜的婚宴上客人们的话题一定会集中在吉田首相长达七年统治的终结和关于后继内阁的种种推测上。一个所有客人热衷于政府倒台话题的婚宴——仅仅是想像一下，也感到美妙无比。真正值得举杯庆贺的惟有政治上的憎恶……在这种喧闹之中，那个被认为不可能莅临的媒人，眼下正处于政治漩涡中的人物沐浴着辉煌的光焰而大驾光临了。一旦这个"百忙之中赏光"的巨头本人的声音传入大家的耳朵,那一刹那所唤起的是多么新鲜的惊愕啊。

——这时,奏起了幽暗、甜蜜而且轻松的六弦琴,宣告着交杯酒仪式的开始。清一郎看见了那手捧金色酒壶向自己走来的身穿红色和式裙裤的巫女。在白昼的黑暗中,她脸上的白粉是那么明显,而嘴唇又是那么浓艳。他对初次见到的这种婚礼会场上的巫女竟然如此浓妆艳抹深感惊奇。因为那分明是娼妇的化妆。

"从新宿二丁目进去后右面的第二家店里,有一个与她很相似的女人呐,尽管店名和女人的名字都已忘了。"清一郎暗自思忖道。这一瞬间,他感到自己窥见了一种黑暗而朦胧的箍环,正是这种箍环在远方将整个世界联结在一起,包括那些娼家和普通的家庭。

母亲在嚷嚷着什么。紫色的霓虹灯在店铺前大声说话的那张脸上忽闪忽灭着。

"你放心吧,终于借到钱了。"

"那太好了。"

收并不多问,因为他抱有一种奇妙而愉快的信念,即母亲在任何意义上都不可能是踏实而可靠的。

"今天也是刚做完了体育运动才回来?说世上有不可思议的事,倒也真有呐。像你这样的懒鬼居然也……"

实际上,"不可思议"的是,如今他爱上了那种肉体上的苦行,以致它已成为生活中不可或缺的东西。渐渐地比起剧作座及其后台,还有酒馆,他把更多的时间花在了体育馆里。一天到晚肌肉成了他最关切的事情,一旦两天不去体育馆,就会觉得肌肉像是完全垮掉了似的。

特别是在剧烈运动后的第二天，那里的肌肉就像是在倾诉着内部积淤的疼痛一样。这时，那种悄然无声的喜悦便会更加深一层。因为这种疼痛毋需借助眼睛的观察，便已不断地通报着他身体那部分肌肉的存在。

劳苦与汗水在春夏秋冬的每个季节都成了收不可缺少的尤物。如今他才恍然明白了初次踏入体育馆的那天自己百思不得其解的、从那些年轻人的嘴中无可奈何地流露出来的深沉而痛苦的叹息声的意义。其实便是快乐。他觉得，倘若没有现在强加于自己，并迫使自己臣服，时而让自己痉挛得被迫发出痛苦叫声的那种生了锈的、冰冷而漆黑的铁块的重量，那么也就不会有生存的价值。

"仅仅半年之间，以前的西服就完全穿不得了。算了吧，反正不久将会有某个女富翁给你做好多好多西服的吧。"

"现在已经有了一个那样的女人呐。"收一边想着在上演《秋》剧时后台认识的那个名叫本间的奢侈女人，一边说道。

"这不好吗？结婚怎么样？可别忘了向你母亲进贡哟！"

"真会打如意算盘。对不起，她可是别人的太太呐。"

"哎呀呀！"

"与其想那些，还不如赶快把这个店改造成咖啡馆吧，假如真的已经借到了钱的话。"

"再过四五天，就可以着手干了。因为已预付了定金。不过工程要花一个月，眼下的这个圣诞节是赶不上了。在这条商店街上，估计明年就能恢复景气了。据说这是一个改革社会的圣诞节呐。"

实际上街道的每个地方都充斥着廉价的圣诞节装饰物。社会上都等待着鸠山新内阁用他谄媚似的哆气嗓音中止通货紧缩政策，报答世间对这位半病人的老首相不无伤感的同情。或许一到圣诞节，首相就会像养老院的老人一样，在孙子们的包围中高唱赞美诗吧。

惟有收的母亲那间店铺的橱窗里缺少一棵圣诞树，这与其说是因为再过几天商店便会关门歇业，不如说是因为母亲的懒惰。里面的装饰品看起来灰扑扑的，这也是因为解雇店员以后再没有人打扫的缘故。尽管如此，母亲在扬言要将这儿改建成咖啡馆以后的半年时间里，却只是空自收藏了一张设计图，而一直不见资金从天而降。

铃铛叮当叮当的音乐从每个地方的扩音器里悠悠传来，交汇撞击在一起。圣诞老人站在街头分发着纸张粗糙的传单。某一个橱窗里，铺满了像是把用旧的座垫拆开后的旧棉花做成的脏兮兮的白雪，上面堆放着涂抹了原色及金银两种颜料的玻璃珠子。印有刺叶桂花纹路的包装纸、彩带、金银线的辫带、银箔纸工艺品上那积满白雪的时钟……一切都在不负责任地闪烁着金光。

母亲被迎面吹来的风冷得缩紧了脖子，邀约儿子道：

"哦，好冷呀。到不到里面去暖暖身子？"

在店铺里面三张榻榻米见方的小房间里，放着一个电热式覆被暖炉。母子俩怔怔地烤了一会儿暖炉后，拿出从饭馆里叫来的便饭吃了起来。最近，母亲已习惯了儿子那令人吃惊的巨大饭量。

两个人之间没有进行什么像样的交谈。收胡乱地躺下，一笑也不笑地认真翻阅旧杂志上的连载漫画。

这上面大都是供小孩看的漫画，徒有其表的英雄豪杰一边高声吆喝着"哟，哟嗬哟嗬——"，一边扛着大刀仓皇出逃。

这房间里的情景不能说就叫祥和，但也不能说就叫无聊。在空荡荡的大饭碗的碗底，仅有的一点剩汤里漂浮着作料的残滓。铃铛叮当叮当的音乐声不时从玻璃窗的缝隙里潜入进来。母亲也一边阅读周刊杂志，一边时而感叹道："嘿，在四国的乡下，居然有狗抚养人的婴儿呐。"尽管如此，她倒并不是想用这种感叹来引起收特别的注意……过了一会儿，这小小的房间便萦绕起母子俩吐出的香烟烟雾了，以致很难辨认墙壁上日历的数字。

潦倒和堕落竟然是如此富于悲剧性！母子俩以各自的方式感觉到了这一点，所以很快就感到困了。收率先睡着了，可母亲的睡意倒反而被驱散了。

在短暂的假寐中，收梦见自己正与一个外国女影星性交，还一边思忖着：这已经是第三个女人了。他本来就很蔑视女电影演员，所以在梦中也明显地流露出了轻蔑感。他想，这最后一个家伙也不过是一个很普通的女人罢了，跟其余的两个大明星没什么两样。

他起床后，觉得面部有些发麻，于是马上站起来照壁镜，只见脸颊上留下了榻榻米的印痕。收看了看时钟，发现离约定的时间只剩下了五分钟，于是，他急匆匆地梳理好头发，揉了揉面部，谁知打盹时留下的榻榻米的印痕却怎么也消不掉。

"真不会见机行事呐，要是给我垫上个枕头什么的就好了，可……"

"你睡得太香了，要是因为那么做而吵醒了你，你又会不高兴的。即使在关店门时，我也注意到尽量不发出声响，没想到你还说那种话，真是冤枉人啰。"

事实上，在关门后的店铺里光线早已是又弱又暗了。本以为收今晚会留宿在这里的，可看见他已经起身开始打扮，想必今夜又要和那个"好上了的女人"约会了。虽说母子间喜欢彼此说一些抽象的色情话题，但出于一种不可思议而又顽固的羞耻心，却从不挑明自己的性爱细节。母亲几乎是出于本能，对执着与强制充满厌恶，因此从未阻止过外出的收。

收只穿着一件白色套头毛衣，俨然一副新剧实习演员的装束。这身打扮清晰地显露出他变宽的肩膀和V字形的身体轮廓。无论怎么看，这个青年都活像是马戏团的年轻人。

"我去夜总会。"收很少这样不打自招。

"就那么一身打扮去？"

"反正就在新宿呗，又不会因此而不准我进去。"

出门时，他又开始对面部上榻榻米的印痕担心起来了，在嘴里叽叽咕咕着什么。这是一个出门时绝不会流露出快活神情的儿子。

"母亲究竟从哪儿借来的钱呢？"他快步走着，脑海里掠过了这一疑问，"从夏天到秋天，她一直抱怨找不到可以借钱的人，可……"圣诞节前的大街，夜晚的十点钟，落下大门的商店，咖啡馆和酒吧那故弄玄虚的黯淡灯光，赴夜总会约会时的迟到，白色的套头毛衣，毛衣下充实的肌肉……这一切对于收来说，无一不具备着价值，但惟独那面颊上榻榻米的印痕却另当别论。"跳舞时，女人肯定会马上发现这印痕而加以嗤笑吧。只要印痕不消失就不跳舞，这不就得了吗？"

街道上充斥着阿飞流氓及其拙劣的追随者。夜风很冷，但却有人在西服下面大大敞开着花里胡哨的夏威夷衬衫的衣领。路边的一个街娼向收的侧影发出一阵带着赞美的叹息。尽管收认为她们在女人中是最诚实的人，但还一次也不曾和这些卖淫的女人睡过觉。

新宿三光町附近的这家小门小户的夜总会与其说是为当地人提供的场所，不如说是便于那些在银座玩耍到深夜十二点钟的人们到此继续寻得欢乐的地方。

本间夫人把银白色的貂皮披肩搭在椅子的后背上，黑色的晚礼服上面配搭着一条珍珠项链，坐在墙隅一个格外幽暗的地方。在离她一间①的地方有一棵圣诞树，忽闪忽灭的小灯泡所发出的微光好容易照射到夫人那里，将她胸前的大颗珍珠染成了各种颜色。夫人属于那些聚集在戏剧的世界周围，试图在舞台结束以后与演员一起将戏剧纳入现实生活的富婆中的一个。

当然，剧作座与政治无缘这一点，对此也不无作用。特别是近几年来，出入于后台为剧作座捧场的客人中，这类妇女的人数骤然增加了。她们多少具备一些文学趣味，故作业余爱好者之态，为知性的化妆而废寝忘食，总之是一帮令人作呕的家伙。但本间鞠子却多少有些不同。她遵循剧坛的光荣传统，认为演员最重要的东西乃是姿色。除了在公共场合与丈夫偕行同往而外，丈夫允诺她所有的自由行动。鞠子一边对这种自由的平庸深感厌倦，一边诅咒着这种潇洒的宽容把她感到自己处于不幸中的喜悦剥夺得一干二净。

鞠子对剧作座的小生须堂颇为有意，也曾和须堂一起跳过两三次舞，无奈须堂是个有妻室的男人，而更糟糕的是，他竟然十分迷恋自己的老婆，致使鞠子只好死了那颗心，索性带着两三个年轻演员出去寻开心。正因为这个原因，剧作座的年轻女演员就像讨厌蛇蝎一样讨厌鞠子。一天晚上，当她到《秋》剧的后台邀约青年们时，她

---

① 日本长度单位，一间约1.8米。

遇见了一个很少看到的青年正从走廊上匆匆走过。

"他是谁？"她问旁边的男人。

"他叫舟木收，一个自诩为美男子的大懒鬼。"

"不过，他难道不是一个真的美男子吗？"

"他是实习演员中的头号懒鬼呐，甚至于不怎么在后台露面。"

——那天晚上，鞠子硬是通过别人邀请了收。在跳舞的时候彼此商定了今夜的约会。

……三言两语之间，收发现，在迄今为止接触的女性中最为漂亮的鞠子居然用一种非常不合时宜的口吻在说话。他感到很吃惊。两个人初次单独约会，鞠子便一改常态，毫不吝啬地大肆赞美男性。

"我最喜欢长着粗犷的体形却又脸蛋俊秀的青年。俊秀的脸蛋为粗犷的体形而害羞，而粗犷的体形又为俊秀的脸蛋而害羞，这有多可爱呀。而你就正好属于这一类。"鞠子说道。她有一种癖好，喜欢从正面目光直直地盯视对方。她的瞳仁乌黑而强悍。收感到自己第一次遇到了真正渴望的女人。

他第一次碰上像鞠子这样忘却了并蔑视自己美丽的女人。尽管如此，这丝毫也不妨碍她的美。收所谋求的正是这样的女人。

鞠子梳着微微有点古朴的发型，从而使她脸上的线条显得更加柔和了。但她细直的鼻梁、性感的大嘴巴、深邃而锐利的目光，无不充满了混合着美丽与权力的罕有风韵。她那大牙的漂亮排列中隐含着动物性的刻薄和冷酷。珍珠项链映照出小电珠不断变幻的光影，将珍珠变得忽而暗红、忽而发蓝、忽而发紫、忽而发黄。

在跳舞的时候，她反复赞叹道：

"多漂亮的肩膀啊！"

"多漂亮的胸脯啊！"

"你呀，长着一双很漂亮的胳膊呐。"

女人出口赞美自己肉体的一言一语使收沉醉了。女人的话语化作了镜子，在眼前的黑暗中浮现出他苦苦练就的肌肉的幻影。而如今这对于收的爱来说，已成为必不可少的手续。当女人如此赞美他的身体时，他的内心里涌起了阵阵共鸣。因为这些话无不一语中的。的确，这样的女人是颇为罕见的。好些话像是却又不是故作的奉承，像是却又不是一种言语的技巧，而属于她本能的天性使她脱口而出的心语。对于收来说，女人特意对自己大加赞美也是大有必要的，因为语言会将一个个爱抚擢升为观念，赋予收的肌肉以独特的价值，并以语言为媒介建筑起收自身的眼睛也能清楚看见的肉体，从而保证他的存在。

可惜的是，本间夫人的话语里缺乏一双想像力的翅膀。因此，收不可能依靠那些话语而变成自己以外的东西，比如说罗密欧、斗牛士、年轻的水手等等。他只能看见另一个收，一个充满了肌肉的青年。

如果把收说成是一个理性的男人，谁都会扑哧大笑吧。他不应该被叫做理性的男人。他只是一个自我意识在其本质上能够无限远离理性世界的典型人物。

跳了很多次舞，又重新回到了座位上，两个人开始了幸福的举动。男人把手搭在女人的肩上，而女人则把头靠在男人的胸脯上，这比舞台上的动作还要显得怠惰，并更富于日常性，所以姑且尚能称之为幸福吧。黑色晚礼服的美丽女人与白色套头毛衣的男青年，正因为这一对情侣穿着上的不协调才更显得充满了色情吧……酒代替了风流的谈话。鞠子这一次又对着男人嗫嚅道："多漂亮的腿啊。"当鞠子这样说的时候，她用的是夜总会的女人们说"摸摸我的腿也无妨"的那种口吻。但是收全然不具备把自己看作一个理性的或精神性的男人的那种自尊心，所以他不可能从中感受到屈辱之类的东西。

女人稍稍镇静下来，又开始讲起她刚才出席的那个无聊聚会上的事情。那儿净是些老人，半数以上都是外国人，其中一个五十岁上下的美国人长着堆满横肉的毫无表情的脸，喋喋不休地说着话，还不时像下颏脱了白似的，露出雪白的假牙笑个不停，其实无非是为了强调自己所说的俏皮话的效果。还有一个讲英语的德国人，他把"war"发成"bar"，以致他说了些什么，谁也不明白。而在床榻上从不曾拧过鞠子屁股的丈夫竟然在如此无聊的晚会上悄悄走过来，为了寻开心而使劲拧了一把鞠子的臀部。

鞠子把她的丈夫描绘成一个肥胖的怪物。

"不过，男人的身体肥胖也罢，骨瘦如柴也罢，女人似乎都并不怎么介意的。"收说道。

"或许有那种人吧。但是，我很讨厌那些肩膀过窄或大腹便便的男人。"鞠子说道。倘若由她来组织内阁，那么所有的内阁官僚都将只会安排三十岁以下肌肉强壮的美貌男性来担任。鞠子绝不像一般的女人那样动辄开口说什么"爱我吧"。收只需茫然地端坐在自己世界的中心，即保持怠惰的状态便可以了。

两个人像是理所当然地走进了旅馆。巨大的床铺被安置在红色地毯的中央,枕边的墙纸是金色的。在地毯的尽头有一个室内小院,小院仿效龙安寺的石头庭园,让岩石突出在一片白砂之上。在这个可怕的房间里,本间夫人催促收赶快脱掉衣服。他站在粗俗的背景前面,变成了一具裸露的身体。夫人目不转睛地带着愉悦的神情望着他,说道:"多像一座雕塑呀!"她走近他,犹如在毛皮店触摸毛皮一般,带着欣赏的表情触摸他的身体,然后轻轻地咬住他那桦木色的乳头。而此时鞠子还依旧整齐地穿着衣服。

不过,鞠子并非故意摆出一副女雕刻家的架势。只是她认为观赏、抚摸纯属审美的范畴,与羞耻和罪恶毫无关系。她之所以不宽衣解带,仅仅是缘于刺眼的光线,而并不意味着超出了一般女人只愿意在薄暗中脱掉衣服的习惯之外。果然,当进入床榻时,鞠子关灭了所有的灯光。她是羞耻心的化身。她很正常,与一般人别无两样,真挚而诚恳、毫无那种随随便便、意气用事的地方。鞠子的特色只在于与一般人相比多少有些过于诚实了。

另一方面收有些微妙地感觉到了一种失望。之所以说"微妙",是因为这种失望的性质就连他自己也不能完全把握。本以为遇到了自己梦寐以求的女人,可现在又产生了一种并非如此的感觉。所谓的"梦寐以求",究竟意味着什么呢?倘若对此进行一番思考,又不免令人哑然。

在做爱的过程中,他的存在又变得模糊不定了。他被融解了。他存在的保障已不知去向。于是他发现自己是那么孤独伶俜,发现自己被茫然地抛置在做爱这一行为的背后。刚才曾那样赞美他的肉体,在眼前清晰地映现出他存在的这同一个女人,现在却双目紧闭,沦陷在女人自身的那种陶醉感的深渊底部,蜕变为一个与收的整体存在毫无关联的东西，沉没在那无论怎么呼唤也音讯杳无的远方。

　　收认为这种事情是不可能发生的，可人生中常常发生的却正好是"这种事情"。这一切是无法更改的，即使倍加注意和训练，实施改良，对这个年轻的演员来说，也都没有比在床榻上看到别人的演技更可厌的事情了。与其看到那种丑恶的东西，倒毋宁一死了之。

　　在美丽和威严这一点上，鞠子的身体与她的脸蛋颇有类似之处。在她丰腴的胸脯上耸立着高高的乳房，上半身陡然在腰间收缩变细，没有半点脆弱和粗糙的地方，显得丰满而优雅。肌肤的每一个部位都柔软光滑，充满强烈的弹性。这一切都是无可挑剔的。

　　事后，当收打开枕边的台灯时，鞠子用赠送给别人中意的礼物后那种心满意足的自信语气问道："爱我吗？"这个问题显得那么顺理成章，而且听起来时间与地点都颇为得当，以致反而使收十分不快。"以为我会爱别人吗？"——好一阵子他都暗自对女人的判断失误束手无策，但毋庸置疑，他最后还是做出了一个不失体面的答复。

　　床榻四周弥漫着的那种没有季节感的、低劣房间中死寂的氛围，无疑是很可怕的。墙纸的金箔、地毯的红色、庭院的石砂，在深夜释放出过于鲜艳的色彩。突然隔壁响起了排放洗澡水的声音，热水被排水口吸进去的那种悲恸欲绝的尖叫声螫刺着人们的耳膜。过一会儿又平息了……这是一个与收迄今为止所度过的没有什么两样的夜晚。

　　收具有怠惰的才能，消闲的才能。在他看来，一人独处与两人厮守没什么两样，只是两人厮守要多少好受一点而已。他对情事的兴趣也仅限于这种程度。但对于女人来说，这恰恰是最刺激、最能撩拨人的东西，所以他与本间夫人的关系一直持续到了新的一年。收对鞠子给自己买了那么多各式各样的东西很是吃惊，正如母亲所预言的那样，收的西服和外套在一个冬天里竟然增加了五套，而且全都是约翰·库柏、多米尔·弗雷等名牌极品。

一月中旬的一天，他穿着定做的第一件西服和外套在寒冷的大街上徘徊时，与镜子不期而遇了。因寒冷而冻成了桃红色的鼻尖使镜子看起来就像是一个女学生。

"好久不见了。"她盯视着他的衣服，说道，"看来是大获成功了。"

这本是一种与镜子极不相称的粗俗的挖苦，但在收看来却并不一定如此。他们俩在一家小店里喝着茶。店里拥挤不堪。

"我妈在新宿新开了一家咖啡馆呐。"

"情况如何？"

"开业匆匆，但却顾客盈门。我老妈生平第一次发了点小财。"

收觉得很滑稽，不禁兀自笑了。然后又说起了清一郎，据说他在摩登的新居中过着美国式的新婚生活。那个阴郁的男人如今或许不得不洗饭碗涮盘子吧。

镜子在上个周末与一帮打高尔夫球的伙伴去了川奈饭店，不过她没打高尔夫球，只是玩了玩扑克牌。饭店老板O先生总是对镜子特别关照。当她一个人百无聊赖地来到前厅时，他便做出打高尔夫球的手势，问道："您今天玩这个？"当她想往真皮沙发上坐下时，他又说："腰部会着凉的。"镜子对这种战前型绅士所崇尚的、过去人们一点也不感到诧异的典型娘娘腔，觉得十分滑稽可笑……不过，听了镜子的这一番话以后，收却无法一下子理解所谓时代性错误的含义。在他长大成人的时代里，向女人们大献殷勤的时尚早已不复存在了。

两个人去看电影《埃及人》。电影真可谓无聊透顶。他们俩只是让目光在宽银幕的画面上来回游移着，内心却在想一些与电影毫不搭界的事情。收想的是与身边这个闲得无聊的漂亮女人之间"什么也不是"的关系。而镜子也在想着与这个漂亮青年之间"什么也不是"的关系。

在所谓"友情"这种说法中存在着伪善。毋宁说他们俩享受着彼此之间性方面的冷漠。这也是因为在需要对方从不间断的性的关注这一点上，他们俩是过于相似了。这两个人的关系属于那种一起享受休战和安息的关系，并且镜子喜欢别人的情感，而收渴望着自己的情感。

电影一散场，镜子和收又开始手挽着手在夜晚寒气逼人的街道上散步了。"彼此不相爱，这是多么幸福啊，是一种多么富于家庭温暖的状态啊！"收忖度道，"在这个女人面前，我没有必要再次记起自己长着一张西班牙人似的脸。"——由于过分的幸福，收脱口而出：

"喂，到了八十岁时，我们结婚吧。"

因寒冷而微微失去知觉的脸颊使镜子也充满了恰似幸福的情愫。

"到了八十岁，是啊，到了八十岁，我一定会和你结婚的。"

这是一个没有雪的冬天，走着走着，满以为天上就要下雪了，可怎么也下不起来。镜子邀请收共进晚餐。这是因为收说，他要把现在交往的本间鞠子这个女人的事情一一向镜子报告。

一走进开着暖气的餐馆，镜子的耳根便一下子发热了，感到一阵微微的痒痒。这既像是冻疮的前兆，又像是她对别人情事的关心被再次唤起了的征兆。

在冷盘送上来之前，镜子催促收道：

"后来又怎么样了呢？第一次是在哪儿相遇的？"

"在后台。"收开始讲述起来。

当然，收并不讨厌讲述自己的事。但是随着讲述而唤起的记忆只会起到模糊自己的存在这样一种作用，这无疑是很可怕的，如同目睹了下面的情景：在廉价染料染成的布匹上，诸多的色彩在洗濯的清水中忽然褪去了颜色，以致彼此掺合在一起，变得混浊不堪。不少人依靠记忆被反复唤起以便确认某种印象，凭借追踪体验以便加深其意义。倘若把收看作正好相反的情形，那么，具有将这一切加以确定和深化之功能的那些记忆的部分，不是在他自身没有察觉之时便已悄悄地如堆肥一般被累放在了某一个地方吗？不知什么时候那令人恶心的堆肥不是会在他身边散发出奇怪的臭味吗？

收甚至还害怕看见镜子听完他讲述后脸上露出的那种满足的表情。对他来说，那表情在女人所有的表情中无疑是一个最大的谜。

在刨根问底之中，镜子能够轻松地与讲述者共同拥有那些记忆，最后甚至能够掠夺对方的记忆并攘为己有。如此这般，镜子将他人的记忆加工为一种比体验更为生动的东西，同时彻底摒除了伴随着体验而产生的失落感和事后的怅然。而且她擅长把这种架空的体验全盘变成自己生存的养分。

镜子惟有在全身心地倾听着的时候，能够让自己带着某种近于表演的感情爱上这个平常自己毫无兴趣的年轻美男子。只有在这种时候，人造的假花也能变成鲜活着的真花。镜子的观念与收共眠于同一张床上。

最终镜子醒悟到，自己之所以与"活着"、与人生、与体验这一类粗糙杂乱的东西无缘地生活着，其实并非因为自己勇气匮乏。正因为如此，镜子得以摆脱了"活着"所具有的那种不能后退的性质，只能体验惟一一次的性质，不可能同时在另一个地方进行另一个行为的性质，即人生惟有一次的法则。她把从许多人那儿猎获而来的记忆保持了比自己亲身经历过的体验更漂亮清晰的轮廓和比自己亲自去做更色情的成分……那天晚上，她撷取了足以令她满意地上床就寝的果实。不管怎样，既然在收看来，行为只是一种记忆，那么，它与作为记忆而清晰地留存在听他讲述的镜子内心里的那些东西之间，又有什么区别呢？从这一点上来说，就收的同一个体验而言，镜子和收难道不是具备着完全相同的资格吗？如果是这样，那么，"这是收所体验的"这种说法又有什么意义呢？

……吃完甜点时，一直悉心聆听着的镜子以一种"果然不出所料"的神情，凝视着眼前像是虚脱了一般的收的脸庞。

分享收关于新近情事的记忆，给两个人的关系注入了一种亲密感。因为还不想就此分手，所以饭后两个人又手挽手地在夜晚人影稀疏的街道上踯躅起来。因年终和新年掏空了腰包的人们或许现在正老老实实地蜷缩在家中，从而将街道变得更加冷清凄寂。在那些还没有打烊的服饰店和洋货铺里，也看不见客人的影子，只有耳环、领带夹正在空虚地闪射着光芒。或许黎明时分，会有冷霜落在这些橱窗上吧。

"你不是演员吗？难道不能做出一副更像情侣的模样和我走在一起？"镜子用快活的声音说道。

"说真的，我仅仅是为了舞台才生就了这样一张脸蛋的。"

收的心境突然变了，盼望着镜子能够嘲笑自己的窝囊，那种无论怎么等待也捞不到好角色的窝囊。但是这个教养很好的女人是决不会提起伤害他人自尊心的话题的。

"那么，即使到了八十岁，也一定要让我看到你这张漂亮的脸哟！"镜子谦恭地说道。在大楼的罅隙里，闪烁着开往远方的电车的火花。

"不久，衰老就会降临吧。"收以一种从未有过的心情思忖道，"我将变成一个令人讨厌的只会吹嘘年轻时的力气和灵巧的干瘪老头吧。"

一个小学生模样的卖花姑娘正缠着人兜售鲜花。那些花被包装在冷冰冰的打湿了的玻璃纸里。收停下脚步买了一束。从小姑娘那双毛线手套的窟窿里露出了她红姜似的大拇指。

"送给我的？"镜子问道。

"不，"收残酷地回答道。他一边走着，一边用鞠子送给他的爱驼手套的指尖把色彩黯淡并已经打蔫的菊花、水仙花、冬蔷薇花的花瓣，一瓣一瓣地撕扯下来，撒落在大路边。镜子也走过来帮他的忙。

"我们是在故意装出一副喝醉了的样子呐。"镜子说道。他们俩萌生了一种自己将会变得快活起来的预感，可在预感尚未应验之前，花束已经被撕扯得一干二净了。

五

　　根据大学不成文的规定，深井峻吉在去年腊月里便辞去了部长的职务。新年伊始，毕业考试已迫在眉睫，但他的训练却绝不缺席，还要稍微用功学习。他就像随身携带护身符一样，把经济类的书带到了集训地。在126个学分中，他还剩下90个学分没有修得。

　　因为考期临近，所以杉并的集训改为自由训练，训练的人数也有所减少了。

　　在这儿，低年级的部员自不用说，就是新部长土田也依旧对他行部长礼。在训练期间，峻吉仍然是实质上的部长。如今惟有做预备体操时才由土田来代替峻吉喊口令。

　　虽说已是一月下旬，天气却晴朗而暖和。今天川又教练被邀请去当横滨比赛的裁判员，不在这儿。所以，尽管拳击部的部员们像往常一样依旧面无表情，但从训练开始前换拳击鞋、手上缠绷带时的动作来看，显得颇有些游刃有余。

　　峻吉在旧得褪了色的深蓝色紧身衣下面穿了一条印有大学校名头一个字的裤子。他望着这些年轻的后辈。其中那个有些怕冷的光头，是按照该部对新部员的规定，被高年级的部员们聚在一起强行剃光的。

这是一帮不苟言笑的家伙。年轻、力量与速度的源头被深嵌在这些宛如新砍的树桩子一般新鲜而狂放的脸颊中。那些只要动弹一下便会如利箭出弦般跃动的运动神经,直到它激活前的一秒钟都还被灰暗地捆绑着,一言不发地沉睡于这些肉体中……而峻吉也曾经是其中的一员。

然而,如今他是前辈,是一个即将离去的人。在他任主将期间,该大学一直战绩辉煌,还在联赛中夺得了冠军,在东西对抗的王座决战中荣登优胜的宝座。那崭新的奖状匾额至今还悬挂在训练场被烟熏黑了的门楣上。

峻吉相信,年轻的后辈会一个接一个地继承自己的事业,战胜所有奔腾而来的波涛……这既不是感慨,也不是感伤,而是带着点害臊的、近似于那种粗暴的学生特有的寒暄语之类的东西,就像是对那种镶嵌在奖牌、奖杯、奖状上的金边闪耀着的学生式的金煌煌的"光荣"所做的稍嫌简慢的寒暄。

他对自己的这种感想很是满足,将两根长长的黄色鞋带像缰绳似的拽向胸部,把拳击鞋牢牢地固定在脚掌上。这时,透过窗户看见两个人影钻过大门上的小门向里院走了过来。

一个是八代拳击俱乐部的选手、曾是峻吉所在大学的前辈、痛失了去年全日本次轻量级冠军宝座的松方。另一个是热水瓶公司的社长、身为拳击迷的花冈。

峻吉在最初的一瞥里,已猜出了他们俩此行的目的。有两家拳击迷社长都在力劝峻吉加盟自己的公司。花冈的东洋制瓶公司便是其中之一。八代拳的会长八代贡与花冈过从甚密,常常让前辈松方

180

来劝说峻吉加入职业拳击界。就是说，峻吉可以既成为八代拳旗下的职业选手，同时又就职于东洋制瓶公司。而且，由于社长和会长关系亲密，因此峻吉能够享受特殊待遇，可以在训练和比赛期间随意缺勤。职业俱乐部为了争取选手，都必定会提供这样一些条件优厚的就职途径。

但社长亲自来观看训练，倒使峻吉吃惊不小。这个匆匆忙忙显得十足商人作风的小个子中年男人，无论怎么看都不像与拳击有缘的样子，但到了这把年纪，却为了抹去前半生的谦卑和增添男性的尊严，决心成为有前途的拳击选手的资助人。要想成为相扑运动的老板，凭他的财力未免鞭长莫及。所以，在别人的劝说下，当他去年春季首次观看了拳击比赛后，胸中便燃烧起了要成为这些年轻野兽们的资助人的梦想。而且，拳击不像相扑那样耗资巨大也使他如释重负，以至于逢人便冒出这个行道里的老套语：

"哎呀，迷恋男人比迷恋女人更花钱呐。"

花冈每逢八代拳主办的比赛，总是出现在拳击台边。但他的拳击知识依旧贫乏不堪，以致常常指着那些一败涂地得失去回生之力的选手，说什么"这次的胜负就看他的了。"花冈期待着早日亲临体育馆观看自己资助的选手的训练并进行指点。他所资助的选手不应该是业已出名的大腕，而应该是职业拳击界的崭新面孔，并且是未来的冠军。八代贡因为自己看中了峻吉，所以马上向这个冤大头推荐了他。

"喂，"松方从窗户探进头来笑着招呼道。在他那粗犷而豁达的笑脸上，流露出作为"运动部前辈"的威严和温情。除了与峻吉见面时以外，这在他作为职业选手的生活中理应早已丧失殆尽了。峻吉对此也感到有些怅然，但并不深究。总的说来，他并不渴求那种蜜糖一般腻人的感情。

经过松方的介绍，曾见过峻吉两三次的花冈尽可能掩饰住自己的卑屈，说道：

"呀，来看看你训练。"

"社长在百忙之中还说无论如何要来看看呐。"松方插嘴道。他的声音里有一种拳击家特有的嘎哑。

峻吉连忙系好鞋带，走到门外，向花冈低头致意。峻吉用不着说什么，只需让对方看看自己身体的光泽、肩膀的柔韧、步法的熟练、打击沙袋时拳头的强劲。而且他那不给人恶感的缄默已足以给对方留下深刻的印象了。

土田走到峻吉身边，说道：

"到做预备体操的时间了。"

院子里年轻部员们正在练习腿脚，轻轻地打空想拳，一边把脖子向左右弯曲着，一边晃动着肩膀以活动肩关节。那里已呈现着剧烈运动的前奏。

花冈不禁向后退去，差一点踩进了背后的小阴沟里。绿色的冬菜渣滓正从厨房门口流向那儿。松方连忙扶住花冈。

……练习一结束，松方和社长便告诉峻吉，他们在车站旁的咖啡馆等他，随即先走了出去。峻吉洗了个淋浴。

当他回到集体宿舍的房间更衣时，看见新部员房间的纸门半开着。有人正钻在被子里睡觉。峻吉想，或许是哪个新部员训练时偷懒吧，于是威严地吆喝了一声：

"喂,是谁呀?"

被子无精打采地动弹了一下,露出一双赤裸的肩膀。睡得红肿的脸上一双眯缝着的眼睛正朝这边瞅着。

"什么? 是原口?!"

原口是峻吉的同级生,也是拳击部部员。峻吉站着问道:

"胃溃疡怎么样了?"

"胃溃疡? 早好了。"

"嘿,好得那么快,从没听说过。"

"坐吧。"

原口把脏兮兮的棉被裹在身上,起身盘腿坐下,从枕边取来厚厚的棉睡衣,在将棉被从身上掀开的同时,把胳膊套进了棉睡衣里。而下半身却裸露着,只穿了一条裤衩。

峻吉在运动衫上面罩了一件毛衣,随即坐了下来。

回到房间里来的新部员看见两个前辈在促膝交谈,都很客气地取下挂在墙钉上的衣服后便匆匆地出去了。

峻吉眼里的原口一年四季要么只穿一条裤衩,要么在裤衩上套一件厚厚的棉睡衣。一旦老家邮来了汇款,当天晚上不花光便不甘心的原口就会用一部分钱买来西装和手表,打扮成一副恍若他人的体面样子走出门去,而回来的时候,却又只剩下了他原来的那条裤衩。

原口被梦幻般的英雄主义驱使着进入了拳击部,而又始终用那种英雄主义来戕害着自身。

"八代拳又来劝说你了吧。"

尽管原口比赛的经历远比峻吉少,但脸上的伤痕却使他更显得饱经沧桑。此刻他一笑也不笑地注视着峻吉说道。

"喂，你不是躺着的吗？怎么知道的？"

"刚才从窗户看见的。"

峻吉换了个话题：

"你也偶尔训练一下才好呐。那样的话，胃反而要爽快得多。"

"谁也不会来看我训练的。"

被这样一说，峻吉不由得哑口无言了。他不是一个生来就会安慰别人的人。

原口的眼角上那撕裂后的痕迹一直是发黑的，被打得塌陷的鼻梁也已显得轮廓模糊了。人会变得有一张与自己所信奉的思想相同的脸。他所信奉的乃是"英雄主义必然败北"的思想，以致果然变成了这样一张脸。

原口是这个集体宿舍的食客。他惟一害怕的是川又教练的目光，所以总是躲着川又。近半年来他也不参加比赛，在连续三次失败后，他比赛时休息，训练时偷懒，还因酗酒而患上了胃溃疡，有一阵子回了老家。他比峻吉更少去学校，尚有103个学分没有取得。

无论哪个社会里都不乏这种人。在谁看来，他们都是难以胜任其职的非合适人选，可他们却犹如接受了宿命似的一直留守在那里。原口既有一般人的体力，也很有速度，但却缺乏选手所必需的努力和忍耐。或许打一开始他只是为了医治自己难以治愈的脆弱而开始拳击的。他日益体会到置身于这种剧烈的运动和病情毫无改观的羸弱之间那越来越深的裂缝中的困窘。即使想对比赛的胜负保持一种恬淡的心态，也根本无法做到。越是失败，那种裂缝就越是显而易见，在他求胜的欲望与肉体的运动的底层，可以黑洞洞地窥见他骨子里的软弱无力。

无论如何也会在瞬间里消失而去的钱财，与棉睡衣和裤衩相伴的生活……这是拳击的滑稽漫画。追啊追啊，却总是在瞬间消失而去的拳击场上的激烈行动、被人把鲜血淋淋的鱼网投撒在身上的那种只穿一条裤衩的裸体……实际上原口越来越难以明白：为什么一方是软弱无力的，而另一方却是与软弱无力正好相反的东西呢？他在行动的底层看见了软弱无力的投影，而在所有软弱与败北的底层却又发现了行动的力量。这给每一方都提供了自我辩护的材料乃至勇气。

所有不利于健康的东西、拳击选手视作禁忌的酒精和女人、在持续到第二天的醉意尚未消失的眼睛里所映现出的黎明时街灯的那种抒情色彩……倘若他不是一个拳击选手，这一切将会停留于不引发任何悲哀与反抗的某种平庸的快乐之上吧。为了给世间凡庸的堕落增添戏剧色彩和情趣，原口有必要成为一个哪怕仅仅是名义上的拳击家。

原口欠账不还，早被大家嗤之以鼻，又伤了胃，还面临着注定要落第的毕业考试，以致他仿佛看清了那种不抱任何意志而开始的纯粹英雄主义的绝妙归宿。

那是一种辉煌而又暗淡得业已颠倒了的荣耀。而他曾经最为亲近的软弱无力或许也会因为蒙受着那种光芒的余照而熠熠生辉吧。

原口嫉妒并误解了峻吉，这是很可笑的。如果要嫉妒峻吉，至少得正视峻吉的缺陷。而原口仅仅停留于用世俗的人们——比方说花冈、松方的那种目光来看待峻吉这个明朗而单纯的行动家。

因此，峻吉把自己在原口面前所感受到的那种内疚的快感看成是原口孤独的反映，而实际上那恰恰是峻吉自己孤独的标志。他在这个无法救助的朋友面前，宛如长上了翅膀一般自由。他只需光彩照人便一了百了。

"一个不错的训练场吧。即使是职业训练场，也没有我们这儿舒适惬意。我敢保证，这是真的。"松方说道。

峻吉也对八代拳感到特别的亲切。不仅因为这儿是前辈松方所在的训练场，而且峻吉自己也曾被借到那里去当过陪练。也就是从那时候起八代会长注意上了峻吉。

在透过窗户便能看到天色擦黑后车站附近的杂沓景象的一家新咖啡馆里，花冈喝着啤酒，而松方和峻吉则啜饮着橘子汁。

"如果是你的话，马上就可以参加六个回合赛的。可是，因为习惯了业余的三个回合赛，难免对耐力缺乏自信。不过，不是都这么说吗？六个回合赛倒是业余出身的选手还强一些。如果仍然放心不下的话，也有办法进行六个回合的特别练习呐……不过，你嘛，只要参加两三次六个回合赛，下一步就是八个回合赛了。像这样能够很快就当上明星的美差可并不多哟。"

说话的只是松方一个人。花冈一直故作威严，闭口不语。

"而且尽管在社长面前这样说不太好，不过，"松方逗乐儿，故意把声音压低到花冈也能勉强听见的程度说道，"还能从公司领到月薪，比赛的酬金不是可以全部攒下来吗？可得会打算盘才行呀。"

峻吉把喝完饮料后的蜡纸吸管缠在手指上，透过白蜡可以看见吸管里的橙色水珠正往下滴落，并沿着他朴讷的手指流淌着。自己正被人凝目注视着，正被人热心地劝说，而且，自己风华正茂、充满力量的这种感觉，犹如被陈列在桌子上那红通通的、熟透了的西红柿一般的这种感觉，确实妙不可言，而且训练结束后那依旧旺盛的血液循环也使自己的所见所闻洋溢着新鲜感。店里人们的走动、杯盘互相撞击的声响，唱片释放的音乐，这一切仿佛是在遥远的地方由黑暗中发出微光的难以捕捉的一个点，即所谓"运动的荣耀"——在获得它的瞬间便只化作了追忆的那种捕风捉影的荣耀。远方，在看不见的某地，响起了拍手声和呼喊声。这一切都并不坏。

"不久我就要浸泡在荣耀的浴盆里，尽情地让它淹没到我的脖子了！"

然后……然后他也不得不走出浴盆，像眼前的松方一样，看见荣耀从自己的身上往下滑落、干涸，最后只剩下一具满是肉刺的裸体吧。

——突然峻吉清醒了过来。他是一个片刻也不愿思考事情的男人。位于拳头前面的空间。占领着那片空间的人们厚颜无耻的皮肉。随着角度与距离的变化，不断地伸缩着，有时变成一张薄纸，有时变成愚蠢而肥厚皮肉的那种屏风般敌人的肉体。邻近的冲击感与遥远的闪电。被他的拳击手套如同鲜红的花粉一样洒开来的对手的鲜血。外界从不间断地晃动的密度与其间不时被窥见的那新鲜白纸一般的敌人的漏洞。重要的正是这种种，而并非其他。其他没有一件是重要的。

"好吧，我接受。"峻吉突然说道。

花冈露出满嘴的金牙，脸上堆满了无声的笑容，看了看松方的眼睛。松方反倒有些张皇失措了。

"你母亲没问题吧？记得你说过，你母亲是很反对的。"

"没问题。"峻吉不假思索，斩钉截铁地说道。

"太好了，太好了。八代也会高兴不已的。这样从今天起，深井君也就成了我的职员。立刻喝一杯表示庆贺吧。松方君，你赶快用电话通知会长，告诉他，我们在新宿的'鸟源'碰头。"

花冈说着，站起身，用浑圆的手指头郑重其事地扯下了黏附在合成树脂的桌子上已经打湿了的账单。

直到第二天峻吉也没有找到机会向川又教练摊牌，只好保持着沉默。但是，在转为职业选手的问题上，等决定之后才去征求教练的同意，这种例子其实并不少见。川又一如既往，一笑也不笑，在训练时来回走动着，除了发出只言片语外一声不响。他高兴时的脸与动怒后的脸相差无几。他很快就独自回去了。

毕业考试开始了。峻吉随身携带的专业书籍依旧只是起着护身符的作用，根本没有看。

必须指出，峻吉的性格中缺乏独创性。对他来说，这是恶之所以不可能的首要理由。

要想一次性取得90个学分，首先必须注意节省时间。他有时候竟然做出惊人的举动，在一个小时里同时飞快地写完三个科目共12个学分的答案。比如说，在考试的最初一个小时里，兼做经济学史、簿记原理和统计学。

一进入统计学的考场，峻吉就开始搜寻原口的踪影。在原口尚未取得的103个学分中，理应有这个科目的4个学分，所以他的身影应该出现在考场里。然而原口最终也没有来。因为暖气而雾沉沉的玻璃窗上的白斑以晴朗的冬日天空为背景，在每个窗户上描绘出千姿百态的鸟兽群图。在这早晨的教室里，除了分发试卷的声音和两三声干咳外，什么也听不见。

峻吉把削尖的铅笔头拄在下巴上，怔怔地望着黑板上正在抄写的试题。铅笔芯戳在下巴上微微有些发痛。难道不能有一个没有感觉、坚强得犹如石头般的下巴吗？他突然想起教练什么时候曾说过：在拳击所有的训练中，惟有强化下颏的方法尚有待发明。

"比较说明社会性统计集团与'被创造的集团'。"

啊，这些问题与他风马牛不相及，没有任何关联。它分明是在另一个世界里，由白色的智慧之手将庄严地计量出来的诸种概念的秤砣放置于天平上，测试其平衡度以后，又在一个枯萎干涸了的僧院般的地方拼凑成那种镶嵌图案似的东西。它是一种在任何时候都固定不变的做法，一种把现实归纳起来、收藏进抽屉里的做法，而且与终日死守在抽屉前，把钥匙串鼓捣得哗啦作响以吓唬别人属于同一种做法。

峻吉完全感觉不到有解答这些问题的义务。在他与考题之间，既不存在着妥协点，也不存在着对阵。它不是肉体，也不是驰骋的运动，更不是血迹斑斑的面孔。那里只有茫然的、装模作样的、智慧的幻影，戴着奇形怪状的帽子在冬天透明的朝阳中百无聊赖地端坐着。它的脖颈上悬着一张"请解答我"的标牌。

峻吉在答卷上写道：

"我是拳击部部员深井峻吉。四年来拼命地练习拳击，为学校的荣誉竭尽了全力。如今就职的去向已经确定。我发誓，毕业以后决不做有损于学校荣誉的事情。请多多关照。"

仅仅写完这些便交卷了。他乜斜着长相怪异的监考人，走出了考场。他蹑手蹑脚地在走廊上小跑着，做出一副迟到了的气喘吁吁的模样，跑进了下一个经济学史的考场。

在经济学史的答卷上他想如法炮制，可转念一想，又觉得未免短了一点，于是在后面加上了很久以前好歹能够背诵的学生证背面的一段话：

"本大学以发挥私立学校之特色，培养独立自主的民主主义精神，为适应真理之探究，加强实践素养，向社会输送人格清廉、见识高深之士为目的。"

剩下的一门簿记原理已无话可写，只好与统计学一样，写了一通郑重其事的寒暄语就算交差了。

——他交出了三张答卷后，来到了户外。学生们背靠在光线很好、足以映照出冬日树影的墙壁上抽着烟。峻吉因为不抽烟，所以觉得休息的时间总是格外漫长。香烟的烟雾飘荡在冬日的阳光里，都市中心的狭窄庭院里还清晰地残留着早晨用扫帚打扫过的痕迹。

有一种终于应付完事了的快感，又仿佛觉得这样不费一点劳力很有些不妥。但不久，他对这种方式也将感到心安理得吧。如果90个学分都能如法炮制该有多棒啊！

毕业考试大致结束以后，峻吉被叫到了主任教授那儿。为难之中，他想托川又教练从中说情，于是到处搜寻他的踪影，可哪儿都找不着。

他打开研究室沉重的门扉，不禁大吃一惊：原来教授和川又并排坐在一起。教授和川又在本校读书时曾是同学。于是他想像川又是作为双方的调解人出现在这里的。但没想到头一个发火大叫的却正好是川又。他的手上挥动着写有寒暄语的峻吉的答卷。

"就职的去向已经定了？既然定了，为什么不告诉我？定了去哪儿？"

"东洋制瓶。"

"混蛋！那么是要加入八代拳了？我也没有说不准你当职业选手，可你为什么压根儿不跟我商量？现在的这些家伙真是一点也不通情理，够气人的。"

"我忘了。"峻吉出于恶作剧的心理撒了个谎。

"什么？忘了？你倒是蛮了不起的。峻，'忘了'这句台词至少得当上了十四个回合赛的选手以后才有资格说呀。只是业余打打拳击，大脑就患上健忘症的话，那就甭做什么职业选手的梦吧！"

教授阴沉着脸，在房间里踱来踱去，但在川又刚才那一番咄咄逼人的电闪雷鸣之后，他的训斥相形之下明显缺乏权威。他对乱写答案一事进行了二十分钟左右阴沉的牢骚似的说教后，逼着峻吉答应补考才算了结。

——二月中旬进行了补考。峻吉在所有的答卷上再次写上了同样的寒暄语。

在补考结束后的第二天早晨，峻吉家接到了一个很少有的传呼电话。峻吉穿着棉睡衣跑到蔬菜店的电话亭听完电话后，得知了原口的死讯。

他换好衣服走出家门，赶往杉并的集体宿舍。道路上铺满了白露。他从家中跑到车站，又从杉并车站跑到集体宿舍。平常进行越野长跑训练时总是迂回着挑选土路跑步，而像现在这样一直在柏油路上飞跑却还是第一次。

峻吉拥有一颗率直的心，能从这种疾跑中感受到一种爽快的情绪。在奔跑中，仅仅只是在奔跑中便也存在着行动对情感的优势。事实上，它履行着与他所轻蔑的理智完全一样的作用。冬天的早晨那种樟脑似的空气，传入奔跑着的耳朵里的那些高亢的半导体的声音，清澄的朝阳……这一切在他目睹朋友的尸骸之前，一直将死亡弃置在汗流浃背的运动所带来的快感边缘。他一边飞跑着，一边回想起那个给哥哥扫墓的夏日。那时使他感动不已的，是死亡接纳了哥哥，就仿佛那是勇往直前的行动的必然归宿。这种感受打一开始便决定了峻吉对原口之死抱着一种难以理解的态度。

穿过宿舍那扇破旧的门，他在因霜冻而凸起的前院里走着，霜已在他的鞋底碎裂后变成了纤细的结晶。没有人来迎接他。他沿着黑暗的楼梯而上，与下来的土田相遇了。

"对不起。到今天早晨都一直没有注意到，这是我的责任。"

"别说那种话。通知川又老师了吗？"

"因为没电话，只好发了封电报。"

"在老师来到之前，我们还是不要贸然行事为好。新闻记者来过了没有？"

"只有送报的人来过了。"

"真是混蛋！"

峻吉觉得土田惊慌失措的样子很是可爱。于是，一种巨大而愉悦的责任感激励着峻吉。

他爬上二楼,打开第一道拉门。原口身上盖着被子,遗容上蒙着一层手巾。五六个学生恭恭敬敬地围坐在遗体四周,耷拉着脑袋,有几个还在轻轻啜泣。从被子盖住的肩头露出的棉睡衣是原口从没有更换过的惟——套衣裳。

有人为峻吉拨开了死者脸上的手巾。只见死者的面部已经浮肿,呈青紫色,舌头从肿胀着的上下唇之间耷拉下来。咽喉处有一道勒得很深的苍白的绳印。死亡肯定是一名像黑人选手那样行动敏捷的拳击手,它以黑人特有的猫一般的体态,一边发出眼镜蛇那样哧哧的呼吸声,一边伸出左手,将原口打倒在地。在他浮肿的遗容上清晰地留下了被死亡的拳击手套乱打滥击后的痕迹。与世间的其他人不同,峻吉自有他对死者脸上的巨大变化不感到惊诧的理由。他深知,败北者的脸必定会被蹂躏得面目全非。

"集体宿舍里现在只剩下了家在外地的学生。所以原口昨天一个人便占据了整个房间早早地睡了。今早部员们起床后,进原口的房间去取忘拿的衬衫,才发现他把绳子拴在壁橱上,从那儿吊下来直挺挺地死了。周围到处乱放着烧酎①的空瓶子,没有发现遗书。"土田向峻吉报告道,然后又接着说,"干吗要死呢?据说是毕不了业,所以似乎很苦恼,但仅仅因此便自杀,也怪不可思议的。"

"无论怎样,这家伙是想作为一个拳击手而死去呐。倘若不能在拳击台上死去,至少想让自己在拳击手的集体宿舍里死去吧。"峻吉说道。

峻吉情不自禁地把自己以往的战绩与原口屡战屡败的经历进行

---

① 日本式烧酒、蒸馏酒。

了一番比较，从而涌起一种无法言喻的难过心情。眼看泪水就要流出眼眶，可峻吉那颗单纯的心觉得为了败北者而哭泣是一种残酷的失礼行为，与败北者之间，只需要彼此轻轻接触一下对方的拳击手套——即握过手之后便迅速告别，才算得上礼貌得体的做法。原口的死亡中所蕴含的那种对胜利者沉重而永恒的谴责似的东西遏止了峻吉的眼泪。

窗户上只挂着粗糙的平纹细白布窗帘，而且与窗户的大小显然不合，冬日的朝阳毫不留情地洒落在原口的脸上。在死者的嘴里，银色的假牙闪过一道光芒，它就像是一瞬间的嘲笑，使峻吉忍不住轻轻伸出拳头，朝死者的下巴打出了一个直拳。

后辈们大吃一惊，一齐抬头望着峻吉的脸，顷刻间，峻吉的眼泪不由得潸然而下。

夏雄的《落日》在秋天的展览会上好评如潮。听到那些评价后，姐姐的公公——某大银行的头头为装饰银行的客厅买下了这幅画。这是夏雄的画第一次被人收购。于是，那些得到预算为各银行、公司年末送礼用而收购绘画的画商，闻风赶来收买夏雄的旧作，但却不忘拼命杀价，只出三万日元。

今年伊始，《落日》便荣获N报社奖，所以，夏雄在社会上变得闻名遐迩了，与人交往和交谈的机会也随之增多。但他马上就厌倦了这种生活。

尽管如此，他并没有感到生存的辛劳，也没有感到自己与他人、社会之间有什么龃龉而苦恼不堪。他不是乡巴佬，也深知十个人比一个人更能发出讨厌的噪音。他那种老实温和、不喜欢伤害他人的性格仍旧受到众人的拥戴。当他在疲惫之后打算离席时,他只需把天生带着几分忧郁的孩子气的微笑展示给他人,即可获得畅通无阻的通行证。

　　他与自己的名声几乎是毫无关联地生活着。对于人类社会,夏雄总是保持着一种疏远而又不显得冷漠的所谓含着微笑的距离,所以,当他面对新的事态时,没有必要改变自己的态度。他一点也没有那一切是发生在自己身上的事件的实感。在他的人生中,根本不可能"发生什么"。

　　夏雄的眼睛依然只关注自己喜欢的东西、自己认为美的东西。而其他的一切都无法进入他的视野。

　　当夏雄有时候回头反省没有自信和野心之类而只是像鸟儿啁鸣般作画不已的自己时,也难免大有不可思议之感。一旦作画完毕,创作的热情便会倏然消失,甚至不在内心里留下一点余烬的暖意。对于不会受到伤害地漂浮在世上的自己内心中无法唤起那种青年人特有的浪漫心情,他也并没有感到什么不满。他隐隐约约地感到自己正声名鹊起,但却并没有渴望让这种声名最后带来什么荣耀,倒是感到自己正一步步远离那种荣耀。荣耀的源泉一定是处于幼年时代,可伴随着长大成人,它便失落在了某一个角落里吧。这想法正合夏雄之意。

　　是的,当看到那四方形的落日风景而被一种异样的感动攫住了时,他也感到那落日正朝自己的幼年时代沉落下去。幼年时代,落日从早到晚像熔矿炉一般在那儿燃烧沸腾。他的幼年与别人的并没有什么不同之处,也并不那么奢华壮丽,但却一直绵延着一种莫名的幸福感,宛如决不会终结的音乐或者决不会降下帷幕的歌剧。那是一种难以想像世界在他人眼里与自己眼里会迥然不同的幸福的信仰！如今他明白了，他人的眼睛所观察到的世界与自己是截然不同的。而如今不时从心灵的角落慢慢渗出并像云一样漫开，最后包容了他的那种幸福感，实际上扎根于他的幼年时代。那是他在幼年牢牢握在手中的幸福感遥远的反映和若有若无的遗物。

夏雄有一种感觉，仿佛在幼年的幸福感中他已浏览了一生中自己所应该看到的一切美丽东西：美丽风景、鸟禽花草、人的脸庞等等的样本。后来的人生中无论多么新鲜的发现，都无法企及从这些样本中所想像出来的美丽。幼小的他所观赏到的风景，在决不会消失的落日中灿然闪亮：湖水碧波粼粼，湖畔的森林沉湎在冥想之中，山峦被映照成一片青紫色，从而显得无限广大，连路旁的花草、石砾也显得那么细微精美……但哪儿都不见人影。

"怎么会没有人呢？"幼小的他有时也会觉得奇怪，"一个人都没有，可为什么这世界竟然这么完美呢？"

在对人的关注还一点也没有萌生之前，对美的关注已浸润了这个孩子，在他学习语言和习惯之前已抢先俘虏了他的心，把他所看到的世界变成了一片阒寂无声、只有色彩的无人之境。

夏雄清楚地记得，大约是在还没有上小学的时候，刚好从欧洲旅行归来的伯父对他讲述的种种趣事。其他的事他早已忘记，惟有下面这件事他一直记忆犹新。

那是年轻的伯父租了一辆车从西班牙的马德里到托莱多兜风，在当天返回的路途上所看到的景色。黄昏时分，汽车已行驶了一半路程，再过一个钟头将抵达马德里时，也该是夜幕笼罩大地了吧。托莱多与马德里之间四十三英里的汽车道穿行在荒凉的原野、山岩与零零星星的荒村中间，那一带几乎见不到汽车的影子。

伯父看见四周的旷野已经日暮，天空中繁星闪烁。惟独在西边天空的地平线附近，只见层层云彩下面有一片浅蓝色的落日余辉。但是，在视野的一隅有一种强烈的色彩，以至于在旷野尽头低矮的山岩上，一部分天空被浸染得通红通红。

年轻的伯父以为是火灾，透过汽车的车窗仔细地眺望着那个方向。随着汽车的前行，他发现那并不是火灾，而是位于山脚的某个工厂的炉火所发出的亮光。炉火的光束在旷野的尽头鲜烈地燃烧着。低矮的工厂屋顶上，烟囱吹出火粉，似乎不无缘由地把那一带的天空搅得一片通红。

看到这一切，伯父立刻感到：这不恰好是昨天在马德里普拉多美术馆所看见的博斯①《地狱》的翻版吗。它正好是在博斯所描绘的地狱远景中燃烧于地平线上的城市的再现。

——这件事带给夏雄的印象是那么鲜明强烈，以至于他不知从什么时候起已产生了一种错觉：那是一幅自己亲眼目睹过的风景。他凭借着想像在小孩的写生簿上画下了那幅画。于是这个小孩就这样看见了一切，他甚至瞥见了地狱。

每当心烦意乱时，夏雄便会一个人外出旅行。他并不那么爱去偏僻的山村抑或人迹罕见的地区。纯粹出于实用的理由，他憎恶不便于驾车兜风的道路。

时值多雨的三月，天空一直是阴霾的，但已开始放晴，所以他驾

---

① Hiëronymus Bosch (约1450—1561) 尼德兰中世纪晚期重要画家。其作品主要为复杂而独具风格的圣像画。

车出发了。他想去看看久违了的箱根的早春。箱根还是在去年的春天与镜子一行去过后就一直没有再去。假若天黑了,在箱根住下也无妨。当然,在热海住下也行,因为不是节假日,很容易找到旅店的。

汽车驶过横滨时,天空晴朗无比,万里无云。尽管不是节假日,公路倒也并不拥挤。夏雄悠然自得地享受着驾驶的乐趣。

随着汽车驶离都市,午后的天空在汽车的前窗上变得越来越辽阔了。他咀嚼到一种明朗的雅兴。尽管严格说来算不上灵感,但一种便于灵感孳生的空白状态却降临于心中。既没有喜悦,也没有悲哀。倘若一定要命名的话,只能称之为幸福吧。

那个热衷于看相的女人,说少年的他就像天使一样,肯定是针对他处于上述空白状态中的表情而言的。如今夏雄已长大成人,但他的脸尚不知道爱的表情,不知道男性特有的那种混浊的、不透明的、理智与情感笨拙地相互碰撞着的、恋爱中男人的表情。他的心地善良,但这种善良与爱却差之千里。

他穿着朴素的新夹衫,驾着汽车,手握方向盘,让自己漂浮在掠过窗外的自然物象的表面上。澄明的心境,这也与爱不属于同一种东西。假若孤独折磨他,或许爱会由此而生,但孤独却是他的亲密朋友。人类的一切东西都与自然一样,仅仅是他"亲密的朋友"而已。

尽管很年轻,夏雄有时也会进入一种自在的心境。此刻便是如此,仿佛自己肉体的有机部分已经全部消失,而是由无机的透明结晶体来构成的一样。

汽车已进入了通往十国岭的兜风车道。山上春色尚浅。在远方的尾根，土黄色的山表上，新近落成的黑色微波角架耸立在日头开始西斜的天空中。

十国岭的观景台附近显得十分嘈杂，所以他在较远的地方停车后，携带着写生簿下了车。这附近除了过往的车辆，看不见任何人影。

他惊异于春天从这广阔宏大的风景的每一个角落中渗透出来的力量。路旁盛开着款冬绿里透白的花儿。

眼睛所看见的色彩没有一样是确定不变的。早春的色彩与其说是颜色，不如说是颜色的预兆，充满着尚未污染前的淡淡污迹。各种不确定的色彩污染了这澄明的山气所发出的抽象的味道，污染了早春的大气的味道（早春的大气曾经纯净得就像是有人在周密地修建而成的，完全看不见的透明大建筑——即那座透明的伽蓝中徜徉而过时所呼吸到的空气一样）。这种污染可以说是丑恶的。色彩将高高的山气变得扁平扭曲，给它添加了不自然的抒情味。春天庞大的浸蚀作用给风景的一切都投下了某种焦躁不安的阴影。

在几个连成一片的山丘中间，有一个已长满了丰盈的嫩绿。但它的旁边却是一个红黑色的山丘。还有一个山丘从山脚到山顶都被包围在了红色紫苏叶似的新芽的颜色之中。

但最美丽的无疑要数近景中的结缕草，乍一看它已经枯萎干死，可随着观察角度的变化，可以看见底下已经萌发，正等待着绽放之时的新绿。

小竹即便叶尖呈黄色，其根部也依旧是绿色的，所以矮竹丛生的原野兼有这两种色彩。长青的松杉林是一片永恒不变的、熏黑了似的浓重绿色，可在它们当中却掺杂着人工的黄色和淡黄色的杉树。

夏雄的视线感到了某种不快的东西，但这并不意味着登上山岭时的那种澄明的眼睛被模糊暗淡了。他的眼睛仿佛触到了即将产生美的那种粗陋的元素，即不允许观看的东西。勉为其难地美化它是一种无礼的做法。

他收拾起写生簿，上了车。汽车在车辆稀少的道路上疾驶着。他思忖道：

"我的创作决不会出现停滞。倘若我不能画画，那是因为自然本身不好所造成的。"

当想到自然本身不好时，他的内心没有半点的恶意和敌意。假如创作不会出现停滞是理所当然的，那么，自然本身有其过失也同样是理所当然的。

偶尔有被两个艺伎夹在中间的干瘦绅士所乘坐的汽车与夏雄的汽车缓缓迎面交错而过。一副悲哀神色的绅士把双手紧紧地插进左右两名艺伎和服的前底襟里。两个艺伎也是一副呆滞地望着空中的眼神，昂着脖子端坐着。

夏雄漠然地看着那肉欲的车子扬长而去。他也没有因自己具有超脱的能力而骄傲自恃。

"我的创作决不会出现停滞，因为我是天使。"他又重新回到这种想法上。这种想法过去一直不断地在他耳畔喃喃低语着。看相的女人只是把他从孩提时代起就早已抱有的幻想变成了一种信念。在小学的教室里上课时，稍一捣蛋便遭到老师的训斥。这时他会暗自忖度："老师怎么能训斥我呢？我是天使呀。如果老师打了我，我的背上就会突然生出翅膀从窗户飞走，在天空中高高翱翔。老师看见后一定会吃惊得连站都站不稳吧。"

夏雄一边驾着车，一边回忆往事，脸上浮现出淡淡的微笑，孩子的微笑还粘贴在嘴角上似的。

这种想法并不是怂恿抑或自负的结果，而是他从懂事时便已经具备的东西。这是一种无论什么东西都不能毁灭他纯洁的想法。倘若正如世间所言，存在着所谓丑恶的现实，那么它从开始就肯定是软弱无力的。因为在他的眼睛企图发现丑恶的地方，丑恶就必然会变成非现实性的东西。

夏雄在山上早春的空气中，思忖道：自己现在正一边朝着世界微笑，一边驾车前行，但这并不是谄媚，他一点也没有期待着从对面回报的微笑。在这一点上，感性与意志相似。感性向山峦、向云彩的阴翳所发出的这种微笑与对世界所抱有的永恒的对立感情是完全相同的。

但是，幸福的他的思考却没有深入到这里便戛然中断了。

三岛沼津一带展示出一派海的风光，其中有微弱的阳光下庄严无比的海角上的山岩，还有麦田的油绿色和菜花的黄色。平原上早已是春天。穿过收费公路，又在尚未铺设完毕的道路上行驶了一会儿，遥遥地看见了热海鱼见崎的樱花。樱花像残雪一般稀疏地垂悬在山崖边上。

夏雄决定在热海住宿，为了对那远远看见的樱花进行写生，他走下了汽车。

四五个年轻男女顺着这条路爬了上来。他们手里拿着或是肩上挎着一个写生簿。夏雄一看便知道这是些美术大学的学生。

他们一边踢着脚下的小石头，一边故意让自己的影子从夏雄正在写生的画页上移动而过。这是一帮被想当艺术家的渴望所攫住了的、生活尚未在他们脸上打下烙印时便硬是要炫耀自己显而易见的年轻特征的青年人。在不自然的缄默中，一个人吹响了口哨。当所有的脚步声渐渐从夏雄的背后远去时，或许是因为山气的透明吧，夏雄听见一阵格外清晰刺耳的女人的低语声：

"瞧，那倒真是山形夏雄呀。自以为走红，正得意忘形哩。"

夏雄甚至怀疑自己的耳朵。他还从不曾从别人口中听到过这种话。

在他受到伤害之前，首先使他惊愕的是：他发现，虽说自己不曾做过任何一件坏事，但自己的一点小名气却在世上的某一个地方伤害了那些年轻人。

自己没有得到这些年轻人真正的爱戴，这种想法，夸张点说，就如同失了宠一样撼动着他的心。

"有人不爱我！"……这一令人吃惊的事实。不过，真正使他吃惊的倒不是这一事实本身。尽管这种事他以前就应该百分之百地知道，可他却对这种应该百分之百知道的事情不得不感到如此惊诧，这使他陷入了双重的惊愕之中。仅仅因为那姑娘穿透山中凉爽空气四处回荡的那一句话，他与整个世界之间的构图便崩溃变形了，他的透视画法也崩溃变形了。

——在热海一家旅馆的庭院中，月光下从夏雄房间的窗户望出去，在围起来的小小庭院的篱笆那边，有一个屋顶很高的温室。深夜他洗完澡套上宽袖棉袍，从圆形窗户眺望着温室和月空。

月光朦胧，温室的玻璃微微泛白，在那高大的建筑里却无人居住。那种感觉就像是废墟一般。里面密密匝匝地沉睡着孔雀椰子树、罕见的热带阔叶树。那些密集的植物黑黢黢地沐浴着月光，保藏着白昼浓密的热气。不过，满是玻璃的建筑物的外表从外面看上去，仿佛在它的内部隐匿着另一个次元的世界一样。

"与此相似的奇怪建筑物，我曾经在孩提时代便看见过，"夏雄想道，"这是一个奇特的建筑物，一旦进入里面，就等于开启了通向另一个世界的地道。这是一座发电站。"

这时，高高的屋顶边上的一块玻璃在发出弹落的声音后，玻璃碎片顷刻间四处散落，在地面上穿凿出星形的黑色窟窿。

然后是一片死一般的沉寂。没有谁起来的迹象，也没有人影。或许是谁恶作剧故意从远处投掷而来的石砾吧。

夏雄长时间地面对着这种沉默。无论过多久，除了夏雄以外，再也不会出现留心这一变故的人。不久，夜里的空气越来越冷，夏雄关上圆形窗户，准备睡觉。他再一次抬头看了看那高处玻璃的裂口。的确那是一幅什么也不是的景色。玻璃碎裂前的现实秩序在不知不觉之间已被利索地进行了修正，从而重新组合起玻璃破裂后的现实秩序。或许有一只看不见的手比把炭笔画错了的线条涂掉的手更灵巧敏捷，或许是它在某个地方轻轻地一划，便造成了上述的裂变吧。

想到这儿，夏雄感到自己从无聊中被解放了出来，而心灵也获得了些许的宁静。

一回到东京，就看到有一封出门的当天早晨便寄到家里的信件，像是一个女人的字迹，而且名字也是一个陌生人的。他读了读信，信上说很喜欢夏雄的画。不过，从秋季展览会以来，这种陌生人的信件便一直屡见不鲜。

过了两三天，从同一个人那儿又收到了同样的信件。她名字叫中桥房江。夏雄写了一封彬彬有礼但却内容空泛的感谢信。以后就再也没有收到回信了。

收常常在母亲的咖啡馆"洋槐"里悠然地打发闲暇的时光，还带来剧团的朋友，一起健身的朋友，即所谓"肌肉的朋友"。他们可以在这儿理所当然地享用免费的茶水，还可以想待多久就待多久。

世上正是咖啡馆风靡之时。收入的净是现金，而且没有比这利润更高的生意了。事实上市况也确实在逐渐好转。尽管普遍流行着"上半期平过，下半期滑坡"这样一种悲观的预测，但只要看看"洋槐"的客人们，就能感觉得到与去年相比，他们的钱包正变得鼓鼓囊囊的。昨天一个来到店里的同行客人谈到了在银座新近开张的大咖啡馆"室内乐"的经营状况。

据他说，"室内乐"的日平均收益已达十二万日元，月收益则已达三百六十万日元，而人工费却只需四十万，并且一百日元的咖啡成本只有二十三日元，八十日元的红茶成本只有二十日元，何况几乎全都是现金收入，所以昂贵的建筑费用马上就可以偿还完了。

与此相比，"洋槐"的规模要小得多，但客人却照样络绎不绝。母亲总是很快活开朗，像对待情人似的不断给儿子零花钱，出手大方慷慨。

收从体育馆回来时，常常把前辈武井和其他的青年伙伴也带到这儿来。当世上的人们还离不开围巾和外套时，他们这帮人却只把上衣搭在衣领大开的马球衬衫上，或是只穿一件质地很薄的贴身毛衣,突出地显示着他们那倒三角形的身体。一旦这帮人三四个一起跨进店里,便会有一些女孩子悄悄地走了出去。见状后收他们不禁高兴地笑了。

武井依旧倾倒在他的偶像莱奥·罗伯特的脚下。莱奥是一九五四年的"环球先生",武井常常把随身携带的莱奥的全身照片拿给大家看,说道:

"总之,莱奥是人类史上最高的杰作,无论什么大政治家、皇帝、大哲学家、大富翁、大作曲家,一旦走到这个青年的身体面前,都肯定会显得丑陋不堪,并不得不跪倒在他的面前吧。"

他的面前像往常一样放着一杯柠檬汁,由于收的关照,他的杯子里榨进了比一般客人多三倍的浓柠檬汁。

"到了那种程度,努力归努力,但毕竟是天分呀。因为每一处隆起的肌肉的形状都要受到天生骨骼形状的制约。

"莱奥·罗伯特的骨骼每一节都具有完美的形状,又大又美,充满了和谐,因此,他的肌肉也自然具有无法模仿的美丽形状。请看看这个吧。"

他指着照片上黄金般闪闪发光的裸体上鼓胀着的胸脯说道。

"请看左右大胸肌之间拉开的间隙。有一种难以言传的神妙吧。还有,大胸肌从上到下分为锁骨部、胸肋部、腹部这三部分,这腹部部分在一般情况下从外面看便一目了然,是与下方连在一起的,遗憾的是,我也不例外,还有你的也……"

他把手伸向桌子上,毫不客气地把手指滑向一个穿马球衬衫的青年的胸脯下部。

"但是,莱奥·罗伯特的却不一样。他的那个部位则是形状很美地与上方相连的，所以，大胸下部的断开处确实断开得十分漂亮。雄劲、高雅、罗曼蒂克，像一首叙事诗，怎么说呢？属于十字军骑士理想的那种类型。"

然后好一阵子他们又热衷于一些专业性的话题，诸如卧推杠铃时，垂直引体向上的效用；在附加卧推的重量时，有两种方法，一种是次数很少但却能最大限度地牵拉胸肌，另一种是牵拉胸肌很浅但却能保证规定的次数，这两种方法中究竟哪一个能加快进步树立信心等等。他们甚至连续好几个小时不厌其烦地讨论肌肉的话题。

和这帮人待在一起时，收无疑是幸福的。他不必为那决不会降临于他的"角色"而心烦意乱。肌肉甚至起着所有野心的替代作用。

收蓦然间想起了鞠子。和鞠子的关系还在持续着。严格说来，收是不会厌倦一个女人的，直到女人惊异于他精神上的怠惰而率先表现出不耐烦时，收这才露出一副无可奈何的神色随她去。

"马林科夫① 辞职了。喂，据说是因为和平攻势的失败。"

突然某个人提起了一个不合时宜的话题。这是一条一个半月前的过时新闻。

"干吗突然提起这件事？"

其中的缘由马上就闹明白了。原来，在提起这个话题的那个人面前，邻座的学生随意放着一本书，而包书的书皮正好是登载着那条新闻的一张旧报纸。

"一条老掉牙的新闻。怪不得大家都说你血液循环迟缓呐。"

被挖苦的一方也恍然记起自己曾在哪儿看到过这条新闻，于

---

① ManeHKOB（1902—1988）前苏联政治家。1946年任党政治局委员，1953年斯大林死后任苏联部长会议主席，1955年辞职。

是，话题又转向了"苏联先生"的存在与否。武井说，在苏联说不定有这样一种装置，在沉重的杠铃上安装一台生产机器，如果让一百人在上面各练习一个小时，就会自然而然地造出一台拖拉机。

"现在又去哪儿呢？去M百货店吧！"剽悍的身体上长着一张孩子的脸的、其中最年少的一个说道。他并不是想去购物。他喜欢小鸟专柜。

"喂，去不去M百货店看鸟儿？很可爱哟。"

"算了算了。我一去，鸟准会逃走的。对了，这儿有没有烤鸡串①？"

大家听见这种捉弄孩子的笑话，都开心地笑了。

窗外开始燃烧起街市灰扑扑的晚霞。这些看起来精力充沛的青年们牢牢地坐在椅子上。在谈话的间隙里，什么也不想地观望着杂沓的人流。

自己过剩的肌肉与窗外的社会之间不存在任何关联，这使他们感到很幸福。精力被锁闭在肌肉光润透亮的隆起里，用不着寻求什么目的地保持着自足的状态，而且无论到哪儿去，被耗费掉的精力都是在一块块徐徐增加的肌肉中宣告终结的。它宛若一首绝不会成为呐喊的歌谣。

用肌肉来威胁人。威胁人是有趣的。但关于肌肉所具备的善良温存、无济于事、只能被人像丝绸或花朵般欣赏的性质，却是惟有他们自己才了解的。

有个人脱掉上衣，把马球衬衫露出的胳膊搭在窗框上。突然他发现自己两条粗达三十六厘米的健壮胳膊像溺死者的胳膊一样苍白发

---

① 原文为"烧鸟"，即烤鸡串。

青，不由得挪开了身子。原来，对面的店铺一齐点亮了蓝色的霓虹灯。

"你的胳膊在刚才死掉了。"另一个人说道。

收就像是别人在说自己似的，隔着上衣的袖子摸了摸自己的两只胳膊，以确认它们是否安然无恙。他的胳膊没有死，温暖而结实。肌肉那愉快的存在的密度被传到了手指上。如果是这样的话……收便是确实存在着的。

——这时，夏雄推开门进来了。他没有注意到收，正要径自往里走。于是收拽住了他风衣的后背。

"呀——"

夏雄不好意思地寒暄道。他有点胆怯地看着收周围那一个个炫耀着肌肉的青年们。收说道：

"你是收到了请帖才来的吧。"

"嗯。"

收在附有地图的"洋槐"的请帖上加了一句：倘若是朋友，欢迎免费光临。

另一方面，对于夏雄来说，他有必要去见一见那些与画没有任何关系的朋友，无论是谁都无妨，只要是镜子家的伙伴。

收把夏雄介绍给大家。在这帮看见别人胆怯就断定是因为自己肌肉的威力，进而立刻变得轻松快活的人面前，夏雄没有必要担心自己走错了地方。但他还是首先向收说了一句无关痛痒的寒暄话：

"相当兴隆啊。"

"嗯。"

收也落落大方地环视了一下自己母亲的店。这种主人的派头在夏雄眼里显示出一种收自己也不曾注意到的优秀品性。

"阿峻他顺利地大学毕业了。"收说道,"这真有点让人难以置信。"

"他好好地参加了毕业考试吗?"

"好好地参加了考试,并且通过了。"

"据说他就要成为职业选手了。"

"不久就要打响转入职业拳坛的第一仗了。还说让镜子家的朋友们买他的票呐。肯定也要你买他的票的。"

武井抓住了夏雄。纯粹是出于对肌肉的兴趣,他对着夏雄杂乱无章地拉开了话匣子:一会儿是拉奥孔及其他希腊风格的雕塑,一会儿是米开朗基罗的雕塑,一会儿又是罗丹的"思想者"。

"他是一个日本画画家。"收说道。但武井根本听不进去,又开始了新的奇谈怪论:

"画家所发现和表现的一切性质的美都源于雕塑家。因为风景之美、静物之美,归根结底都是从人的肌肉美中类推出来的。"

这并不是什么很有逻辑依据的理论。像这种喜欢恣意践踏他人专业领域的班门弄斧的门外汉,夏雄并不是头一次遇上。画家所接触的资助人多半便属于这一类。不可思议的是:完全不具备艺术感觉的人都有一种倾向,便是让自己所具备的一点有限的东西去勉为其难地近似或等同于艺术的原理。有一个银行家想把融资借贷的直觉看成是非常艺术性的感觉,随心所欲地把它比喻为画家选择色彩的直觉,最后冒出一句谁都会说的那样一句心满意足的话来:

"是啊,结果所有的路都是同一条路。我们这种散文式的工作在终极意义上与艺术家的工作其实同出一辙。"

夏雄常听说,有一种画家为了取悦于收购自己作品的实业家,

经常使用一句卓有成效的杀手锏式的话。这句话先由自己这方说出,并尽可能用客观的稍带点妄自尊大的口吻说道:

"恭听您讲起您的工作,我发现与艺术家的方法在根本意义上是有共通之处的。"

"是吗?此话怎讲?"

对方肯定会喜形于色向这边探出膝盖来。所以,只需牵强附会地阐述其共通性(实际上,即使在机床与火鸡、月亮与汽车、船舶工业与牙签、蜜橘与电话机之间也肯定会有某种共通性!),便能俘获对方的心。比如像经常使用的"在创造东西的喜悦这一点上是相同的"这样一种说法,便是将其加以暧昧的普遍化的结果。

"吾等之辈全然没有艺术感觉。"

"不,您可是大而有之呀。"

仅此,还停留于空泛的谄媚之举。不如这样说:

"说来也许是那样吧。但并不是每个人都具有艺术的感觉,而且不是艺术家的人即使具备这种感觉,也只能是抱着金饭碗挨饿。毋宁说全然没有这种感觉的人在热衷于自己的工作时,那种热衷的方式、热衷与努力之后所捕捉住的某种东西,存在着与艺术家真正共通的地方。在这一点上,比起那些浅薄的半桶水艺术家,倒是您更能切中艺术的核心呐。"

倘若这样一说,还有眼睛不闪光发亮的社会人士的话,倒是让人真想见识见识。他们本质上并不想成为艺术家,而又想尽可能与艺术家相似。上述的游说方式便能够满足他们的这两种要求。

切不可忘记的是,健全的社会人士在艺术家面前特意想表现出的自卑感和他们为自己既缺乏艺术的感觉、又缺乏艺术家的才能而感到自卑的心境中，不仅没有他们的真实想法，反而潜藏着他们私下里的满足感。这种自卑通常是百分之百的赝品，万万不可当真。

没有人打算用在公司内部的俳句会、短歌会上荣膺首席的喜悦来取代获得部长席位的喜悦，另一方面，在厌倦了权力和金钱的老人所喜爱的艺术中，一切内行的艺术对那个世界所抱有的不可或缺的权力意志却受到了忌避。而眼下已经心满意足的成功者们与其将自己的实际成功以实际社会的现实法则来加以确认，毋宁说更喜欢以艺术原理的虚无法则来加以确认。

——夏雄是一个不会阿谀奉承的人，但他对这些却了如指掌。

只有武井的介入方式还明显地具有他自己的特色。关于美，他认为，人的肉体既是可塑的素材，同时也可以是艺术作品，在这一点上它无需艺术家的中介。他说："美这种东西本来是不需要什么艺术家的。"所谓艺术家只不过是一个中间商，假如人的存在意识本身已化作了艺术作品（莱奥·罗伯特等便是其适当的例子），那么艺术家的存在理由就变得微不足道了。

但是，夏雄不得不承认，武井所认为的美显而易见地源于历史上某一个时代的美学意识的影响。他的"灵感"并非仅仅是从肌肉在解剖学上的实际状态中产生的，而是从希腊式的雕塑那种带着点巴洛克风格的"夸张"的样式中产生的。这一点是不容置疑的。只是他缺乏对古典时代的关心。阿波罗的肌肉被认为是缺乏锻炼的、过于自然和过于"人类"的东西。武井相信，肌肉与智慧一样，可以依靠意志的力量磨练成超人的东西。

夏雄从这种议论中感到了一种孩子气的危险。首先，所谓艺术作品与肉眼可见的美不同，它虽然将肉眼看不见的美展示在表面上，而实际上它自身是肉眼看不见的、纯粹对时间上的耐久性的保障。所谓作品的本质不外乎是一种超时间性。即使把人的肉体假设为艺术作品，也不可能阻止它被时间侵蚀而衰退老化的倾向吧。因此，倘若这个假定是成立的，那么，惟有在最佳条件时进行的自杀才可能把肉体从衰退中拯救出来吧。这是因为艺术作品也常常遭到被焚毁被破坏的厄运。即使肌肉美的英俊青年无需艺术家的中介而将自身当作一件艺术作品，但为了保障其肉体的超时间性，无论如何他的内部也必须出现一个艺术家，以企图达成自我破坏吧。肌肉的磨练与培植既意味着发展肉体，同时也意味着将肉体顽固地闭锁在时间的法则和衰退的法则里，所以，它算不上艺术行为。只要不以自杀告终，那么美丽的肉体也就缺乏作为艺术作品的条件。

夏雄终于忍不住脱口而出道：

"如果肌肉是那么重要，那么就在没有衰老之时，在最美丽的时候，自杀好了。"

夏雄的语气明显带着少有的强硬和愠怒。收第一次看到这种模样的夏雄，不禁在大家面面相觑之前向夏雄投去了惊愕的目光。

"你们全都要衰老。活生生的肌肉只不过是一种幻影。"

夏雄越说越兴奋。武井也不甘示弱：

"其中也有像你这样打一开始便是干瘪老头的可怜男人。胆怯的艺术家因为在腕力上比不过我们，所以才巴不得这个世界上的肌肉全部毁灭。"

——夏雄心情悒郁地走出了店门。因为没有开车来，所以只得步行到车站去。收跟了过来。"承蒙你特意来赏光，却惹得你老大不高兴,真对不起。"收道歉道。收善良的心地打动了夏雄。此时,收看起来就像是一个巨大、魁梧、美丽的动物,夏雄不得不在心中反省道:自己是不是对美丽的动物心存嫉妒。突然收说道:

"别往心里去。尽管武井不愿意被人知道,可事实上听说他是一个朝鲜人呐。"

这是一个奇特的启示。夏雄想起自己曾听说过,半岛^①出身的马拉松选手曾在国际比赛中为日本争得了荣誉。被压迫民族对肉体的那种疯狂的执著和对力量的崇拜。

"嘿,原来是那样啊!"

夏雄的脸上又恢复了通常的那种善意的微笑,这一发现使他彻底地如释重负。武井的思想因此而成了与他毫无关联的东西。武井是朝鲜人,而夏雄是天使。

不过,收却从截然不同的范畴来认识武井是朝鲜人的这一事实。他曾认为武井语言极为贫乏,可事实上武井的话太多太多!

"你径直回家吗?"收问道。

"嗯,因为有工作。"

"我可是无所事事。"收毫不夸张地昂然说道。

"女人们在等着你吧。"

"嗨,那又怎么样呢? 我可并不是那么喜欢女人。"这样回答的收像是被自己的这一判断压倒了似的,语气中竟然挟带着些许的热情,"因为要真正喜欢上女人,自己就不得不变成一个空洞之物。可我害怕自己变成一个空洞之物。"

---

① 指朝鲜半岛。

"我喜欢自己变成一个空洞之物。"夏雄回想起自己创作时的心态,说道。然后他又问道:

"你究竟想干什么?"

"想干什么?!"收睁圆了美丽的眼睛,"本来想当一名演员。总之,怎么说呢?我是想从人这种身份中跳出来。巧妙地,一溜烟似的从人这种身份中跳出来。如果能做到这一点,即使不当演员也行。我已经变成了某种东西。我成功了。我长出了这么多肌肉。"

他卷起了毛衣的袖子。透过毛线的织眼能窥见他的肌肉疙瘩。夏雄没有忘记做出一副大吃一惊的样子。

两个人来到了车站的晚报销售亭。今天似乎又在某个地方发生了杀人事件和抢劫事件。收买来两三份晚报,与夏雄分手后,踅回了"洋槐"。

几天后,夏雄又收到了中桥房江的来信。里面的信笺上简洁地写道:

"我深知您想与我紧急会面。四月五日,星期二下午三时,我在赤坂离宫的门前恭候您。我戴着春天的黑边手套,身穿和服,想必您当即就能辨认出我来吧。"

夏雄想马上就把信撕掉,可在身上揣了一整天,最后在睡觉前才把信撕碎后扔掉了。而一到五号这一天,他早已忘了这件事。

七号,这一次是来了封快件。大致内容相同,对夏雄五号没有赴约一事加以责难后,进而写道:八号下午三时,在英国大使馆前的千鸟渊公园等候夏雄。夏雄尽管没有去,但这次是故意没去的,所以反倒一整天牵肠挂肚。

第三封信的抵达是在那以后过了些时日的二十号。指定的场所是滨松町车站附近的芝离宫恩赐公园,而指定的二十四号恰逢傍晚去观看峻吉拳击比赛的日子。夏雄打算去那个公园搜集点绘画素材,然后再去观看拳击比赛。

他如今绝对没有处于那种亟需他人的心境中。父母兄姊温暖的呵护使家庭成了一个惬意舒适的居所,而生活与行动又完全自由,并没有受到家庭的束缚。

夏雄只是带着要把引起不快的事情抛在一边的心理,拿着写生簿上了车。八重樱盛开的枝头沉甸甸地从夏雄家的墙垣上伸了出来。恰逢区议会议员的选举日临近,载着扩音器的选举活动家的机动三轮车常常停在院墙前面,发出喧闹的声音。夏雄把车开出车库时,果然从那辆用写有候选人姓名的旗帜包裹起来的机动三轮车上传来了毫不客气的吆喝声:

"退后!退后!再退后一点!退到那棵樱花树下面去!"

夏雄一想到要把自己在工作时的那种忘我的神情暴露在众人面前,就会害臊不已,可这些忘我的人们却大张旗鼓地展示着他们忘我的神态。夏雄不明白他们的动机何在。即使社会庞大的无意义沉重地压在这个青年的心上时,那种无意义也与他的心一样,是透明的。这并不是一个混沌的谜。

他避开机动三轮车,拐了个大弯,把车驶到了宽阔的大道上。

宇宙之事也罢,人类之事也罢,就宛若这辆汽车的机械一般,被全盘操纵在手中,似乎毫无秘密可言,可是,箱根的那些小画家们的谈话,还有身为朝鲜人的肌肉主义者的谩骂,却使他对自己受到伤害的心灵一筹莫展。每次当他自以为已经痊愈和忘却时,倏然间它又变得疼痛难忍了。环绕着自己的外界尽管其透明度一如既往，但却总是不能打消他怀疑的念头。而不久前，他还一直把自己的敏锐当作可以向所有人炫耀夸示的强大呐。

——车抵达了芝离宫公园。古老而肮脏的大门旁立着"禁止车辆驶入"的桩子。一看就知道这是一个闲散幽静的公园。

在入口处，一个身穿制服的五十岁上下的门卫正木然地吸着烟。因为和他的目光不期而遇，竟使夏雄觉得自己就像是出于某个并不光明正大的理由而来到这儿的。在这种心理的作用下，夏雄问了一句不关痛痒的话：

"这个公园，能通到海那边吗？"

"不能。"门卫冷淡地回答道。他看了看夏雄抱着的写生簿，问道：

"是画家吗？"

"是的。"

"即使画家也一样，对不起，这儿不能通到海那边。因为有围墙呐。"

门卫似乎是打算开个玩笑似的说了这些话。夏雄道过谢后走开了，他发现了自己刚才无意中提出那个问题的理由：一进入古老而肮脏的大门后，空气中便漂漾着大海的气息，而且是春意阑珊时节那种多少有些黏稠的、浓郁的大海的气息。

信上写道，在水池旁藤架下的长椅上等候。的确有一个水池，水池构成了公园的中心。果然有藤架。藤萝盛开的花串儿沉甸甸的。

只有小孩和流浪汉。偶尔有两个人结伴而来，但也并非什么衣着讲究的男女。

夏雄坐在长椅上，把写生簿摊开在膝盖上。另一张长椅上只有一个像是在构思俳句似的翻开着笔记本、两眼望着天空的老人。

大海在假山的对面。右面能看见黑色吊车的顶端和轮船的黑烟，左面能看见竹芝栈桥的冻库的屋顶。

夏雄静静地等待着。四处奔跑着嬉戏玩耍的孩子们面对起伏不平的地形所发出的惊讶叫喊声，在这时突然中断了。于是，蜜蜂围着藤萝的花穗翩翩起舞的振翅声又开始变得刺耳起来。

水池中央的小岛上闪闪发光的松树蓦然间黯然失色了。原来乌云遮住了太阳。

而远方大海的气息却笼罩了整个公园，近旁汽笛嘎哑的鸣响撕裂了这和丽的风景。汽笛消失以后，是更加明朗的空虚占领了静谧的小岛、水池岸边的泊船处、巨大的石头灯笼等等所有的东西。

夏雄发现，靠海的庭院是如此缺乏安详，以致庭院的每一个角落都蔓延着不安与期待。光与影慌乱而匆忙地交替着；风与云一起逐渐加剧，藤萝的花串儿发出人造花一般粗杂的声响。

夏雄感到自己并没有逐渐沉没于风景中，而是一直被风景拒绝着。这种心境不可能诞生绘画。他感到自己没有沉浸在身心陶醉的那种感觉的喜悦之中，而是被静止不动的时间牢牢束缚住全身，以至于精神和感官都被冻结了。他猜想，这便是所谓的"等待"。

在这种被他人的存在所左右的时间里，既没有色彩，也没有构图。世界以怪诞的海蜇般的姿势浮游着。这使夏雄想起了箱根的早春那种难以言喻的无秩序的色彩。

美丽的外界所给予他的那种节日般的幻影消失了。从不伤害他、而只是在他呼唤的地方显现出纯洁无垢的姿态的那种晴朗的外界崩溃了。相反，如今世界成了镶嵌在他牙齿上的异物。

中桥房江没有出现。时间已过了三十多分钟。公园里新近出现的人影中也没有像是中桥房江的人。随着风儿，挟带着微热的那种湿润的潮香开始沉淀了下来，弥漫在周围这一带。

小小的太阳在发黑的云朵中燃烧着。"那是一种敌意！"——夏雄涌起了一种从未有过的感想。但是，并不是因为自己舍弃了世界而处于孤立之中，而是自己被世界疏远了——这种新鲜的感觉犹如疼痛的涂敷剂一样，以一种痛切的快意浸入了心脾。"或许我的脸非常丑陋。"他蓦地思忖道，"是牧师、神职人员光亮的脸上所呈现的那种温和而讨厌的丑陋，我是一个打一开始便是老头子的可怜男人。"

夏雄站起身，回到了大门处。突然刮起的剧烈狂风推操着他的后背，把这一带的纸屑吹得漫天飞舞。天空顷刻间黑了下来，雨就要来临了。他弯曲着疲惫积淤的膝盖，向自己的汽车跑去。

因为要在上午十点前测量体重，所以，那天峻吉出门的时间正好赶上是母亲去百货店上班的时间。峻吉似乎对此不大情愿。所以，母亲做好上班迟到一点的精神准备，决定留在家中用火镰给峻吉的后背打上火花①后送他出门。

早晨一起床，峻吉就匆匆地到附近一家颇有交情的澡堂去，用那儿的秤称了称体重，结果有十四贯八百多。大约合123磅，刚好可以列入126磅以下的次轻量级。虽然以前就觉得不用减轻体重，但这一称才算是彻底放了心。

---

① 日本的习俗之一，以祓除不祥。

这是一个明媚晴朗的早晨，峻吉跳进宠爱他的澡堂老板一大早为他烧好的浴池中，洗完澡，趿着吱吱作响的木屐，回到了自己家里。肥胖的母亲正在跪拜佛龛。

　　她至今仍旧讨厌拳击，她祈祷的与其说是儿子的胜利，不如说是儿子的平安。峻吉也深知这一点。往上梳理着的头发露出了她的脖颈，蜷曲的褐红色余发在那儿形成了漩涡。说不出的肮脏、强悍，宛如动物一般。母亲的祈祷姿势，即使光暴露出那个部位，也足以引起儿子的厌恶。

　　尽管如此，因为母亲是一个十足的乐天派，所以她总是用乐天派式的那种小题大做的率直来夸大自己的担心。即使峻吉试图加以说明解释，她也照样对自己的无知充满了自信，这是她一个明显的长处。她不像知识阶层的母亲那样沉湎于不被儿子所理解的悲叹之中。

　　峻吉就要出门时，母亲在他背上用火镰打上了火花。他看见那一瞬间微弱的火花越过他的肩头飞逝而去，不禁想道："我要头也不回地走出家门。我要把自己的脊背就这样留在身后，径自走出去。"离开母亲所代表的一切，向着外面晴好灿烂的朝霞，出发到无限遥远的地方——这种喜悦是任何东西都无法取代的。但这并不意味着他对母子俩的家庭感到了什么难以忍受的厌恶。

　　街道上的朝阳照射在峻吉的脸上，向他展示出爽快的力量。商店街的开店人、自行车的修理匠、邮件的发送人、面孔熟识的人所发出的"早晨好"的问候，从鱼类批发市场和青菜水果市场刚刚运来的鲜鱼的光泽，早晨蔬菜的鲜嫩……离这些日常生活的罗网无限遥远的东西此刻正等待着他。峻吉感到自己比并肩赶往车站的职员人群远远地高出了一头。"政治上的暗杀者肯定便是在早晨怀着如此美妙的心情离开家门的吧。"

三个星期的禁欲在这些天中反而形成了他平静的根源。第二周是最难熬的，所有的焦躁、不安似乎都是为了获得这种平静。在开始禁欲前的那天晚上，给他当陪练的松方用毛巾轻轻叩打着峻吉的肩膀说道：

"喂，快打一个刺拳过来！从明天起得暂缓三周呐。"

峻吉照他所说的去做了。

——在车站等电车时，峻吉为谁都不认识他的面孔而感到微微有些惊诧。他的面孔的大幅照片早已上过体育报纸。那还是在签字仪式上会见记者时的照片。还有在拳击场上向观众所做的声势盛大的介绍，并同时刊登了比赛的预告……

"耐力没问题吧？"

在这两三周里，峻吉一共进行了四十个回合的练习，其中包括为了让习惯于三个回合赛的业余选手对六个回合赛抱有信心而特别由松方陪练的六个回合的拳击练习。这六个回合的练习都是一次性的，所以对自己的耐力仍然有点放心不下。

"这是在转为职业选手时每个人都难免的不安。谁都会忧心忡忡，但不知不觉却又把它忘在了脑后。我有一种对不必要的事情不予考虑的能力。"

电车拥挤不堪，一个中年职员从网架上取下皮包时，差点让皮包的棱角戳了峻吉的眼睛。他马上用护卫眼睛的胳膊肘推开了那个职员。中年男人那半带摇晃的身体被下车的人流支撑着走到了车外。

对临近比赛的这个宝贵的身体大为不敬的破旧皮包，使峻吉非常不满。尽管放在网架上时，那皮包的棱角早已擦破，或许只是因一堆无聊透顶的调查文件而不自然地鼓胀着，被遗弃在了那里，看起来就像是早已过时的社会的漂流物一样，可是……

"我是孑然一身。"在测量体重顺利结束后，眺望着沾满灰尘的八角金盘树的树叶时，他突然这样想道。他感到了一种勇气。

傍晚，踏入比赛场地时，等候在门口的川又那张情绪亢奋的脸——又像是正在发怒似的脸，首先映入了峻吉的眼帘。这一点决定了峻吉的心情。无疑这是一个好兆头。川又沉默着，轻轻拍打着峻吉的后背，然后跟着他一起来到了休息室。

镜子家的那帮人出现在赛场，是在六点半。他们六点会合后便马上赶来了。男人们、光子和民子都曾观看过峻吉业余时代的比赛，惟有镜子今天是第一次观看拳击比赛。镜子担心自己看到鲜血会不会昏厥，清一郎告诉她，只要从开场后的第一场四个回合赛开始依次看下去，肯定会习惯的。并且商定由清一郎一直坐在镜子旁边，担当解说员的角色。

回想起来，镜子与清一郎没有见面已有很长时间了。但是，一旦重逢开始聊起天来，就会感到像是两三天前才刚刚见过面似的。

"你举行婚礼时，我一直从家里凝目眺望着那片森林呐。你不知道吧？"一看见清一郎的脸，镜子就说道。

"我知道的。"清一郎说道。于是两个人便达成了相互的谅解。

收来了，夏雄也来了。光子和民子稍稍晚了点才来。清一郎为了镜子向大家建议道，先看四个回合赛好好学习一下，然后再看峻吉的比赛。于是，大伙儿会合后，立刻赶往赛场，甚至无暇慢慢叙谈。反正比赛结束后，大家再加上峻吉，可以在静下来的时候再细细畅谈。

镜子依旧是一身雅致的装束，甚至不顾下雨，戴着一顶很大的帽子，所以清一郎威胁她道，戴那种东西，不仅妨碍观看比赛，而且还有可能被性情粗暴的观众掸落在地。于是镜子为帽子无处搁置而十分为难，因它不像雨伞那样是折叠式的而后悔。

在汽车里，大家向清一郎打听有关峻吉今晚的敌手的情况。他曾经是一个相当有名的选手，可对这帮人来说，有名也罢，无名也罢，都无非是一个陌生的名字。

曾经身为自由拳俱乐部台柱的南猛男荣获过全日本次轻量级的冠军，但如今却落到了排行第九，还有传闻说他即将引退。为了推出新人而安排与这种过去的有名选手演对手戏，是职业拳坛的惯用手法。

"那么，阿峻肯定能获胜啰。"镜子说道。

"估计差不离儿，不过，南毕竟不是一个完全衰退了的选手，虽说缺乏速度，但耐力很好，出拳力量也很大。只是技术上比较单一，所以对于业余选手出身的拳击手来说，只要能避免遭到他的击打，倒还算是一个比较容易对付的敌手。身体也说不上强壮，再则年龄也相差了八岁。"

——赛场位于S区公会堂一幢古老而阴森的建筑中。从躲避风雨而麇集在黑暗的入口处的人群中，几个粗鄙下流的年轻人朝着下了车的这一行人冲了过来，对着镜子嚷嚷道："有票哟。""有富余的票卖给我。""有好座儿呐，王妃殿下。"

镜子通过入口处时，虽说有清一郎的护卫，但看见那么多检票员形成的人墙不禁有些发怵。他们是发起今晚这场比赛的年轻人，全都身着盛装,并做好了以防万一的准备,严密看管着那些厚颜无耻的混票者。

镜子一半是恐惧,一半是兴奋。对无赖们的装模作样一无所知的镜子,竟然把他们那目光尖锐的可怕面孔归咎为他们的毫不做作。

"净是些可怕的坏人。"镜子在清一郎的耳边嗫嚅道。

"嘘,可不要说那种话哟。"

镜子感到这些年轻"坏人"吐出的滚烫气息正好是从无秩序的废墟时代流传下来的东西。在那个时代,代表了那个时代特有的力量和前途一片黑暗的生命力所呈现的那种黯淡色彩的人,无疑正好是他们。镜子走进这与普通的剧场气氛迥然相异的、充满着吆喝声的、烟雾与灯光交织出花纹和色彩的赛场时,尽管是初次涉猎的空间,却涌起了一种似曾相识的亲近感。

峻吉顺着通道反方向走了过来,展开大手迎候大家。他还整齐地穿着衣服。他把六个人带到了赛场第二排的座位上。

"过一会儿到不到休息室来?如果是在我出场比赛前两场的四个回合赛的间隙里……"

他想让俱乐部的伙伴们见识见识这些华贵的女性拳击迷。

"比赛后把时间空出来哟。"镜子说道。

峻吉又开了两三句玩笑后就离开了。这种应酬的恰到好处正表现出他平静的心境。

"我很平静,"在场内喧嚣的间歇里,峻吉想道。有必要对这种平静加以注释。

在他的比赛开始前,有四场四个回合赛垫场,因此还有一小时的时间。回到休息室，一边听着时刻在报道赛况的广播声，一边对这无边无际的时间的漫长感到难捱无比。从早晨的测量体重到现在，等候的时间显得无限地漫长。但是，随着比赛的迫近，时间增加了浓度和密度，化作了像黑糊糊的苦涩的液体一般难以下咽的东西。

为了打发这样的时光，最好是思考点什么吧。但是，不思考既是他的信条，又是他在经过陶冶之后已近乎于天赐的特质。

忠实于自我，这并不意味着形成性格。"倘若我进行了思考，我将不再是自己，而且支撑着我自己的细线也就会彻底断裂吧。"……只有为应付这种自我崩溃的危险而出现的紧张才真正配得上性格的名分。所以，峻吉是具有性格的。

平常用作讲演者休息室的这个地方，其中的一个角落比别的地方高出了一级，上面铺着榻榻米。敌手的休息室则在另一个地方。地面上杂乱地摆放着折叠式椅子，其中的一把椅子上坐着刚才在四个回合赛中输掉了的年轻人。他正听凭别人给他治疗眼睑上的伤口。

峻吉一直不去想有关敌手南猛男的事情。当然，对敌手的弱点、战术他早已研究个透，但是，根据他多场业余选手比赛的经验，他深知打一开始便被对手的弱点牵着鼻子走的危险。

峻吉走上榻榻米，逐一脱掉身上的衣服挂在墙上。

身为首席助手的松方穿着背后印有"8DAI BOXING CLUB①"字样的运动衫，走上来说道：

"喂，缠绷带前，我来给你贴橡皮膏。"

这可是业余比赛中所没有的习惯。

---

① 即八代拳击俱乐部。

花冈和川又一边和八代会长说着话，一边走进了房间。峻吉站起身，听他们一一过来激励自己。其中花冈的话最长最臭，而川又只是在一刹那间往空中划出左钩拳的形状，说了句"用这个打他"，然后又对着把手拄在上框柱上的峻吉说道：

　　"那样做可不行哟。你明白吧。"

　　依旧是那种表达很简洁的忠告。峻吉早已习惯于这种以心传心的方式，于是马上抽回了手。川又禁止选手在比赛前做出任何给手臂增加压力的姿势。

　　在一旁听着的花冈显得兴奋、幸福和不安，片刻也没有让眼睛离开峻吉的身体。他反复地观察着在电灯下映照出的峻吉肩膀上的肌肉，一边自言自语道：

　　"哼，多好的光泽啊。"

　　他还不断地搭话道：

　　"深井肯定是稳操胜券了。可以说胜负已经决出。"

　　八代会长明显地流露出厌恶的神色。他非常秀丽的眼睛和鼻子带给人一种不祥的阴暗感，脸上浮现着不同寻常的浅笑，重复着同一句回答：

　　"说来也是。因为这家伙多壮实呀。但也万万不可麻痹大意。对方也不是等闲之辈呐。"

　　——峻吉一副登上拳击台的装束从榻榻米上下到了地面来。一些西装革履的男人围在他的四周，就像是要从这个青年裸露的身体中嗅出各种各样的预想一样。松方把打开的手掌朝向峻吉，让他往自己这边打了个左直拳。

　　他厚实的手掌接住了峻吉的直拳，在空中颤动着，发出了明快而富有弹性的响声。

"左往下吗?"

"不,就照刚才那样再来一次。"

花冈大声地加了一句多余的解释:

"击拳后稍往下滑的毛病已经改掉了。"

川又的自矜受到了伤害,于是缄口不语了。峻吉本来就没有那种毛病,是八代拳制造了那种毛病,然后又让他来改掉那种毛病。

这时,镜子一行来到了休息室。休息室里的人全都目瞪口呆了。一个年轻的助手还吹起了口哨,结果被会长狠狠地瞪了一眼。

绝不会在意自己是否不合时宜的镜子从残留着鼻血痕迹的椅子中间向峻吉走了过去,用戴着花边手套的手与手缠绷带的峻吉握了握手。然后像是对马上就要接受外科手术的病人一样说道:

"坚强些,别紧张。"

看到勇敢时那种母性的直率让镜子的眼中划过了一道悲哀的神色。周围的男人们看起来是那么残酷,以致她忘记了给人打气加油时的常规。峻吉对她的这种心情十分了解,所以嗅了嗅自己缠着绷带的手,说道:

"人们会说今天的拳击散发着一股香水味吧。"

"瞧,你已经受伤了。"

镜子这才注意到他手上的绷带,高声地说道,惹得休息室的人们哄堂大笑。

不仅在服装上,就连在感情上,镜子也并不害怕自己不合时宜。在这种大煞风景的、徒然明亮的房间中,她尽情地吮吸着抒情的空气。

这儿漂漾着一种如突然从沉睡中被唤醒后整装待发的人们那种拂晓前的黑暗一般的氛围。匆忙的裸体旅装。出发去行动的人,犹如到遥远的国度去旅行一样,不得不向留下的人们毅然告别。无论如何,峻吉这就要启程奔向那拳击台上眩目的灯光了,就宛若去沐浴赤道上的太阳光一般。而在那一段时间里,他不属于我们这个国度的居民。

清一郎小声地提出了一个专业性的问题:

"有没有办法先连续猛攻几拳,然后再打一个左钩拳?"

峻吉沉默着,轻松自若地笑了。

光子、民子的问候语简慢而明快,而收和夏雄的激励之辞则朴实无华。在这热热闹闹的一行人离去以后,只有休息室里灯泡的明亮依旧阴郁地留在了原处。

"你倒真有两下子呀。"会长戏谑地说道。但他是一个不愿为了一个乖巧的戏谑而花费力气的人。

松万推测镜子是一个女电影演员或者女招待,所以,即使峻吉告诉他这是一个正经人家的妇人时,他怎么也不肯相信:

"别糊弄人!我也是见识过女人的。"

只有花冈一个人阴沉着面孔,他觉得这种愚蠢而浮华的赛前看望是一种不祥的凶兆。他没有发现自己的那种不明缘由的厌恶感其实是一种嫉妒。

"第五场比赛为六个回合赛。"

当场内的扩音器这样广播时,竣吉披着新做的纯白色长袍,把鞋底放进拳击台下面的白色松脂粉箱中蹭上松脂粉。与眼睛齐高的地方便是拳击台。只见正方形的拳击台被笼罩在一片庄严的光雾之中。

松脂粉在鞋底吱吱作响，身边的观众与业余比赛的看客截然不同，是一帮真正意义上的观众，是一帮仅仅为了忘记自我而来到这儿的家伙。他们对惨剧的渴望。不过，峻吉无论是在击拳时还是被击拳时，也无论是在流血时，还是让对方流血时，都不曾知道什么是所谓"惨剧"。

面对火灾现场的观众，他自身就是火灾，一场被冷静地计算过的精密的火灾，这种角色常常超越他自身的存在。在自己成为火灾的瞬间，他的存在便化作了一个事件。而观众们期待的也正好是这一瞬间。

"红角……"当响起主持人的声音时，峻吉被首席助手松方拍打着肩头，登上了拳击台。

"红角——体重123.5磅、八代拳俱乐部、深井峻吉。"

他在被介绍之时走到了赛台中央，向四面八方点头致意。他对这种首次表演的乖巧动作感到很难适应。响起了一阵暴风雨般的掌声和加油声。他回到红角，感到自己的身体被裹挟在赛台的光环中。这是一种要将整个身体溶化掉的光环。

从蓝角那面的黑暗中，穿着深蓝色长袍的南猛男登上了拳击台的光环中。南那双细缝似的小眼睛从瞳仁深处天真无邪地闪射着光芒，但额头、脸颊、鼻子、下颏却在长年的拳击生活中被打得扁平，失去了棱角，给人一种力量被郁积起来了的印象。而且肤色黧黑，毛发深浓。

"蓝角——体重124磅、自由拳俱乐部、南猛男……裁判员——山口顺三郎。"

打着领结的裁判员在呼叫着他们俩。两个人脱下长袍，向观众展示出峻吉的红色短裤和南的黑色短裤上那飘动的人造丝的光泽。

"刚才当司仪报出南的名字,而南向四周点头致意时,我看见了观众的脸,显然我是冷静的。"……这种感想在他的头顶上像流星般高高地倏然飞逝,裁判员分开了两个人,铃声响了。于是,在峻吉眼里,以前一直井然有序的世界蓦然崩溃了,化作了鲜红的混浊物体。

峻吉此刻被包围在一个又大又聋的空荡荡的世界中。在那儿他真的是孑然一身,但却能看见对手。在齐眼睛高的地方,能看见一张高矮与自己相差无几的人的脸。但对方却处于一个无论怎么呼唤也不会回答的遥远地带,似乎只有皮肉和晃动的拳头近在身旁,近得不时从嘴巴里露出跳跃的舌头。

对方一点一点地使出了刺拳,所以峻吉也如法炮制。"干吗要在对方使出了刺拳以后我才那么做呢?必须先发制人才行。"他想。

他的脚步平滑地移动着。右脚轻松地跟随着一步步向左迈进的左脚。

周围安静得可怕,让人觉得如果就这样下去,一切便都会停顿中止似的。南又开始了连续猛攻,发出一阵衣服摩擦般的呼吸声。

峻吉通过眼前对手的肉体,向着非常迢遥的、宛若星辰般的对手的存在,一边穿越着近于无限的距离,一边奋勇前进。左手的直拳落在了对手的眉间。正当他想着那是一记强有力的拳击时,顷刻间自己的右颧颥却遭到了对方的猛打。而就在这遭到猛打的瞬间,他又走了一个横步,情不自禁地扭动腰部,将早已准备好的左钩拳打向敌手。钩拳准确无误地落在了对方的胸窝上。

被击中的南条件反射似的想还击左钩拳,却扑了个空。这时,峻吉像是看穿了对方的一个重大秘密似的，观察着扑空的南在空中打着趔趄的狼狈相。

那模样看起来恰似把摇摇晃晃的纸人张贴在了黑色的台纸上。力量一旦放空，失去重心的四肢陡然间像被射中的鸟翼一样变得松软无力，只是睁着一双纯洁可怜的眼睛，脸上的表情一片空白。

这是发生在一个短暂的刹那间的事情。南马上调整了姿势，而观察着对方的峻吉也立刻收回了自己的眼睛和耳朵。那崩溃了的混浊世界从看见上述情景的瞬间开始，又重新聚合成明快的结晶。峻吉第一次发现，自己并非处于一个无人的世界中。

拳击台被观众团团包围住，在它的周围延展着更加庞大的社会。一直到带着阶梯层层加深、色彩越来越浓的夜的尽头，都有无数的人的面孔在闪烁晃动，而君临于那中心的光雾中的人正好是峻吉。这儿无疑就是中心。此刻正在这里发生的事情，可以说是渗透到黑夜深处的力量与精神的源泉。所以，在这儿，赤裸的肉体上因被击打而发红的皮肤和无数的汗水，已被光芒照射得熠熠闪亮。

观众们大声喊叫道：

"南，刺拳！刺拳！"

"深井，连续出拳！连续出拳！轻点，轻点！"

"深井，打中了！"

"对！对！过去！瞧，打呀！"

"喂，先跟过去！"

"不要摇晃！先跟过去！快！"

"多来几拳！"

"对，刺拳！刺拳！"

峻吉明白自己的位置。他睁开了眼睛。这是一个令人吃惊地热闹、喧嚣、动荡，并且拥有着简单构造的世界。

他出拳，向前迈进，出拳，又被对方打中。当两个人将刺拳相互打向对方的脸部时，铃声响了。

三个助手拿着小椅子、铁桶、装有漱口水的瓶子，跑上了红角，迎候峻吉。

首席助手松方一边松开峻吉短裤的裤带，让他做深呼吸，一边把嘴巴凑近他的耳畔，说道：

"就这样打下去！刚才你击打上腹部很奏效。总之要打深一些，瞄准他的身体，给他个好瞧的！"

这一忠告带给了峻吉相当大的勇气。他看见了围绳清晰地区划出黑暗空间的那种白色。围绳还残留着第一回合激战后的余波，微微地颤动着。那是一道不停地自然颤动着的白色的敏感国界。从即将达到百场的业余比赛的经验中峻吉知道：在战斗最酣时，倘若围绳和拳击台的地面在自己眼里已经倾斜的话，那么说明自己正处于劣势中。可今天他还一次也不曾看见它们倾斜过。

场内的广播正在播送追加鼓励奖的消息：

"向深井选手赠送鼓励奖的有浅井的木津商会、中野的林健治郎、信浓町的友永镜子……"

当峻吉侧耳倾听镜子的名字时，与"下面是第二回合、第二回合"的声音一起，又响起了铃声。

——第二回合。

"打深点！"松方的这句话生动地浮现在峻吉的脑海里。他的眼前看见了长着稀疏胸毛的南的黝黑胸膛。必须深深地击入那个胸脯中。南的胸脯在两只拳头的护卫下，左右晃荡着。

在这近在咫尺的胸脯肌肉中，在立刻被汗水打湿的滚烫的胸脯肌肉的那一边，敌人的存在远远地、远远地宛若星辰般闪烁发亮。星星便是目标。必须抵达那里。因此，必须击破眼前的肌肉，击破这用钝重的声音一边回应着打击，一边不断挡住去路的肌肉。被神经质地微妙保护着，一面发射出闪电般的拳头，一面渐渐变得汗流浃背、血迹斑斑的敌人的肉体。那汗津津的肌肉所发出的严峻的光芒，周围恍若来世的那种刺眼眩目。笼罩着拳击台的喧嚣之夜。那鼎沸的人声。还有在深夜遥远的地方兀自闪亮的敌人的星辰……这便是拳击手的宇宙。

峻吉接二连三向对方的脸上打出左钩拳、右直拳、左钩拳。他想以此来打乱对方的架势，并伺机攻击他的身体。果然，红色粉末似的东西飞撒在峻吉的眼前。南的眼睑受伤了。

鲜血静静滴落的速度、它无法遏止的缓慢的流淌，与拳击剧烈运动的速度之间形成了一种悲剧性的对照。鲜血那一直不停地滴淌，在这貌似神速的对搏中见缝插针，传达着人的肉体正在衰退的准确节奏。

南眼睑上的鲜血悄无声息地从眼角流向脸颊。在峻吉的再次打击下，鲜血很快向周围飞溅开来，在脸上画出血淋淋的线条，随即又马上像树液一般顺着刚才的路径流淌下来。

这时，峻吉没能躲开，鼻梁上吃了南的一记直拳。他感到了一种巨大的冲击力，鼻子的软骨就仿佛塌陷进了脸里面一样，被打出了一个又大又暗的凹面。他扑向对方，一把扭揪住对方。他的身边传来了南急促的呼吸声。峻吉在霎时间的歇息中迅速清醒过来。裁

232

判拍拍手，作为分开扭揪着的双方的信号。那灰色裤子的闪光掠过了视野的一角。

扭揪有一种不可思议的作用。那之后，峻吉感到，既不是敌意也不是仇恨，而是天生的鲁莽和快活在自己的体内复苏了。身体滚烫发热。他的快活就像是一只锁禁很久后才被解开锁链的小狗一般伛曲着身子蹦跳出来。

南算错了射程，打过来一个过于偏远的钩拳，以致他展开着的手肘的角度露出了一刹那的缝隙。

这一缝隙峻吉并不是看见的。这种缝隙就像突然扔上天空的一张扑克牌，狙击者并不是用眼睛来看见它的。

峻吉的左直拳穿过这一缝隙，径直打到南的下颏，而左钩拳也打入了他的腹部。南打了个趔趄。峻吉利用左右的连续钩拳紧逼着对方，只觉得对方的腹部在他的拳头面前就像是突然间大大敞开了沉重的门扉。敌人后退了，但并没有溃败。在敌人的背后，那胆怯的两条白色围绳正向着这边移动过来。峻吉听见沸腾了的兴奋叫声犹如放鸽一般从对面发放而来。

被逼到围绳边的南开始了扭揪。峻吉觉得很讨厌。这一停滞的时间被观众的呐喊声掩埋得严严实实。裁判员像是揪下果实一样，把两个因汗水和鲜血而发光闪亮的肩头强行分开了。

被分开了的南眼角流着血，为了争取时间，紧紧地护住身体，但同时又打出了一个相当准确的刺拳。明显地他在等待着铃声响起。

峻吉再次扑向南的胸脯。峻吉感到对方只进行了两三次轻微的抵挡。这时，敌人的身体一下子从峻吉的拳头尖悄无声息地倒了下去，消失了。

"把他打倒了!"峻吉倚靠着围绳,剧烈地呼吸着,注视着在眼前倒下的穿着黑色短裤的身体。

"一、二、三、四……"

裁判大肆挥动手臂数数。

"他起不来就好了。"峻吉在心里祈求道。他深知看见倒下的敌手又重新站起来时的那种令人扫兴的失望和疲劳的感觉。他舔了舔带着咸味的嘴唇,这才发现自己正流着鼻血。

"……六、七、八……"

南那细小而天真的眼睛睁开了,仿佛像是落在地面上熠熠闪光的黑色碎石子一样。"已经胜利在望了!"峻吉暗自想道。南抬起上半身,低俯着头。"我胜利了!"……这感觉总是那么新鲜,那么美妙。

"十!"裁判员大声叫着,走过来举起了峻吉的手臂。只见他的蝴蝶结有点歪斜了。

大家商定,如果峻吉获胜,就举行庆功会,如果峻吉输了,就举行遗憾会。为此,镜子家准备了各种各样的美味佳肴,并安排真砂子早早地入睡了。天气预报说风速将达五十米,所以留守家中的女佣很是担忧。面朝客厅阳台的一扇法国式窗户在风中响个不停,当雨点不时迎面打来时,只见黑色的雨滴从合页的缝隙中流到了室内柱子的背后。

镜子临走时吩咐过,把旁边的日本馆收拾停当以备客人们留宿。应该说这是一种罕见的厚遇,是考虑到风雨无限制地加剧时所采取的措施。

九点刚过,一行七人分乘夏雄的车子和镜子租借的包车,抵达了东信浓町的镜子家。胜利的亢奋再加上风雨的猛烈,使大家的脸颊都一

234

阵阵发热，眼睛湿润，心绪不宁。大家围着峻吉，一齐涌向客厅，急于想早点举起庆功杯。但峻吉一个人顽固地坚守着只喝橘子汁的习惯。

比赛胜利后，峻吉通常没有丝毫的疲劳感。毋宁说被拳头打击过的头部还处于充血发热的状态中，疼痛得就像是神经在嘎吱作响。但这却是一种爽快的头痛。

面对递过来的祝贺之杯，峻吉向镜子的鼓励奖道了谢。大家对他竟然一字不漏地听清了赛场广播的镇静自若十分惊佩。清一郎毫不客气地问起了今天比赛的报酬。听说是一万日元，清一郎说道，这倒不失为一个公正的价格。可奢侈的女人们却怎么也不肯接受这个价格。她们暗暗在心中比较着，假如自己沦落到出卖肉体的地步，一夜之间所能赚到的金额。

于是，立刻看穿了她们心思的清一郎恶作剧地说道：

"这是你们经济上的偏见。一万日元有什么不够的？男人们流淌的鲜血过去只凭一分五厘的明信片便能买到，从传统上讲，本来就比女人一夜的身体要廉价得多。无论什么样的贵妇人，只要一听说男人所能标出的价钱，就会马上与自己出卖身体的价钱相比较，说什么昂贵呀便宜呀，因为除此之外，女人再也没有什么固有的价值。"

"你呀，总是胡思乱想，"被击中要害的光子有些愠怒地说道，"我可不记得自己在那种意义上说过什么。"

"但是，因为没有别的价值标准，所以，那不也是无可奈何的吗？男人们靠流血挣钱，而女人们靠出卖肉体赢得生活的本钱。两者都不愧为出色的工作，值得人尊敬的工作。阿峻不会因这种比较而生气吧？"

峻吉微笑着摇摇头。他在拳击中所看到的仅仅是直截了当的行动原理，而并非什么价值标准，所以他不在乎任何比喻。

风雨叩打着被窗幔遮掩着的法国式窗户的玻璃,其中一边的窗户神经质地响个不停。但这响声与民子正在播放的原版进口的艾迪·康顿的迪克西兰爵士乐的噪音混杂在一起,已经分不清彼此了。

"喂,跳舞吧。还不如一起跳舞吧。"最讨厌争论不休的民子说道。但谁也没有回答。夏雄觉得她怪可怜的,于是站起身充当她的舞伴。但跳了一两曲之后,却没有谁跟着跳起来,所以又只好扫兴地回到了座位上。

大家都畅快地喝着,尽情地吃着。只有平常食欲旺盛的峻吉因为没有尝到过需要减轻体重的那种空腹的苦头,再加上首场职业比赛后的亢奋,嘴里只叼着几块烤面包片,一个劲儿地把橘子汁喝了一杯又一杯。

清一郎又重提刚才的争论,说道:

"……说起拳击选手的报酬的来源,不外乎是由拳击老板酌量赏赐的。而那些拳击老板又是从尽管渴求着力量、自己却又每天过着卑屈生活的可怜观众那儿搜刮到钱财后揣进自己囊中的。在这一点上,娼妓也颇有相似之处。拳击选手和娼妓相同,都以一种纯粹的心情来谋求生存,可彼此之间却只能隔着被贪婪的老板所铺设的网遥遥相望。纯粹的男人和纯粹的女人,为了成为男人中的男人而生存的男人,和为了成为女人中的女人而生存的女人,只能通过网上的网眼遥遥相对,这不是很不合理吗?

"不过,在这儿,至少在镜子家中,既没有那样的网,也没有网上的网眼。并且,此刻在这儿,有一个年轻而纯粹的拳击选手,因此,也就应该允许有一个纯粹的娼妓。"

听到这句话,女人们不由得面面相觑。清一郎却满不在乎。尽管他穿着一身淡雅的西服和领带，伪装成那种在早晨的丸之内一带随处可见的青年的模样，但此刻在他脑海里漫延膨胀着的醉意，却与那些职员们在夜晚的应酬中常有的阴恳乏味的酩酊大醉相去甚远。

桌子上，漂亮的黑紫色七宝①花瓶里插着几枝开满花朵的八重樱。唱片已经放完了。大家保持着的沉默，宽宥了那些沿着坚硬的褶襞蜂拥而至并摇撼着窗棂的风雨声。夏雄思忖道：现在仍然完好地保留着花瓣的，就只有这室内的樱花了，而信浓町附近迟开的樱花树，还有自己家墙垣外的那些樱花树，在今夜一夜之间便会花落满地吧。于是，这毫不动摇地保有着花瓣，郑重其事地折叠起灯影，骄傲地盛开着的桌子上的樱花，便更让人觉得带着一种妖冶的气氛了。

"你将怎样使用这一万日元？"清一郎趁着酒兴，问了一个让峻吉为难的问题。但他那故意逞强的语调中，听起来仿佛又隐含着对后辈的某种情意，"哎，你拿来干什么呀？又不喝酒，反正是用在女人身上罢了。你是不会交给你母亲的。"

峻吉想起了今天早晨在他的后背上用火镰打上火花的母亲，那一切依旧属于留在他身后的一个遥远而狭小的世界。

"尽管你那么说，我却没有一个可以把钱交给她的女人呐。"峻吉冷冷地回答道。

夏雄在旁边听着这种谈话，一点也没有感到什么不快。这与其说是醉意促成的谈话，不如说它诞生于这样一种作用之中——即那些户外的暴风雨、沿着深夜的树干往下流泻的无数雨水、被风刮成碎片的树叶及树枝上新创的伤口，等等，使室内的人们的心境比往

---

① 七宝烧，类似中国的景泰蓝，日本十七世纪开始普及。

常更生机勃勃和活泼高昂的那种作用之中。只有被砍下的八重樱那鲜艳的红色显得与众不同，在它那儿隐伏着植物阴森森的灵魂。

"是的，如果是那样的话，这儿理应有一个纯粹的娼妓。你想买三个当中的哪一个？"清一郎大声叫道。民子找出了一个粗俗的遁辞：

"惟独我刚好来了例假，所以没有资格。"

峻吉的体内明显感到了那种在比赛之后常常突然袭来的饥渴。由于疲劳，它竟然燃烧得越来越旺。而且被拳头打击后发热的大脑像火炉一般焚烧起来的那种欲望，出乎意料地因为民子的上述遁辞在眼前描绘出了鲜明清晰的梦幻。有必要早点从中解放出来。平常保持着极其自然的、不受约束的欲望的这个青年，也在长时间的禁欲和比赛的胜利之后变成了一个观念上的欲望的俘虏。

他来回打量着镜子和民子。"可以买镜子吗？"……这一想法化作了一种疑惑，也化作了一种恐怖。清一郎的言下之意显而易见，只要是女人，峻吉便可以不受任何制约地买到自己想要的某一个。但是，镜子依旧让他感到有一种抵触心理。镜子显得无可挑剔地美丽，在她的美丽中漾溢着一种并非出自本意的、能够冻结男人心灵的东西。

光子又如何呢？他又一次目不转睛地瞅着光子的身影。光子穿着灰色的套装，在她遮住胸脯的那条从南美带回来的印着火焰树花纹的围巾上，别着一根很大的乳白色胸针。而且她化的是一种十分流行的妆，涂抹着微微发黑的口红。峻吉之所以没有和光子睡过觉，仅仅是因为没有机会而已。

镜子乜斜着光子。她并不认为清一郎的玩笑有什么过火。在这个家中，没有什么不可以容忍的玩笑，而且凡是人的头脑中所涌起的观念，没有什么不可以容忍的东西。但是，镜子不愿意自己成为别人的某种观念的对象,抑或牺牲品。她对所有丑恶的观念都抱着无限的宽容态度,但谁知她力争公平无私、避免一切偏见的结果,却只是增加了她所谓的"没有偏见"的自负而已。

"一切都如阿清所说的那样,应该弃绝所有的偏见,让男人中的男人和女人中的女人睡觉做爱。男人由拳击选手来代表,女人由娼妓来代表,对此我也表示赞同。但是眼下,阿峻正时不时地打量着我呐。并且他分明在忍耐着。这一点我是很清楚的。我选择了一条作为一个决不能够出卖自己的娼妇的道路。因为这便是我的生存价值。所有的东西,所有的男人,所有的目光都更加丰富了我内心的这种观念,用看不见的宝石装扮着我,并把我变成了无秩序的化身!"

光子在镜子这种从容镇静的缄默中败下阵来。下面的说法正表明了她的失败。

"我喜欢阿峻,他很有魅力。我曾暗自想,如果他今天比赛获胜了的话,我要奖赏点什么给他。但我却讨厌被人出钱买下这种方式。如果不要钱,我倒是愿意为他做一切的。不过……"

清一郎更加恶作剧地说道。

"阿峻,快付钱呀。她并没有说不愿意。"

峻吉变得一本正经,脸色都有点苍白了。他从上衣口袋里掏出信封,数了数十张一千日元的纸币,默不作声地放到了桌子上。

光子已经醉了。从这场无人阻止的游戏中,她突然发现了被抛入孤独状态中的自己和事物急剧倾斜的惊险性。光子笑了,并且出于母性的体贴之心,只把一张一千日元的纸币揣进了手提包中,而把剩下的塞在了峻吉手里。

"我，值一千日元。我，值一千日元。"

醉了的光子吻了吻收的脸颊，使收大为不快。而夏雄则好容易躲开了光子的亲吻。

"我，值一千日元。"这高亢声音的重复使在座人的心境彻底地背离社会的咒文般的作用，把人引入了"这儿正在发生的事情只是一个独立行为"的想法中。光子横坐在长椅上，当着大家的面脱下了袜子。清一郎俨然一副魔术师的模样走近她，把她的一只袜子吊在食指与中指之间展示给大家看，并把它揉成一团放进雕花的大玻璃杯中，再倒入威士忌和苏打水，来回劝男人们喝下这杯酒。

民子疯狂地笑道：

"哎呀，好脏！好脏！"

民子在这"好脏"一词中倾注了女人的实感，因此反倒给这个游戏增添了色情的趣味。

镜子观察着，夏雄、收、峻吉中的哪一个会喝下这杯酒。这是一场野蛮的成年仪式。

不喝酒的峻吉一把抢过清一郎的玻璃杯。他笑着，那眼神中流露出的纯洁的愤怒竟然使清一郎充满了幸福感。"在比赛时这家伙没有发怒，现在却发怒了。正是这种愤怒会使他战胜一切吧。"

大家看见峻吉一口喝干了威士忌苏打水，大吃了一惊。他手中的玻璃杯里，蟠卷着黑黝黝的海藻一般濡湿的袜子。

镜子表现出女主人的镇静，走近他说道：

"喂，你可得好好照顾光子哟！房间在那边呐。"

镜子打开门，指着从日本式房间的拉门里向外洒落在黑暗走廊尽头的灯光。峻吉的脸上浮现出直率的微笑。他搀扶着光子那赤着双脚的身体,向其他人行了个年轻水兵的举手礼,消失在黑暗走廊的深处。

……剩下的人陷入了一阵尴尬之中。只有清一郎一个人显得悠然自得。他主宰了这一疯狂的游戏,却把自己隐匿在一个不受任何人侵犯和伤害的角落,他用一只手拿着杯子,保持着坚实的下巴和锐利的目光那种一如既往的沉闷外表。

"这便是你婚姻生活的解闷方式吧。"镜子说道。

"不是开玩笑,我感到很满足。我是一个出色的模范丈夫。"清一郎用不含任何讥讽的口吻说道。于是,收说话了:

"你凭什么要给阿峻的胜利打上这么一个悲惨的句号?"

"出于对他的善意。"

在此以前夏雄一直缄口不语着。这下他突然睁开那双过于澄明的眼睛,表示同感道:

"是啊,是出于对他的善意。"

为了弥补一个空虚,而制造出另一个空虚。这事总得由谁来做。如果有人那么做了,那必定是出于善意。夏雄第一次目睹了别人的帮助是多么难能可贵。倘若没有别人,哪怕仅仅是一个空虚,就足以噎住我们的胃。

"喂,跳舞吧。还是跳舞好。"民子说道。

因为无人响应,所以民子打了个哈欠。过了一会儿,她又说道:

"我有个好主意。五个人一起去夜总会吧。"

大家再次对这个主意的缺乏创见性感到惊讶和扫兴。

话匣又打开了,男人们谈论起没有见面期间的种种事情。一旦话题中出现了某个不认识的女人，镜子就会细致入微地提问，这一点与往常没有什么两样。作为结论，镜子说道：

"总之，大家都很成功呐。每个人都干得很顺利。阿峻打赢了比赛，阿清娶了个有利可图的新娘，夏雄已是名声在外，而阿收呢，则练得了一身肌肉。你们可真是从空气中获取了营养。一帮可怕的家伙，你们从一无所有总算是干出了一点名堂，就在我们无所事事的时候……你们可要珍惜呀。"

男人们对她的这种阐述和训诫大为不满。清一郎歪着嘴巴说道：

"可是不久，世界将一同崩溃毁灭。"

"并伴随着动听的声音，"镜子附和道，并加上了一句，"你们不仅成功了，而且还拥有着希望。"

最后，民子还是把男人们带到她想去的夜总会了。收和夏雄陪她去了那儿，而镜子和清一郎没有表示附和。清一郎说，一旦去了夜总会，他回家就晚了，更重要的是，他想和镜子叙叙堆积多日的心里话以后再回去。这是一个得体的理由，所以，民子只带上画家和魁梧的青年出去了。在庆功晚宴会杯盘狼藉的客厅里，只留下了镜子和清一郎。

两个人相视而笑了。一种比情欲更沉稳的东西仅仅在这微笑之间便已荡漾开来。好一阵子两个人默默地享受着这种和谐的关系。没有任何危险，也没有任何羞耻。

"要生火吗？"镜子问道。

"我讨厌所谓氛围这东西。"清一郎冷淡地回答道。然后他自己站起身往杯子里添上酒，说道：

"也许不久我就要去国外了。"

镜子像一只温驯的小狗一样仰起头：

"去哪儿？"

"纽约。"

"调工作了？"

"唔。"

然后清一郎反问道：

"对我的婚姻生活，你竟然一反常态，不刨根也不问底。你认为它是应该遭到唾弃的，对吗？"

镜子没有回答，并向通往日本式房间的那扇门投去了一瞥。

"那家伙的行为决不会玷污他自己的。但那也是只有他才能够做到的事情。"清一郎解释道，那语气里似乎还多少带着点嫉妒。

什么时候世界总会分崩离析的——惟有这种预想才是清一郎纯洁的依据。

"昨天我去了理发店，"清一郎突然又改变了话题，"理发店的那个家伙居然忘了戴赛璐珞口罩。当他的脸凑近我的时候，他满嘴的口臭不断地刺激着我的鼻腔……谁知那以后的一整天，我竟一直沉浸在一种莫名其妙的幸福中，甚至达到了不快的程度。说起其中的缘由，不过就因为我真切地确认了他人的臭味这一点。公司里的家伙们都提防着我，不让我嗅到他们身上的臭味。而我的一个重大社会秘密就在于：只有我自己一个人是无臭无味的。"

当他讲述着他特有的那种寓言时，因一度开始清醒的醉意而又疲惫不堪的他的肌肤，再次生机勃勃地呈现出快活的神色。户外暴风雨的声音仍旧没有减弱。小树被风吹断后，打落在阳台的石头上，发出了明快的响声。

"你什么都没做，却已经支离破碎了。我一想到你，就仿佛看到了一个曾经是美人的女性那支离破碎的遗骸。今天只能看到一双脚，而明天又会是一双手，戴着手套坠落在一片黑暗之中吧。"

"你不也是支离破碎的吗？"镜子说道。

"这我知道。"

"当我们俩见面时，即使是打满了补丁，也总可以显得稍微完整一些吧。"

"仅仅是稍微完整一丁点罢了，切不可弄错，只是稍微完整一丁点。而且一到明天早晨，双方又会变得支离破碎，七零八落的。"

镜子做出了一个从未让人看见过的姿势，以至让清一郎很难置信。就像一个仔细观察一张详尽的地图，终于查找到目的地的人那样，他点了点醉意半醒的头，表示已经心领神会了。

清一郎拥抱了镜子的肩膀。两个人推开通向大门的古老橡木门，慢慢走向了位于走廊尽头的镜子的卧室。两个人都不紧不慢地迈着像是在咀嚼着某种东西似的步履。

镜子从外面拧动卧室的把手，打开了门。在耀眼的灯光下，铺在镜子床上的白色床单一下子映入了视线。这时，一个在床头的阴翳中屏住呼吸的人影猛然站起身，狠狠地推开了他们俩的身体。

镜子发出了大声的惊叫。原来是真砂子穿着小孩的睡衣，故意扭着头，来回打量着他们俩的脸。

"你怎么会在这儿?!"镜子用余悸未消的声音问道。听镜子在背后啰啰嗦嗦地用斥责的语气向孩子辩解着，清一郎走出了卧室，从大门口的衣帽架上取下了他淡雅的风衣。

第二部

六

　　"洋槐"咖啡馆生意兴隆。收依旧带来许多免费的客人，而母亲
则常常拿给收过多的零花钱。

　　"用不着给我这么多的。"有时儿子说道，"我自己也有挣钱的门
道呀。"

　　"如果是那样的话，就偶尔招待你妈一顿好吃的晚餐吧。"

　　收无可奈何，只好把母亲带到了银座的西餐馆。

　　母亲的打扮得体多了，可化妆却越来越妖艳刺眼。五月的夜
晚，和这样的母亲在银座吃上一顿豪华的晚餐，对于收来说，并非什
么不愉快的事情。自己虽不曾去过国外，但凭着收的想像，所谓法
国妓女馆的老鸨就肯定属于母亲这种类型吧。母亲看见自己鲜红的
指甲映照在光亮的小刀上，不禁流露出满足的神情，随即把脸凑近
了小刀，一边仔细地端详着，一边理了理额前的头发。

　　两个人像往常一样说着色情的话题。儿子讲一个，母亲也讲一
个。母亲说的净是些差一点就落入男人魔掌之类的事情。或许是出
于母亲的羞耻心，不想在儿子面前说出更进一步的事情罢了。

　　当收这样想着时，母亲从桌子对面把嘴巴凑近他的耳朵，说道：

"在别人看来，你和我怎么也不像一对母子呐。你看，对面座位上的那些太太们正用一副蔑视的，同时又是艳羡的目光盯着我们俩呐。"

"随他们怎么想吧。"

母亲出神地端详着儿子的美貌，想起自己那徒有其名的丈夫也曾经是个美男子，但却缺乏儿子的这种水灵和魁梧。儿子那秀丽的眉毛下的乌黑眼珠，形状漂亮的鼻子，男偶人一般的嘴唇，从春装的肩头上充实地支撑着胸脯的厚实肌肉……但是，这一切都与持久而敏捷的力量无缘。不过，他那种像一扇没有打开的窗户一样幽居于内心的感觉却与他父亲是一脉相通的。母亲从外面把鼻子凑近那扇窗户，试图更清晰地窥见儿子那幽暗的内心世界。可是，却只能隐约看见里面陈列的家具，那儿没有人影，鸦雀无声。

"最近，再也没有听见你抱怨分不到角色了，你还一直在去剧作座吗？"

"嗯。"

母亲在等拼盘菜时，匆匆忙忙地吸起烟来。她饶有兴致地用鲜红的指甲掐下桌子上那朵被烟雾包围着的麝香豌豆花，说道：

"原来，即使在一流的店里，也是用这种廉价的花来蒙骗顾客呐。"

尽管如此，母子俩却不明缘由地涌起了一种幸福感。母亲沉浸在美妙的幻想之中，设想自己出身于一个富贵家庭，此刻正与身穿做工考究服装的儿子一起享用着丰盛的西餐，而儿子却把自己想像成一个靠吃女人软饭来款待经营奇怪生意的母亲的无赖派孝顺儿子。收兴奋地想像着他们母子俩正身处某个与犯罪只有一纸之隔的地方，尽情享受着今天一天的豪奢。

"尽管如此，这阵子的放债人可真是大方慷慨呐。"

"为什么？"

"因为根本就不来收利息，比税务局还宽宏大量呐。"

"不是由我们给他们送去吗？"

"谁会傻乎乎地自个儿去上交利息呀。我们是顾客嘛，所以，是应该由对方来收取的。而且下个月就到期限了，我还正想让他们延期两三个月呐。"

"利息一个月多少？"

"因为是九厘，所以就应该是九万日元。而且最初两个月的利息打一开始就从所借的金额中被扣除了，所以，即使借一百万日元，一旦扣除刚才说的那笔十八万日元的利息和五万日元的调查费等，实际到手的也就只有七十七万日元了，真是把人当傻瓜呐。"

"一个月九万日元吗？如果是那样的话，应该付得起吧。"

"当然当然。来收利息的话，什么时候都可以付给他的。不过，上个月的和上上个月的都一直没来取，所以就被我零零星星地花掉了。"

"那就是给我的零花钱的本钱吗？"

"也倒不是那样。"

母亲模棱两可而又有些害臊地说道。收仿佛看到的是一片漆黑的未来。母亲以前就嫌洗濯麻烦，常常将脏衣服收拢在一起，塞进壁橱里了事。在这样的母亲和自己之间，根本就没有什么足以称之为"生活"的东西。可即使在那种贫穷达到极点时，也没有失却空想的因素，因而与地地道道的贫穷大相径庭。漆黑的未来被埋没在一大堆发白的脏东西中间，而蔓延着的黑暗却充满了湿润而感伤的巨大星辰。

收停下舀取冰点心的匙子，说道：

"没事吧？"

"什么没事呀？"

"就是那贷款呗。"

"没事没事，就交给我办好了……干脆忘了这件事，两个人一起去看一场电影吧。店里忙得我都好一阵子没顾得上看了。"

于是晚饭后收又陪着母亲去看了一场她喜欢的日本电影。这是一部由一个非常年轻的、嘴唇微微向外翘起的武打演员担纲主演的武打戏。因为母亲太过频繁地赞叹那个年轻的历史剧演员扮相英俊漂亮，致使收憋了一肚子的气。

——第二天傍晚，收照样呆在"洋槐"里。与鞠子的约会像通常一样被安排在很晚的时候，所以还有足够的余暇任他消磨。肌肉朋友们从体育馆出来后都匆忙地各奔东西了，只留下了收一个人。

一个热爱新剧的女观众送给了收一本外国的旧杂志。上面使用的是斯堪的纳维亚语，所以一个字也不认识，但里面却收集了相当丰富的舞台剧照。收在其中看到了一个金发年轻人的照片。他下面穿一条牛仔裤，上面套一件格子花纹的短袖衬衫，弓着身体，仰面倒在舞台上，还紧绷着脚尖。或许是刚刚遭到了敌人的射杀吧。他用一只手抓住从头顶上照射下来的光束。

那剧照太美了，以致于收好一阵子都出神地呆望着它。他已经很长时间远离了舞台上那种悲剧性的瞬间。死亡和杀人，在舞台上那神秘光线的装饰下，变成了一场庄严而隆重的祭祀。只见被射中的年轻人的那一头金发已经融入了同一种颜色的光线中。而他那不可思议的濒临死亡的姿势却一点也没有引发现实痛苦的联想，反而看起来就像是与某种东西有关的人的精神形态在捕捉住了最恰当的姿势，并被固定下来的一瞬间悠然自得地舒展着身体，稍事休憩一样。

那所谓的"某种东西"又是什么呢？是死亡呢？还是虚无？抑或是危机？无论如何，收一点也不认为，精神会在自己的内部成长壮大。精神总是如灏气一般飘浮于外部，在某个时机里像是附体的邪魔那样袭击舞台上的演员，并借助霎时人的形态而显现出来。

这个被射中的金发年轻人沐浴着鲜明的光线仰面倒下的那一瞬间的姿势，究竟意味着什么呢？这是不得而知的。那是一种明确得令人目眩的存在，当精神在存在中悠然地歇息着身体的那一瞬间，人却充满了存在。舞台上便有这种奇迹。但可悲的是，收从不曾将这种奇迹据为己有。

——这时，店里进来了一个面带凶相的青年。他的头发被用发蜡固定成了头盔的模样，两只手则插在蓝色尼龙运动衫的口袋里。他向收银器旁边的女孩子询问着什么。女孩子朝收这边瞅了一眼。

看来通向里间的门铃被摁响了。只见收的母亲走出来应酬着那个青年人，想把他带到里间去。青年用戴着一只大金戒指的手指从嘴角上掐下了香烟头，一边迅速地打量着四周，一边把烟头踩在了地上。

"如果有什么事，我也去吧。"收情不自禁地朝母亲的后背喊叫了一声。

"不用不用，你就待在那儿吧。"母亲几乎是头也不回地说道。她那黑色的四方形套装的背影看起来就像火柴盒一样小巧玲珑。

……收等了很长一段时间。好几次都想进去看看，可又犹豫不决。

就在这时,他清楚地看到了今天这种安稳生活正在崩溃下去的苗头。一旦支撑着自己这种无为生活的支柱陡然间变得摇摇欲坠,那么他那种毫无理由的信念——即自己所认识的人、所知道的东西全都会聚集一处,就像支撑着宝贵的王座一般支撑着他的无为的那种信念——也就变得空洞无物了。

青年从里间的门口走了出来,回头看着母亲,用响亮的声音说道:

"明天五点,不准忘了。"

他那气势汹汹的声音使在座的客人们一齐把目光集中到了他的身上。母亲一边把他送到店门口,一边说道:

"请你压低嗓门好吗?"

那男人也不回答便拂袖而去了。

收还没来得及站起身来,母亲就走过来凑在他耳边说道:

"是来催债的,说是要马上还清三个月的利息。我说尽可能明天还,把他打发回去了。"

"哪有这种别人说什么就信什么的事呀,"收思忖着说道,"还是先问问看,他是不是真的被派来的。"

"哎,你倒是注意到了一个要紧的问题。到底是男人有智慧啊。"

虽说语气平静,可母亲分明有些心虚害怕以致忘了把电话转到里间去,差一点就在客人的眼皮底下,拿起了收银器旁边的听筒。

收从母亲那儿打听了那家信贷公司社长的名字和刚才那个跑腿男人的名字后,到里间去挂了个电话。

"喂,是甲州商事吗?请问社长在吗?"

可接电话的却是一个女人的声音。

"我想请社长听电话……"

"我，就是社长。"

"是秋田社长吗？"

"我是秋田清美，请问您贵姓？"

"我叫舟木。今天一个名叫小仓的人前来催债，不知是否真的是您派来的？"

"小仓？对，他是我们公司的年轻人。的确他刚才去了贵店。那么，您是谁？舟木夫人的儿子吗？据说在演新剧呐。"

收有点张口结舌了。

"倘若敝公司的年轻伙计做出了什么失礼之事，请向您母亲道歉。那么，问您母亲好吧。"

电话就此挂断了。女人富有黏性的浑厚嗓音还回响在耳际。

"社长居然是个女的！"

"是啊。估摸有三十七八岁吧。虽说长得很丑陋，但性情却很好。或许也有介绍人好的原因在里面吧，我可以不通过中间商而直接向她借了钱，而且是半年的长期限。"

"丑陋的女人，"这说法在收的心目中唤起了各种各样的形象，它是收纳入某一类型来加以考虑的人的总称。那些被世界所抛弃，惟有把丑陋作为金科玉律，轻蔑丑陋以外的所有不幸，结果把丑陋奉为自己神明的修女们……

"我也想什么时候能拥有一栋漂亮的别墅，"母亲突然说道，"它被环绕在一片白桦树林中，有一个用白桦树枝来建造的阳台，我要在客厅里召集朋友一起饮酒作乐，而你却在自己的房间里与带来的女人睡觉。"

收倏然间想起了镜子的家。倘若母亲出现在那种场面里，没准别墅就会立刻变成娼妓之家吧。他这样想像着，觉得怪滑稽的。

"是吗？其实，租一个夏天的别墅，并不难呀。"

"不，必须是自己拥有的家……而且，我还会在里面饲养鹦鹉呀，小猴之类的。给小猴喂花生就行了，可鹦鹉吃什么呢？"

——第二天，收为了保护母亲，五点以前就来到了店里。五点钟时，昨天的那个男人又出现了，但却出乎意料地温驯老实，在母亲絮絮叨叨地辩解了一通之后，他接过一个月的九万日元利息，一声不吭地回去了。

那以后的两三天，收都没有去"洋槐"。他在公寓里无所事事地打发时光，抑或像往常一样与鞠子过夜。现实处在一个遥远的地方，如果看不见它，也就如同它并不存在一样。五月的一天，到处洒满了夏天的阳光。收站在体育馆的镜子前面，端详着自己金光闪闪的裸体。他感到满足和幸福。

第四天的下午，在外过夜的收一回到公寓，就看见了母亲"速来电话"的留言。他给母亲挂去了电话。母亲在电话的那一头啜泣着。

说是不想在店里谈，所以，收把母亲叫到了公寓，听她描述事情的经过。昨天秋田清美社长亲临大驾，母亲热情地迎候，并把前天支付了利息的事告诉了她。

"利息?！我可没收到，"社长当即说道，"小仓回来后，说是只领取了若干车费，没有能够收到利息。所以今天我又来催促了。"

母亲情绪激愤地进行了抗议。

"如果你那么说的话，请出示证据吧。"秋田说道。

原来母亲没有拿收据。

秋田让母亲拿出纸来，在她面前拨开了算盘，计算着母亲应付的金额。那是一笔令人吃惊的巨额数字。

从第三个到第五个月，过期利息不断累积。过了第三个月，未付的利息作为追加贷款加入本金中，下一个月便是一百零九万日元的本金，应付九万八千六百日元的利息，而再下个月就变成了一百一十八万八千一百日元的本金，应付十万六千九百二十九日元的利息。这样一来，下个月到期时，母亲必须支付的金额便超过了一百五十万日元，达到了最初所借的七十七万日元的两倍。

"迄今为止，是您自己没有来催债嘛。"

母亲提出了理所当然的异议，可秋田说，一切在合同上都写得清清楚楚，即使保持沉默，借款方也应该主动付清利息，这本是合法的。这样一来，母亲彻底陷入了困境。

"我们需要换换心情。"

事情谈完以后，母亲猛然冒出的这句话使收大吃一惊。她一点也没打算商量什么弥补的办法，脑子里塞满了他们母子俩已经被逼上绝路的念头。她就在这种心境中讲完了一切。

而在听着的过程中，想不出任何计策的收也因为母亲的这句话而在情绪上多少轻松了一点。

黑暗已经笼罩着这初夏的天空，突然间，天空的一部分变得明亮了，原来是后乐园的夜场比赛打开了照明。不久，随着晚风，海涛声一般的助威呐喊声便传到了窗边。

"那些人用不着操劳，有多好啊。"

"真傻！那么多观众，怎么可能每个人都用不着操劳呢?！"

收梦想着剧场，梦想着初夏已经完全黑下来的天空下面那壮观的剧场。那些呐喊声是对真实发生在那儿的悲剧的喝彩。在数万名观众的眼皮底下，任凉爽的夜风吹拂着衣裳的演员们正在演出某一部由梦魇似的情节所组成的戏剧，在光明冲破黑暗的那一刻，会看见正在进行着真正的杀人，而地上正流淌着真正的鲜血。倘若从摄影棚的顶部往下俯视，会发现在那些倒下的人周围横流着的血迹不啻泼洒在地毯上的墨污……

"……每天夜里这儿都不乏刀光剑影，都有悲剧发生，还有真正的爱情的搏斗和真正的热情，——啊，无论多么粗劣的热情，都比你们博学的脸更高尚。——那种真正的热情，真正的仇恨，真正的眼泪，真正的鲜血，是必须流淌的。"

户田织子在去年演出的戏剧中所念的这句台词又一次回响在收的耳畔。收想像着，随着风时而远去，时而迫近的呐喊声与那宛若一轮硕大的明月一般辉耀着天空一角的照明中间，有着另一个自己。在数万证人的注视下，这另一个自己正要采取某一个毅然决然的行动。证明存在与存在被证明的行为……一个终极的行为……依靠让数万名观众否定他的存在，从而找出通向存在的端绪的这种行为……比如说，像那种突然跳进斗牛场被牛撞死的毫无意义的孩子气的行为……收什么时候才会达成这些行为呢？假如能够达成这种行为，那么，自己所希冀的"角色"便成为不必要的赘物了。因为收自己已经超越了"角色"。

……而这正是收的"消遣"，毫无意义的。由闲暇本身支配着思维的那种"消遣"。因此,收得以在短时间内忘却了母亲的不幸。

"你说过,你是为了一个人好记住台词才租借这个房间的,尽管迄今为止,你还没有需要记住的台词。"母亲说道,她甚至没有力气用伸出的手来收拾那几本胡乱堆放着的剧本。

"你是想说,不久连这个房间的房租也付不起了吧。"

"我想那点钱总会有办法的。"

"鞠子会出钱的,鞠子会出钱的。"

"是吗? 如果是那样的话,就赶快找一个也能养你母亲的女人吧。"她说道。

第二天起,不时有一些流氓出没于"洋槐"。当他们逼债太急时,母亲就交给他们一点钱,这时母亲会拼命地向他们索要收据。但随着弹子房的衰落,那些催债的男人不能在购买赠品上捞取好处了,于是在收的面前强耍威风,斤斤计较,常常把收到的款项的一成当作车费,将收据上的金额写成实际金额的九成。母亲把收据一一拿到女社长那儿加以确认,请求社长道:

"反正我还不是要这样来找您的,所以利息的支付就由我直接来交给您吧,请不要再派人来逼债了。"

可社长微笑着,不予搭理。

不断有人轮换着前来店里胡搅蛮缠,所以,"洋槐"的顾客日趋减少。死要面子的收也不再带体育馆的朋友来了。母亲已日渐憔悴。

一天深夜,鞠子突然提出了分手,使收不由得目瞪口呆。他竭力想将自负者的矜持和平静保持到最后,但这样有意识地保持自矜却是棘手的事情。鞠子绷着脸,既不做任何解释,也不打算摊明理由。收被迫让步，追问其中的缘由。于是，鞠子一口气说道："很早以前的宿愿终于实现了，如今与剧作座的美男子须堂坠入了情网。所以就目前的心境而言，没有余地来同时拥有两个情人。"

一说完这些，鞠子就哭了起来。而在收这方面，除了自尊心以外，没有任何东西受到了伤害。并且就连那自尊心也早已经疲惫不堪，失却了往日那种被爱的矜持和陶醉。只不过那种矜持和陶醉已牢牢地固定在了他的脸上和肌肉的外侧，尽管是那么容易挥发丧失，但他的特殊性却正好在于缺乏对"已经厌倦"做出决断，从而能够一边观察着女人的陶醉，一边不断保持着如同晒太阳一般的那种空白的消闲之乐。

收不仅什么也没有失去，而且一旦发现失去了什么，也不会扼腕痛惜，他只是观察着鞠子，犹如观察着从自己手中滑落在地上的花里胡哨的纸屑一般。无论怎样解释这种现实，都无关紧要。而且这里存在着两种假设。在这件见惯不惊的情事中，倘若收真的并不存在，那么，鞠子打算分道扬镳的对象便无异于影子的影子。而倘若收确实存在，那么从形式上看固然是鞠子抛弃了男人，可事实上却不过是她被男人抛弃了而已。即是说她从他坚固的存在中滑落下来了。但是，对于收而言，困难的却在于这两种假设都同样显得含糊不定。

无论是为了彻底地放弃自我，还是为了彻底地占有对方，肉体的营生都仅仅是一种过于轻松过于柔软的结合，它似乎是对某种更严密、更准确的可怕占有所进行的幼稚模仿。女人的肉体本身就是过于轻率和柔顺的，俨然如某种诈骗般的东西。尽管鞠子的语言不断地赞美着收漂亮肌肉的铠甲，但她的肉体却并没有在彻底的赞美上获得过成功。

平庸的女人！平庸的女人！收想，就如男人的精神天才绝不可能被女人理解一样，男人的肉体天才也不可能被女人理解。

——收的心里诞生了一个计划。他用极端轻蔑的目光睥睨着女人，拿出不同寻常的勇气说道：

"如果是那样的话，我就和你分手。不过，请你支付分手费吧。"

鞠子最初以为这是在开玩笑。她抬起刚才一直眼泪汪汪的脸庞，不可思议地看着说这句话的收。即使这属于恐吓胁迫，也并不可怕。这青年的肩膀和胸脯上隆起的肌肉并不是为了拒绝而耸立起来的一种孤独的力量，它们只不过是类似于蝴蝶、刺绣、小猫等为了被爱而存在着的皮肉而已。

"你可说了句怪吓人的话，很大胆的话呐。你说这种话是与你极不相称的。"鞠子的脸上浮现出一丝苦笑。说完后，她又想起收是一个龙套演员，于是再加上了一句：

"而且它是一句多么拙劣的台词呀。"

收再一次为自己竟然能够忍受屈辱而万分惊诧。这与没有分配到角色的屈辱、没能在角色分配表中找到自己名字的屈辱相比，什么都算不上。那种屈辱使他对所有的屈辱产生了免疫能力。

在尚未发白的窗户外面，在城市的远方，仿佛清晨已经悄然来临。能听见始发列车驶出车库的轰鸣。在床榻上吸得太多的香烟无疑是苦涩的，笼罩整个房间的烟雾不久将被早晨的光亮照射着，使这儿看起来就宛若余火燃尽后的火葬场的内部吧。

鞠子终于问起了收所想要的金额，收不加任何解释地脱口而出："一百五十万。"针对一个空想的金额所进行的这种论争使刚才还在哭泣的鞠子破涕为笑了。

"喂，你是说，为了生活你怎么也得需要一百五十万日元吗？你值那么多钱吗？抑或是为了再增加那些无用的肌肉，需要花费一百五十万日元来购买鸡蛋、牛奶、牛肉和奶酪呢？"

然后她列举了迄今为止送给收的西服等等的巨额数字。"那些金额的总和已补偿了一切，你再也不应该说三道四了。"鞠子说道。她本来就是一个一旦想到什么就非说出来不可的女人。

"被你厚实的胸脯和粗壮的胳膊所搂抱的代价，我自以为已经足够地偿付给了你。事到如今，我也并不打算说什么'你是一个没有内涵的无聊家伙'之类的话。是的，正如你所想的那样，你是一个活着的雕塑，在这一点上无可挑剔。对此你尽可以放心。但是，迄今为止我一直是与雕塑一起睡的觉，如今我要把它保留在台座上，只打算在兴致来了的时候才远远地眺望它一眼。仅仅是离开一座青铜像而已，干吗需要一百五十万呢？你在想些什么，我从来就不曾明白过，但我知道，虽然你骨子里便是一个绝对无聊的人，可你自己却一点也不感到无聊。这是为什么呢？一想到这里，我就时常感到憋气。"

这种洞察使收显得有些胆怯了，但却并没有构成威胁。因为他本来就没有任何害怕别人察知的秘密。

"总之，回到现实里来吧。扔掉那些愚蠢的孩子气的想法。"鞠子在烟灰缸里掐灭了香烟，改换成一副教训人的口吻。因为烟灰缸放得远了点，所以在泛着鱼肚白的窗户的光线里，从指尖到两只胳膊根儿都显得又白皙又丰腴。那白皙是如此沉静，充满了冷冰冰的脂肪。

"或许不久以后你会变得稍微能够爱别人一点吧。"

——那天上午，由于睡眠不足，收没有精神去体育馆，所以，当他在街头漫不经心地与鞠子分手后，就径自去了母亲的店里。

"洋槐"冷冷清清的，徒劳地飘漾着刚刚舀磨的咖啡香味。母亲正一个人坐在顾客的椅子上，吃着为时不早的早餐——咖啡和土司。

"早晨好！"

收像往常一样打过招呼以后，坐在了母亲的对面。母亲也用含糊不清的声音向他道了声早安。只见母亲正味同嚼蜡似的吃着土司。她把剩下的土司边角切成碎片，像耍弄玩具似的用手指揉成一团。她的眼睛一动不动地盯住户外的阴霾天空，在她充血的眼睛上纵横交叉的微细血管呈现出犹如烟叶的油脂般肮脏的茶色。眼皮下面皱纹叠嶂，皮肤也丧失了弹性，就如同石棉一样。

"昨夜我又没有睡着，哪里吃得下早饭呀！"说着，母亲放下了咖啡杯。

——一个客人打开了收背后的店门，进来后爽朗地说道：

"早晨好！大娘，您还好吗？"

收想掉过头去看看但他却看见了母亲递来的眼色。原来是经常来逼债的流氓今天带了个女人一起来。两个人坐在了收背后的椅子上。虽说看不见他们的样子，但只要听听声音就会明白他们是一帮什么人。

"大娘，拿点什么出来当早饭呀。"男人说道。

"我可没有什么让你们觉得好吃的东西。"

"你不是正在吃吗？有什么就拿什么来吧。"

母亲很不情愿地起身进去了。收只得拿起报纸来读，但上面的铅字却怎么也看不进去，所以，只好把目光转向通常是率先浏览的连载漫画。然而，不知为什么，那些简单的漫画今天却显得晦涩难懂。收的手微微地颤抖着，这使他自己十分不快。

男人故意在背后大声地对女人说明道：

"我是受雇于一个放高利贷的人来这儿催款的，谁知偏偏遇上个犟脾气的老太婆，怎么也不肯交出钱来。反正这个店迟早会落入他人之手的，所以在此之前至少有免费吃喝的权利吧。尽管说是吃喝，可在咖啡馆里，也就只有些简单便宜的饮食罢了，所以尽管要贵点的好了……"

女人觉得又滑稽又有趣，在一旁应声附和着。"说来也是啊。"这仿佛是她的口头禅。她用千变万化的语调来说着这同一句话。

不久，母亲和一个女孩子给他们送来了咖啡和土司，还有昨天卖剩的点心和水果。女孩子马上躲到一边去了。那男人把母亲叫到他旁边，当着那个女人的面，从头至尾地描述了他昨晚的情事。

"那真是一种乐趣吧。"背后传来了母亲心不在焉的声音。

"这家伙还搂住我的脖子说道，阿荣呀，千万别抛弃我哟。"

"别让人来笑话我。我可不记得说过那种话。"旁边的那个女人说道。

"不准出声！装什么大家闺秀。"

这时，刚才还笑个不停的女人突然哭了起来。母亲不忍心，想从中调停，可这次那男人却朝着母亲大声地詈骂着种种脏话。当母亲开始还嘴时，他竟冷不防把咖啡泼向了母亲的脸。听见母亲的叫喊声，收回过头去，正好看见了那非同寻常的瞬间——浓浓的咖啡正顺着母亲的鼻子和嘴角一古脑儿地流淌下来。

收站起身，扑向那男人。男人把杯子抓在手里，想掷向收的头部。收好容易掀开了他的那只手，结果，杯子撞在旁边的墙壁上砸了个粉碎，那男人与收相比，个子又小又瘦，但却相当机敏，身体的移动就像豹子一般迅捷。收揪住男人的肩头。那男人给了收的下巴狠狠一拳，猛踢收的胫骨前部，从左右两边狠揍着不得不低下头来的收的两颊。

强壮肌肉的迟缓运动丝毫不起作用，收蜷伏在地面上。他感到有一双泥鞋踏在自己的后背上，自己正被人用力地推搡着。当他回过神来时，那男人和女人早已逃之夭夭了。

他跪在地面上，听凭咖啡在脸颊上纵横流淌着留下一道道痕迹。母亲抱住倒在地上的儿子的脚，抽噎着。

但儿子首先向母亲提出的请求，却是把镜子拿来。

收捂住肿大的面颊去看医生。在医院的候诊室里，挂着一幅像是从某本美术书上剪贴下来的原色版的西洋名画。画的是维纳斯和阿多尼斯。可眼下哪儿也找不到维纳斯，倒是有一头野猪真的袭击了阿多尼斯，但却并没有打算杀死他。在消毒液浓烈的气味中，那镶嵌在廉价画框中的原色版绘画徒劳地放射出金色和绿色的光辉，俨然就像是某种激素药物的广告——"倘若你认为自己被欺骗了，请试用这种药吧！你会立刻变得犹如维纳斯一般，而他则会变得犹如阿多尼斯一般。"

收怀着酸楚的心情，回想起那个猛揍自己的男人的敏捷动作，然后又想起了峻吉的比赛。当治疗结束以后，他马上给八代拳俱乐部挂了个电话。

——听收讲完事情的经过后，峻吉感到义愤填膺。

"那男人每天都来吗？"

"每天都大咧咧地来呐，在打架后的第二天，看见缠着绷带的我，还胡说什么'对不起，少爷'，根本不把我放在眼里。"

"大约几点来？"

"早晨来倒是例外，一般都在晚上八点来。"

"好，今晚我必须作为助手出席前辈的比赛，所以去不了。但明天晚上练习结束后，我一定去。这事就包在我身上了。"

下一次的比赛已经临近，在十天后举行。如果受了伤，怎么办？峻吉思忖道。但是，朋友所蒙受的耻辱便是自己的耻辱这种世传的想法鼓舞着他。一想到明天晚上，马上就会感到身体在痛快地收缩和绷紧，而心灵也在轻盈地蹦跳。"决不能放过那家伙！"他暗自在心里想着，终于嗫嚅似的脱口而出道："决不能放过那家伙！"

他设想着自己推平那还不曾见过面的男人的肩头，用自己的力量明快地扫除掉道上的障碍物的情景。"决不能放过那家伙！决不能放过那家伙！"所谓的力量，也就是整理与统括的力量。为了能清晰地看见外界，使一切轮廓分明，事物各得其所，虽然是需要力量的。一切暧昧之物、混沌之物，不可了解之物，对于这个拳击选手来说，都是对自己力量的侮辱。

"决不能放过那家伙！"

每当他这样嗫嚅的时候，便感到自己内部正孕育着某种伟大的萌芽。

第二天练习结束后,峻吉待在"洋槐"里,吃着收为他订购的鳗鱼盒饭。店里有四五个生客。自从逼债加紧以后,母亲一直把唱机的音量开得很大,以致隔着一张桌子讲话也必须提高嗓门。

峻吉想让收高兴起来,便用嘎哑的声音讲着一些无关紧要的事情。而收则暗自想:峻吉的声音是什么时候变得这么嘎哑的呢?一提高嗓门,就更是破响破响的,让人听不清他说了些什么。

"你看见前天晚上的月蚀了吗?"

"哪有那份闲情逸致啊。"收在峻吉问了好几次以后才回答道。

"就这么一点点大,"峻吉笨拙地弯曲着木槌似的手,做出月蚀的形状,说道,"很小的一点点,就像一块缺了边的酥脆薄饼。"

然后他们谈起了今天报纸上报道的三鹰事件①的竹内被告被判处死刑一事。两个人都不过是怀着少年般的心情喜欢着死刑罢了,而对这个事件本身并没有更多的兴趣。

"事件发生后已过去了很久。是啊,那种发生谜一般的事件的时代,已经过去了。"峻吉一副大人的模样,果断地说道。他那细长而清秀的水灵灵的眼睛,冲破了如同皮革一般的面孔,正朝向户外喧嚣的夜晚,断然拒绝着谜一般的世界。收发现朋友的这双眼睛很美很美。

风扇旋转着,但店里却酷热难当。六月进入梅雨季节以前那种常有的如同顺着墙壁攀缘上升的火焰般暴热的日子,即使在入夜后

---

① 1949年7月15日夜中央线三鹰车站一列进入车库的电车失去控制碾死碾伤人员的事件。

也不会吹来凉爽的晚风。

收的心情变得愉悦而轻松了。峻吉的到来给他带来的不仅仅是安全感。他甚至忘却了前几天的受伤。两个人宛若少年时代的朋友一样，为了袭击路过的敌人而隐藏在森林后面，一边打发着时光，一边一声不响地偷吃着带来的点心。对冒险所抱有的那种亲密感。少年时代的夜晚……收仿佛觉得近来还不曾像这样切切实实地快乐过，像这样急切地等待过某种东西。

"已经八点过了。"峻吉说道。

"八点半以前会来的。"收说道。

已经过了八点二十分。一个女人推开门进来了。她戴着眼镜，在女教师似的白罩衫下面穿着一条印有华丽的印花图案的裙子，一只手上还提着一个尼龙文件包。最有特色的还是她的头发。尽管肯定烫过，但卷曲的头发却没有整理停当，以致不听使唤地支向四方。而且，头发又多又黑，就像是笼罩住她有棱有角的苍白面孔以使它更加醒目耀眼的黑夜一般。

虽说嘴角并不难看，但两翼像是在生气似的鼻子却破坏了一切。身体不胖不瘦，颇为匀称，但仿佛是要突出她那粗大的腿脚一样，穿着一双无跟鞋，并且举止僵硬。

只瞥了一眼，收便不禁感叹道：这真是一个丑陋的女人，一个不祥之鸟似的女人。收很难想像，这种女人活着，究竟是以什么为乐。

看到收银器旁边的女孩子到里面通报去了，收这才恍然大悟：这个女人就是社长秋田清美。母亲走出来，向收递了个眼色后，把清美带到了里面的座位上，开始了谈话。过了一会儿，看来是清美嫌音乐声过于吵闹，让母亲走过去关小了音量。于是，能断断续续

266

地听到母亲和清美的谈话声了。不久前在电话中听到的那厚重而富有黏性的女人的声音，现在又清楚地传进了收的耳朵里。

峻吉听完收的说明后，说道：

"怎么办？对方是个女人，这就没法找碴儿打架了呀。"

然而，断断续续传来的母亲那边的谈话中似乎并没有什么激烈争执的迹象。

手中拿着白色信封的母亲来到收的旁边说道：

"我以为是什么事呐，结果今天不是来逼债的，而是来道歉的，说是今天她才听说那个男人打伤了你，所以就匆匆忙忙地赶来道歉了。那个男人已被当场解雇了。另外，瞧，说这是给你的治疗费。"

"别接受那种东西！"收说道。可母亲哀求他考虑到目前的处境收下它，并去对面的座位上问候一下社长。

峻吉轻轻地打了个哈欠。当他目睹日常生活中的这种纠纷时，眉间就会浮现出一种痛切的表情。在他看来，那就如同缠人的湿疹一样，一旦染上，便会不得安宁。

"今晚就这样吧。我回去了。"

"哦，对不起。今夜似乎风向变了……现在是去见光子吧？"

"才不是呐。就那一次而已，和那个女人。"

峻吉听到别人提起一个完全忘记了的女人的名字，不由得大吃一惊。他站起身，又轻轻地打了个哈欠。全身像被解放了一样轻松、柔软，力量如羽毛一般轻盈地充满了身体的每一块肌肉。峻吉突然想起了教练的忠告，于是，刚一跨出店门，便用脚尖在地面上走了起来。因白天的酷暑而微微膨胀了的柏油路给人一种行走在活生生的肌肉上的感觉。

峻吉明白了那种解放感的由来。尽管这是一种在他的人生中从不曾体会过的心情,但没有发生斗殴便解决了事端,确实让他舒了口气。

收走到母亲和清美的桌子边。与丑陋女人谈话使他变得快活了。淡蓝色的T恤衫显现出他琥珀色的胸肌的形状。

"好漂亮的身材呀,"清美突然说道,"看来荣这个家伙肯定是使用了相当卑怯的手段。"

这是一句浸人心脾的奉承话,足以让收期待着她说出下一句话来。

"承蒙你接受我的心意,不胜感激。我真是觉得对不起……尽管如此,对于你母亲的倔强,我也确实很为难呀。倒不是我强人所难,或许这个店在两三天内就不得不用来抵押债务了。"

"那么快就……"母亲有些惊慌失措了。

"放着这么好一个儿子,难道就想不出一个办法来吗?喂,你叫收吧。你呀,就去参加自行车赛什么的,爆个大冷门来帮帮你母亲吧……不过,一百五十万日元,这数目确实太大了点。"

收感到了清美不时透过眼镜滴溜溜地偷看着自己脸庞的那双目光。为了让那目光变得轻松自在一些,他索性把眼睛调向了另一个地方。他知道那女人的视线就像飞蛾一样,悄悄地收起翅膀栖息在了他的脸上。"这是一种非常谦逊、贫穷,并且全然没有自矜的视线。"收忖度着,"如果是一个漂亮的女人,是不会这么看人的。我就像是被卖火柴的小女孩盯着看的那些放在玻璃窗里的点心、面包一样。"

当自个儿怠惰地待着，而现实却变化着迎面而来时，收会有一种预感。这时候，对方能够清楚地看见自己，而自己却看不见对方。现实会在隐身蓑衣中摇身一变。赐给他恩宠的惟有这种看不见的现实。

啊，可是那理应带给他终极恩宠的剧场，至今却仍旧缄默不语，冷漠地排斥着他。这是一个肉眼看不见的剧场，一个在夜晚的远方熠熠发亮，从群众中隔绝开来，宛若星座悬挂在天穹上的那种看不见的剧场。而这才是真正不可测知的现实。

其余的东西对于收来说，都无法称之为不可测知的现实。无论是三鹰事件的被告被处以死刑，还是华尔街的股票市场重新看涨……一切都已静止、封冻，变成了化石，所谓"人生存于其中的现实"，在他看来，无异于木乃伊。

在夏夜的杂沓中，在人们汗涔涔的脸上，在无数的失业者那儿，在因借高利贷而变得一文不名的母亲的额头上，能够清晰可见的无非是上述的那种现实，是法定的现实，合同上的现实，不可动摇的公认的现实。

只有从秘密的黑暗深处撒过网来的不透明的现实才好歹抚慰着他的存在的不安，保证了他瞬间的变幻。他从不曾渴求过战斗，倒是厌恶战斗。这种厌恶比战斗更确切地保证了他的存在。难道不是这样吗？因为厌恶无需破坏周围静止的坚固现实，便把它变成了不祥的、泥泞的、不定形的东西。与他那个年纪的青年们不同，收从不知道自我厌恶。

——过了一会儿，收看见清美向他投来微笑的目光。她说道：

"对不起，和你母亲谈不会有什么结果的，我想倒是和收好好谈一个晚上还好些。那样，或许彼此都不会吃亏，能找到一个两全齐美的方案。明天晚上一起进晚餐如何？”

清美邀请收明天晚上六点去一家离这儿不远的小餐馆，说完她便回去了。

母亲一下子变得高兴了，这一阵子少有的。

“已经看见曙光了。”她用同行间的口吻说道，“今晚我也可以睡个好觉了吧，明天晚上就拜托你了。”

然后她用指尖轻轻地拧了一下儿子那鼓胀着的琥珀色胳膊。

“哦，真结实呀。想拧都拧不动呐。”

第二天也是一个晴朗的日子，天气热得要命。收穿一件胸部开得很低的黄色马球衫，下面套的是一条屁股绷得紧紧的蛋黄色牛仔裤。“我的臀部在女人的眼里看来，是相当猥亵的，和外国水兵的屁股一模一样。曾经就有过两个女学生啧啧称赞我的臀部长得漂亮，一直跟踪我呐。”

收不用那些勾引女人的男人所惯用的古龙水、男用香水等一类东西。他不需要那些有损于自己男人气十足的甘美体臭的东西，倒是像年轻敏捷的野兽般发出浓烈的体臭才好呐。

六点前的天空还很明亮，突然换成薄衣装束的人们都带着一副充满性欲的面孔在路上行走着。这是一个被焦躁压迫得喘不过气来的世界。不久，夏日的晚霞将把所有大楼的玻璃窗染成一片抒情的色彩吧。遥远的苦恼在远方燃烧殆尽，而残留积淤在这儿的炎热却与苦恼毫无相似之处，这是很滑稽可笑的。行走在街上的人们那沾满灰尘的头发，斜眼看人的那种目光，伸出的手，穿木屐的赤脚，明显地留有种痘疤痕的手臂，无一不使人联想到苦恼。

收看着点烟时火柴的火星，看着自己罩住在夕阳的余辉中消失不见的火星的手掌，他感到自己这双手与行走在路上的人们的手别无两样，已经彻底从苦恼中摆脱出来了。除了这黏巴巴的夕阳，已经不再有让世界变得沉重痛苦的原因；除了感觉末梢好容易支撑住的这充满性欲的夏天日暮时的空气，已经不再有使我们生存艰难的理由。只是早已被挤压得粉碎。惟有这一点，是千真万确的，但这并不是一种那么糟糕的状态。

秋田社长预约的小餐馆出现在小巷的转角上，就像是敷衍塞责似的在四周围着一圈黑色的木板墙，为了降温，还在狭窄的店门前面洒了水。收说了声秋田的名字，然后爬上了二楼的小包间。清美与昨天一样，一身毫无品位的装束，坐在可以俯瞰里院的栏杆上等着收。她刚一透过眼镜看见收，便从塑料包中掏出厚厚的外国香烟扔在桌子上，说道：

"你要抽烟吧，那就抽这个吧。"

这是一个完全不懂得怎样与男人相处的女人，收思忖道。

啤酒引起的醉意越来越厉害。秋田清美仍然没有提及收母亲的借款。只是用听起来淡淡的，而骨子里却充满了火热黏性的语气兀自絮叨着。也不拉家常，而尽说些抽象的话语。

清美一直被一种收所难以理喻的异样的绝望笼罩着。这完全不是源于她那种特殊的职业，倒不如说她对自己的职业抱有一种自豪感，把它说成是与助产妇相反的工作。之所以这么说，是因为清美已经导致了一起全家人的自杀、七起个人自杀，而且没有一起是以自杀未遂告终的。特别是她对那起全家人的自杀不愧为助了一臂之力。对此,她感到莫大的骄傲。

"那家的父亲抱着一个两岁的婴儿死了,"清美说道,"或许婴儿并不想死吧,用两只腿使劲地猛踹父亲瘦削的胸部,就像婴儿们常常闹着玩时憋足了劲儿的那副样子。"

尽管不曾亲自下手,但对这种自杀做出贡献乃是一种社会性的善举。只不过清美代替自然实施了这种本来理应由自然来进行的事情。她的想法更加谦卑,说她远远谈不上代替自然实施了上述行为,而仅仅是助了一臂之力而已。

"世上的人们常常抱怨道,说要是在那种时候我能够更脆弱更善感一些,不再催逼债务,可能的话,最好是一笔勾销那些债务,那么就可以避免一家人的自杀。多么愚蠢的说法!"

清美认为那种由人来救济人的思想是不可饶恕的。感情的慰藉、小小的妥协、依靠眼泪来解决问题的方法、对法则的违反……这些都是反自然的。

"在这样的世上生存下去,帮助别人生存下去,把别人从自杀中拯救出来,这便是善良。这是谁规定的?!我所做的一切不过是稍微粗暴了一点的安乐死催助术。那自杀的一家人即使被从眼前的困境中拯救了出来,前面也不会有一点希望。那被父母杀死的孩子们是幸运的。

"过着贫穷的生活,却认为仅仅活着也算是一种幸福,这无疑是奴隶的想法。另一方面,过着普通人的安乐生活,认为活着就是幸福,这是动物的感受方式。世界为了不让人们拥有人的感受方式和人的思维方式,将大家变成了瞎子。

"在漆黑的墙壁前面徘徊不前,最多只能梦见自己购买洗衣机、电视机。尽管明天一无所有，但却指望着明天。我只是走过去，把赤裸的现实展示给他们看，而大家却又是吃惊，又是自杀，又是情死，好不热闹！与分期付款的销售、保险等一样，我不过是让他们看见了时间的真实形象而已。而且我还算是善良体贴的。滚落的时间、斜面的时间、加速度的时间……本来它们才是真正的时间，可分期付款的推销员却向人们展示的是伪善的时间、平坦的时间、糖衣包裹着的时间等假相。"

清美希望向人们展示这个世界的真相。这便是清美所谓的自然。

这样，她进入了讲述她自身绝望的阶段。清美深谙这个世界的真相，因为她是真相的保持者，所以绝望便是她的正常状态。而且在收看来，与镜子所信奉的无秩序不同，清美所信奉的是：存在着一种没有任何人可以居住的冰冻公馆似的透明无比的秩序。

"不过，清美的绝望有着某种与天真纯洁的、不谙世事的少女的梦幻相近似的地方。"收思忖道。这或许是从丑陋的少女时代起便附着在她身体上的一种梦想。"不会被爱"的想法竟然得到如此纯洁的保持，使收大为惊异。少女时代，看见附近那些丑陋的富孀被为钱而来的男人们所欺骗的事例，清美幼小的心灵中已发现了这样一个法则：富有而丑陋的女人绝不可能与男人的真实相遇相知。她为了确认自己不会被爱的事实，决心当一个富翁。

不被爱的人通常会越来越主动地想使自己彻底成为一个不被爱的人，这其中自有颇为正当的理由。乃是企图从自己不被爱的根本原因中逃离到尽可能遥远的地方去。

可清美却与此迥然相异。她一点也不打算从根本原因——即自己长相的丑陋——中逃离半步。尽管造成这种丑陋的乃是自然，但清美却信奉自然,甚至不知不觉地开始把丑陋的长相看作是自然的真相的象征性表现。它与在山峦的夹缝中呈现出粗野形态的青黑色山岩的面孔、春天微生物的繁殖在大海表面所描绘出的令人作呕的那种颜色的巨大面孔、古树的洞窟中由软木质、菇类堆积而成的漆黑面孔等,属于完全相同的东西。终于丑陋成为了清美的角色和假面。就如同祭祀上的舞者把稀奇古怪的假面向四处显露一样,清美只需把她丑陋的脸庞面朝众多的债务人,便有好几个人确确实实地死掉了。

"我要让大家知道,在这个世上并没有什么生存的价值,"清美继续说道,"然而,对此一清二楚的我又怎么可能热衷于徒劳无益的赚钱呢?在你看来,这是不可思议的吧。我还如此活着,或许是出于一种强烈的使命感。不过,我已做了自己力所能及的一切,何时死去都已无所谓了。并不是要被逼得走投无路时才去死。随心所欲的死亡并不需要客套,我已不打算活得很长。"

"但是,金钱不是可以买到各种各样的乐趣吗?认为钱不能买到乐趣的,惟有那些感伤的富翁。"

"是的,金钱能买到快乐,"清美的脸上泛起了一丝苦笑,这苦笑使她的嘴角更显出一副寒碜相,"甚至于这个世界上最大的快乐。"

清美的话题又回到了死亡上。那真实的时间、倾斜着加速度滚落的时间,将这种时间捏在手心里,像缰绳似的握住,以便让自己去驾御另外的平坦的时间——对此她打心眼里感到无聊透顶,她希望着这一次自己能沿着那陡峭的斜面滑落下去。仅仅保持真相是不够的,而应该让自己成为真相本身,让自己化作事件本身!

"如果顺着世界上最大最长,一直延续到地底的滑梯滑落下去,会是怎样一种心情呢?肯定会美妙无比的。"

"是啊，肯定会美妙无比吧。"收的眼前浮现出母亲那憔悴的脸，说道。

已经过去了很长的时间，走廊里传来了嘈杂的声响，那些醉汉们从小餐馆的各个小包间里走了出来准备回家。收对这个终于毫无结果的谈话不知所措，说道：

"今晚到底有何贵干？"

"想和你好好聊聊。"

"就算和我好好聊聊，不也是很乏味吗？"

"第一次遇见你时，我就暗自想过，要和这个人好好聊聊。"

实际上，从头至尾却是清美一个人在唱独角戏。为了切入正题，收故意玩弄了一下技巧说道：

"似乎某个女人正涌起某种念头呐。"

清美敏锐地阻止了他：

"不行。别装出一副爱我的样子。那种男人已经太多了。"

收毫不胆怯地把穿着黄色马球衫的手臂交叉在一起，倚靠在墙壁上。

"那么为什么和我……"

"你是个美男子，又长着一副漂亮的身材，年纪轻轻，并且似乎意志薄弱，容易听从他人之言，而自己却始终稀里糊涂，也曾试图拥有过野心，但野心最终与自己并不相称。尽管被希望所背叛，但却并不知道自己希望着什么，是一个无聊的自恋狂……我再说一遍，是因为你长着一张讨我喜欢的漂亮脸蛋。"

收似乎有些抱怨似的默不作声了，清美从皮包里掏出收的母亲的借款字据，放在了桌子上。

"我是打算来买下你的，所以，请写一张字据。在字据上摁上手印后，我就把你母亲的字据撕毁。另外，把废除抵押权委托状交给你也行，明天我们一起去登记所办理废除手续也行。你的字据就写在这上面吧。"清美抽出一张粗糙的便笺，"……是啊，扣除你母亲已付的十二万日元，就这样写吧：'以一百四十二万日元，将整个身体交与秋田清美。鄙人的生命、身体，一切均属于秋田清美所有，对此决无异议。'再署上名字、摁上手印就行了。如果不愿意，拒绝也行。给你五分钟时间犹豫。一边喝啤酒，一边好好考虑后再写吧……用不着做出那副表情。我本来就喜欢这种孩子气。"

夏雄很早就想画富士山麓的林海，但却一直没有机会。七月十日，气温高达32度以上，显然梅雨季节已经过去了，所以，他马上去预订饭店，幸好还剩下了一个房间。夏雄随即做好了开车出门的准备。

为了今年秋季的展览会，在尚未见到林海以前他便已打定主意画它。他对那儿的景色并非有多么深刻的知识，也并非从人们那儿听到了多少趣事。但是一旦打定主意，就仿佛觉得描绘那儿成了自己的一种宿命。而且初次看到的景色越是让他称心如意，他就越是有一种似曾来过的感觉。

从观景台眺望林海时，肯定会出现他所喜欢的水平结构。夏雄喜欢这样一种构图：无数接近水平的线条重叠在一起，本来不可能相交的那些线条宛若秘密的眼色一样在四面八方交汇联结，抑或乱七八糟地交叉着。至于这种喜欢的缘由何在，他自己也不知道。平屋顶、船只的吃水线、黄昏平拉开的云朵、平缓的丘陵地带……他对这一切所怀有的不可思议的嗜好是他对广袤外界不知畏惧、从不认生的产物。

无论如何,这些水平的线条都不外乎是对地平线、水平线的模仿,是在人的视野中被割裂了的世界朴素而明确的表象。可喜的是,在那儿并没有什么屹立的山峰、树木和尖塔之类的意志的表象。

——到达河口湖畔的饭店时,已是夜里了。夏雄在避暑的客人们喧闹嘈杂的大食堂里用了晚餐。他早已习惯了在旅店里吃套餐时这种闲得无聊的时光。只要和那种想在白色的桌布上用彩色铅笔涂涂画画的欲望搏斗一番,就可以打发掉这种闲暇的光阴。过去夏雄总是微笑着听那些一家子人发出的笑声或美国乡巴佬们响亮的谈话声,可今天却不同,其他人的笑声和谈话明显地给他带来了不快。

“全都变成哑巴就好了,”他思忖道,“听,又有人开始唠叨起多余的废话了。要是突然间大家的嘴巴给什么东西堵住就好了。”

他与外界的亲密感情在某个地方出现了断层。他是天使,独自一副阴郁的脸色,吃着烤鸡肉。这要么是一种可怕的喜剧性事态,要么是一种悲剧性的事态。在如此丰富的菜肴中,夏雄寻找着生存艰难的理由。他的牙齿正慢慢地咀嚼着。

夏雄有一种预感。在过去的半辈子中,他之所以没有感到任何生存的艰难,其实并没有什么特别的理由,同样,即使在未来的人生中他的生存变得步步维艰,也同样不可能找到其缘由何在。

那天晚上,夏雄一个人在床榻上茫然地思考着过去从不曾思考过的“艺术家的苦恼”这一主题。这种说法多少让人感到是在伪装职业上的秘密。所谓凄凉的喜悦也与明朗的喜悦属于同一码事吧。对象一旦还原为虚无,便会屈服于色彩和形态——这多么不可思议!过去,他只从那儿发现了喜悦,但这喜悦并非世间的寻常之物,倘若让一般人来体会它,无疑反而会感到是一种苦恼吧。

根据夏雄的看法，所谓天才就是将美本身的感受性据为己有并以此类推来塑造美的人。在塑造美的过程中就获得一种喜悦。对于美而言，世界的丧失，不一定带来苦恼，而且它可能像一首新诞生的赞歌。在那里，美用温柔的手拨开既定的存在，毫不犹豫地安然就坐在那个空出的座位上。换言之，所谓天才，他的感受性的特质就是：在旁人看来它无论多么的敏锐，也是绝不会酿成悲剧的。

　　关于天才的悲剧，有着无数的庸俗说法！人们绝不会留意到天才那种可怕的、无限的享乐能力，那种阴惨的、快乐的无限连缀。只要他是一个天才，无论是禁欲的、贫穷的、没有波澜起伏的生涯，还是不幸而疯狂的生涯，都一定隐含着所有放荡者的生涯都不可企及的、多姿多彩的快乐……这样想着想着，夏雄渐渐获得了勇气，仿佛脱掉了一件与自己不相称的不安的衣服。所谓的"孤独"，同样是一种粗俗的说法。即使在刚才独自一人的晚餐上，他也仅仅是偶然间受到了这种庸俗说法的影响罢了。

　　他入睡了。他梦见了许多色彩纷至沓来：蓝紫色、岩群绿、群白、铁锈红、铜绿色、云母色、金泥色、胡粉色、水晶色、洋红等等。但这些矿物颜料的无数色彩确实是按照梦的特性，以色彩自身的（不能说是夏雄的眼睛所看见的）姿态向他袭击而来。夏雄在梦中识别出这种和那种颜色，也仅仅是在脑海里浮现出这些颜色的名字而已，这些色彩在一个与他的知识和色彩名称完全无关的地方，以自身的力量扩展着，涂抹着世界。色彩在梦中肯定就如同动物一样地生存着，运动着，用翅膀飞翔着，用肢体奔驰着。

　　早晨，夏雄打开了洒满高原上和煦阳光的窗户，只见富士山正好坐落在房间的正对面。夏雄一边在窗边吃着早饭，一边想：如此有名的山以如此恰如人意的姿态出现在窗户上，难免有一种赝品的感觉。使富士山显得像赝品一样的，不用说是无数关于富士山的艺术作品的力量。而东京的天空中出现的又小又远的富士山反倒显得更为真实，这是因为它给人们留下了充分的想像余地。尽管夏雄从不曾爬上过富士山，但可以想像，踏在脚下的富士山一定又是另一个富士山。富士山被艺术剥夺了那种让人在适当的距离和视角上加以眺望的姿态，永远地丧失了联结登山者脚踏的富士与作为都市远景的富士——即存在与想像力这两者之间的距离。而且人们乐此不疲地用既存的艺术来填平了这一距离，并由衷感到心满意足，因为他们既与存在本身无缘，也与想像力无缘。

总之，他对这座山没有兴趣。旅店的窗框中出现了一幅最为通俗的构图：在恰到好处地栽种着松树的庭院中央耸立着富士山。

加了冰的番茄汁医治了他发热的咽喉。他剃掉稀疏的胡髭，穿上运动衫，摸了摸钥匙链头子上的车钥匙。

因为不是节假日的下午，所以路上几乎看不见车影。被高原上夏天的阳光轻轻炙烤着的风。少年骑在上面的黑色牛犊所扬起的些许沙尘。在暑假的鸣泽小学那没有人影的校园中嬉戏着的小狗……加上这些点缀的风景，一直环绕在车窗周围的是夏日赭红的山脉和像气泡般零零碎碎地包容了风儿的沉甸甸的树丛。而且富士山随处可见。

过去夏雄从不曾被风景诱发出抒情的感动，可今天却在风景的每一个地方都听见了抒情的音色，嗅到了抒情的气息。所有的抒情诗都是丑恶。它就像玷污色彩、扭曲线条、熏黑形态的煤烟似的东西，以至于一丁点的悲哀便把蓝天变成了灰色。可谁也没有权利将蓝天变为阴天。与悲哀相比，倒是喜悦更货真价实地显得不偏不倚。但是，今天早晨的夏雄却无法让自己像一条浸渍在香油中的鱼那样尽情地沉湎在喜悦之中。

裸露的熔岩上长满了低矮的松树。沿着这些松树间的道路前进了一会儿，便看见了写有"红叶台入口"字样的汽车站。这儿已超过了海拔一千米。夏雄由此继续前行，在红叶台的下面停了车。听说这一带名叫云雀丘，四周萦绕着小鸟的鸣啭声。

夏雄按照路牌的指引，在爬上了一个处于稀疏的松树林与灌木丛之间的红色土壤的斜坡后，却找不到一条像样的路。他大汗淋漓，气喘吁吁。这时，像是在他汗涔涔的脸上猛然抽了一鞭似的，响起了一阵巨大的振翅声，随即眼前一片漆黑。原来是隐藏在灌木丛中的山鸟拍打着翅膀飞走了。

这时，他的后背拂过从富士山那边吹来的南风。倘若他是风帆，他将尽情地鼓荡那丰满的风儿吧。蜷伏在地上的他把眼睛转向了那干燥的红土斜坡上。在山鸟飞走以后，他的眼睛并没有去遥远地追踪山鸟的去向，但心里却栩栩如生地留下了那急剧展开的巨大翅膀和蹿踢灌木的有力下肢等等影像。那翅膀的尖部几乎是擦过了他的脸庞。

"难道不是有什么东西从我中间飞走了吗？"他气喘吁吁地攀登着陡坡，一边不断地思忖道，"那鸟究竟是什么？它就俨然像从我的内部毫不留情地张开翅膀飞走了似的。然而飞走的难道不是我的灵魂吗？"

坐在红叶台茶店的折凳上，夏雄揩着汗水，歇一会儿。这儿朝着北面微微有些下斜，所以，从富士山吹来的南风恰好被遮挡住了。四周充满了沉痛的蝉鸣，看不见其他游客的影子。

他从肩膀上卸下写生簿，凭倚在观景台的栏杆上。这儿的高度为海拔一千一百六十二米。

这是在远古时代，富士山北侧绵延着的巨大石花海几次被熔岩流切断后所形成的风景。东面的西湖在古代与西面闪闪发光的本栖湖、隐蔽在北面山谷中的精进湖曾连成一片，但被熔岩流各自分割开来后，形成了一片填平其间距离的辽阔的山岩旷野，不久，生长在岩石上的树木便长成了被誉为青木原大林海的十几平方公里的原始森林。

北面以格外突出的十二岳为主，节刀岳、王岳等连成一片，而西面的天空中，有遥远的南阿尔卑斯群峰的山顶在熠熠闪亮。

在没有任何船影的西湖西端形成了一个深深的湖岔，那湛蓝的湖岔把林海的一角浸泡在了湖水中。看上去那湖水无所不在，仿佛拖曳着长长的裙裾，显得无边无际。面对湖岔最后的岸边，能看见一个有三四十户人家的小而紧凑的村落。红色的屋檐鳞次栉比，一眼便知道，那儿生活着草丛般密集的人们。它叫根场村。

除了这些山与湖的风景外，便只剩下了单调地延展开来的林海。从林海中响起了无数的蝉鸣。东南的日光无一遗漏地洒遍了整个林海。光被吸收了，以至于茂密树叶的轮廓被浸渍在光霭中，重影叠生，使它们的轮廓看起来仿佛错了位似的。这错了位的轮廓又波及整体，让人觉得那与其说是树林，不如说是浓密的绿色自身那不定形的起毛及其影子的庞大堆积。

当然，其中也有各种各样绿色的浓淡之差和色调之差。既有放射出鲜艳光泽的绿色，也有纤弱的嫩绿。既有湿润的绿色，也有接近鹦哥绿的那种干燥的去年残留下的绿色。既有粗犷的绿色，也有纤细的绿色。树干的颜色也千奇百怪，特别是眼前这西湖的湖畔上，白桦树丛那白骨似的枝干尤为醒目。常绿的日本铁杉、扁柏，针叶树从枞树到落叶松等，据说种类多达几百种，但从这儿望去，只见它们混杂在一起，分不清彼此。远处的山缘附近只能看见一些光滑而微微起伏着的青苔。

林海与其说是海，不如说更像一个某种化学药品的绿色残渣密密匝匝地挤成一团的沼泽。这庞大的植物毒素侵蚀着北面连绵的群山的山麓，侵蚀着每一个地方。永久的停滞、沉淀。被阳光照射着，呈现出绿色的种种浓淡，同时又反过来吸收了阳光，把它变成模糊的、灰扑扑的微明，直到最终把它融解殆尽。新陈代谢不断循环往复，衰老的树叶被新芽代换，枯败的朽木被嫩树取替，在此铺展着没有时间的单调的色彩和形态，凹凸不平地起着毛，漫无边际地绵延开来。

从早到晚顺应着光线的戏谑，表演着虚假的摇摆、虚假的潮鸣、虚假的波涛、虚假的流动，可事实上却从不动弹从不流动。尽管它的确不失为色彩，但它的绿色却是一半现实，一半被虚无侵蚀了的绿色，所以线条模糊不清，谈不上任何结构。

……夏雄目不转睛地俯瞰着。

不一会儿，他想到了京都的苔寺①。他估摸着：要是把那青苔庭院的规模扩大几万倍，那么，看起来不就是这个样子吗？想到这里，反而觉得那林海正眼看着被层层压缩，尽收于他的掌心之中。然后它又扩张，又缩小，仿佛微风的每一次吹拂都使风景无限地扩展，或

---

① 又名西芳寺，位于京都西京区。因庭院内被数十种青苔所覆盖，故通称苔寺。

是异样地收缩一样。

有物象，有自然整体，有自然各部分之间密致的联系，而自己这里有尚未描绘的白色画布及其纯粹的空间，有虚无的诱惑……这种画家独特的世界构造从夏雄的心里消失了。色彩、线条、形象，从不曾像这样被他毫无意义地眺望过凝视过。

夏雄战栗了。

广阔的林海从周围隐隐约约地消失了，就像是用面包屑从边上抹去炭笔画的草图。每棵树木的轮廓也消失了，化作一片平坦的绿色。不久，那绿色也变得岌岌可危了，而周围也眼看着失去了色彩……夏雄眺望着，心想绝不会有这种事情，但是，林海的确在转眼之间被擦掉了。不可能发生的事情正确确实实地进行着。

既不是雾出来了，也不是云在徘徊，更不会是夏雄的主观臆想。理智高度清醒，意识明晰无比，可眼前却发生着一场变故。就像潮落一样，刚才还清晰可见的东西现在已退隐到一个看不见的领域。在最后朦胧的一团绿色消失的同时，林海也完全消失了。理应随后出现的大地却没有出现……什么都没有了。

在一片恐慌之中，夏雄从红土的斜坡上飞跑下来。刚要在一片草丛前停下来时，他又跳过那片草丛，从斜坡上滑落下去了。

云雀丘平缓的起伏与刚才来的时候毫无变化。夏草环绕着熔崖长得老高老高，充满了鸟儿的鸣啭。他的车停在一个角落里，放射出镇静的光芒。

"我的眼睛已失灵了，可为什么又能看见汽车呢？"

他钻进驾驶座，用颤抖的手摁了启动开关。为了启动车子，他把脖子伸出了窗外。他又看见了富士山。

"是富士山。为什么那儿还好端端地有一个富士山呢?"

所有的存在都已丧失了保障。尽管富士山清晰可见,但可以称之为存在根据的东西却消失了。只不过是某个东西的化身暂时佯装出富士山的模样罢了。

夏雄在通往饭店的路上全速行驶。来去之间,没有任何变化,可一切却又完全改变了。路旁的松树一副仰面躺下的姿势伫立在那儿,被快到正午时逐渐剧烈的炎热光线笼罩着,像是要把松树的灵魂那裸露的形态昭示于人似的。

在这高原干燥的橙黄色的暑热中,美已经彻底湮灭了。

夏雄中饭也不吃就把自己关进了没有冷气的屋子里。必须关上那扇能够看见秀丽而钝感的富士山的窗户。放下百叶窗,也不开风扇,就像是浸渍在自己的鲜血中一样,浸泡在自己的汗水中,一动也不动地久久躺在床上。

清一郎所说的一点不假。世界的崩溃已经开始。自己已经确确实实地看见了它。

但是,夏雄看见它,并不像曾经看见小鸟、鲜花、美丽的夕霞、船只等那样。换言之,他是用另外的眼睛看见的,而且用这双眼睛是不可能看见其他任何东西的。他惊异于自己不知不觉地已具备了那样的眼睛。从幼小时开始便只是挑选美丽之物来观赏的那双眼睛,或许实际上正是被这另一双眼睛所支撑和操纵着的。并且,或许在那消失了的林海后面张开着大嘴的空荡荡的世界,才正好是他那另一双眼睛从孩提时代起就一直最感亲近的东西。

284

夏雄突然想到了绘画，想到了秋天的展览会，想到了自己正是为了搜集绘画素材才来到这儿的，还有自己想画的画……这一切都显得那么令人恐惧地没有意义。在画布上构筑的小世界无异于囚犯所制作的火柴工艺品的城堡之类的东西。倘若美仅仅是他的感受性所描绘出的幻影，那么，他的感受性便大有越俎代庖的侵权嫌疑。因为美总是听命于感受性才出现在他的眼前，以致感受性忘记了它本来的那种谨慎的被动作用。

他处于一个十字路口。从他看见林海的消亡时起，他就被迫面临抉择：要么相信自己变成了一个瞎子，要么相信世界已经开始崩溃……实际上他毫不犹豫地断然选择了后者。因为选择后者更能多多少少安慰自己的心灵。他相信：从林海消亡的那一刻开始，全世界的崩溃业已迫在眉睫。意志变得毫无意义，理智的探究与感觉的游戏也已无可选择，行为等同于无为，崇高也与污浊握手言和，所有人类的价值不啻一堆瓦砾，美已经死亡……而那些往昔的美也不过是与各种人类的东西一样徒劳无益的怀旧之谈罢了……如今美无异于浮现在孩提时代的眼泪中转瞬即逝的彩虹。在他的记忆中，孩子哭泣的脸是丑陋的，卑俗的，与天使毫无共同之处。

——傍晚时分，夏雄突然站起身，穿上西服，通知前台自己要退房。结完账时，他感到在饭店服务员眼里，自己似乎成了一个形迹可疑的人。他平常习惯于被人看作一个出身高贵的人，所以，他发现自己身上已蒙上了一层不祥的阴影。

在驱车回到东京的路上，夏雄无法回答自己，为什么如此匆忙地赶回家去。他不时涌起一种感觉，似乎有某种东西正等待着自己。在这黑暗的夏夜深处，在萤火虫到处闪闪发光、旁边是水沟的道路深处，他感到有一种强烈地吸引着自己的东西。

回到家里，马上关在自己的房间中，匆匆浏览今早不在家时送来的邮件。果然有一封中桥房江的信。里面写道：

"……在此之前，我一直打算暗地里帮助您，但时机不成熟，所以未能如愿。当您收到此信时，我想，或许您正处于生死关口。啊，一想到纯洁无瑕的您正处于那种境遇之中，我不禁潸然泪下。当您收到这封信时，肯定在某个结缘之地看见了地狱。

"速来我这里，这次我定能帮助您。我的住址如下。为慎重起见，后附略图一张。"

在夏天闷热的晚上，镜子喜欢伫立着，将两只裸露的胳膊趴在带有黑色斑点的大理石壁炉台上。峻吉也学着她的模样，趴在壁炉台的另一端上。

"这样在一起聊天，就像是神社里的一对高丽狗在交谈时的那副模样呐。"镜子笑道。

"不过，胳膊凉飕飕的，真舒服。"一身推销员装束的年轻客人一口气喝干了柠檬水，说道。

今夜镜子家里一片阒寂。

"除了我们这一帮人以外，还有别的人来吗？"峻吉问道。

"有人来哟。什么电影演员、作曲家，还有不久前因开车压死人而赔偿了一百万日元的整形外科医院的浪荡公子，还有什么古巴人啦，做时装模特儿的男孩子啦，手相研究家啦……还有各种各样闲得无聊的女人都常常聚集到这里来。不过，真正的'镜子之家'的一帮人还是要数你们呐。因为我对其他人怎么也不可能真正抱有亲密的感情。"

"为什么？"

镜子无法回答这个"为什么"。镜子所爱的是作为战后这个时代的反映，在各自的内心中隐藏着如支离破碎的镜子的残片的青年们。而不久前聚会的那帮人却仅仅只是倦怠地生活在现时的每一天中。天呀，还有他们在一起所进行的那些"时髦谈话"！镜子加入到那些话题中，却怎么也无法藏匿起自己颦紧的眉头。这种时髦的谈话无非是战前她司空见惯的那些生活的可怜摹本。机智、诡辩、性的幽默，这些东西中散发着日常生活的腐烂尸臭。过去镜子所了解的人种正是在这种尸臭渐渐附体之后毁灭的。

"为什么呢？总之，我和你们在一起时，心情最愉快。或许是因为你们不需要我，而我也不需要你们的缘故吧。"

这种逻辑不属于峻吉，以致拳击手轻轻摇着头，竭力想从谈话中抽身逃遁。

"瞧，你并不想听我说话。不过，那种对我说的话洗耳恭听的礼貌做法，倒是让我受不了呐。"

"你真奢侈呀。"峻吉说了一句。

镜子问起收的近况，峻吉如实地一一报告了。虽说详情不得而知，但可以肯定的是，收现在是那个丑陋不堪的高利贷女人的情人。听罢，镜子畅快地笑了。

"他终于找到了一个适合自己的对象。对于他来说，漂亮的女人算不上十足的异性。他如今终于找到了一个真正的异性。"

峻吉说，在一般的情况下，自己是怎么也不会想到要去搂抱那种女人的，但如果迫于某种必要，那就难以断言了。镜子对峻吉言谈中的"必要"一词所带着的那种坚定语气感到很是吃惊。这是某种力量迫使他说出的词语,是王者般的表达方式。

夜里很热,从打开的法国式窗户没有吹进一丝风来,两个人把藤椅和落地灯搬到了阳台上。铺在阳台上的石块有些凉凉的,镜子赤着脚在上面踱着步。

"你也把袜子脱掉吧!"

"不会有什么玻璃碎片吧?"峻吉高度警惕,终于没有脱下拖鞋。

"拳击手就像出嫁前的大家闺秀一样,必须得珍惜自己的身体呐。我呢,即使脚被玻璃碴划破了,也不会在乎的。"

"你有时间去看医生,也有时间住院嘛。"

这可是出言不逊,但镜子却没有放在心上。她自始至终执著于夜里自己那白皙的赤脚上所感受到的惬意的凉气,还让峻吉拿来了蚊香。

信浓町车站闲散而灰暗的月台上,一辆进站的上行电车亮着一串车窗的灯光,播放着扩音器破锣般的声音,给那儿带来了短暂的节日的热闹。在车窗的灯光下密密麻麻地挤满了白色的衬衫。一旦电车离去,月台便又重新变得又狭长又灰暗了。在车站和镜子家阳台之间的谷地里,街灯的光芒在庭院每一片树叶的间隙中闪耀跳荡着,使那些树木看起来俨然像是不合时节的圣诞树。

峻吉点上蚊香后,走了回来。他突然问道:

"信在哪儿?"

镜子转过身,指了指房间角落里的装饰架。峻吉手里拿着一封厚厚的航空信,回到了阳台上那盏落地灯下的椅子上。镜子说道:

"一听说是阿清的信,你马上就跑来了。可平常请你来玩,就是不肯来。"

"很忙呀。"峻吉说道。

"白天在制瓶株式会社,晚上又要拳击训练,你究竟什么时候玩呢?"

一边驱赶着聚集在灯下的追灯蚊,一边埋头读信的峻吉没有回答。

"这,全都读没关系吗?"

"嗯,写给我的那部分也可以读的。"

镜子估计这个拳击手的阅读速度会很慢。那么,在接下来的一段时间里,镜子可以开始她自由的梦想。身边有一个让人放心的青年在一字一句热心地读着信件,这使镜子免除了孤独,得以任心灵到处游荡,坐在家中便体会到了感觉的尽情挥霍。

作为在夏季里的癖好,镜子喜欢把古龙水擦抹在耳朵后面,等待着尚未吹来的夜风。这时肯定会有货车的汽笛撕裂四周的黑夜。而毫无悲伤的心灵也就这样被汽笛撕扯成了无数的齑粉。

镜子一动也不动。于是,仿佛暑气也沿着她瘦削身体的流畅线条,并依照她身体的形态而冻结了似的。

"一个单身生活的女人竟然能不沉溺于任何情感地生活着,这真是了不起啊。"

镜子自我赞叹道。这也是因为她对所有的情念和感觉放任自流,不套上任何桎梏的缘故。不被任何东西所束缚地去爱……她在这种酷热之中,甚至还抱着爱整个人类的幻想。一个多么猥亵的幻想!

峻吉从写给自己的那一页开始读起。这是一封简洁的鼓励信,写了清一郎在离开日本前观看的峻吉转入职业选手的第一战中所想到的两三个技术上的建议。诸如要更充分地利用膝盖来打击对方呀,某个钩拳判断失误导致距离太远呀,至于比赛的技术,不可忘记扭揪时要采取对自己有利的姿势, 等等。

这些对峻吉来说, 算不上什么新鲜的忠告, 但清一郎在纽约的空中如此牵挂着自己, 使峻吉非常高兴, 仅仅这一点也足以使他感到不枉此行。与学生时代不同, 如今除了清一郎, 已经不再有能够全盘托出自己想法的伙伴。也正是在这种时候他离开了日本。

给镜子的信是一封事无巨细无一遗漏的日常报告, 薄薄的航空信笺上写满了准确无误的小字:

"为什么我要调往纽约呢? 出发之前没有时间讲述其中的具体原委。总之, 这无非是因为我顺从和优秀罢了, 并非我自己主动去动了什么手脚。

"正如你所知道的那样, 我是一个十分朴讷的青年, 而且能讲一点英语。能进行外语的会话通常被认为是一种轻薄的能力, 但我却是一个例外。在曾经读过的《马克西姆》中曾有一句一语中的话: '伪装朴讷是一种微妙的欺骗。'

"所谓的大人物可以分为两类: 喜欢青年与厌恶青年。我的岳父属于喜欢青年的那一类, 所以他选择了我做女婿。为了与美国的买主进行商务谈判而把我带到帝国饭店去的常务董事也是如此。他在董事们中间有些夸大地赞扬我的英语会话能力, 而董事中的一个人也说道, 事实上往来客户的一个旁系机械公司曾强有力地推荐过我, 说如果要派人去海外, 非我莫属。作为副社长的岳父却故意一言不发。这样, 我调往纽约的事就在上层人士中决定下来了。

"那以后突然在我的周围, 出现了阻碍我成行的动向。同一科的人到处去别的部扬言说'那家伙在哗众取宠', 甚至到曾经推荐我的那家旁系公司去造谣说'要警惕那小子, 他实际上是一个冷酷的家伙，即使你们发出的报价表上出现了失误，他也佯装不知，就连五万十万的失误也不帮忙包着点，把所有的责任全部推诿到你们身上'。最后甚至有人投诉到了人事部长那儿，说我是个吃回扣的惯犯，当然是匿名投诉的。人事部长本来和常务董事是同期的，这下刚好把他自己没能在第一线工作而被迫坐冷板凳的怨恨一下子发泄了出来。为了跟在我调往海外一事上具有最终决定权的常务唱对台戏，他拿出了种种投诉和传闻来竭力反对……这时，当然也出现了一些对我表现出不自然的亲近，想成为我朋友的人。这种人无疑更加危险，这在哪个社会都是相同的。对于周围的人明里暗里都是我的敌人这一点，我并没有感到特别新鲜的诧异，便立刻认同了。

"也许你也能想象得到事实上我却以一副更朴讷的表情悠然地到处转悠。有人认为社会被拆除了防止臭气的装置，正肆无忌惮地释放着它天生的臭气。这种气味，即充满了憎恶、嫉妒、敌意的气味是我最喜欢的气味，正如你喜欢香水一样。并且我知道，作为他们憎恶、嫉妒的对象，我自己是完全不值得他们这样大动干戈的。因为我只是扮演着'发迹的男人'这一别人的角色，扮演着作为他们嫉妒对象的角色。

"常常向你提起的那种破灭的思想，在社会中把我变成一种透明的人，已经时日匪浅了。这是一种不向这种思想的拥有者强加任何责任的思想，因此，我得以与那种思想一起变成透明的物体。在我为了提高社会地位而做出的可喜努力中，常常伴随着与众不同的自尊心的支持。这是一种相信在庞大的世界上没有一个人怀着像我一样的心境立志要出人头地的自尊心。用我的手拔掉他人的希望之芽，却又比任何人都更深谙那种希望的无价值——这种自尊心从未离开过我的身体。

"因为是写给你,所以才能够这样坦诚自述,如果我向公司的同僚们这样坦白的话,一定会被认为,那不过是为了让野心和卑劣的功利主义的发迹欲望蒙混过自己的眼睛而进行的自我欺骗。然而对于我来说,自我分析没有任何意义。我常常得到的那种'他人的希望'是无价值的,这一点与这个世界确确实实地存在于眼前一样是明白无误的事实。而这种客观的真理与我的内心、我的潜在意识没有任何关联。我并不是一个心理性的人。在此之前,至少从五岁起,我就既没有自己尚未发现的恋爱之心,也没有在自己内部看不清楚的野心。

"你喜欢'他人的情感',而我喜欢'他人的希望'。两者都是我们的供品。为什么对他人的关注在我们这里显得如此重大呢?就像野蛮人相信吃掉勇敢的敌人的血肉,就意味着占有了他的勇气一样,我相信食用他人的希望,便可以占有他人的属性。啊,他人就是牺牲品,就是不可替换的存在。当我得到了他人拼命渴求的调往海外的调令时,我体会到了一种自己彻底变成了拼命渴求它的他人的喜悦。我所有行为的动机都在这儿。实在是一种微妙的欺骗……并且,我在日常起居中所关心的事情就在于伪装成一个希求着他人所希求东西的人,这一点也正如你所知道的那样。把什么也没有伪装成有,使我所获得的既不是什么珍奇之物,也并非什么贵重之物,而仅仅是我伪装成已经'有'的那种东西。但是,就连这种东西我是否真正地得到了,也是值得怀疑的。因此变得更加渴求他人的希望了。如你所知,我'朴讷而优秀',所以也就更是越来越出人头地了。

"我不断地需要填充,你也一样。我的心常常在眼前目睹破灭之后,被扫荡一空,所以不得不用临时凑合的无赖的野心和梦想来重新填充空白。为了达到临时凑合的目的,那些平庸粗俗的东西是怎样用之不尽的灵感的源泉啊!'用借来之物凑合对付',这是我们的简洁主义,但借来之物必须尽可能具备整齐划一的构思。精致的'借来之物'也罢,艺术的'借来之物'也罢,我们都不屑一顾。因为它们是有害的,我之所以在社会上是优秀的,乃是因为我自己实施了这样一种卫生学,甚至不准几分之一微克的有害毒素残留在身体内部。但实际上,这种无害的卫生之人是不可能存在的,他存在的秘密便正好是其破灭的思想。

"你被误认为是一个梦想家,我被误认为是一个野心家。也许这可以被称为正确的误解吧。我们的思想是决定论式的,心灵一片空虚,可精神却犹如变形虫一样从未停止过盲目的运动。不妨这样说,我们只不过是精神的运动性的化身。我们的心坚如磐石,可我们的精神却像可食细胞一样地时刻运动着。

"不久,调往纽约分公司的聘书终于下来了。

"藤子为能去国外十分高兴。本来按照公司的规定,由我一个人先去,半年内妻子不能同行,但是万能的岳父以让我妻子去美国研究室内设计为名,作为个人旅行者先随我同去,等半年之后,再把费用划为公司的费用。有关我与藤子的生活细节,想必还有机会慢慢写信给你的吧。

"我们夫妇俩抵达了盛夏的旧金山,在这里住宿两夜之后,直接去往纽约。旧金山是一个白色的美丽城市,如你所知,街道起伏不平。在陡坡上至今还通有缆车,乡下来的乘客们一坐到陡峭的坡道时,便不禁一齐发出夸张的尖叫声。

"薄暮时分,稍事散步。那种在上班的路上早已司空见惯的宣传画、姓名牌无处可寻，仿佛已永久地消失了，这叫人多么快活啊！旧金山街道的特色就在于：来到垂暮的街道上，拐过街角后，在脚下遥远的地方能看见无数的霓虹灯静静地凝聚着，宛若蝴蝶会集在一起休息着翅膀似的。

"在飞机上是那么疲惫，可第二天早晨却醒得很早。打开饭店的窗户，听到了开始轰鸣的大都市的清晨的噪音和比它更喧闹的联合广场上的小鸟的鸣啭。有人来迎接我们，在附近的谢阿兹餐馆请我们吃了薄煎饼的早餐。

"……现在我在飞往纽约的飞机上写着这封冗长的信。我已经困了，不久我会再去信给你的。"

"终于读完了。"镜子说道。

"你打了个盹，对不？"

"我和你那种一闭上眼睛就犯困的人可不一样。"

峻吉伸了伸懒腰，打了个哈欠。信写得太长了，这一阵子他还不曾读过这么多文字。

"那家伙无论去哪儿，都蛮顺利的。"

"是一个掉进地狱里也能巧妙行事的人呐。"

峻吉暧昧地笑了。

"到了纽约后，看场什么精彩的比赛，也给我写一封这么长的信就好了……"

镜子突然抬起眼睛，好一阵子注视着二楼一角打着的窗户后面。

"怎么啦？"

"没什么……我总觉得真砂子房间的窗帘刚才动了一下。我想她是不是还没睡,正听着我们的谈话……尽管是个孩子,却很容易惊醒,常常深更半夜睁开眼睛。"

镜子的声音压得很低很低。

"说的明明是你自己的孩子,干吗要那么害怕地压低嗓音呢?"峻吉不客气地笑着说道。

"她可是一个可怕的孩子。这一阵子常常在回家的路上,借口去朋友家玩,而实际上是去和我分了手的丈夫家呐。分了手的丈夫肯定是埋伏在学校的前面或者别的什么地方去带走那孩子,讨她的欢心呐。不久前我才发现,她的房间里不知不觉已增加了好些新偶人,都是些德国制造的上等偶人,肯定是让她父亲给买的。然后,悄悄塞进双背带的书包里带了回来,因为她不想让我看见。"

峻吉一听见这种感情上的琐事,便马上把头扭向了一边,走到留声机那边去找好听的唱片了。

"别把音量开得太大。真砂子被吵醒了的话,可麻烦了。"

镜子重复着说道。峻吉被这句话扫了兴,粗鲁地关上留声机的盖子,背靠在上面,从遮住了他低埋着的半张脸的阴影中,扑闪着眼睛,问道:

"到底有什么可怕的?"

被他这样一本正经地问道,镜子自己也摸不着头脑了。可怕的似乎是真砂子,又似乎是真砂子以外的什么东西。也许是一边畏葸着,一边在等待着。但镜子选择了简明易懂的解释:

"这阵子真砂子虽说才九岁,可很奇怪地变得相当女人了,这使我感到很害怕。"

"今晚你倒变得很像一个母亲了。"

"让你度过了一个无聊的夜晚,真对不起……不知为什么,我忽然产生了一种错觉,好像有男人在真砂子的房间里留宿。"

拳击手含糊地皱了皱眉头。

"你是在劝我去一个九岁女孩的卧室吗?"

镜子突然大笑起来。在她那平常看起来庄重无比的乳房旁边,白皙的皮肉也因为大笑而变得松弛了。

"喂,所谓'笑死'是最痛苦的死法,现在我总算是明白了。"镜子终于止住了笑,一本正经地说道。并且为了逃避蚊香那阴郁的气味,又急急忙忙地把鼻子贴近了古龙水的瓶口。

"你居然没有因无聊而死。"峻吉不胜感慨地说道。

"要是你的话,无聊而死才是最痛苦的死法吧……的确,所谓最痛苦的死法,是因人而异的。"镜子说道。从观看比赛以后,她就对拳击手忍受痛苦、对痛苦极不敏感的特质抱有了很大的兴趣。如果存在着即使挨揍、即使流血也毫不痛苦的肉体,那么也肯定存在着同样的心灵。

"晚安。明天还要早起吧,还是早点回去的好。"突然镜子从阳台的椅子上欠起身,伸出手微笑着说道。在片刻的忍耐之间,她明白了:无论做什么事情,如果企图让痛苦波及这个青年,让他也来体会痛苦,那将只会是一种徒劳的尝试。

"再见。"拳击手天真地道了声晚安,"我回去以后,你一个人干什么呢?"

"我打算乘一会儿凉。再过一会儿,明治纪念馆的森林上空准会有两三颗流星一划而过。多可怜啊!然后我就会困了。"镜子用干燥的声音说道。

七

　　夏天烈日当头时，清美常常会突然把收叫了出来。可一旦去了
她那儿，却又并没有什么大不了的事。说她只是蓦地想见上收一面
罢了。

　　在这种时候，清美会让店里的人不管是对来客或是电话，一律
告知其出门去了。并且对店里人们的风言风语置之不理，只顾陪着
收爬上二楼去。

　　二楼上，一间八张榻榻米和一间六张榻榻米大的和式房间连成
一片，还有清洗茶具的地方和厨房，里面还摆放着小小的冰箱。清
美从中拿出冰凉的手巾把，仔细地替收擦拭着身体。夏日的阳光从
窗户的百叶窗上面照射进来，滑落在榻榻米上，映现出清晰的长方
形轮廓。清美厌恶那些附庸风雅的东西，所以窗户上既没有帘子也
没有风铃。

　　"瞧你，就走了那么一会儿，便累得满身大汗。快躺在那儿，我
给你擦干净。"

　　赤裸的收老老实实地仰卧在榻榻米上，听凭身体接受清美的按
摩。惟有左手臂的外侧触着窗户上照进来的阳光，让人感到像是一

只被刚刚砍下来的滚烫的金色胳膊。此刻，它仿佛就躺在他的身边触摸着阳光似的。

收瞥见了清美那张生着丑陋的鼻翼，像是在发怒似的面孔，于是赶快闭上了眼睛。清美的目光是那么沉静地打量着他的身体，俨然打量着一具年轻男人活鲜鲜的尸体。女人绝不可能像这样审视一个活着的男人的身体。在她那沉静的视线里，同时也蕴含着某种苛烈的东西。

冰冷毛巾的那种粗糙的触觉，使收沉积在暑热中的感觉变得栩栩如生，让他慵懒的肌肤变得敏感而细腻。与光子那犹如浸渍于沼泽地中的爱抚相比，收更喜欢丑陋女人的这种清爽洁净的爱抚。这时，他的侧腹有一种轻微的银箔颤动的感觉。他很费了些工夫才明白：那种宛若刚刚触摸过冰块似的寒冷，其实是一种疼痛感。收猛然欠起身望过去，只见从他那闪耀着年轻光泽的、滑溜溜地起伏着的侧腹流出了一股殷红的鲜血。在阳光的照射下，血丝闪烁着光芒。

"只是一丁点儿擦伤罢了。"清美抢先平静地解释道。

"你干吗割伤我？"

收的眼睛用不着四处搜寻，便一眼看到了落在身边榻榻米上的那把寒光四射的剃须刀片。但是，他的目光就像是仅仅审视着一些静止不动、并且微不足道的小小物体一般，比如说打落在夏天路上的那种破罐子的碎片在光线中的闪光……那是一些与他们的人际关系毫不相干，而只是在别的地方熠熠闪耀的孤独的物体。

"这肌肤太美啦……瞧着瞧着就禁不住想把它划破来看看。"

清美一笑也不笑的脸庞已经完全忘记了表情，就像是把情感剃开的断面曝晒在阳光下一样。但是，收却看见了她生气后鼻翼的颤动，还有凌乱的面妆那刺眼的光泽。

突然，清美斜着搂抱住收的胴体，开始吮吸那小小伤口上的血丝。这种快慰的恐怖竟使收头晕目眩。他甚至忘却了时光的流逝。

……黄昏时分，收和清美从假寐中醒来。迎面吹来丝丝凉风，但依旧令人喘不过气来，仿佛汗珠被吹干后的沉重仍紧紧地包裹着肌肤一般。远处霓虹灯闪烁着，隐隐约约地洒落进房间。收在还没有彻底清醒过来的脑海中，追寻着一个念头："这肯定是我多年来渴望已久的女人。如今我终于与这个女人相遇了。"

收不满足于世上常人的那种关怀，他所寻求的乃是另一种火辣辣的猛烈的关怀。他不满足于仅仅只对他加以爱抚，而渴求着那种仿佛要将他全盘腐蚀掉的关心。迄今为止的一切仅仅是轻轻掠过了他的肌肤而已，而为了确认自己的存在，没有比那种一瞬间的疼痛更实在可感的了。他所需要的正好是痛苦。

当看见自己的侧腹上流淌的血丝时，收终于翻然觉悟到了那种从不曾拥有过的对存在的确信。这里存在着他年轻的身体，存在着不得不伤害他身体的来自别人的强烈关心。他的身体接纳了那种绝望的爱的情感，以致产生了一瞬间酣畅而快慰的疼痛。那分明是他自身的血液在流淌……这样一来，存在的戏剧终于得以成立。疼痛和鲜血全面地保证了他的存在，从而彻底呈现出围绕着他的存在的风物。"这正是处于世界之中的那种存在的绝对感觉，"收思忖道，"我第一次抵达了期望的地点，与所有的存在之环铆接成一体。"那温柔而艳丽的鲜血的流淌，流向身体外面的血液，是内部和外部最高亲和的标志。他美丽的肉体要达到真正的存在，倘若仅仅是被肌肉厚实的城墙围圈起来，就难免存在着某种缺憾，即是说缺乏鲜血……而且，那使收对存在产生了确信的痛苦和鲜血，或许什么时候将会只为了毁灭收的存在而发挥效用吧。

——收从厨房那边的灯光下看见清美已经穿上单衣，正切着从冰箱里取出的白兰瓜。单身生活的女人那种盛气凌人的孤独已在她穿着单衣的肩头上筑巢铺窝了。

把切成两半的白兰瓜盛进碟子里后，清美点亮了这边八铺席房间里的电灯。收避开耀眼的灯光，站起身来。于是，房间里奢华的家具一下子便映现在眼帘中，然后他看见了端着托盘的清美正通过六铺席房间向这边走来时那眼镜的反射和镀银钥匙的闪光。这是一幅平凡的生活场景。收有些怯生生地抱怨道：

"无论如何，也至少该备一个风扇呀。"

"风扇的风让人恶心。而且，在冰块所居住的房子里，难道还需要什么冷气吗？"

在收吃白兰瓜时，清美半开玩笑地说道：

"在我死的时候，跟我一起死吧。"

她说要在看见收的脸庞和身体一起浸渍于血泊中不能动弹之后便服毒自杀。

打那天以后，收完全被这种情死的念头攫住了。白天黑夜，他的脑海里总是萦绕着这个念头。一旦提到疼痛，他所想到的便只是那剃须刀轻轻的一划。当他发现自己真正渴求的乃是痛苦之后，那种观念上的痛感便立刻带上了快乐的色彩。于是这种死亡也与舞台上的死亡变成了一码事。

死亡那种不可重复的性质,使他的空想变得惬意安闲了。空想无论有多么惬意安闲,也并无妨碍,而空想中的感觉无论与实际相去多么遥远,也无关紧要。因为这些空想反反复复的结果,便是使人在真正面对实际的死亡时,也能够毫不犹豫地断然实施,而死亡一旦发生,便不可能再度重复。

　　收所思考的鲜血曾经依靠戏剧的鲜血来聊以代换,收所梦想的那种死亡的痛苦也曾经依靠戏剧的痛苦来暂为取替。但空想很快就麻痹了。当决不会给予他角色的舞台之梦又一次复苏时,他的存在感就会再度变得含糊不清。于是,必须让真正的鲜血真正地流淌的念头便会又一次追逐着他。他关于情死的念头就这样像时钟的钟摆一样极有规律地在现实与舞台之间荡来荡去。

　　但无论是舞台上的死亡,还是现实中的死亡,在他都不曾亲身体验过这一点上,几乎占有着相同的位置。有时他会发现,在自己所空想的那种血腥的死亡中竟然没有掺杂一点痛苦,而只有快乐在绵绵地延伸。这时,收对自己所梦想的究竟是舞台上的死亡,还是现实中的死亡,更是难以定夺。

　　说句真心话,出于天生的虚荣心,他原本想和美丽的女人一起情死。但现实中的美丽女性却不足以使他产生对死亡的渴望。因此,他不考虑清美的长相,而只考虑清美的灵魂。那是一颗阴郁而灰暗的灵魂,一颗被他人的不幸与自己的绝望所造就的灵魂。它有力地渗透到收的内部,渴求着他那年轻的血腥身体。那双眼睛从世界的外面监视着他,用灰浆将他摇摆不定的存在牢牢地固定在这个世上,成了他的证人……并觑觎着他的肉和血。

　　这些想法转眼之间便把收周围的社会化作了一个架空的存在。

巨大的楼房变成了纸糊的小玩艺儿,电车、汽车变成了仅供观赏的小道具,政治、经济则只不过是一种纵横填字的字谜游戏罢了。本来他就对这些东西既无兴趣也不关心,在他眼里,它们仅仅是其他人的现实。

日本共产党制定了重振旗鼓成为"受人热爱的共产党"的方针。与此同时,又公布了德田球一①的死讯。四国巨头的会谈已在日内瓦召开。各自卫队的新编制与配置业已确定,陆上自卫队的人数共计达十五万人。一对年幼的兄弟在常磐线跳下站台自杀……

这类事件不胜枚举,但无一不是架空的事件。整个世界变成了一个被包围在纸糊的大道具中,只有外表被灯光照射得异常明亮的、不分昼夜的剧场。

"我被人渴求着。我找到了角色。"

收喜欢那样思考,就仿佛那是一个比喻。于是,会觉得那架空的世界恍如陀螺一般在自己的周围团团旋转。他被热烈地渴求着,宛若放在榨汁盘上被榨取果汁的柠檬一样被渴求着,直至被捣成粉末。

舞台上的血泊化作了收的意象而浮现出来。他迟早会躺在那儿吧。微温的血泊将会浸泡他美丽的侧脸吧……现实的空想自始至终被舞台上那种死亡感觉的不断延续所支撑着。"我将一动也不动吧。我将死去吧。不要睁开眼睛。也尽可能不要呼吸。因为从观众席上看过来,哪怕一丁点儿的呼吸也是格外显眼的。在闭幕以前,一直静静地冥想着什么无聊的事情好了。不久,帷幕就会落下,而我将

---

① 德田球一 (1894—1953),社会活动家、政治家,曾参与日本共产党的创立。

站起来吧。"

　　但是，帷幕决不会关闭，喝彩声永远都不会听到——这种想法立即又重新回复到收的心上。这种想法使他变得近于疯狂地幸福了。

　　"假若帷幕永远不关闭，那么戏剧就永远也不会有终结吧。"

　　这对于所有的演员来说，恐怕都是最理想的戏剧吧。

　　不过，收已经完全不去剧作座了。也很少去体育馆了。因为每次与清美约会，在可怕的游戏之后，绳子把手臂、胸脯使劲捆绑后留下的淤血，在两三天内都久久不散，致使身体的每个地方都遗留下了游戏后的道道伤痕。

　　母亲做梦也没有想到，漂亮的儿子竟然会耽溺于这样一种地狱的游戏之中。在清美撕毁了字据，取消了抵押权的那一天，母亲就用精心藏匿起来的钱买了一台空调机，安装在店里。店堂内挂上了"冷气开放"的招牌。不到十天工夫，就又聚集了一大批新的客人。生意之兴隆，不减当初。

　　在残暑逼人的某一天，儿子很稀罕地买来新剧的门票，邀约母亲一同去观看。剧目为镜花①的《海神别墅》、中野实②的《继承人是谁》和贝拉斯科③的《蝴蝶夫人》。由水谷八重子扮演蝴蝶夫人。眼下，八月的歌舞伎座已接近闭幕演出了。

　　作为一切都已平息、所有的辛劳告一段落的庆贺，儿子特意招

---

① 泉镜花（1873—1938），日本小说家。
② 中野实（1901—1973），日本剧作家、小说家。
③ David Belasco（1853—1931），美国戏剧演员和剧作家。

待自己去观看戏剧,对此,母亲愉快地接受了。看见儿子穿着一件大红底色上配着白花儿的夏威夷衫出门,母亲有些惊讶地说道:

"哇,真花哨啊。就像是血的颜色。"

收没有回答。他的表情被隐蔽在深绿色的太阳镜后面无法看见。

从出租车窗户投落下来的日光炙烤着已经失去弹性的扎屁股的座位一端。母亲担心头发会被风吹乱,特意关紧了窗户上的玻璃,可手里却摇着一把格外艳丽的京扇。

为打破收这一阵子常常出现的沉默,母亲想找一个说话的楔子,特意提到了清美的名字。

"对你自不用说,就是对她,我也是心存感激的。爱情归爱情,金钱归金钱,这虽说是目前盛行的做法,可她的那份心意不是让人欣喜吗?"

收交叉起穿着夏威夷衫的双臂,依旧一声不吭。见此情景,母亲被一种恐惧感攫住了:倘若收已经厌倦了清美,不是会不喜欢这个话题吗?她的不安不断地描绘出种种险恶的预感:被厌倦了的清美的怨愤,经济上的报复,变本加厉的追究和严刑拷打……那被废弃的字据、被取消的抵押权不是还会继续生效吗?——种种不安像乌云一般蜂拥而至。但母亲没有勇气说出这种险恶的预感,只是改为教训的口吻试探道:

"你也不要过分心高气傲,要好好珍惜她,尽管她长得不好看,但她毕竟和一般女人不同啊。"

收擦了擦鼻子下面沁出的汗水,终于开口说话道:

"这我知道。我会和她一起走到底的。"

一听这话,母亲因过分的幸福而差一点泪流满面。在遭受了那么多的恐吓威胁之后，生活的平安便是她的无价之宝。

"太阳镜什么时候取下来？不至于在歌舞伎座中也一直戴着吧。"

她突然用开朗的声音说道。她对自己这种非常母亲式的毫无意义的多管闲事，感到一种自我满足。

《海神别墅》不知所云，无聊透顶，而来回转动着展示了大量道具的《继承人是谁》却莫名其妙地显得趣味横生，而最后的《蝴蝶夫人》中八重子白白等待无情丈夫的那副可怜相却让母亲的眼泪簌簌而下。不过，八重子的那种贞节却让人觉得又平庸又愚蠢。

六点多，戏剧演完了。在母亲的提议下，母子俩去了他们曾在幸福的时节一起进过餐的那家上等西餐馆，因为那是一个吉利的好店铺，如今的他们比那时候更幸福。

尽管如此，奢侈的晚餐并没有带给他们母子俩所期待的那种幸福感。

"这阵子这孩子的确是变了。"坐在白色桌布的对面，母亲观察着粗鲁地摆弄着刀叉的收，一边思忖着。突然间，儿子的存在带给她一种不祥的感觉："这孩子在某些地方不断地让我产生一种预感，即我们的未来是漆黑一片的预感。这种预感会持续多久呢？"

而在收看来，母亲已经和别的现实一样化作了空架子。她无异于扮演着母亲角色的泥偶人，她所说的话，她所做的每一个笨拙的动作，全都像机器人一样。算计呀，习惯呀，世间的顾虑呀，陈词滥调呀，平庸的母爱等等，正借助母亲的身体向四处散发着。如今收已禁绝自己对母亲的爱，不断感到自己正委身于她决不可能理解的领域。倘若这平庸的母亲企图理解儿子与清美所栖身的世界，那么，那个世界就会在顷刻间化作丑恶之物吧。

"我们只是进行一次有点与众不同的殉情罢了。我所感受的快乐没有任何必要让别人来理解。不久夏天就会结束吧，"收俯看着夏日黄昏时分的街灯，一边想着，"死去的我将不会再看到这种夏日夕暮的霓虹灯吧。"

总之，夏天尚未逝去这一点是至关重要的。纠缠着脖颈的这种雾霭似的暑气、吹拂着肌肤的凉爽夜风，与他所思考的死亡最为协调，让人觉得一旦错过这个季节，那么，占据他心灵的那些可怕的念头仿佛也会随之消失似的。穿着花哨的夏威夷衫，在烈日下行走着时，汗水渗透了每一道新的伤痕。这种疼痛的感觉是多么新鲜！这是联结世界与他内部的纽带，是将被联结起来的世界变成架空的戏剧的纽带。

迎面而过的姑娘们的视线也不可能抵达这秘密的伤口。这不为人知地积蓄起来的伤痕，宛若流星一般把他弹出到社会之外。"但我已不是影子。绝不是影子。是一个会受伤、会疼痛、会毁灭的肉体。"不久，他的身体将会被淹没在伤痕之中吧。在和清美一起殉情之前，他要拽住对面的那个姑娘，在她面前展示他的裸体。她一定会惊讶得双手掩目吧！

收想起了在某一个廉价的酒馆里，有一群蓄着长发的青年们絮絮叨叨地议论着他们的精神创伤。收蔑视这一帮人。倘若向这群炫耀自己精神创伤的家伙展示他肉体上的伤痕，他们一定会哑然失语的。这是一帮从不曾发现自己其实并不存在、精神不啻影子的影子这一事实的家伙。

必须趁着夏天尚未消失来了结一切。鲜血与太阳的光芒、腐败与苍蝇的嗡嗡叫声，形成了死亡周围的一系列装饰音符。这是萦绕在夏天晌午寂静的大道上被花束般抛掷丢弃的死尸周围的音乐，而一旦进入秋天，谁也不会再倾听这种音乐了吧。

世界是为他而准备就绪的。雪白的桌布……收抓住了桌子上浆得发硬的白色桌布边子。他迸发的鲜血竟然没有染红白色的桌布，这似乎是不合情理的。

"你在想什么？这一阵子你老是沉默不语，而且也不像以前那么有食欲了。"

母亲终于把自己的担心说了出来。

"不用担心，"善良的儿子说道，"夏天谁都是这样的。"

但是，收无法抵御那种想把自己快乐的秘密告诉给某个人的诱惑。于是那天晚上，他先打发母亲回家，然后自个儿去拜访了镜子家。

镜子家明亮的灯光下簇拥着很多陌生的客人。他受到了热情的接待，但在一大堆不熟悉的面孔中间踱来踱去，很难找到机会与镜子单独谈心，而且那种机会似乎永远也不会降临。

这期间收还是愉快地思考着死亡。他远离喧闹的谈话，倚靠在房间一隅的灯柜上，耸了耸左肩，稍稍卷起了大红色的夏威夷衫的袖口，能看见手臂上的陈旧伤痕带着一种鲜明的葡萄般的色彩。他把被酒濡湿的嘴唇凑近一道葡萄色的伤痕，轻轻地吻了一下。

阳台上也挤满了客人。镜子穿着淡紫色的礼服在室内与阳台间来回穿梭着，当她与收目光相遇时，便会嫣然一笑，随即擦身而过。

她微笑的目光分明带着倦慵，而她又是那么主动地寻求着倦慵。对此收大为惊讶。过去的镜子决不是这样的。

在镜子的介绍下，几个上了年纪但打扮阔绰的女人向这个在席间大放异彩的、身穿大红色夏威夷衫的美青年搭讪着。但收的回答却生硬而冷淡，以致对方当即断定他是一个混蛋，拂袖而去。

镜子已开始向某种东西屈服了。这席桌上没有峻吉、夏雄，也没有光子、民子。相反，过去颇遭镜子轻蔑的那种俏皮而机智的谈话却在这里随心所欲地肆虐着。甚至还有四五个外国佬。收的旁边，有两三个装模作样的家伙正故作风雅地聊着，诸如喜欢巴托克还是喜欢弗兰克之类的。一个最近从巴黎回来的女人说，在战后的法兰西重新发现了东洋的神秘思想，等等。还有一个花花公子模样的疲惫的男人正洋洋自得地说他发明了一种任何古今奇书上都没有的性交新体位。于是大家都放弃了别的话题，央求他传授秘诀。那男人在装腔作势够了以后，最终公开的新体位原来是一种花费九牛二虎之力才能勉强进行的毫不实用的玩艺儿，给人一种为体位而体位的感觉。

在香烟喷出的烟雾所翻卷起的漩涡上空，在诸如女人头发上的羽毛饰品和男人因汗珠而发着光的鼻子等等的上空，悬挂着那种司空见惯的陈旧的枝形烛台。用玻璃做成的粗大的假蜡烛已经被灰尘和油烟污染成深灰色，向天花板投射着熏黑了的光亮。在比天花板更高的地方，收感到清美的眼睛正从世界的外面目不转睛地俯视着这儿，监督着自己。那滚烫而潮润的、微微充血的疯狂的眼睛，犹如从高高的树叶丛中射来的野蛮人的毒箭一般，投落下灰暗的穿透一切的视线，把看见的东西无一例外地变成尸首。浮华的谈话、因汗水使得脸上的脂粉变得凌乱不堪的那些女人的肩膀、尖锐的笑声，全都带着一种尸体的腐臭，使收的心中敏锐地浮现出那已经忘记了的义务似的东西。

收蜷缩在自己之中，也不让阳台上的晚风吹着自己。在酷热的灯光下，他一边因渗出的汗水浸渍着新的伤口所带来的快乐而颤栗不止，一边又回到了他一直沉湎于其中的关于死亡的思索上。刚才搭过话，此刻连名字也忘在了九霄云外的一个中年女人，将夹来的冰块放在了他手中的杯子里。收愣在那儿，甚至忘记了道谢。微温的液体迅速地变冷，使玻璃杯冰凉得就如同一把刀刃。他思考着死亡。死亡并没有长着古老的翅膀而飞翔，只是像纤细而温柔的手指一般，从他夏威夷衫的下摆中钻了出来，无一遗漏地爱抚着他伤痕累累的年轻肌肤。

"昨天到羽田去送了重光。他是一个阴郁的旅行者，去美国就像是又到巢鸭^①去似的，R君也一同前往。就是你很熟悉的R君。那家伙在就要出发时已经疲惫不堪，一副差一点就患上了神经衰弱的神情。无论如何，只要是和重光同行，就免不了……"

——我会死吧，血会喷射到多高的地方呢？我能够亲眼确认自己鲜血的喷泉吗？

"在砂川的基地，如今正发生大骚动呐。也许可以看到好久不曾看见的内战的缩影吧。所谓测量，未来属于可怜的技术性工作，但正如每个人的一生中都有华丽辉煌的时期一样，测量技师的卷尺也会在一阵子里成为政治的明星，并且会在不久后被彻底忘却吧。我

---

① 东京都丰岛区的一个地名。

不怀疑自己每天早晨的剃须或许也会在什么时候成为一种政治行为。剃胡髭时,我常常不禁这么想。我不喜欢电动剃须刀,它缺乏那种仔细而精密的朴实工作所具备的性质,也缺乏那种政治应有的素质。"

——鲜血从我的口中流淌而出,当我的呼吸就要停止时,清美一定会发疯似地搂住我亲吻我吧。但是,只要我尚存一口气,我就不愿被亲吻。如果呼吸已经完全停止,那么我微微开启的嘴唇无论接受多少亲吻都无所谓了。我知道,清美会觉得我死后的脸庞充满了神圣的美丽。那女人会因为想亲吻我变得冰冷的嘴唇而憋得喘不过气来吧。

"在奶粉里加入砒霜,这真是一个绝妙的发明。喝这种奶粉而长大的婴儿,在十几年后一定会成为我所喜欢的那一类男人。如果不在身体的某个部分具备那种砒霜似的东西,那么,这种男人会有什么魅力呢?"

——如果死亡能在快乐的尽头顺利地接纳我就好了,就像让婴儿酣睡着从摇篮移到床铺上一样。但在临死前最痛苦的关头,不是会有某种东西惊醒我,给我展示出一个大煞风景的事件的全貌吗?

镜子站在他旁边,悄悄地碰了一下他的胳膊,说道:

"你在想什么?把你晾在一边,对不起。"

收仿佛觉得自己的伤痕被人看透了似的,匆忙地抽回了手。

"到阳台上去吧,不要待在这么热的地方。"

镜子把这个穿着大红色夏威夷衫的青年带到了离灯光最远的阳台的角落上,背对着谈笑风生的人们,并肩倚靠在面向庭园的栏杆上，透过树丛的间隙，能看到信浓町站一大串灯光。从淡紫色的女式礼服上发出的阴郁的香水气味与白昼残留下的青草的热气混杂在一起，刺激着收的鼻子。

"净是些没见过的客人。"

"是的。收了他们会费的。"

这无关紧要的回答吓了收一跳。

"那么我也得付会费吧。"

"算了，你可是例外。我希望来的客人则另当别论。今天来的客人，如果不收取点会费，真是无法忍受呀。"

镜子压低嗓音说道。这也表明了无论如何也从不会在自己家里压低嗓音的她所面临的一种窘境。收痛切地感到：镜子已不再像以前那样富有了。

"我来了，真对不起。"

"你说什么呀？刚才介绍的那些老大妈们都对你很有兴趣呐。还怀疑你和我之间。要不要做出点假相给她们看看？"

镜子用裸露的手臂挽住收裸露的手臂。镜子的手臂冰凉冰凉的，犹如死去的动物的皮肉。

"把这么冰凉的手臂当作枕头的话，会相当惬意吧。"

"是吗？那我们不妨试试！"

镜子一边用手臂挽住收的手臂，一边将低埋着的脸浸润在栏杆外面绿色树丛的黑暗中。如果不摆出这种让大家敬而远之的姿势，他们俩就无法尽兴地单独交谈。

"找我有什么事？"

镜子耐不住天生的好奇心，主动问道。收美丽的侧脸沐浴着遥远的灯火，从黑暗中白皙地浮现出来。他低垂的眼睛上，长长的睫毛画出一道阴影，有一种茫然地沉湎于镜子所不知道的快乐记忆中的苦恼。镜子亲身感受到了那些因为爱这样的青年而不得不在徒劳的烦恼中度过时日的女人的心情。

"什么事呀？有什么需要紧急商量的？"

"没什么，"收含糊其辞地结巴着，"说不定，不久我会殉情吧。"

镜子想问，殉情的对方是不是那个未曾见过的丑陋的高利贷女人。但是她忍住了，只是很平常地应和着，探探虚实。

"嘿，你是被迷住了吧。"

"才没有呐。"收歪着嘴巴说道。然后又接过话头，继续说道，"无论怎么解释，你也不会明白的。说真的，那既不是什么自杀，也不是什么杀人，也算不上什么殉情，可又是几者兼而有之的一种死法。"

镜子一副坚毅的神态。她曾经听说过太多的青年想自杀的话，可她一次也没有相信过。事实上，也没有一个青年真正地死过。

"你不相信。"收没有做出任何努力来企图使镜子相信，只是微笑着说道，"你以为像一般的殉情那样，需要决心、后悔、犹豫、走投无路的境遇、感伤的爱情之类的东西吧。你也知道，这一切没有一样是与我相称的。我的天性中没有那种豁出命来或是狠下决心的成分……我的死是这样的，就宛如从滑梯上轻松地滑落下去一般……不，不对。如果要从滑梯上滑下来，那么首先就必须得先爬上滑梯，我不需要那么麻烦。其实在梦与现实之间，只要稍稍抬起手来，游戏和戏剧就会流出真正的血来……你明白吗？比如我在舞台上演戏，戏剧与现实之间的界限便会很快消失，以致一边演着戏，一边不由自主地纵身跳入现实的死亡中。那两者间的断层终于消失了，而当我回过神来时，自己已经死掉了。"

"谁来那么做呢？"

镜子惊异于收这种平素少有的雄辩，提出了一个试探性的问题。

"谁吗……我和女人。要么由我，要么由她来实施。总之，温柔地叩击一下我的肩膀，我便一头栽进了死亡中。其间的界限变得那么稀薄，薄得就像一层糯米纸。戏剧与现实、生存与死亡，在我看来并没有太大的区别。我也因此而发现了这样一个事实，即我拥有被人们赞叹为漂亮的肉体，年轻而健康，什么也不想，什么也不做，但却明白无误地存在于这里的事实。"

他的话语变成了难以被人理解的内心独白。在夏夜阳台的角落里，在远离灯火的黑暗中，以缀满了月台灯火的茂密树叶为背景，他清楚地发现了他梦寐以求的自我。拥有着诗人面孔和斗牛士体魄的这个伤痕累累的年轻人正好端端地存在于这里！明天，他将不加抗争地接受那血迹斑斑而又英雄无比的死亡的洗礼吧。就如同被丑陋的肥料喂养大的美丽花朵那样，他在杂乱地吸收了现代各种千奇百怪的肥料后，将创造出自身透明无比并辉煌灿烂的神话吧。而且，所有的怪诞都不可能动摇他的存在。

——镜子处于一个离收的狂热颇为遥远的地方。在镜子看来，收的话显然带着非常不诚实的成分，但她却又没有处在能够对这种不诚实加以谴责的立场上。

虽说不能与他一起发狂，但镜子却一边依旧待在自己这无为的河岸上，一边想着：自己与那些理性的傲慢客人相距甚远，而与收倒要亲近得多。她在那么仅有的一瞬间，从收的脸上看到了废墟时代的再现,看到了夏天的太阳辉照着瓦砾的那"不知道明天"时代的一鳞半爪。

能感到自己周围的年轻人们都朝着一个归宿,以不祥的速度奋勇前行着。她的眼前浮现出了在纽约的清一郎、峻吉和夏雄的脸。

"是啊,在谈这种话题时,如果有善良、老实、诚恳、并且善于听人说话的夏雄在场的话,那就好了。最近你见到他了吗?"

"没见着,"收从栏杆上欠起身说道,"好久不见了……是啊,大家曾一起去看过阿峻的比赛。那之前他来过我母亲的店里,因为大家净说些肌肉的话题,所以他有些焦躁不安,还说过这样的话呐。我记得很清楚,当时他眉头紧皱,一副很难受的眼神,由于过分紧张,以至于用任性的语气这样说道:'如果肌肉是那么重要,那就趁着还没有衰老,在最美丽的时候自杀好了。'"

镜子刚要想笑,这时,一列货车拉响刺耳的汽笛,从信浓町站开了过去。它那疾驶而过的黑色影子遮蔽了月台上的灯光,而震撼着听者心胸深处的两种长长的汽笛的咏叹,好一阵子都在夜空中拖曳着疯狂的尾巴。货车车轮那懒洋洋的与铁轨摩擦的响声单调地重复着,使他们听不清对方的话语。

这时,收说出了一句肺腑之言。这句话在他迄今为止的人生中只说过这惟一的一次。

"流血是一件极端美妙的事情。"

然后像是为了让镜子放心似地加了一句:

"……尽管你不知道。"

镜子没有留意到,这句话分明属于她所大为喜欢的那种"他人的快乐"。镜子只认为这是收的哲学罢了。

下面是镜子写给在纽约的清一郎的信：

　　我的眼前浮现出你看到我随信寄去的剪报而惊呆了的脸。报纸上冠以"古怪的殉情"这一标题，把收说成是一个失败而懒惰的新剧演员，这可怜的无名青年成了丑陋的高利贷女人的情人，在强制性的殉情中成了被害者。报上的报道一点也没有错。一家媚俗小报描述了当场种种凄惨的情景，我故意没有给你寄去那种报道。

　　在这一事件发生的几天前，他来我家里玩过。他的确渴求着死亡。但没有一家报纸来采访我，而且我对事件的真相也并不那么感兴趣。无论是他杀也好，殉情也好，反正他是死了。

　　如果说喜欢听别人情事的我对事件的真相毫无兴趣，你肯定会露出常有的那种讥讽的笑脸，说我是在撒谎。但那时，我的心中确实发生了不可思议的变化，失去了往日那种能够在他人的情事与人生中生活下去的信心。我变得害怕了。或许我的家，我的生活也会在什么时候失去太平吧。也许我们无秩序的根据地，我们想像力的港口也会被波涛吞噬从而分崩离析。我想呼救，可你却远在纽约……

　　首先从钱上看，我能否再持续从前的生活已大可怀疑。今年初夏要是卖掉了轻井泽的别墅就好了。我也曾为此后悔过，但今年已错过了时机，也就只有等到明年夏天了。因此我想到的是开舞会，把家对外开放，女主人当然是我，来收取会费，实行出租，将过去的朋友变成了会员。正如你所知道的那样，大家都闲得无聊,而我家又处在一个离开了都市中心的有趣环境之中,所以,大家就经常利用我家举行舞会了。换言之,我的家已不再是纯粹的无秩序的大本营,而是虚假的无秩序、供观光客人用的无秩序、樱桃小嘴的无秩序的大本营了。因而顾客盈门,商品畅销。更何况是在景气多少有些好转的现在。我居然使用了"景气"这个词,你肯定会笑话吧。

……尽管如此,当我看见自己所熟悉的收死去,被当作乱七八糟的新闻中的一条,我不由得发现,那种自以为了解他的自信也崩溃了。难道我们不是也像那些阅读报纸的没有责任感的读者一样,不可能了解对方吗?或许甚至连你和我之间也难免如此。我们之间被世俗社会所遮蔽着的些许联系或许不过像瞎子与瞎子相对、哑巴与哑巴相对的那种感觉罢了。你说的话是正确的:我们绝不可能帮助别人。

你说我喜欢"他人的情感",而你自己则喜欢"他人的希望"。我们不可能生存于现时之中,我属于过去,而其他人属于未来。我耳闻别人的情事,被人从耳朵里灌入了那种体验,以至于觉得自己也是如此生活过来的,满以为已将一切未知的将来转移到了我自身过去的档案之中。

但这是危险的,真正的危险!无论是他人的情感,还是他人的希望,总之对他人过于抱有兴趣是危险的,它甚至会把我们拽入一个自己从未考虑过从未想像过的地带,最终迫使我们背负起"他人的命运",而并非"他人的希望"。我们似乎仅仅用想像力和空想力来忍耐为好,再往前走便是宿命的领地了……仅就这一点,请允许我像亲人一样来警告你。

他人自不待言，就连对家里的真砂子，我也是束手无策。我觉得她仿佛正在策划着某种阴谋诡计，渐渐地把他的父亲带回到家里来。或许是心理作用吧，我出门买东西时，总会感到有一个正监视着我的私人侦探模样的男人影子。

下面是清一郎的回信：

哎呀！你竟变得脆弱了，这是怎么回事？你居然提到了"宿命"！不存在着宿命，这难道不是我们产生共鸣的最初的根基吗？倘若有宿命的话，我们早就该在一起睡觉了。

从不完整的新闻报道中也可以明白，收君的死亡决不是什么宿命性的事件。这正是那个似乎没有一点意志的男人的惟一意志。就好比从跳板上跳入游泳池的人那样，他在自己的意志之上一条直线地向前走着，并纵身跳入了死亡。——究竟是否存在着自己也不曾发现的意志，是不是该把它叫做宿命，等等，或许会引发一场无休无止的争论，在此就免了吧。他打一开始便一直渴求着的就是死亡，只不过这一点我们是后来才知道的。死亡戴着各种各样的假面具，阻挡在他的面前。他取下一个一个假面具，罩在自己脸上。当他最后一次取下假面具时，那儿暴露出的恰恰是死亡可怕的真实面目，但这对于他来说是否可怕，我们也是不得而知的。在此之前，由于他过分强烈地渴望死亡，以致发狂般地渴求假面具，他依靠假面具而使自己变得越来越美丽。你也必须知道，要变成美丽者的男人的意志与抱有同一种希望的女人的意志大不相同，它必然是"通往死亡的意志"。

这的确是与青年相般配的事情,但平常青年们因为害羞而不肯公开这一秘密。将这一秘密公之于众的惟有战争。

　　——不能在这里对你的财产管理加以指点,甚为遗憾。但是当你采取决策时,请速来信相商。举行舞会,这是与你极不相称的粗俗的商业策略。现在很忙,就暂写到这里,下次再详细叙谈。

　　这个夏天以来,围绕着夏雄,一家人忧心忡忡,不知道该怎样来对待他。夏雄已不画画了,不睡觉了,不大吃东西了。这个布尔乔亚的家庭把这看做难以想像的"艺术的苦恼"。

　　在布尔乔亚的迷信中,认定艺术家必然伴随着苦恼。这种想法是不可思议的。某种遥远的苦恼的信仰与艺术家的传说肯定是在某个地方混为一谈的。即使是资产阶级也罢,当他们在痛失妻室儿女时,也会体验到真正的人的苦恼,但他们却有一种不愿把自己所体验到的东西叫做苦恼的倾向,自始至终想把真正的苦恼交付给别人,而不愿让自己成为这种不祥物质的永久保管者。他们希望在某个地方开设有苦恼的银行,存在着苦恼的总经理、苦恼的专家。过去是由形象可怕的圣者们来担当这一角色的,可不知从何时起,艺术家代替圣者粉墨登场了。

　　这样,艺术家以他们对最无益的东西所具备的强烈的苦恼能力使人们大为放心。这种苦恼在社会上的毫无价值及其抽象性,治愈了人们在实际生活中所抱有的对苦恼的恐惧。艺术家们演示了一种苦恼的命运,但这就像是观看一个为某种绝对不会有传染嫌疑的怪病而痛苦烦恼的人一样，使资产阶级免除了苦恼最可怕的特质，那种"带着普遍性的不祥"特征。

不可能成为一般性法则的苦恼，与一般人的存在毫无关联的苦恼，这就是艺术家受到资产阶级热爱的东西。作为这种苦恼的交换，资产阶级赏赐给艺术家"天才"的称号，这种称号是一种近于把人们的视线从一般性原理中挪开，从而使他们得以躺下小憩的某种社会性功劳奖之类的东西。依靠这种结构，"艺术得以暂时安慰人们的心灵"。

当夏雄那奇妙的阴森森的生活开始之时，他们一家人同时思忖道："该到来的东西终于来了。"终于来了。它既是一种被一边恐惧着，一边暗自期待着的东西，又是一种秘密奇迹的显现。特别是对于他母亲来说，这也意味着向世间炫耀儿子的苦恼的时机已经到来。她在无意识中期待着成为哀痛的圣母像。

"虽说世俗的人马上会奉承说有才能，但我却认为，才能并不是像他们所说的那样天真幼稚的东西。如今夏雄那种像是走投无路的心情我是太理解了。我想，现在只有全家人齐心协力，保护夏雄免遭世间多变风云的侵害，鼓励他依靠自己的力量去逾越那一堵墙壁。大家一起来安慰夏雄吧。哪怕是开玩笑也罢，谁也不准说这孩子的才能已经枯竭了之类的泄气话。要让他感到大家正用比往常更温暖的态度，耐心地守护着他，这才是最好的方法呐。"

她对夏雄的兄长、回娘家来玩的姐姐都一一叮嘱垂训，俨然是宽慰一个患病的小孩似的态度，不过这种态度竟然歪打正着。倘若夏雄真的是为艺术上的苦恼而苦恼着的话，那么，很难想像有比这种布尔乔亚式的家庭庇护更差之千里的愚蠢把戏了。

可以称之为这种庇护的象征物品一直装模作样地摆放在夏雄画

室的一角。这就是一台进口的空调机。为了保持关掉窗户后密闭房间的氛围，整个夏天，这台机器发挥了莫大的作用。夏雄纹丝不动地坐在无人的房间里，等待着自己被授予神秘的超人力量。

夏雄在这种冥想之中反复回想起从河口湖回来后的第二天所发生的事情。而在此之前的记忆已被完全抹去，惟有它一直栩栩如生。

那是一个令人头晕目眩的夏日的午后。出于市民的教养，他选择了下午一个合适的访问时间，带上点心礼品，穿着白色的朴素夏衫，特意没有用车，踏上了中桥房江所画的地图上的道路。世田谷区若林町对他而言，并非一个容易亲近的地方。道路曲折多弯，行人稀少。他在心里描绘着尚未谋面的这个名叫房江的女人的种种形象，一边在古老而朽烂的木板墙与肮脏发黑的水泥墙之间穿行。

女人的脸动辄便与镜子的面影重合在一起。因为在此之前他亲密交往过的女人，除了镜子之外已别无二人，而且对那种长相也并不反感。

那是一张中国美人式的冷冰冰的漂亮脸蛋，长着扁薄而又不乏肉感的嘴唇，虽说整个脸上没有一点模糊的线条，但在那种明晰中却隐藏着一种神秘。虽说喜欢开朗明快的氛围，自己也笑口常开，但某个地方却不乏威严，决不使自己显得滑稽可笑，以致忘记了真正发自内心的微笑和哭泣的那张脸……不知不觉之间夏雄把中桥房江设想成了这样一种美人，而这又无疑正好是镜子的肖像画。

他在酷暑中步行着，接二连三地回忆起房江一封又一封富于暗示性的信件以及在芝离宫公园未能实现的约会。于是他有一种感觉，仿佛房江这个女人一直站在他的背后，只是他的肉眼看不见而已。从昨天看见林海在白昼骤然变暗，一片黢黑时起，夏雄就感到自己对以前看见过的东西丧失了视力，相反对从未看见过的东西获得了崭新的视力。

突然从小路的一角响起了尖厉的铃声。在被绿色大树的树梢遮蔽着的古老院墙尽头，出现了一面鲜艳的红旗。这时，夏天的积云发着光，耸立在前方的蓝天上，而周围却不见一个人影。

在一瞬间里，他同时看见了这些东西。如果是在以前，一定会有美丽的构图浮现在眼前，可今天不同，旗帜的鲜红与庭院中树木的绿色，还有云彩的白色之间，呈现出一种刺眼而不快的调和，拒绝着他作为画家的手和心，俨然是一幅已经宣告完成的绘画出现在那儿。"这是什么？"他畏畏缩缩地思索着。

这决不是色彩。美曾经只作为色彩映现在他的眼中，所以他的世界缺乏意义，作为其自然而然的结果，无论什么样的无意义都不曾威胁过夏雄富于感受性的心灵。但是，如今所看见的赤、绿、蓝、白，却并不是色彩，不是曾经看见过的那种色彩。它虽然不能被解释，但明显地带有一个一个的意义，出现的绘画，奇怪地变成了刺眼的具有象征性构图的寓意画。

"这是什么？"

他被一种神秘的恐怖感攫住了。红色使他想到了勃然大怒，绿色使他想到了在前世的某一个地方绵延起伏的广阔森林的喧嚣，蓝色使他想到了某种不明真相的严峻的誓言，而带着光芒的白色却使他想到了图书馆的石梯。

它既像是一种被阐明了的意义，又像是为了进一步接近那种意义的一条线索。他认真地思考着它的意义。风铃一边尖厉地鸣叫着，一边从他身旁掠过。

勃然大怒、前世的森林、誓言、图书馆的石梯，显得七零八落、互不相关。已经对无意义见惯不惊的画家的心灵不禁惊讶地发现：外界在眼看着就要恢复其意义的瞬间，又蓦然混迹于这种象征诗一般的东西中悄然不见了。他本来就缺乏文学的天赋，因此自然认为这是一些与记忆有关的东西，但他打幼时起的记忆无非是不具备无人世界的意义的那种色彩的泛滥罢了。

尽管如此，当他创作的时候，弥漫在他周围的那种广袤的虚无却消失了，眼看着意义充斥了世界，以至于所有的一切都因为意义而充溢出来。但奇怪的是，无意义的整个世界那种单纯而简朴的秩序却消失了，而一旦产生过意义的世界随即又陷入了无处着手的混乱之中。

"也许我已经开始看见了现实。"夏雄追逐着执拗地浮现在眼前的那种象征性构图，一边思忖道。即使那就是现实，也仅仅是一种无需邮递员发送报纸，也没有电车在其中开动，也不会召开议会的死一般的现实。惟有集结成群的怪诞的意义像夏日黄昏无数的羽蚁一样笼罩着天空。

……在他的面前，下午强烈的阳光、小孩们的叫声、被踢起的石头撞在墙壁上发出的声音，全都乱糟糟地又一次复苏了。他想拐过街角，于是回头看了看来的方向。只见卖冰棍的小贩摆出了摊床，一群孩子七嘴八舌地嚷嚷着争购冰棍。摊床上飘扬着红色的旗帜。红底白字的"冰棍"两个字歪歪斜斜地写在旗帜上。原来刚才看见的红旗就是它……

他拐过了街角。就在不远的前面，一扇关闭着普通拉门的木门柱上，他看到了用墨写着"中桥房江"字样的木制门牌。

"然后我打开了拉门。在不足一间的前面,有一扇玻璃大门。我寻找着门铃。"

夏雄追忆着至今仍栩栩如生的一个个场面。

"在我去河口湖旅行之前,一点也不害怕世界的无意义。无意义是一种明摆着的前提。但是,打那以后,无意义在我这里却突然一下子变成了可怕的东西,从而化作了我恐惧的源泉。无论是在多么奇怪的意义上,我都希望世界像被石砾塞满的石笼一样,被意义充塞着……于是我遇见了那个人。

"一个穿着连衣裙似的夏服的老太婆走了出来。我告诉了她自己的来意。我问,中桥房江在吗?'是的,在。让您久等了。'老太婆脸上浅笑着说道。随即把我带进了大门旁边一个简陋的西式房间。里面香雾缭绕,一个人也没有。"

——夏雄一边擦着汗水,一边环视着四周。房间的一隅设有简朴的祭坛。这是一个以原色木材的小小神殿为中心的祭坛,算不上什么特别稀奇的东西。在房间另一边的墙壁上,挂有一幅画着海景的油画,那相当熟练但却低劣粗俗的笔法使夏雄不由得皱紧了眉头。在这张画下面有一张廉价的茶几,青铜香炉不断地升腾起烟雾。特意烧着线香,却又把窗户向左右两边大大敞开着。

窗户面对着空旷的院落,透过窗户只能看见贫瘠的树丛、各色各样的松叶牡丹花坛和因酷暑而起了毛刺的干土的颜色。这种静寂和沉滞的印象更是加剧了酷热。

门的球形把手悄悄地旋转着。一看走进房间的人,原来是一个四十开外的瘦削男人。他穿着白地蓝花布的和服单衣。向夏雄郑重其事地问过好以后,他从袖口摸出一张像是早已准备好的名片,上

面写着"中桥房江"。因为太过意外,夏雄不由得目不转睛地瞅着那张脸问道:

"你就是房江吗?"

"是的。常常被误认为是女人的名字。但是并不意味着就没有男人叫这个名字。"

他长着一张没有特色的平凡的脸,鼻梁直直的,嘴唇有点厚重、浮肿。佛像似的俊秀眼睛在凝重的眼睑下放射着沉郁的光芒,一动也不动。在寒暄微笑时,这双眼睛也没有笑。恰似水平器的气泡一般,惟有这双眼睛在另一个地方映照出陌生的东西,显得冷漠而澄静。

中桥房江一坐上椅子,就开始以不变的语速絮叨起来,甚至不让夏雄插一句话:

"应该直接道歉的是,我利用这个容易被误认为是女人的名字,给你写了像是女人写的信。但这无非是因为我认为你年轻,如果不这么做,或许你就不会大驾光临的缘故。其实我并无他意,所以还请你多多见谅……那么,我第一次写信给你是在什么时候呢?对,是在去年秋天的展览会上看见了你的《落日》之后,我喜欢上了你的画。不,并非我具备什么专业知识,只是从别人那儿得到了门票后就去了展览会,偶然站在那张画前时,我仿佛被钉在了那里。也不知为什么,反正我被异样地吸引住了,觉得这不是人画的画,与展览会上的所有画都不同,你的画中丝毫没有人间的气息……我记下了你的名字,回家以后思考了良久。从未见过面的你的脸庞竟然浮现在了我的眼前……你很热吧,请用蒲扇。"

就在夏雄正要用那把递来的蒲扇时,门打开了。刚才的那个老太婆人站在门外,只把手伸了进来,递上两个装满鲜艳的草莓汁的杯子,放在了茶几上。似乎老太婆被严禁入内。回想起来,刚才带路的时候她也没有走进室内来。

中桥房江站起身走过去,亲手端起杯子,走过来放在夏雄面前。在捣碎的冰碴互相碰撞之际,可以看见刚刚搅拌的红色浓缩果汁就宛如泼墨似地在水中漫延开来。

"请吧……为什么不喝呢?哦,像血一样,让你觉得恶心?"

夏雄抬起了惊愕的目光。事实上的确在他眼里,杯子的水中仿佛笼罩着一层血的雾霭。

"你看见了血,"房江继续说道,"你所看见的,我想或许是你的朋友不久后将流淌的鲜血吧……但用不着担心,因为这是与你毫不相关的事情。"

夏雄为了消除此时所感受到的不祥的沉重心情,强迫自己把它想像成峻吉的鲜血以说服自己,拳击选手流点血是不足为奇的……但是,他最终还是没有用嘴巴碰一碰那杯子。

夏雄突然被一种想发问的心绪驱使着,就刚才来这儿时所看见的色彩的暗示向房江请教。中桥房江立即回答道:"那就像是白日梦似的东西,没有任何意义,尚未形成意义的形态。不久,你将会看到具有牢固意义的东西吧。我就曾经在湖底看到过龙。"

房江看见龙的地方,严格说来,不是湖。那是在永难忘记的五年前的初春,他突然受到旅兴的驱使,在茨城县的乡间散步。在茨城县真壁的下妻町附近有一个名叫大宝沼的沼泽。当他站在沼泽旁边时,浑浊的水突然开始剧烈动荡。当最后沼泽底部也变得清澈了时,他看到了蟠踞着的龙的面孔。

所谓龙长着又长又大的尾巴，形同巨蛇的说法，其实是一种讹传——房江说道——它的形态更像巨大的牛，长着钝重的躯体。其中有小到四五尺，大到数十丈、数百丈的龙。只有头部与经常在画上见到的龙一模一样，长着生满青苔的犄角和发着蓝光的炯炯眼睛，牙齿上部拖曳着长长的胡须。一句话，长着一副瞋恚相……我只见过小个子的龙，我想什么时候也见识见识那种首领式的巨龙。

房江用淡淡的口吻说着。于是，夏雄想起了昨天的林海。他详细地讲述着林海是怎样消失不见的。这一次房江一言不发地侧耳静听着。

在讲述的过程中，昨天的恐怖又一次栩栩如生地重现在夏雄面前，哪里还顾得上炎热。甚至于不再在乎两个人之间飞旋着的绿头苍蝇。苍蝇停留在红色果汁的杯缘上，一旦遭到驱赶，便马上发出阴暗的振翅声飞走了。当房江终于用手中的蒲扇在椅子扶手上打死它以后，所有的声音都彻底绝灭了。蒲扇上留下了一个小小的红棕色污点，被粗鲁地撂在了桌子上。没有一丝微风的庭院死一般沉寂。

"那是龙，肯定是龙。"听完夏雄的话，房江当即说道，"你是一个相当幸运的人，竟然一开始便看见了龙中之王。我曾经听人说过，西湖里有巨龙栖身。据说西湖的原意是栖湖[①]，那一带的龙有时从湖里出来，蟠曲在森林之上歇息。你所看见的肯定就是那一时刻。"

"但可悲的是，你还不是一个通灵者。因为你看不见龙这种东西的意义，所以也就看不见龙蟠曲的形状，而只看见了林海被隐没的

---

① 两个词的发音在日语中完全相同。

情景。但仅仅这一点也是相当了不起的，一般的人就连这一点也是绝不可能看到的。我知道，你发生了某种个人的重大事件，所以才给你写了不久前的那封信……到底是没有白白器重你呀。喂，请你把两只手像这样打开来看看。"

夏雄老老实实地把两只手掌朝上伸了出来。渗出的汗水在手掌所有的纹理上像霜一般透亮。房江瘠瘦的手指抓住夏雄的一根根手指，走到了窗边的光亮处。

"所谓有缘之人的两手上其纹理带有明显特征的说法是完全正确的。"房江说道。

尽管这是一个完全敞开的房间，可房江的声音却发出一种在洞窟中向四方扩散开来的回音。

那天夏雄在那里吃过晚饭，听房江高谈阔论到九点多。打那以后他便成了神秘的俘虏。尽管他对此一无所知，但却是一个意想不到的广袤世界，而且彻底包括了现实的世界。他第一次读平田笃胤[1]的著作，便对他的笔记考案《仙童寅吉物语》发生了兴趣。寅吉幼时在东睿山前的五条天神附近游玩时，看见一卖药老翁一到傍晚关门之际，便先将卖剩的药物、小藤箱、卧具一齐放进直径三四寸的壶中，然后老翁自己也钻进了壶中。随即那只壶在天空中高高地飞走了。第二天受老翁之邀，寅吉也钻进了壶中，于是很快便翱翔在天空中，到达了常陆国南台丈山巅的仙境。那以后一直来往于仙境与这个世界的寅吉回答了笃胤的质疑，并公开了自己亲眼目睹的仙境的秘密，从

---

[1] 平田笃胤（1776—1842），江户时期的国学者，被誉为国学四大家之一。

而有了这本书。

他一口气读完了房江借给他的几本书。在《川面凡儿先生传》和宫地严夫的《本朝神仙传记》中充满了神秘的气息。宫地翁也谈到了明治以后出现的一个仙人河野至道。河野在结束仙道修炼以后，于明治八年八月，在大和国葛城山的山顶遇到了一个与鹿相伴的神仙，遂被带入吉野深山的灵窟传授奥义。后来返回大阪以后，河野也从不懈怠修炼，于明治二十年夏天去世。不过，要成为仙人离开此世，不外乎有三种方法：一为飞升、升天、上升，或者叫登天，即整个身体升天；二为入名山；三为尸解。所谓尸解，就是像世上的常人一般死去，可实际上是仙去。河野的死似乎属于尸解。在明治三十四年五月，有一人拜访了宫地翁。从此人的言谈中不难找到河野仙去的证据。据说在备前国和气郡熊山有一处仙境，拜访老翁之人与盲人通灵者共同登山，听到了在杉林深处神仙们所奏响的音乐。在这美妙绝伦的音乐中，有一个笨拙的乐音，所以就让盲人去拜问神仙。下面便是神仙的回答：

"这音乐中混杂着拙音，乃是因为有一新近从人间而来的新仙，尚未熟谙音乐之故。其名为河野至道，十四五年前才来到幽界。"

而《川面凡儿先生传》在描述大正十四年先生与澳大利亚的大预言家弗兰克·海特翁的见面时尤其绘声绘色。先生讲道，他自己生于六连星座中的红星，而对方生于绿星，在顽皮的孩提时代曾经常有交往，所以今日初次在地上相见，星星之间的盟约仍在彼此的胸中流淌而过。这些话使海特翁感动得潸然泪下。

本来夏雄的天性中就有一种不被逻辑性的东西所吸引的倾向，所以他轻而易举地接受了这些书，甚至没有产生任何怀疑。即使没有物证,"事实"依旧可以存在,如果这一类事实占去了事实中的一大半,那么任何不可理喻的事实都有可能存在。灵能事件最大的不可思议与其说在于那种事件本身,不如说在于那种事件无论何时都不具备推翻现实界常识的强大证明力这一点。夏雄无法怀疑自己在富士山麓的林海中看见的景色所拥有的异常的实在性,同时也对它向其他人的说服力感到了绝望。因此,"这是一种不足以说服他人的实在"。这一判断就像囚徒之间所萌生的友爱一样,真切地触动了他的心。

但是,根据自然的本能,夏雄有时不得不想到自己所选择的道路的危险性。艺术中的实在尽管最初被无数的不理解所包围着,但最终还是说了众人。这种力量显然是神灵的世界所缺乏的东西。但是,一旦艺术家弃绝了表达,那么,那儿便只剩下了与此相同的永远黑暗的神秘。一想到这里,不由得认为:所谓艺术中的实在其实不啻表达的别名罢了。难道真正的实在不是只存在于神秘之中的吗?

——几天后,夏雄到房江那里去还书,阐述了自己的种种感想,并听到了种种新的事情。一到这个人面前,夏雄就完全治愈了那种被世界疏远了的感觉,恢复了他天生的诚恳、善良、讨人喜欢的性格。他也深知房江对自己的厚遇。其证据是,房江向他传授了一种秘法。为了寻找这种秘法所需要的石头,从房江家回去时,他特意将自己的车子驶向了多摩川河畔。

他想起了正好是在去年的这个时候,他带着峻吉及其母亲,来到这河畔那天的情景。

离夕暮还有一段时间,河滩上人影寥无,被西斜的夕阳炙烤着,脚下是发烫的石头。日光的西斜使一块块石头的影子变得格外显眼，但由于石砾强烈的反射并没有发生变化，所以，那些影子看起来呆板而单调，整个河滩就像是一块由黑白二色不规则地涂抹起来的木板。这木板将所有的东西颠倒了个儿，发出耀眼的光芒。

河流和芦苇丛都不能进入夏雄的视线，惟有密密匝匝的石头充斥着世界。夏雄俯下身子，用手摸着一块石头。石头滚烫得差点灼伤了他的手。这时，在远处的大石头后面，一只蜥蜴——看来像是一只出生不久的幼虫，——眨眼间闪现出它那犹如石头黑色龟裂般的身体，然后又倏地消失了。

"那意味着什么呢？"

但夏雄并没有进一步追寻它的意义。夕阳使额头感到很沉很沉，河风已经灭绝了。他所搜寻的仅仅是一块合适的石头。

"去找一块镇魂玉来！"房江说道，"直径五分①左右的自然石，若是正圆形，当属最理想的了。但这很难寻得，所以只需接近正圆形即可。尽可能是年代久远的活石头，以又重又硬的石质为上乘。这石头本来应该是依靠奇迹由神界授予的，但倘若是用于修行，亦不妨在清澈的山川抑或神社境内搜寻。在都市里难以找到，但多摩川等地，只看它名叫玉川②这一点，便似乎与此石大有因缘呐。"

在伴信友的《美多万乃布由、又美多万布利一事之考》中，对"镇魂"之义做了如下解释："运魂乃镇坐于身体中府之物，为某神之故时而游离其位时，招致身体之恼，且魂之德用衰减，故招复其游离之物，使之安镇于中府之义。"房江向夏雄传授了这种"镇魂之法"。

找了一个小时左右，结果夏雄找到了一块稍有点歪斜，但基本

---

① 一寸的十分之一为一分。
② "多摩川"与"玉川"发音相同。

接近正圆形的半透明的白色石头。直径略微超过了五分。用河水洗濯后，包在一条干净的毛巾里，他回到了车上。

夏雄汗流满面，喉咙发干，所以，在沿着滨江公路行驶了一会儿后，他登上了为游江的人们建造的休憩场所。在这座俯看着江面的庭院的斜坡上，撑开着无数的大遮阳伞。在入口处，他买了汽水券以后，为了找一处遮阳伞下的荫凉地方，下到了庭院地斜坡上。夕阳已经从遮阳伞下挪开了影子。裸露着肌肤的年轻人们在各自的遮阳伞下，啜饮着冰凉的饮料。但是这儿依然没有河风吹来。

在等着用汽水券换成汽水时，夏雄从外面摸了摸衬衫胸部的荷包，看手巾包着的石头还在不在。胸脯又一次感受到了石头的重量。他把自个儿想像成一个怀揣着自己心脏来回走动着的怪人。

在旁边的遮阳伞下闲聊着的那对年轻男女似乎是骑自行车来的，只见他们一身轻便的装束：穿着短裤、袖口上卷的罩衫和美国生产的艳丽T恤衫。他们正谈着新到的唱片和电影，还有下周的今天是否去避暑地之类的话题……就像只让水打湿到脚脖子，惬意地踏过浅浅的水流一样，仅仅因适度的性的乐趣便能够对这个世界心满意足的年轻人们。还有彼此感到对方充满了性的魅力的那种有点盛气凌人的欣喜。

夏雄感到自己再次温柔而诚挚地接纳了这所有的一切。在青年的心中本来不可能彼此妥协让步的两者——即心灵的善良与宽容——又像从前那样在夏雄的内部互相妥协了。他感到自己是那么透明。作为快乐时的常例，作为从适当的高度同等地爱着人们时的常例，他颇为自然地感到"我是一个天使"。

但夏雄蓦然发现自己并不是因痊愈而恢复了原状。他恢复了如

331

此正常的自身，乃是完全托福于胸部口袋中的那块神秘的小石头。

他依靠悄悄拥有镇魂玉，依靠怀揣自己的心脏行走，重新获得了与世界之间的亲睦，拭去了在不久前的旅行中袭击他的那种自己被疏远了的恐怖，但他决不是恢复了原状。为了维持正常的健康，对于他来说，神秘已成了常备药品。

从旁边的遮阳伞下爆发出一阵气泡似的轻快笑声。夕阳的影子深深地延展着。汽水还没有送来。身旁响起了郊外电车驶过红色云彩下的大铁桥的轰鸣声。长时间坐在郊外夏日夕暮的平庸画面中的喜悦将夏雄从曾经束缚他的"描摹"的义务中解放了出来。"对面有鲜活的夕霞，这边有我胸部口袋中的秘密。这已经足够了。为什么还需要那座浮桥呢？"

回到家后，夏雄在画室的洗手处将镇魂玉仔细地清洗后，又用盐巴再度洗净，然后把它放在了用原色木材做成的小小方形案上。这是他从多摩川回来时买下的。

家人来敲门，告诉他晚餐已经准备就绪。他门也不开，吩咐他们把饭菜送到画室里来。送饭的女佣进来时，夏雄把方形案藏在了桌子下面。

独自一人时，他再次在200瓦的电灯下，目不转睛地观察着那块放在方形案上的小小的半透明的白色石头。它与他过去所亲近过的任何绘画材料都毫无相似之处，那原色木材洁白得带着娇媚的木纹也给人一种不属于普通世界的感觉。

按照房江所传授的那样，夏雄端坐在方形案的前面。这是普通的打坐姿势，双脚浅浅地交叉在一起，只轻轻地压住了右脚拇指。

房江说过，最重要的是身体每一个部位都要放松，一切顺其自然，对身体的每一个部位都不可过分在意。

然后两手交叉在胸前。这也有法可依：中指、无名指、小指都交叉于手掌，伸出食指轻轻相对竖起。用左拇指轻轻摁住右拇指的指尖，将小指、无名指、中指全都左朝下右朝上地交叉起来。据房江说，这种手的交叉方式是极其普通的，在神灵附体时也可以使用，是与密教水天印相近的手印。

一切就绪之后，再将所有的念头集中于自己灵魂的那块玉上。如此持续三十分钟，每日重复数次。

一旦镇魂奏效之后，就取出那块玉放在秤上称其重量。二两①的石头重量或者增至二两五分、三两、三两五分，或者减至一两五分。如果达到这种程度，那就恰如人意。——房江是这样说的。

——夏雄打坐结印后，凝目注视着镇魂石。

除了空调机的微弱声音外，什么声音也没有。在他的脑海里各种记忆纷至沓来：在春天那些下午的中学教室里，当厌倦了听课而眺望窗外时，只见风中摇曳的一棵山茶树上，树叶发出无数的光亮，就仿佛所有的光亮，都集中在了那里，准备表演什么魔术似的；少年时代，每天晚上听到卧室天花板上的振翅声，总是久久不能成眠，一天夜里因过分恐惧而大声喊叫起来，于是，响起了成百只鸟儿一齐振翅起飞的声音，打那天晚上以后，再也没有听到任何声响了；也是在少年时代，好几次梦见一个白色的少女摊开裙裾从秋千上滑落下来；曾一度热衷于研究星座，但不久便厌倦了那些陈腐的星座，而

---

① 旧时日本重量单位，一两合 3.75 克。

自己随意划出线条把星座与星座连接起来，发明了什么汽车座、拳击手座、烟斗座、蔷薇座、地铁座、滑雪座；自己还曾是一个天界的革命儿……

这些记忆渐渐散落消隐，镇魂玉在眼前映照出昏暗的电灯光，开始显现出一块石头的模样。这一操作与他通常画画时的那种精力的高度集中既颇为相似，又迥然不同。石头作为一个打一开始就与整个自然毫无关联、绝对孤立、自成体系的物象，被陈列在那里。这个被磨得接近正圆形的石头从一开始便被弹出世界之外。那种招致虚无、将物象从自然整体中分离出来的画家的操作，在这里纯属无用的赘物。这个直径长五分的小圆石头决不可能成为绘画的物象，而是与这个世界的生活、美、情感全然无关的东西——断然拒绝表现的纯粹物质。

正因为如此，这是通往他界惟一的门扉上的把手。这块石头恰好处于此界与他界的分界线上，它越是被弹出这个世界的自然整体，其中就越是细致入微地容纳了他界整体的投影。

在凝视石头的时候，它常常变得模糊不清。它既像是小小的白色火焰，又像是化作了烟雾在飘荡缭绕，又像是一边喘着气，一边在急剧地膨胀。这时，石头俨然是活着的。

夏雄不习惯于这种与表现没有任何关联的凝目观察。他惊异于这种观察会突然间让物象显得充满生机。从河滩上捡回的这块小石头看起来像是两个，又像是三个、五个，忽大忽小，眼花缭乱地旋转着，仿佛一个劲儿地要让夏雄目眩头晕。但在很快逝去的某一罕有的瞬间里，他的心完全静止，与石头的静止合二为一，从而显现出澄明清澈的形象。这种时候，石头就像是真的从黑暗的中央被一只看不见的手递到他面前来的一颗高贵的珍珠一样。

　　"那以后已过了将近两个月。眼下已经是秋天了。"夏雄从回忆中清醒过来，思忖道，"无论观察多少天，也没有什么效果，所以去请教了中桥先生，他劝我节食和不眠。这也只需在可能的范围内少进食少睡眠，而并非什么真正断食的苦行。我照此做了。身体马上消瘦和衰老了，惟有眼睛异样地发达起来。在下定决心持续不眠之后，仿佛觉得墙壁突然间坍塌下来，房间也顷刻变得一片漆黑了似的，可紧接着又像来世般璀璨明亮了。尽管如此，却没有出现什么可以称之为效果的效果。我责备着自己。

　　"在夏末的某一天，这阵子像触摸疖子一样对待我的母亲默默地送来一张叠起的报纸，然后转身出去了。被叠起的正好是登载着收的死讯的那一版。那漂亮青年的面孔与丑陋的高利贷女人的面孔并排在一起。我蓦然想起了与中桥先生初次见面时他那不可思议的一句话：'你所看见的，我想或许是你的朋友不久后将流淌的鲜血吧。'

　　"我被一种灵妙的喜悦攫住了，以至于忘记了悲恸。我的心居然如此远离了现世的喜怒哀乐，与其说在为失去朋友而伤悲，不如说沉醉于一种说成是喜悦却又难以断定的神灵般的澄明快感中。对此我自己也十分惊诧。预言应验的快感也近似于赌博获胜的感觉，仿佛这样一来，收所属的世界也就脱离了个人的生的羁绊，而与我现在所栖身的世界一起，被一大串箍环连成了一片。

　　"但过了一会儿，我又对自己无论等待多久也没有悲恸降临的那种心灵的冷酷感到一筹莫展了。在关于收的回忆中，我无法忘记那几个温柔地打动着我的场面——比如，在他母亲的咖啡馆，经过一场只是彼此伤害的争执以后，把我送到新宿车站的收那穿着毛衣、宛如巨大、美丽而又年轻的动物一般的身影，在这个令人作呕的、自负狂妄的朋友的无数身影中，可以说是最给人好感的。那时的他一边透过毛衣炫耀着他的肌肉疙瘩，一边漫不经心地说道："……总之，怎么说呢？我是想从人这种身份中跳出来。巧妙地，一溜烟似的从人这种身份中跳出来。如果能做到这一点，即使不当演员也行。'

"这是收在这个世界上所吐露的话语中以最强烈、最严肃的印象残留在我心中的东西。

"……哎，无论如何我的心中都没有悲哀降临。于是我产生了一种感觉：我这颗冷酷的心，其实并不是什么神秘喜悦的代价，而是长时间受到人们的挚爱，认为自己是一个心地善良之人的这种误解所导致的结果罢了。即使在镜子家的青年人中间，我或许也是最为冷酷无情的人。纵然在这个世上，不，尽管像现在这样一半面朝他界，我也不可能涌起半点人类的关怀之类的情感，这不表明我的心过去和现在都是一个如同空荡荡的钢筋水泥墓穴般的东西吗？

"我至少希冀着收的灵魂显现出身影，即使不显现出身影，起码也要用声音或者气味来造访我镇魂的那一时刻。我几天几夜一直等待着。一进入九月，气候一下子变得难以捉摸了。高达30度的晴朗日子与雨天、阴天走马灯似的交替出现。

"收的灵魂怎么也没有出现，与幽冥之间的通道终于没能打开。关于收的鲜血的预言虽然应验了，但那也只属于中桥先生的灵能，而与我的灵能毫无关系。"

……一天傍晚，夏雄关掉空调机的开关，打开画室所有的窗户，任凭窗外那预示着台风将近、夹着雨点的风肆虐着穿过整个房间。麻纸、鸟子纸①被风吹得到处飞舞，绢布也被高高卷起，散落在墙角。放在筒子里用于抹掉炭笔的鹅毛扫也神经质地颤抖不止。断断续续地传来了蟋蟀的叫声，它们正茫然地注视着狂风肆虐过后的杯盘狼藉。

看见身边这些熟悉的物什被自然的力量推动着四处飘荡，对于他那面对纹丝不动的小石头进行无效的凝思带来的疲惫，正好是一种安慰。突然，夏雄站起身，关上窗户，取出雨衣，一边让手臂穿进袖口，一边瞅了一眼挂镜中的自己的脸。

那张脸完全不是一张青年的脸。"打一开始便是一个上了年纪的可怜男人。"瘖瘦衰老，失去了色泽，惟有充血的眼睛带着血腥的活力，鼻梁上也没有年轻的光泽，曾经丰满的脸颊也早已瘦削不堪，尤其是耳朵那白色粉笔般的煞白格外显眼。是的，过去在学校上课时，机灵的朋友曾用小刀雕刻粉笔，做成小小的耳朵、小小的鼻子等。现在自己耳朵的煞白就酷似那种令人恶心的粉笔雕刻的颜色——夏雄想道。

因为他突然说要外出，女佣大吃了一惊。好久以来，夏雄既不外出散步，也不再像过去那样喜欢打扫车了。夏雄趁母亲尚未发现，穿上雨衣一下子跑进了夹着小雨的风中。

他毫无理由，只是想到热闹的人的世界中心地带去瞧一瞧。

从黑暗的住宅区坡道上走下去，前方便是车站前那条明亮的商

---

① 一种淡黄色的上等日本纸。

店街。车站前面有不少公用电话亭，在雨中远远地显现出它们那鲜明的红色形体。那儿的混杂使人联想到人类世界通讯的发达和频繁。然而夏雄的心中却失去了电话，包括通往这个世间的电话和另一个世界的电话。

高峰时间人群蜂拥而出的检票口和等在那里的人们。近来风靡一时的女式白色半高统胶靴。一边用双手更紧地卷裹着叠起的雨伞，一边说着话的戴鸭舌帽的男人与一直扭动着身体说话的女人。女人们各式各样的雨具……夏雄买了票。在买票的窗口他结巴着，本该说是"有乐町"，却差一点说成了"灵界"。车票的坚硬纸面上刚刚剪开的小口一直触弄着他的手指。当他不知不觉通过检票口之后，那被剪开后有点割手的断口深深地吃入他的手指，不断带给他一种持续而清醒的疼痛般的感觉。

这指尖上那种持续的疼痛感，正好是现世的感觉。他乘坐着通往都市中心的国营电车，一边思忖着。电车并不那么拥挤。乘客们的各种脸庞，还有长着一副木讷模样的中年男子的脸庞，戴着红边眼镜、长着溶化了的蜡烛般鼻子的女人的脸庞，这些久违了的人的面孔带给夏雄一种难以言喻的奇怪感觉。疲惫不堪的半老男人的脸，面妆化得清爽亮丽且一点不让人生厌的、漂漾着家庭氛围的处女的脸……其中那些清洁的面孔分明带着它们特有的人的腐臭，而一个个人仿佛将灵魂忘记在空荡荡的网架上便匆匆地下车去了。是的，夏雄好像真的亲眼看见了这样一幅情景：每到一个车站，那空荡荡的网架上便积满了越来越多被人们遗忘了的灵魂的行李。这是一些绝不会送到失物招领处去的物品……此刻，窗外倏地掠过了美丽的东西。不，决不是美丽的东西，而是汽车的红色尾灯映照在濡湿

338

的柏油路上的色彩。

　　他被抛入了有乐町站月台上的杂沓之中。有点暖意的风吹过了月台，那些迈着轻飘飘的脚步行走着的少年，怀抱着大包裹的男人，与头戴贝雷帽的青年挽臂而行、手拿红色手提包的女人，身穿皮制短上衣的男人，当他们相互拥挤着时，只听到手提包的皮革、牛皮纸的口袋、雨衣的真丝料子彼此摩擦着，发出一阵阵人与人之间奇妙地接触着的声音。那微微的声响在风雨中悄悄地重合、加倍、累增，化作了人类世界不断激起的涟漪似的声响，比经过扩音器的机械过滤后的叫声更喧闹地刺激着夏雄的耳朵。

　　大写着"酒窖"字样的红色霓虹灯、占领着剧场后壁的维他命广告霓虹灯、淡紫色的霓虹灯、在把街景从视线中隔绝开来的无数电影广告的旁边忽闪忽灭的黄色霓虹灯，以及点缀其间的缝纫机针红色广告的霓虹灯……只见下雨的天空中充斥着各种模样的霓虹灯。在天空中飞翔飘扬的灵魂、扑闪扑闪的灵魂、闪烁着颤栗不止的各种灵魂……然而，灵魂却全部化作了广告。

　　走下阶梯，出了检票口。只见一个老太婆在湿漉漉的杂沓的角隅开了一个小小的店铺。夏雄一阵一心血来潮，从她那儿买了一张彩票。老太婆从满脸的皱纹中抬起近于恐怖的目光看着夏雄。"只有这个女人看透了我。"他仿佛感到：那种因没有一个人留意过自己瘦瘠衰老得分不清是老人还是年轻人的不祥面孔而产生的不满，终于在这儿得到了医治。"一等奖一个，二百万日元。一等安慰奖两个，五万日元。二等奖一个，五十万日元……八等、九等、十等，共十三万三千六百七十七个。"——夏雄的彩票肯定会中一等奖吧。

　　他扬起视线，看了看报社的电子显示新闻。奔跑着的灵魂。向旁门左道上奔跑着的政治上的灵魂。"已证实驻日美军正在宫城县基地内对国府军军官进行军事训练，引起轩然大波……（AP讯）苏联与西德总理阿登纳举行了莫斯科会谈……"——整个世界就这样用莫名其妙的人类之间的语言高声交谈着。灵魂在天空中一边奔跑，一边大笑着。

八

　　"我是强大的。"峻吉想道。如今这是一个毋庸思考的事实。

　　当然,如果往高处看,是没有穷尽的。要成为世界冠军,在拳击界还有不得不向上攀登的阶梯置于空中。但至少在现阶段,峻吉与那些无所事事的年轻人相比,要强大得多,特别是在大多数只会要嘴皮子却毫无实力的都市青年中更是鹤立鸡群,这一点是不言而喻的。他的强大已被广为熟知和承认。即使是那些浪荡公子们,也对进入名次的拳击手怀着由衷的敬意。而且峻吉知道,一旦处于这样的立场上,那么,即使与人打架闹事,那种单纯的爽快心情也会顷刻间消失,而只留下麻烦的和解仪式与体面问题。

　　如今他已成为真正的拳击手,"强大"这门学问的专家。他的强大不是那种通常有的实用性的强大,而是变成了一种抽象能力似的东西。它已不是扛米袋、搬运木材的那种力气,而是一种人的肉眼看不见的能力,如同数学家解答问题、理论物理学家阐明原子结构的那样一种力量。在其使用方法上,可以说与智慧别无两样吧。

　　这一历程并不是峻吉自己有意识地走过的,所以当他发现自己已不再有半点心思去进行过去酷爱的斗殴时,不由得大吃一惊。

流氓青年们不过是掌握了拳击的皮毛，没有一个人能够对训练的艰苦持续忍耐一个月以上。与其进行如此痛苦的忍耐，还不如对无赖行为洗手不干吧。他们所需要的仅仅是处于离快乐和怠惰不远的延长线上的力量，一种其性质决不与无用的抽象能力相类似的力量。但是，即使对这样的他们来说，主宰拳击比赛，抑或因观赏那种比赛而发狂，也不仅可以获得经济上的利益，而且亦是惟一的"智慧的乐趣"。这种比赛纯粹的斗争形态，纵然自己没有亲自参与的意识，但至少也是他们的理念以及基于这种理念的一种祭祀仪典，还是他们炫耀自己的新潮服装的绝妙机会。

　　当峻吉从报纸上看到收死亡的报道时，他根本就没法理解。殉情这种抒情性的事件分明与他的理解力相距甚远。这个在情爱中从不需要任何诗情画意的青年，在比赛之后回想起流淌在敌手脸上的鲜血因又一次打击而飞溅到自己脸上的那一瞬间，还有对手血迹斑斑的脸上拼命睁开羊羔般温驯的眼睛时，他会咀嚼到一种与喜悦和悲恸截然不同的抒情性的感动。但峻吉却对收也沉湎于同一种感动中而甘愿死去一事大惑不解，因为这个青年总是想把别人的感动全部看成是平庸的赘物。

　　对收的这种平庸缺乏共鸣，却又对收怀有天生的淳厚友情，在这两者的夹缝中，他的感情不可能像平常那样得出一种果断而明晰的结论。

　　"那家伙居然与女人搞上并一起死掉了。"

　　即使是强迫性殉情，峻吉对与女人一起寻死的这种死法是嗤之以鼻的。这个拳击手一直奉为目标的死法乃是倒着身体跌入热带海底的哥哥那种孤独的死法。惟有这才是真正男子汉的死法。"与女人一起去死？哼！去他的吧！"他那关于应该把快乐与女人一起弃之不顾的伦理，其实乃是基于那种自以为"深谙无数女人"的青年所特有的性无知罢了。

"殉情"这个词所附带的那种灰暗、天真、潮湿的语感中，有一种先于死亡而来临的腐臭。一旦将情绪化的东西与死亡相联结，那么，必然对死亡那种畅快的抽象性质构成一种污辱。男人临终前的手所抓住的不是满是星斗的空旷夜空、充满庄严而沉重的咸水的大海，而是女人的腰带、长汗衫、缠在一起的头发、柔软的裤衩，这无疑将男人整个一生孤军奋战的记忆一笔勾销了。峻吉对收那种裹在糖衣里的死法深恶痛绝。总之，他一点也不怀疑新闻记者对收的死亡所做出的解释。

十月锦标赛已迫在眉睫。这意味着在转为职业选手仅仅半年后，向全日本次轻量级冠军发出挑战。

预备选手很少的八代拳急于兜售峻吉。夏季之前他已在八个回合赛中两度获胜，因而具有了挑战者的资格。从转入职业选手的首场比赛到每个月进行两场六个回合赛，峻吉每次都挣得了一万日元的纯报酬。一旦进入八个回合赛，就又涨成了一万五千日元。再则东洋制瓶的月薪在初次任职的工资上又上浮了一万五千日元，所以现在一个月的收入从未低于过四万日元，以致作为一般职员的大学同学都不无嫉妒地说道：

"大学毕业才半年，这家伙似乎就有了我们两倍以上的收入。不过，要是因此而被打得鼻青脸肿疼痛不堪，最终成为废人的话，那就不合算了。"

这种不坏的收入自然不仅给峻吉带来了"强大"的自我感觉,还带来了社会性的优越感。无论对什么都从不知道怀疑的他认为自己只是得到了社会的正当支付而已。没有什么东西比这种感受更让他显示出社会佼佼者的派头了。如今他公然蔑视都市群众的软弱无力及其不满的嘟哝所唤起的黑暗涛声。而在他眼里,拳击比赛的看客正好是那样一帮乌合之众。

社会的景气正在逐渐恢复上扬,因为夏季充足的日照,预计将有一次空前的丰收。据说此次的好景将会长久持续。尽管如此,一度尝尽了被沉重压迫的无力滋味的人们却宁愿认为这种好景只会带给一部分人利益,而芸芸众生中的自己却不会有任何变化。

不会有任何变化!每天照样升起那被煤烟熏黑了的太阳,每天照样乘坐充满人的气息与体臭的电车。人们过于热爱这些东西,由此而孳生的隐隐约约的不满。与女人的怨尤相似的美好生活的梦想,关于这个社会在某个地方发生了偏差的想法……人们不得不每天吟唱着这些一成不变的经文似的词句。

不知不觉之间,峻吉已习惯于将拳击观众亢奋的呐喊声进行上述的翻译之后再加以倾听。在那片黑压压的人群中,惟有峻吉和对手在高出一截的明晃晃的拳击台上动弹着。他是被挑选出来的佼佼者,这一点是确切无疑的。

体育报纸的年轻记者中有人特别看重和偏爱峻吉。这些年轻记者和资助人花冈一样,粗鲁地叫他"喂,峻",或者故意在众人面前舍去尊称,而直呼他的姓氏:"喂,深井。"

有时峻吉被这帮人带进酒馆里,一边自个儿喝着汽水,一边陪伴着这些醉醺醺的体育记者。尽管他们并不搞体育,却被体育附了体,一味地做出英雄的姿态,向这个那个介绍着峻吉。但随着酒量的增加,却陡然间换了副咏叹式的腔调哭诉起自己的廉价薪水来了。

尽管如此,他们依旧是一帮气势逼人的青年。但与其他社会上的职员不同,他们被肉眼看得见或看不见的英雄原型梦魇似的纠缠着,构成了他们特殊的不幸。英雄与廉价的薪水这两者之间可怜的妥协,有时候甚至使后者带上了一种徒劳的浪漫色彩。所以,大家一起倾囊豪饮后,常常是寒碜无比。每次与他们相遇,峻吉就不由得想:这里也不乏"没有自杀的原口"。

花冈与这帮人完全不同。他如今大有如日中天之势。东洋制瓶的资本正不断增值。而这种经济的繁荣是属于他的。他还热衷于向东南亚出口,频繁地涉足山川物产。山川物产开始代理他的商品是他一生中里程碑式的事件。

"我们的商品还不曾遭到用户的索赔。较之赚钱,更重要的是信誉。较之显而易见的技巧,更重要的是准确的拳头。"

在公司里,当他向全体职员进行训诫时,必定会频繁地掺进拳击术语,但其中也夹杂着不少半生不熟的蹩脚用语,以致当同僚们问起峻吉时,峻吉也无法说明。

每当见到花冈时,峻吉都会感到害羞,这是因为花冈将峻吉所拥有的东西几乎全部漫画化了。尽管没有力量,但花冈却把力量加以漫画化。并且,他的行为举止就像是要众人表明:峻吉的力量源泉其实就在他的身上。倘若真的如此,那么,不是就连牛肉、鸡蛋、维他命也获得了同样可资炫耀的权利吗?

花冈一方面炫耀着他那种后台老板的架势,一方面在出入于官厅、银行、山川物产时，充分利用了他天生的谦卑。惟有在他伛偻着腰杆，匆匆忙忙地低下头颅，行那种庶民居住区的礼仪时，依靠某种微妙视角的变化，世界才可能在他的眼睛里富于实感地映现出来。如此眺望着的世界显得那么美味可口，营养丰富，并恰到好处地结出果实，仿佛正好要落入他的掌心里一样。

吝啬的资助人花冈从不给峻吉什么小费，他认为为了训练可以不上班的特权就已经是足够的小费了。峻吉即使到公司去，也不会被委以什么像样的工作，所以不禁觉得去公司有点不划算。但他却被顶头上司当作用人加以使唤，显得特别忙碌。

如今峻吉也已变得真正强大了，所以反倒没有理由蔑视母亲了。在领取薪水的那天，为了讨母亲的欢心，为了能赶上由母亲这个食堂主任从百货公司食堂合法地搬运回家的美味所做成的晚餐，他径自回家了。于是，母亲先把工资袋供奉在了父亲和哥哥的灵位前。

坐在灵位前时，峻吉像往常一样，看到了举着线香的母亲脖颈上那绺红褐色的卷毛。在神佛前面，他的目光总是不由自主地溜向那儿，使他在这种灰暗消极的生活近景中很难真正感受到什么神圣的东西。

即使母亲强迫他，他也不双手合十，而只是凝视着金光灿灿的灵位的外表。一种愠怒取代了虔敬的感情。“我长久地活着。偶尔抱抱女人，并且把薪水拿回家来。”……他至今仍把自己与正在天上飞翔着的哥哥相比较，对自己的这种形象难以置信。俨然是一场噩梦。不知不觉间，仿佛自己已变成了最讨厌的丑陋的小动物。

“……但是我很强大。”这样想着，他稍许安心了。但这种强大与这个世界的结构却精妙地结合在了一起，而并不具备像哥哥那种朝着天国奋勇猛进的力量。它是让人长久地活着、搂抱女人、领取薪水的那种强大……从日常附贴着的影子、生存中烦琐的夹杂物中脱身出来，他越是逃向那种强大和力量之中，那种强大和力量反而越是要把他深深地编入庸俗生活中。

当然，在峻吉的心底，这种洞察并不具有任何重大的意义。平时那种片刻也不准思考事物的训练，在不知不觉之间已经剥夺了与这种训练相抵牾的思考能力。如今即使思考事物，也不会对行动造成任何妨碍了。于是，峻吉又诞生了一个新的习惯：就像作为消遣而下的围棋和象棋一样，有时候他开始消遣性地思考事物了。但是，思考的胜负是打一开始便早已敲定了的，对行动有利的思考必然取胜，而对行动有害的思考必然败北。即是说，"我是强大的"这种想法总是稳操胜券，百战百胜。

"厨师长知道，今天是你的发薪日，也就是我们母子俩单独进晚餐的日子，所以特意在我的饭盒里塞满了这么多炸肉排和蔬菜色拉。这个厨师长真是个好人啦，在众人中很有威望，而且是个拳击迷，常常向我问起你的事。每当电视转播的第二天，总是问得我哑口无言。"

母亲一边劝儿子吃重新油炸过的肉排，一边说道。随着社会上闹得满城风雨，儿子频频在电视和体育报纸上亮相，特别是被社长花冈说服以来，母亲不带任何功利性的动机接纳了作为拳击家的儿子。峻吉对母亲如此轻易的改变很是诧异。但事实上，他与母亲是那么相似，而且这种相似远远超过了他自己的想像。母亲重视的是社会上的判断，并心悦诚服；而儿子呢，在社会对自己的待遇上也从没有什么不满。

母亲认为，必须像一口气喝下一碗苦药那样，咬紧牙关接受儿子鼻青脸肿的事实。儿子在桌子对面低着头用餐，他脸庞的轮廓已出现了凸凹不平的阴影，与自己儿子那张熟悉的面孔已经相去甚远了。

"多吃点。我已经吃饱了，把我的那一份也吃了吧。"

她念叨着那种平凡而永恒的母亲的话语。这些烹调精湛的炸肉排和色拉，俨然像是从她的体内流淌而出，输入到儿子体内的养分一般。

——晚餐大致结束了。母亲就像是在餐馆里那样，打算将一碗蕈朴与最后的茶泡饭一起端上来，就在她把热好的蕈朴移到碗里端上餐桌时，突然发出了一阵尖叫声：

"哎呀，我都忘了。本来打算放一些花椒叶进去的，正好院子里有。可是……"

"我去摘来。"

峻吉马上站起身。对于这种少有的体贴，母亲不想阻止。她想好好咀嚼一下儿子亲自摘来的花椒叶的味道。

"你知道地方吗？把电筒拿去吧。刚好种在紫阳花的正下方呐。"

那天黎明时分，横跨九州的十二号台风穿过了玄海滩。下午吹起了带着湿气的暖风，不时还夹带着一阵雨滴，再次发布了从夜半时分开始将有强台风袭来的天气预报。但是，当峻吉一只手拿着电筒走到五坪多的小院里时，雨和风都暂时平息了，庭院里充满了小虫的聒噪。

不仅因为雨过初晴，还因为日照不好，湿气严重，致使庭院在梅雨季节成了无数蜗牛的栖身之地。生长缓慢的树木与附近厕所的气味混杂着，在满枝嫩叶时便已散发出阴湿的气味。

峻吉稍稍抬高电筒，照到的是邻居家窗户的百叶窗，浅浅的光环像一只硕大而惶恐的飞蛾一般，四处飞舞，甚至飞到了光线照不到的地方。只见湿淋淋地滴着水的紫阳花叶就像活生生的动物一般出现在眼前，峻吉留心看自己木屐下踩着的东西，用电筒照亮了脚下，然后蹲下身去。于是，在湿润的草木气味与蓦然停止的虫鸣之间，找到了湿漉漉地发出气味的紫苏和花椒叶。

因为不曾留意过这么细小的东西，所以，一种稀奇感微微打动了他。他那暴烈的心总是像飞机一般粗略地俯瞰着事物，在事物上空飞行，所以，在这雨过初晴的夜晚的小小院落里，等待着被人采撷并暗自发出气味的紫苏和花椒，在他看来，俨然是一个他从不知晓的小小秘密。

"我干吗待在这种地方呢？"突然他如梦初醒似的想道，"我刚才是来这里采摘放进酱汤里的花椒叶的呀！"一想到这儿，他的脸便羞臊得一直红到了耳根。可以说峻吉并不是一个会为贫穷而羞耻的男人。但不知为什么，他的心里产生了一种自己正在犯下某个重大错误，因而必须彻底忘却自己正在做的一切并故意远离它的念头。正是这种念头使他面红耳赤。

偏僻街道上的灯光在邻居屋檐的对面隐隐约约地燃烧着。但街道却像死一般岑寂。期盼着他那无与伦比的力量，等待着他飞速赶去解决的"重大事业"早已无处可寻。

但是，那些重大事业、危急状态，现在也必定在某个地方燃烧着吧。那刺眼的拳击场地的四个角无异于那些重大事业的象征性构图。撞击在敌手肉体上的手感、鲜血的少量飞沫，即使是真切的实感也罢，对于这个职业选手来说，都不足以使他获得自己正撞击着

"世界"这个物体的具体实感。

在离这个充斥着虫鸣、潮湿的小院无限迢遥的平静秋夜的远方，应该存在着一个亟需他拼命飞奔过去，以他令人吃惊的肉体的勃勃生机，与世界相冲撞的场所。只有在那里，他的力量才能成就一切，最终解除危急状态，在这个世界上完成一番重大事业吧。

"那里理应有我真正的敌人。如果马上出发，就会与敌人迎头相遇吧。就会击败敌人吧。如果此刻马上出发……"

他的这种想法中丝毫没有空想的成分。他感到自己的身体不被任何观念所囚禁，正一点点地充着电。绝不向平庸呆板的生活倒退回去的那种行为，应该如同夜晚深处的熔炉一样不断地燃烧，火苗长明。它必须存在于某个地方。必须径自奔向那种行为把世界辉映得灯火通明的场所。赶快跑吧，像猎犬一样！——峻吉想道。

他穿着木屐，打开湿漉漉的折叠门，走到了小路上。母亲正在关闭着木板套窗的室内谛听着儿子的脚步声。不久，儿子就会手拿几片花椒叶从大门口回来吧。酱汤会发出一阵清香吧。母亲一动不动地侧耳倾听着，静静地等待着，但峻吉却没有回来。

峻吉在街道上朝着车站方向飞跑着。木屐的响声在行人稀少的柏油路上空洞地回荡着。有几个人的声音在呼唤着峻吉的名字。在商店街的年轻店员们中间，能够向他朋友式地搭腔已成了一种夸耀的资本。可峻吉听也不听地径自飞跑着。

国营电车站明亮的灯光与拥挤的人群开始出现在眼前。此刻在他的身后，母子俩小小的生活之夜就要被关闭了，就宛若折叠起一把小小的扇子一般。但在这里，人们还彻夜不眠地忙碌着，远方巨大的夜已张开了嘴巴。

峻吉买了一份尚未售罄的体育报纸，在检票口的灯光下面翻阅着。正如他所知道的那样，上面并没有什么值得一读的拳击界新闻。在有名无实的政治版面上，登载着鸠山首相睡眼惺忪的老脸。

在这张半像病人、可怜而又怯懦、向外突出着松弛下嘴唇的脸上，浮现出了些许陈腐得蒙上了尘埃的善意。那张像是一碗温吞吞的豆汤般的面孔完全掩盖了政治这一险恶无比的机械装置，而把感伤的烟雾散布到整个社会上。

"假如他就是我真正的敌人……"峻吉独自一人想像着，"那么，仅凭我的轻轻一拳，就足以把这家伙打翻在地，让他哭泣着在地毯上乱滚乱爬，不到五分钟便呜呼哀哉了吧。"

权力那柔弱的形象完全不能引发他的兴趣。应该被他打倒的权力必须更富于肉感、更充满着人类讨厌的体臭，同时又必须是不死的东西。过去由革命家所推翻的权力无非尽是些纤细而精妙得如同花边工艺品一般的玩艺儿罢了。

峻吉想乘上电车，在一个从不曾涉足的车站下车去看看。他环视着四周，只见乘客们全都有着同样的身高，有着同样善良的眼神，又全都柔弱无比。每一张脸看起来都像是在等候着被人猛揍一顿，每一副眼镜看起来都像是在等着被人打碎击飞似的。

"臭知识分子！"峻吉想道。这些人没有一个拥有乌黑的思想。惟有清一郎拥有。而且对于峻吉来说，所谓的"强大"不就是他自己那种"乌黑的思想"吗？

可笑的是，喜欢拳击的知识分子，却总是将自己的软弱无力束之高阁，只顾一味地向女人炫耀自己是一个拳击迷。这不，一个这样的家伙正抬头看着吊环旁边的峻吉的脸，并在女人耳边嘟哝着峻吉的名字。

几乎是无意识地在一个车站下了电车。然而，峻吉却惊讶地发现：这儿正是信浓町站。到底是习惯成自然呢？还是今夜的他真的想去镜子家呢？说不清是哪一种原因使然。但一出车站，他的脚步便迈向了与镜子家相反方向的神宫外苑。

森林被加剧的强风吹得沙沙作响。散步道上的静谧与车道上汽车的洪流形成了鲜明的对比，给这广阔公园的夜晚带来了一种机械的不安。乍一看到处都寥无人影，可事实上却有无数的男女正躲藏在各个树影的下面，还有无数的人们正蜷伏在关灭了灯光的车内从眼前一闪而过。

在白昼和夜晚，人类与植物相互替换着角色。白天喧嚣吵闹的人们在入夜之后，便悄悄地像河水般流淌沉淀了，而白天安静沉睡的树木此刻却生机勃勃地大声喧哗着。

在这森林的喧闹中，残留着炎热夏天的遗痕。温暖的暴风曾像热病一样摇曳着巨大的树枝。那是一种早已成为过去之物的热病，近似于记忆所唤起的某种疾病。那种东西已不复存在，夏天也已无处可寻。树林夸张地晃动着枝头，让树叶沙沙作响，就像是看见了一个被某种幻觉攫住了的人一样。

突然车流中断了。宽阔车道上的灰白色空间从周围的黑暗中凸现出来，就像是刚才还不曾存在的东西猛然抬起了肩头来似的。

峻吉横穿过车道。这时，一台大型车辆急速地从他的旁边擦身而过。他赶紧躲开，不料这却引起了他一种不愉快的反省。

"我竟然是如此急切地保护着自己身体的安全。"

当时那一瞬间的动作，分明产生于自己最不熟悉的观念。谁知，这种想法竟一下子断送了拳击家的美妙心境。

"仅仅只是和汽车搏斗，我也会输掉吧？"

峻吉发出响亮的木屐声，在男女情侣一对对擦肩而过的步行道上徜徉着。"我祈望着身体的安全。"他又想道，在夜空的高处，星星正嗤笑着他，那星星或许是一位已故的伟大拳击家所变成的星宿吧，引退之后他的大脑变得不再正常，于是在深夜的铁桥上向着疾驶而来的机车迎面冲击，最终被机车碾了个粉身碎骨。

峻吉穿过树木的下枝，趑进了情侣们的小径。一旦进入森林喧嚣器的内侧，那儿竟出奇地静谧了，只有树下湿透了的草丛柔弱地回应着偶尔吹来的风。于是，虫子的聒噪陡然间变得响亮刺耳了。

峻吉把自己想像成镶嵌在大都市荒漠的深夜中央的一把小巧而锐利、在黑暗中也不会失却光亮的凶器。这锐利的刀刃所具备的完全的优越性和彻底的无用性都从属于这个穿着木屐行走着的青年。但是，无论追逐到哪里，他的真正敌人都隐匿着身体，绝不会在他的面前清晰地显露出身影来吧。不久，黎明就会翩然降临。敌人又会再次佯装不知地混迹于平庸的人群之中吧。

这儿的草丛中都有男女抬起头来。一旦看到峻吉趿着木屐的身影，便如释重负地咋咋舌头，随即又恢复了平静。到处都有香烟的火光在忽闪忽灭着。在这期间，森林的远景上，也不断有汽车的前灯一忽儿闪现一忽儿消失。喇叭声撞击在绘画馆高高的石壁上，又马上化作回声弹了回来。

峻吉在森林尽头铺着白色鹅卵石的地方，看见了一对奇怪的男女。他们正躺在灌木丛的树荫下，男人任凭自己衬衫的白色胸脯被不时从远处射来的汽车前灯的余光照得通亮。穿着淡蓝色衣服的女人偎依在旁边，把脸庞埋进了男人的胳膊中。两个人为避开湿漉漉的杂草，躺在铺开的雨衣上。只有这一对情侣在峻吉从他们身边穿过、木屐踏在鹅卵石上"嗒嗒"作响时，一动也没有动。

当然，峻吉并没有回头，但他的脑海里却浮现出了当他路过时的情景：不仅那男人衬衫的胸部因遥远的余光而闪亮着，而且他的眼睛也睁得大大的，尽情地接纳着光亮。

"那家伙到底眨眼睛了没有？"——的确，他没看见那人眨眼睛。突然他觉得这一对情侣并不是活着的。峻吉仿佛感到自己现在已经亲眼目睹了收与女人殉情的现场。他不顾鹅卵石尖厉的声音，大踏步地走着。而且刚才"亲眼目睹"的殉情场面与他的感觉并没有半点的抵牾，相反在这孕育着雨后的潮气的风中显得就像是愉悦的美的结晶体一般。这种感觉使峻吉十分不快。

拳击家走到森林外面的步行道上，顶着风飞快地跑了起来，木屐的响声在森林的每一个角落遍布下清脆的回音。

出了外苑，来到了镜子家前面。宅内一片寂静。一个陌生的女佣走了出来。原来镜子不在家。

那天夜里，镜子成了民子她们那家酒馆里的客人。

近一小时前，一个陌生的客人来到酒馆，询问了种种关于镜子的问题。当民子犹豫着不知如何回答时，他终于亮出了秘密侦探社的名片。那男人回去后，民子马上给镜子挂了个电话。镜子惴惴不安地来到了民子的店里。

店里一片嘈杂。两天打鱼三天晒网的民子很少在店里露面，所以反倒在店里大受欢迎。倘若每天露面，她那种单纯直率必定会引起客人的反感，现在这样反而在客人的眼里显得越发神秘，以致凡是所属不详的情事全都被牵扯到了民子身上。一些愚蠢的客人还对民子毫不势利的性格钦佩之至。她与那些在夏季一定会谈起自己"去了轻井泽①"的女人截然不同。她毫不献媚地说一些下流话，被认为是一个十分贵族化的女人。

镜子喜欢在店里涌动的人流中看着民子漫不经心地欺骗着客人的情景，喜欢在播放的音乐和香烟的烟雾中看着那一切。民子的娇媚嗓音是出类拔萃的。它并非为了取悦于人，而只是一种伴有声音的深呼吸。对别人说的话她总是稀里糊涂地应答着，从来都是心不在焉的，那模样看起来就像是不知道什么叫无聊似的。

镜子通常是坐在吧台前。她喜欢酒吧中的女客人这一颇具讽刺性的角色。来这里玩的男人中很少有人符合镜子的品位，但他们都必定会注意到镜子的存在，其中甚至有人通过女招待向镜子敬酒。她常常冷淡地断然拒绝。与其说是因为自己的矜持，不如说是依靠伤害对方的自尊而从中获得乐趣。但她去酒吧时，为了有别于其他人，总是会穿上最雅致的服装。而在冬季时，她必然会披一件毛皮外衣。

今夜酒吧的混杂拥挤无疑是因为才过了发薪日的缘故。终于有了点闲暇，民子走了过来。三言两语之后，她又走开了。不一会儿她又过来了，随即又走开了。镜子有些焦躁不安，失去了内心的平静。

镜子一直喝着冰镇薄荷甜露酒，此时已添过了两杯。当年轻的酒保小心翼翼地向她搭话时，她也只是生硬地回答着。一想到在酒

---

① 夏季有钱人汇集的避暑胜地。

保的眼里,自己这种态度的女客人正好属于那种典型的失恋女人,她不由得怒火中烧。

"什么模样,那男人?"

"是啊,"民子回忆着。她的记忆永远都是紊乱不清的,缺乏归纳的才能,以致描述刚才看见的那个男人的轮廓,也花费了不少的时间,"是啊……挺瘦的。让人觉得他的说话方式怪怪的,礼貌得令人厌恶……"

说到这儿时,民子又被叫走了。镜子一点也没有醉。

她百无聊赖地望着放在架子上的酒瓶。形状像埃菲尔铁塔的瓶子里盛满了淡紫色的利口酒,还有商标上画着在热带丛林的树荫下翩翩起舞的黑人男女的朗姆酒。镜子搜寻着纽约的酒瓶,思忖道:这种时候,清一郎是应该待在自己身边的。

她知道是谁去雇的私人侦探。很明显,是分了手的丈夫。尽管她丝毫没有召回丈夫的意思,但她却不免有一种预感:现在的这种生活已经不可能再持续下去了。偶尔镜子还夸张地想过:一个时代已经终结,尽管是一个不可能终结的时代。学生时代,当假期结束时,曾有过相同的感觉。不可能有一种令人心满意足的假期的结束。它只可能在不断的挫折与无尽的不满中黯然结束。严肃的时代将再次来临。那种属于一本正经的、优等生们和分数迷们的时代,再度对世界的全面赞同。人类、爱、希望、理想……这些陈腐破烂的诸种价值的复活,彻底的改宗。而最让人难以忍受的,则是对自己酷爱的废墟所进行的彻底否认。不仅包括对眼前看得见的废墟,还包括对眼前看不见的废墟的彻底否认!

……镜子看着绿色的酒液顺着薄薄的冰片牵着细丝向酒杯外一

点点渗透和滴落。切得短短的蜡纸吸管有一半浸泡在酒里,像是在用针管注射似的把酒液的绿色不时地滴落在溢出的酒上。那溢出的酒液的绿色与柜台木板的黑漆混杂在一起,早已分不清彼此了。

"我做着无聊的男人们所做的恶作剧。"镜子思索道,"总之,是一种抽象的恶作剧。女人是不应该做这种事的。可我和丈夫分手后,却一直在做着这种恶作剧。尽管如此,我一次也不曾感觉到不满过。"

在酒吧里,有时会有两三批客人同时欠起身回去。这时,终于有了闲暇的民子便又回到了镜子这儿来。

"快给我,快把镜子借给我用用!"民子说道。

镜子从手提包中取出了带镜子的小粉盒,打开盖子交给民子。民子把眼睛凑近小镜子,用红色的指甲轻轻捏了捏眼睑。

"还好。我觉得眼皮直往下掉,粘在一起睁不开了似的,就像是被人用糨糊贴住了一样。不过,看来不要紧的。也许是睡眠不足吧。"

然后民子又兴奋地谈起了刚才从客人们那儿听到的发生在秋夜银座的怪事。说是在银座的半夜三点左右,有一段完全没有行人的时间。这是属于魔鬼的时刻,大街上万籁俱寂,甚至看不到猫的踪影。据说这时会有一辆莫名其妙的都营电车灯火通明地一掠而过,上面只载着一个乘客,而且通常是一个满头白发的老太婆。

镜子想把话题引回到私人侦探上,于是先说了一句"把小粉盒还给我",因为她知道,民子对物品的所属观念常常是模糊不清的。

"那么,他到底问了些什么?"

"进进出出的男人的事呗。"

"你不至于瞎说一气吧。"

"我只不过如实回答而已。我说尽管镜子有很多男朋友，但她打心眼里是一个讨厌男人的女人，所以，不可能发生什么丑闻。"

"这倒是真的，所以也只能那么回答呀。"镜子歪着嘴巴笑了。她口红的淡淡色泽沿着薄薄的嘴唇闪烁着，"然后，还问了什么别的吗？"

"啰啰嗦嗦地打听生活上的琐事。我索性回答他，虽说详情不得而知，但她家里倒是常常举行收取会费的舞会呐。"

镜子噤口不语了。

"糟糕！这事不能说吗？我忘了你曾经说过，要是给税务署的人知道了，那就不妙了。"

"没什么，私人侦探又不会去通知税务署的。这不要紧的……"

镜子一边谨慎地思考着，一边说道。传闻说，分了手的丈夫如今一改昔日的软弱无力，在朝鲜战争期间发了大财。对于他来说，镜子的拮据理应不是什么坏消息。他可以把自己经济上的优越地位作为对一个家境日渐衰败的招赘女儿进行宽宥的尺度。镜子又蓦然想起了弥漫在整个家中的那种狗的气味，不由得感到毛骨悚然。

"你知道阿峻参加锦标赛的事吗？"民子问道。

镜子说不知道。两个人约定，如果阿峻送了门票来，就结伴去观看比赛。倘若不送票来，或许镜子就不会去吧，因为那灼热的力量世界已远离了她此刻的心境。更何况她所爱的乃是峻吉脸上镌刻着的战斗的痕迹，而并非战斗本身。烧完篝火之后地面上会出现新鲜的黑色泥土，正是这种感觉常常漾溢在峻吉的脸上。还有那种被暴风雨洗涤后新鲜的废墟般的感觉……仔细想来，镜子倒是更喜欢不在战斗时的阿峻。

"我回去了。"镜子突兀地说道。

"再等一会儿吧。不用等到收牌打烊的。一旦应酬完一个约好的客人后，我就想办法蒙混着早点出去。今夜你想不想痛痛快快地喝一杯？叫上两三个男孩子，一起去夜总会也行。从昨天起'马努埃拉'来了几个印度魔术师表演节目，据说很精彩呐。"

镜子甚至没有听完这个建议便拒绝了。

民子把镜子送到店门口，只听见露天的空地上发出了一声尖厉的响声。原来是隔壁"卡芭莱"的招牌被风刮倒了。只见脚下飞舞着白色的纸屑和点心盒。民子说再送一送镜子，但镜子淡淡地拒绝了。

"不过，还不知道能不能马上叫到出租车哟。"

镜子也不回答，只是远远地报以微笑。想在这猛烈的夜风中独自走走的念头使镜子变得无比地幸福。

峻吉系着金腰带回到了休息室。

正当宣布他已经获得全日本冠军时，观众早已纷纷扭头散去了。这并非意味着对峻吉怀有什么恶感。一旦决出胜负，确定了一个新的冠军之后，他们便巴不得早点返回家庭的安宁和温馨之中，就如同在娼家中只等发泄完毕便扬长而去的一群嫖客。

峻吉还没有来得及仔细打量金腰带。它俨然是一种辉煌灿烂的物质，只有用腰部沉重而迟钝的感觉才能感受到它。在摄影记者们的闪光灯明晃晃地照亮峻吉系着金腰带的身影时，他自己也一直在思考着金腰带的意义。或许它只不过是一种离他肉体最近的观念罢了。

在他走向休息室时，他感受着没有离去的热心崇拜者们投来的视线，从不少人发出的"喂，瞧呀，金腰带"的赞叹声中穿行而过。

他既没有勇气用披在肩上的长袍遮住金腰带，也没有勇气索性把金腰带卸下来拿在手上，一边仔细端详着一边往前走，而只是把自己包裹在一种隐隐约约而又辉煌滚烫的疼痛和恍惚之中。皮带扣的上沿冰冷地抚摸着腹部的肌肉。"光荣"这个词所具有的金属的触感……而且，金腰带给人一种感觉，似乎它仅仅是一种迟钝地紧贴在肉体上，丝毫也没有融入肉体中的僵硬的异质观念而已。

"回到休息室以后，我要取下来拿在手上好好瞧瞧！"峻吉暗自想道。

一进休息室，等在那里的花冈便把手伸到峻吉的腰间，一把取下了金腰带。花冈的兴奋已达到了顶峰状态，势不可挡。

"得到了！得到了！终于得到它了！"

花冈一边喊叫着，一边竭力强调"自己的眼力决不会有错"。在大家面前，他说他想系上金腰带，与峻吉并肩拍一张照片。他的腹部从孱弱无力的矮小身体上向外凸出着，分明与峻吉的皮带尺寸不合，所以，松方帮着他放宽了皮带的尺寸。峻吉看见在这些人手中，光荣被揉搓得满是褶皱，皮带上那巨大的金色皮扣正恶作剧地一边闪着光一边跳动着。

终于花冈的狂躁平息了。皮带从他的腹部上卸了下来，转移到了松方手中。松方目不转睛地审视着它。

"已经久违一年了。"松方说道，"怎么样？峻，这家伙在外游荡了一年，现在又回到了我们的手中。"

"我们的手中"这种男人化的说法使峻吉大为感动。松方去年痛失了冠军，现在以一种难舍难分的同胞之情注视着把它夺了回来的峻吉。

金腰带是一只没有节操的金色之鸟。它总是飞向胜利者的手臂,把原来的主人轻而易举地抛在脑后。但正如某种女人因忘恩负义而变得越发漂亮一样,这只金鸟的美丽也完全基于它那种忘恩负义的性质。

休息室的人流没有半点退去的迹象。体育记者、俱乐部的声援者们、热心的崇拜者、全都穿着流行西装的八代会长手下的年轻人们⋯⋯一些对峻吉特别亲近的年轻记者三番五次要和他握手,而没有注意到其他冷静的体育记者们那颦紧的眉头。在他们看来,记者应该妄狂而又客观地维持自己的威严,从高处去犒劳选手。

川又在这节日般的喧闹中,以一副侦探似的眼神四处走动着。他嗅到了他所讨厌的那种无秩序的气味,仿佛只有他一个人是体育运动的冷峻法则的代表。身处这种特别容易兴奋的体育项目之中,他总是对遏制住热情来回踱步的自己所肩负的任务念念不忘。于是他走近峻吉的身边,为了不让俱乐部的那帮人嫌自己多事,压低声音说道:

"还愣着干什么?快点更衣吧。身体着凉了怎么办?"

峻吉为能逃脱向记者、声援者、崇拜者的祝贺——低头致谢的劳苦而暗自庆幸,恨不得迅速跑进更衣室里去。

但八代会长阻止了他。这个长着秀丽但却阴暗面孔的男人,身上穿着上等质地而且做工精细的双排扣西装,在戴着祖母绿的戒指的手指间夹着长长的烟斗。

"喂,回家之前我帮你保管金腰带吧。还有,今晚你就陪陪我和花冈吧。明天去各处致谢,晚上开庆功会。好吗?"

然后他一边把金腰带牢牢地捏在自己手中,一边拥着峻吉身披

长袍的肩头,向客人们宣布道:

"庆功会定在明天晚上,今晚由我借用一下峻。"

——会长手下的年轻人毕恭毕敬地给穿着西装缓缓退场的峻吉让开了一条路。峻吉不得不三番五次地低下头,一边致意一边从中间穿过。

"你打得真漂亮!"

"谢谢。"

"加油啊。下次在一个更大的地方拿一个世界冠军回来!"

"谢谢。"

会长和花冈在外面等着他。平常应该坐助手席的峻吉今天被特意安排在了后排的座位上。他所得到的这种特殊待遇无一不充满着令人刻骨铭心的周密考虑。俱乐部的新人提着峻吉的手提包紧跟在后头,这也是根据会长的意图所安排的。汽车开动以后,会长郑重其事地把装有金腰带的袋子放进峻吉的手提包中,搁在自己的膝盖上,说了一句让峻吉诚惶诚恐的话:

"今晚我是帮你拿包的。"

花冈与会长把峻吉带到他们常去的酒吧"卡芭莱",向那儿的女人们介绍道:"这就是本届全日本冠军。"其中有些客人是刚刚看完今晚的比赛后踅来喝酒的拳击迷。他们走过来举杯庆贺,或是坐过来要求握手。花冈十分高兴有这样一帮客人,而八代会长却满脸厌烦的神色,一直缄口不语。如果注意到了这个一本正经的男人那张冷冰冰的侧脸,即使是醉鬼也会感到寒气逼人并离席而去的。

"我当然很爱护崇拜者,"会长对峻吉说道,"但我却不能忍受那些讨厌的家伙。不过,你也不要仿效我的做法。"

这时,在八代的眼睛里倏然掠过一丝夹杂着狂暴与温存的混合物。尽管这决不是爱的表示,但峻吉却也并不那么讨厌这种时候的会长。相比之下,花冈沉醉于感情之中,俨然像一块半溶化了的奶酪一般释放着臭气。

女人们寄予峻吉的厚意或许可以称之为"平凡的英雄崇拜"。峻吉给人的第一印象是他那种直截了当的"男人味"。不仅如此,她们的英雄崇拜中还掺和着寄予朋辈的那种特殊的亲密感。她们凭借微妙的直觉一眼便看穿了这个英雄与她们处于同一种身份中,即同属所谓外妾的处境。

会长不时用分不清是玩笑还是当真的语气说道:

"那女人怎么样?也还不错呐……怎么样?如果有中意的,拐走得了。有必要的话,我可以帮你从中交涉。不过,话先说清楚,这是仅限于今夜的美妙游戏。"

峻吉听着,但却怎么也无法像平常比赛结束后那样,产生那种欲望。于是,他主动选择了拳击的话题。

"总之,练成了能够飞速转身的步伐,这可是一大进步。"花冈鹦鹉学舌地照搬报社记者的评论。

"我没想到对方步伐变得那么迟缓。"

"要瞅准他走下坡路的时机出击。而且,当世上的人们都发现他在走下坡路再瞄准他,已经为时过晚。这便是投资者的直觉。那帮报社记者说什么让你去争夺冠军还太早等等,其实,现在是再好不过的时机了。现在你赢了,也就更是身价倍增了。"

女人们接二连三地涌过来想和峻吉跳舞。谁知他却淡心无肠,脑海里不断浮现出金腰带那清晰的形象。尽管它正在旁边的手提包里静静地躺着，但却宛若燃烧不尽的陨石一般，在划过夜空后仍保存着巨大的热能。

终于他难以抗拒那种想独自好好端详一下它的诱惑了。

"那么，我这就告辞了。明早还要去各处寒暄致谢呐。"

"是啊，泡个澡，好好解解乏吧。可不准又绕到别处去玩呀。喂，这是你的宝贝。"

会长把手提包交给了峻吉。

峻吉走出"卡芭莱"，独自一人在新宿的夜里走着。一旦拿回家给母亲看，肯定会被供奉在神龛上。他看了看表，发现已经过了深夜一点。前面有酒吧灰暗的屋檐灯和残缺稀落的霓虹灯。夜空中布满了星斗，一丝风也没有。十月之夜的寒气把他因微量的酒精而有些醉了的颞颥绷得紧紧的。

他手里拿着的是真正的光荣、真正的星辰，是瞬间消失的行动好不容易留下的结晶的纪念品。他不安地担心着它会不会不翼而飞，忍不住把手伸进包中摸了摸。原来它还在。啊，巴不得早一分钟看到它，好好地瞧瞧它……无论如何，现在的他已成为一名公认的力量携带者，是冠军这一辉煌之物的搬运者。走着走着，他感到手里的包竟然没有发出尖厉的叫声，或是突然爆炸，是那么不可思议。蕴含着所有危险的力量的标志物都老老实实地在这粗糙的皮包中乖乖地歇息着，这不是很神奇吗？

只有在别人的邀约下才会去喝酒的峻吉并没有什么特别熟悉的酒吧。他只是没头没脑地走着。突然之间，一种仿佛在梦中曾经来过此地的感觉变得强烈起来了，随之周围的一切蓦地化作了他所熟知的某个场所的模样。他感到自己就像是被人蒙住眼睛带到了这儿来似的。原来，这儿正好是在收的母亲所经营的那家"洋槐"咖啡馆的附近。

拐过胡同，来到了"洋槐"前面，却找不到"洋槐"的踪影。他在已经打烊的商店和咖啡馆的招牌前来回踯躅了两三次。这时，他才发现："洋槐"已经改了名字为"爱人"，而且外表也已装饰一新，变成了一个灰暗的酒吧。

峻吉推开门进去。只有柜台前有几个客人，柜台里的女人向峻吉点点头。在灰暗的灯光下她敞得很开的和服露出的胸脯就像是鲜艳的白色船帆。那张脸看不真切，但分明不是收的母亲。

峻吉坐在柜台前，要了一杯掺苏打水加冰的威士忌，请求把紫色的遮光台灯转向自己这一边。于是，周围的黑暗中响起了一阵咋舌似的声音，但随即又停止了。

峻吉把从牛皮纸袋中抽出的东西放在灯下。与红黄条纹的宽幅皮带一起，放着长十五厘米宽十厘米的巨大金色皮带扣。

它本来应该在他的腹部闪闪发光。金腰带与冠军相互对峙着，与他对峙着，这无疑是一种异样的状态。这金色的凶鹫露骨地表现出了它天生的虚伪。

但皮带扣上的镀金已经到处都斑驳脱落了，露出了铜坯的本色，铸模浮雕的几个边子也已经发黑了。在巨鹫展开的翅膀上，用德国风格的字体浮雕着"BOXING"①的字样。鹫伸出双爪停立在王冠的顶端上，而王冠上各种各样的宝石与三叶草的花纹又连成了

----

① 英文，拳击。

一片。从左面拥着王冠的是月桂树的树枝。从右面拥着王冠的是柏树的树枝。在王冠下面,镌刻着首位冠军获得者的名字及其年月日。张开着的鹫翼夸张地突出了整体的盾牌形状。

峻吉出神地望着它,甚至忘了动一动送上来的威士忌。

那金色先是变得模模糊糊,继而又变得鲜明清晰,最后又变得模糊不清了。鹫就像是在突然振翅飞翔似的,又像是已经变成了金色的标本一样。在这平静的浮雕中包含着无数比赛的剧烈搏斗、鲜血的飞沫、大脑的眩晕、胜利后的空白感与败北后的苦涩感。

峻吉并没有思考什么。因此,他自己也闹不清,此刻的心情到底是喜悦还是空虚。至少在他的感情上没有类似于行为那样的跃动。伴随着行为受到磨练,他的感情反而逐渐走向了死亡。

"你在看什么?多漂亮的宝贝啊。"

柜台里的女人伛下脖颈凑了过来。要是在学生时代,峻吉肯定会喜滋滋地向女人炫耀一番吧。但如今,一种可以称之为职业上的羞耻心或专业上的恶作剧,使他不愿意让自己独自享受的陶醉受到女人的搅扰。而且峻吉根据自己的经验深知,没有比这种性质的荣耀更难被女人所理解的了。

"什么也不是,一个不值钱的东西。"他胡乱地鼓捣着牛皮纸时竟发出了一阵声响。他想将皮带塞进纸袋里,可它却是那么难以塞进去。

"你是个拳击手吧。我知道的。喂,给我瞧瞧吧!"女人说道。女人的长相并不合峻吉的胃口。他把纸袋放进手提包里,满脸的不高兴。

"喂,别那么小气。给她看看不好吗?"旁边响起了一个声音。

在柜台的另一边,有好几个年轻人正在喝酒。刚才是其中一个人的声音。

峻吉瞅了一眼那边,是一帮普通的街头年轻人。每个人都穿着牛仔裤,披着红色或深蓝色的尼龙运动衫,还把长发束在后颈上,用发蜡将前面的头发固定成一座宝塔的形状。

在这一带,敢于不对峻吉俯首臣服的年轻人肯定是那些甚至够不上"阿飞流氓"称号的"无赖小痞子"。他们不过是一帮不属于任何团体的落魄学生,一帮伪装流氓的外行。他们无端地进行斗殴,追逐女孩子加以轮奸,大开摩托飞车,并由此而感受到生存的价值,恰好处于十九至二十岁这一由少年向青年过渡的躁动不安的时期。其中一个长着一张白色少女般丰满的脸颊,而另一个则生着一副似乎总是在发着牢骚的向外嘟出的嘴唇。

峻吉对他们这种人的脾性了如指掌,但与他们却相距甚远。

过去,这些家伙在峻吉眼里,无异于活着的手提包。他们蛮不讲理的寻衅将他们自己化作了某一件物什。是的,他们脸上的冷笑,逞强的目光,类型化的无赖语言,扭头转身的姿势,还有他们的腕关节……这一切都不属于人的特质,而只是没有眼睛鼻子的手提包嘲弄似地摇摆不停的特质。甚至于他们的肌肉也仅仅是一种仿制的肌肉,是塞满了纸屑的麻袋。他们所有的特征无一不使他们显得像只是一个普通的手提包而已。

……但此刻他们所表现出的却仅仅是"软弱"。"软弱"在他们的尼龙运动衫下,宛如X光照片上的内脏一般被清晰地透视出来。每个人都背负着软弱的种种特质,在内心里拥有一个容易损坏的虫笼,一个纤细、柔弱、可怜、破罐子破摔、抒情的虫笼。但这种软弱说来就像是坚定的星辰般的峻吉的"强大"在远远的地面水洼上投下的影子似的东西。从未听说过星辰殴打自己的投影之类的事情。

自己内心中并没有像过去那样涌起任何愠怒和愤慨，对此峻吉一点也不感到惊诧。他是"强大"的，仅此而已。这一秩序不可动摇，力量的阶层就如天体图一般井然有序。

——但他们不断地寻衅找碴儿，犹如一帮因为自己的手无法搔到背上的痒处而急得跺脚的小孩子。

"噫，真是个小气的大哥呐。"

"反正这种地方的好色鬼总是不讨人喜欢的。"

"英子，让开，你的奶子真碍事。"

"如今是装腔作势的人当道呀。"

峻吉全然不加理睬。女人递来眼色想从中斡旋调停，但被一个留心到了的家伙用可怕的眼神使劲盯住，吓得不禁一下子绷紧了面孔，脸色煞白。

在这种时候，时间以一种演戏般的速度向前推进着。时间带着黏性，看起来貌似涩滞，实际上却以剧烈的加速度向前推进着。一旦听凭加速度恣意妄为，反而会感到时间已经停滞不前了。峻吉深谙某种事态发生前这种对时间的感觉。他曾经是一座为了达到这个目的而运转不息的精确时钟。

果然一个年轻人站起身来，走近了峻吉。站起的身体显得出奇地高大，就像是释放着青木气味儿的梧桐。随即他越发轻薄地扭曲着轻薄的面孔，做出一副假笑的样子，以一种故作的谦逊探过脸来说道：

"大哥，能不能让我瞧瞧你刚才百般珍惜的那个发光的玩艺儿呢？"

峻吉微微动了动右手。他是在无意识中这样做的。于是，那年轻人便仰面叉开双腿，后背撞在门边的墙壁上，一下子摔倒在地面上。

年轻人们摆开了应战的架势，可最里头的那个同伙制止了他们。他们把店内折腾得喀哒作响，大肆谩骂着，说了些危言耸听的威胁话以后，一个不剩地消失了。

店里只留下了峻吉一个客人。闲得无聊的女人用流行歌曲般的腔调说道：

"你真厉害呀。"

峻吉一声不吭。

他也不明白，自己为什么沉默。他只是就那么沉默着。

过了一会儿，峻吉喝干了加冰的威士忌酒，付完账，左手提着手提包，走出了店门。刚一出门，就猛地吃了一个扫堂腿。他马上明白了：这不是普通的扫堂腿，而是被球棒似的东西狠狠击中了胫骨。

在倒地的一刹那，他把手提包爱惜地护在胸前，扑倒在上面，所以，很自然他是用右手拄在地上的。只见一个黑色的人影飞奔过来，朝着他拄在地面上的右手臂，狠狠地扔过来一个沉重的白色物体。于是清晰地传来了什么物品被打碎了的声音。原以为对方扔过来的是一个巨大的木槌，结果只不过是一块普通的石头罢了。

手提包及其里面的金腰带全都安然无恙。但峻吉右手的指关节却被砸成了粉碎性骨折。住院后，首先缝合伤口，两三天后肿消了，施行了骨头的手术。砸得粉碎的骨片被收集在一起，好歹聚合成了原来的形状，然后扎上了石膏绷带。三周后，卸下石膏绷带，又开始尝试按摩治疗。因为光靠按摩师，心里还是不踏实，所以川又也来帮忙，每天执拗地帮他按摩。他阴沉着脸，一言不发，直揉到满头大汗为止。不久疼痛消失了，但峻吉的右手却无法握紧拳头了。

外科医生告诉八代，峻吉可能再也不能握紧拳头了。八代本想慢慢等峻吉自己提出引退申请，谁知不到一天，峻吉便因为讨厌接受同情，向他，还有花冈的公司提出了辞呈。花冈姑且挽留了一下，但最终还是接受了。峻吉感到在花冈哀惜的话语背后，是微微的憎怒、小小的怨恨在曳拖着长长的尾巴。就像一个突然破解了鸟类语言谜底的人一样，峻吉现在能够一下子看穿别人的感情了。这是一种凄凉的景致，他不得不承认世上人们的勇气。

"你不用再来了。你比一般人恢复得要快很多。"外科医生说道。

因为峻吉缄口不语，所以，他用超出医生职能范围的亲切，轻轻把手搭在峻吉肩上。

"用不着过分想不开。这或许会成为你人生的良好转机，发现一个在拳击场上难以想像的丰富的未来，但这也得看你的努力了……目前，首先是抓住一个好女孩吧。这或许是多余的忠告，不过，如果因为现在的事情便自甘堕落，那就算不上是个男子汉。"

从医院的窗户可以看见秋天晴朗而辽阔的天空，宛如用消毒液擦拭得一干二净的天空。天空中弥漫着清爽的、无机的、令人感动的气味。诊疗室里那磨得锃亮的银器的外表上也映照出了房间的窗户、秋日的天空和几抹云彩。

"我的人生?!"峻吉忖度道，"这个医生就像是对待自己手中的香烟盒一样来对待我的人生。"

而且他被这个外科医生的善良深深地伤害了。当他曾经因比赛的一点小伤去看医生时，这同一个男人总是像简单地修理收音机一样处置他的身体，从不曾流露过安慰同情之类。

　　这是峻吉曾就读过的那所大学的附属医院，所以，一旦走出大门口的回车道，隔着一条街稍稍往前走，便是母校的校舍了。那栋阴森大楼的一角便是体育会的所在地，现在这个时间川又恰好也该待在那里吧。峻吉从医院回家时曾常常顺道拐到那儿去，可今天却提不起兴致。

　　川又是惟一没有因那一事件而改变态度的男人。安慰和同情都与他粗犷的说话方式极不相称，但他也并不开口叱责什么。在找不到话题的时候，他依旧总是默不做声。即使峻吉来访，他也从不做出高兴的表情，也不显出麻烦厌倦的样子。他赞成峻吉辞去花冈的公司，答应以后再根据峻吉的爱好给他找一个职业。但又说，在如今的社会上甚至必须抱有做一名土木工程工人的思想准备，峻吉还听说，让八代会长支付峻吉医疗费和若干生活费的也是川又。

　　此刻，峻吉踽踽独行，漫无目的。在晴朗的秋日天空下面，感到只有自己一个人无所事事，这是每个青年都难以摆脱的心境。但峻吉从不曾感到自己也处于这种青年的普遍境况之中。过去当他漫步在街头时，他总是感到那种肌肉微微的紧张感正唤起自己战斗的记忆，以致自己的脚步正踏踏实实地迈向一个肉眼看不见的目标。

　　但是此刻，软弱无力的大海已漫到了他的下颌，哪怕是再升高一丁点儿水位，他都会别无选择地被淹没而死。他的眼睛正好在齐眼睛高的地方看到了水平线。那挡住他去路的软弱无力的漫漫海水淹没了整个街道、邮筒、邮电局、咖啡馆、小小的公园、电车、书店、水果铺和服装店。可从前的他却能够一点也不被打湿地在海面上扬帆行驶。

峻吉在这几个星期里，发现了以前全然不知，因而也全然不怕的"思考"所具备的这种颇具讽刺意义的性质。不思考是免除恐怖的惟一方法——以前的他是如此确信的，但这一成果并非出自于他的努力，而不过是由他的幸运来加以保证罢了。现在要做到不思考，需要多么可怕的努力啊！这种努力如今已成了他的勇气的惟一证据。

"我怎么能越来越沉溺于思考之中而不能自拔呢？不思考本来是为了拳击，但如今即使在拳击从我的人生中消失以后，我也绝不会停止不思考！"

一方面，峻吉也憎恶着以豁达的目光来重新看待不幸和厄运，或是将一度受挫的力量轻而易举地转向其他地方的那种人生咨询式的解决方式。成为一个决不悔悟之人是大有必要的。如果向一点小小的希望妥协，那么当这个世界开始显露出那希望的形态时，一切便宣告终结了。

即使被无力感淹没到了脖颈，也决不重新看待世界，也决不从不曾有意义的地方去发现什么新的意义……但是，峻吉的世界轴心却分明已经被折断了。他的尝试便是拒绝一切的梦想。即是说，只能认同那被折断了的轴心，并因此而拒绝承认一切改头换面的现实。

作为这种态度的结果，在他的眼里，甚至世界的每一个角落都带上了异样的非现实感。一切都依然如旧。但如同沉落的钟声的余韵缭绕在寺院里，甚至浸润到墙壁的罅隙中一样，无意义在这儿一直长鸣不止。不管他承认与不承认，甚至连同一个无意义也不再是与以前保持相同模样的无意义了……这种时候，绝望成了一种巨大的救助。但正如峻吉厌恶希望一样，他也讨厌绝望。

当他得知自己的手不能握拳之后，便开始了抽烟。香烟一点点地变得好抽了。

……走过了校舍的前面。这时峻吉摸摸口袋，从里面掏出了一根香烟。他拿到了嘴边。另一只手摸索着火柴盒……可就在这时，想抽烟的欲望又倏然消失了。一边这样漫无目的地走着，一边给香烟点火——这个动作在他看来是那么难以形容地没有意义。

终于无意义像一个看不见的拳击手打出的无形而迅捷的拳头一般霍然一闪，从他拿向嘴边的手指中把香烟掸落到了路面上。这一阵子，同样的事情屡屡发生。想必以后还会有增无减吧。在秋意阑珊的上午的蓝天上，蜂拥而来的是一群一直瞄准了他的无形的拳击家们，即名叫"无意义"的拳击家们。

穿着母校制服的学生们三三两两从电车道上走了过来。其中拳击部的学生认出了峻吉，于是脱下帽子向他行礼致意。这是看见过一两次的新生，长着一副英俊的容貌。峻吉轻轻地回礼致意。在那个学生的衣襟上有一枚十分显眼的红色拳击部的领章。峻吉喜欢这个并不走过来进行一番甜蜜寒暄的后辈那副像是在发怒似的生硬表情。在刹那间，峻吉的心中掠过了一个念头：自己的负伤是极不光彩的。这是一种在与拳击毫不相干的情况下负伤的不光彩。这充满屈辱的念头无疑是他最最忌讳的东西。

"我有挺胸前进的权利。"……如果回到从前，这种时候的他所拥有的权利，严格说来，是只属于他自己一个人的。但今天，他感到自己却必须与其他成千上万的人一齐分享这种权利。刚一说出

"我"字，那种所谓"人谁都会……"、"既然生而为人"、"即使是蝼蚁之辈"、"只要是被叫做人"等等之类社会上的套话就会毫不示弱地尾随其后，发出大声的喧哗。他曾经那么轻蔑的弱者如今全都成了他的朋友，并站出来声援他，为人类的弱点喝彩叫好，企图与他在同一条道路上结伴同行。

他来到了被晌午那刺眼的光线高高照耀着的电车道上。正当他试图挺起胸膛时，却惊讶地看到——过往的行人不是全都在挺着胸膛阔步而行吗？于是他又发现了挺起胸膛这一行为的徒劳，从而打消了这个念头。看来，他的强大和独创性的根据已不复存在。

从路边的旧书店里，那个英国文学的老教授（峻吉曾带着戏谑的心情去听过他的两三次讲课）正带着两名柔弱的学生走了出来。他是一个在十五年前从公立大学退休后转到峻吉母校来的老态龙钟的可怜学者。他的讲课充斥着乞丐式的腔调，脸上到处是疤痕，嘴巴已经闭合不拢，只是不停地翕动着，让上下的假牙不时撞击在一起，发出围棋子在棋盒内相互摩擦似的响声。

这个男人自始至终生存在平安无事的信仰之中。打一开始便陈腐不堪，因此也就不存在着变得更加陈腐的危险。这便是那些专家学者的命运。是一种与三十年前在英国做的西服相雷同的命运……教授透过老花镜瞅了瞅峻吉的脸。他当然不认识峻吉。细皮嫩肉的学生在老教授的耳边嘀咕着什么。嘀咕的内容是不言而喻的。峻吉真想一拳把这种学生打翻在地。因此，他走过后又回头看了看那边，只见老教授正用满是皱纹的眼睛（眼睛里盛满了红锈般的好奇心）一个劲儿地盯着自己看。

"这个老混蛋！"峻吉想道。他一边想着，一边为他那衰老的模样感到一阵毛骨悚然。看见老人后，他的心感受到某种痛切而讨厌的东西，这还是第一次。

"必须闭上双眼，什么也不想，抓紧时间在人生之路上大步快跑。因为不久我也会变成那个样子的。"

他的心里居然产生了想像力。

充满秋日和煦阳光的午休时的街道上，公司职员和学生的人数越来越多了。该找个地方吃顿便宜的午餐了。但这也是无意义的。也许筷子会从他的手指中间滑落到地面上吧。

人们一边款款而行，一边享受着午休的清静无为。而峻吉却拥有永远的午休，永远的闲暇。看来是在召开运动会吧，只见在晴朗天空下的某个地方，看不见的烟火正发出连续不断的轰鸣，让人觉得他们正在为峻吉的右手不能握拳而喜不自禁地大肆庆贺似的。

"既然我不能再进行拳击了，那么不是理应发生什么可怕的重大事件吗？倘若那烟火就是炮声的话……"

对于那些一边想着午餐一边走着的人来说，没有任何理由把那些轰鸣声想像成炮声。公司职员胸前的领带夹、学生的金属纽扣、办公室小姐们的胸针，全都沐浴着阳光熠熠生辉。

在旧书店的前面，陈列着一套美国平装版的侦探小说丛书。它们那发出光泽的表皮充满了鲜艳的色彩。从褴褛的粉红色内衣中露出的乳房、血迹斑斑的衬衫、悬在空中的毛茸茸的手、手枪、戴得很低的礼帽、正出手打人的男人那腰部的扭动……

眼前这种非现实的世界竟然没有破裂坍塌，真是让人深感惊奇。它在峻吉的眼里，就像是一只膨胀过度、因此橡皮的表面已经变得单薄而敏感的气球一样。

电车的铁轨在晴朗的街道上一直延伸到远方,其中的一部分在架空铁桥的阴影的远景中闪闪发光。完全缺乏目的和缺乏存在理由的状态,竟然像映照在镜头里一样,如此透明地以无意义的精确性展现着世界,这使他大吃一惊。他摸了摸自己的鼻子和脸颊。右手会让他想起自己的残疾,所以他用的是健康的左手……在被殴打后变得僵硬的皮肤中央,他摸到了已经溃烂了一半的鼻子。它是那么奇妙和柔和,在太阳的曝晒下,正分泌着些许的油脂。

——有人抓住了峻吉的肩膀。

"喂,那个叫深井峻吉的人,别阴沉着一张脸走路啊!"一个粗大而涩滞的声音说道。

峻吉抽回肩膀,回头看了看那个穿深蓝色西服的男人。原来是同年级的拉拉队队长正木。

正木与世上人们通常由拉拉队队长这个名称所联想到的那种类型的人相去甚远。他没有胡子,没有穿那种有短外褂和裙裤的礼服,也没有穿着那种高齿木屐,也没有那种大兵似的肥胖身体,更不是那种没有缘由便欣喜若狂的乐天派。相反,他看起来倒有些像一个肺病患者,脸色苍白,身体也谈不上结实。惟一的天赋是他那决不沙哑的浑厚嗓音,那声音带着魔力,统领着整个拉拉队。从他那瘦削的身体中不断溢出的热浪能够燃烧起人们熊熊的热情之火。尽管正木平素口若悬河,但却性情忧郁。不过,作为拉拉队队长,他却被誉为火球般的男人。较之大兵团长的指挥,他的指挥更是散发出一种自虐性的热情,充满了使人们不由自主地身陷其中的魔力。他把自己的身体置之度外,让人觉得他具有一种梦魇般的自我解体的能力。峻吉由衷地对正木抱有一种畏葸感，所以从没有和他进行过推心置腹的深谈。

"还没吃饭吗？我现在正要去吃呐，不一起去吗？"——不等峻吉回答，他一边独自朝着自己想去的方向走着，一边说道，"你那以后的事情，大大小小我全都知道呐。"

正木避开了挤满公司职员和学生们的大街上的廉价食堂，拐向了一条被完全遮蔽了阳光的小路，最后走进了一家门口挂着门帘（那门帘就像是一条脏兮兮的围裙）的中国餐馆。也不问峻吉的想法，他便擅自点了两碗拉面，他们俩坐在一个像是包厢一样的角落里。在插满了木筷子和鲜花的桌子上，残留着离席的客人们把汤汁泼洒后的痕迹和杯子打湿后留下的圈印。

他自己叼起一支烟后，说道：

"这阵子你也在抽烟吧？"

看到他递过来的香烟，峻吉大吃一惊。

"好久不见了。"正木这才在烟雾的对面微笑着说道。

"是啊，有半年不见了。或许更长吧。"

"所谓时间转瞬即逝的说法其实不过是撒谎罢了。请看这个。"

正木从口袋里掏出一个形状粗俗的陈旧秒表。

"不久前，用两千日元从一个学弟那儿买来的，他说他可以典当的东西就只有这个了，不是怪可怜吗？不过，这表倒还不算太差。"

说着他摁了柄头，于是，秒针便痉挛似地沿着琐细的字盘旋转了起来。

"来测测看，拉面要几分钟才能送上来。也许你会说这很无聊吧。但以前你在拳击场上的胜负不是全都这样来测定的吗？一个回合也才不过三分钟呐。如此看来,不也同样无聊透顶吗?"

"你是想说这番话才约我一起来的吗?"

"喂,别生气,我有更重要的话要说呐。好吧。拉面过一会儿马上就会送来,这一点是不会错的。而且,我们将吃完它,这也是千真万确的。然后,又该如何呢?"

"我们将分道扬镳,各自东西吧。"——峻吉用那种只有在变得直言不讳时才会有的炽热而爽快的声音说道,"说实话,眼下我谁也不想见。"

"是啊。你将和我分手,然后又变成孤零零的一个人。可这以后又该怎么办呢?"

"真啰嗦。我至少也有个把女人吧。"

"和女人睡觉,不也很无聊吗? 女人也是一种秒表。也许会是一个回合三分钟的发泄吧。不过也仅此而已。"

"你究竟想说什么呀?"

拉面送了上来。那升腾到脸上的热气使峻吉感到自己的脸颊是那么冰凉而苍白,就像是起了倒戗刺一般。正木掰开木筷子时发出了"喀嚓"的清脆响声。他把秒表放在了两个大碗中间。

"行吗? 这也是不会倒流的时间。比比看谁先吃完拉面! "

"算了吧,那种小孩式的游戏! "

"别说那些可笑的话,我是为了你才这么说的。如果你还想一直过那种与受伤前完全相同的充实生活,那么,就连吃拉面时也只能用这种方法了。其实,孩子气的正是你。"

峻吉沉默不语了。他开始吃拉面,但分明味同嚼蜡。眼前秒表上那针摆的晃动就像是一个奇怪的生物一样使他忐忑不安。它与打倒对手时从裁判员的口中所响起的高亢的读秒声属于同种性质的时间——这的确是一种讨厌的发现……峻吉一下子停下了筷子。

"请给我停止那种把戏！"

正木脸上浮现出了阴沉的微笑，又用手撮了撮柄头。于是，针摆一下子神经质地回到了原来的位置上。

"会有一种讨厌的心情吧。想想看，与你的未来相连的就是这样一种时间。无论去到什么地方，都像是被紧紧勒住了似的一直重复着同样的波动。而你却已经不能再进行拳击了。现在还没什么，各种倔强的想法、燃烧未尽的斗志、匆匆忙忙四处寻找的乐趣无疑会暂时排解你的焦虑，在进展顺利的瞬间，甚至会忘掉已经不能再进行拳击的烦恼……现在还行，但这以后，你所拥有的时间还有很多很多呐。你曾想过这一点吗？凭你现在的这副体魄，也许会活到八十岁、九十岁。如此漫长的时间，你打算怎么度过？一直生活在过去之中吗？与排列在架子上的奖杯、影集一起度过一生吗？但是你已经不能再进行拳击了。这才是相当漫长难熬的呐。"

峻吉十分亢奋，但却忘记了发怒。正如正木所说的那样，眼前他看见了如同在整理停当的废墟上堆积如山的瓦砾一般层层堆砌着的死去了的时间。它被晚秋强烈的光线照射着，纹丝不动。

峻吉突然被一阵恐怖感攫住了。他完全丧失了在那漫长而又一无所有的时间中生活下去的自信。用缓慢的死亡来生活在已经死去的时间中，这是超乎勇气之上的艰难之举，纵然它获得了成功，也不啻一种阴惨的成功。峻吉恐惧万分。他还从不曾考虑过这种事态。

正木目不转睛地观察着峻吉的神态。当他认定自己的话语已经在对方的内心深处产生了效力之后，又用包含着同一种阴郁热情的口吻继续说道：

"事实上我是想告诉你一个消磨时光的最佳方法，才跟在你后面的。行吗？别出声，听着我下面对你说的话。"

接着他用读祈祷文似的流畅声调说道：

"我们日本人必须全面体现以君臣一体的大和为荣耀的天皇国大日本的真实面貌，成为世界万邦暨全人类翘首以待的自由、和平、幸福、安心、立命的大仪表之国——师表民族。这儿存在着我们天照民族生死一贯、归一于天皇信仰，并为扶翼皇运万世永存的伟大和崇高。"

正木暂时止住了话头。峻吉怔怔地说道：

"这究竟是怎么回事？"

"这就是思想。你信这个吗？"

"我一点也不懂。"

"好吧。那就听点别的。"正木用和刚才一样的语调说道，"我们正试图究明建国的理想，弘扬日本精神，驱除共产主义，匡正资本主义，改变战败后屈辱的亡国宪法，促成国贼共产党的非合法化，推进以和平、独立、自卫为目标的新军备，打倒与卖国的共产党同流合污的势力以及形成其温床的亡国统治阶级，确立民族共荣的秩序……"

"这是什么意思？"

"这也是思想。"

正木平静地说道。峻吉又恢复了如同孩子般刨根问底的劲头。

"你相信它吗？"

"相信？是的。如果说相信，也许有点言过其实。只不过这些话带给我一种'愉悦的心情'。不知为什么，我很容易涌起一种感觉，似乎自己的肉体能够完全融入这些话语的每一个句子中。因为这些话离'死亡'最近……我当拉拉队队长时，即使在唱那首威风凛凛的拉拉歌的节骨眼上，也常常在突然之间感觉到'死亡'，从而一下子变得心旷神怡起来。想小便却又一直忍耐了很久才最终如愿时，身体会不由自主地直打冷战；那种感觉正好与'死亡'的感觉一脉相承。

"对于健康的青年来说，或许最为重要的便是'死亡'的思想。它需要的不是某种附带条件的死亡，而是对死亡的全面认同，是死亡的指令，是犹如那种葬礼上银色的假花一样，将所有古老而神秘的庄严辞藻排列起来的死亡的装饰……战争前，据说有一种名叫'敢死队'的团体。倘若时光倒流，或许我会兴高采烈地加入其中吧。"

"你是一个极为异端的右翼分子。"

"你说得对。但这种话我只是对你讲罢了。因为我认为在这一点上你和我极其相似。或许这和你在拳击中所捕捉到的东西是相同的。"

"我可不那么想。"

峻吉拒绝着那种不可思议的、令人毛骨悚然的愉悦感，说道。

"因为是现在，我才那么说，而且就性格而言，你不属于那种喜欢思考的人。你能证明你曾经并不是那样的吗？"

——然后他们俩长时间地交谈着。结果，正木一点也没有把自己所属的政治团体的思想强加给峻吉，这一点赢得了峻吉的好感。

"我为什么可以不相信那一点呢？"

"因为越不相信的家伙就越是有才能。我便是如此，瞧瞧我吧。我确实知道自己不相信。可我清楚地在自己之外看见了那种思想，并把它作为一种工具来使用，从而获取了一种难以形容的陶醉，不断地切身感受到自己的死亡和他人的死亡，这便是最有才华的团员的资格，这一点我是知道的。并且还能挣钱，尽管不多。越是被承认，你就越是会渐渐懂得该怎样来获得金钱。

"对于青年来说，反抗是生，忠实是死。这是一句陈年老话。但对于青年而言，就像反抗是必要的一样，忠实也是必要的，是美味而甘甜的果实。运动员倒好，他们把反抗的精力全部消耗在了体育运动上，而把忠实的精力全部使用在对待前辈上，属于一种至为单纯的构造，但却毫不违拗地遵循着青年的法则……怎么样？向自己绝不相信的思想发誓效忠，对什么'未来'、什么'崭新的社会'一律进行反抗……"

"我曾经相信拳击。"峻吉用浑重的声音说道。

"这我知道。"

"那曾经是我的目标。"

"可现在又怎么样呢？"

峻吉用手指耍弄着架在空碗上的湿筷子，一言不发。杉木筷子的棱角已经泡胀，在浮着一层薄薄油膜的残汤底部能看见红绿二色的小龙的花纹。

"现在怎么样呢？至少现在拳击并非你的目的。尽管不是目的，但你却仍然相信拳击，或者自以为还相信拳击……但是，刚才所说的那种漫长的时间正迫近你的眉睫。不，是你最讨厌的'未来'正迫在眉睫……如果说想相信已经不是目的的东西便是你眼下的生存意义，那么就请好好调整一下那种模糊不清的希望的刻度吧。你现在正处于能够将全然不相信的东西作为目的这样一种恰到好处的状态中。”

“说的也是，”峻吉有些口吃了，“是啊，但是我无论干什么事情，都需要一个正当的敌人。”

“那是立刻就可以找到的，它过去也曾在你面前出现过。敌人并不是打一开始就站在那儿等着你的，你的行为将你的同伴变成了敌人，所以，你需要的是行动。这样一来，敌人马上就会出现的。”

“你是怎样行动的呢？”

“我做过各种各样的事情。十月一日，出席日苏谈判的全权代表松本回到了日本。当时在羽田机场指挥所谓‘立即停止日苏谈判’、‘不准向赤色共党摇尾乞怜’这一示威游行的人便是我。我的部下打伤了警官，被关进监狱里吃了一阵子臭饭。那家伙以前不过是一个不足挂齿的流氓，如今却摇身一变成了卫国烈士。”

“假如由我来指挥，那么现在的敌人又是谁呢？”

“李承晚，还有对炮击声明一筹莫展的日本窝囊政府和窝囊外务省。”

峻吉逐渐清醒地意识到自己正在出卖自己。“就像卖掉一片长满芒草的土地一样，我就把自己的未来出卖给这个家伙吧。我成了永远不思考、永远不睁开眼睛、永远沉睡的力量的主人。这正是由力量所保证的真正幸福的含义。”他隐隐约约地感到了这一点。

正木已意识到了自己劝说的胜利。他又说道，劝说峻吉加入他们的团体也是会长的意思，会长给予峻吉破格的待遇，打算一开始便让他当上干事，明天早晨将在总部举行有会长和各位干事出席的入队典礼。正木从里面的口袋里掏出一张日本卷纸。这是一张把墨笔写成的字原样印刷在上面的旧式誓约书。他仔仔细细地用手巾揩干净桌子上的污迹后，在峻吉面前打开了誓约书。

誓约书

大日本尽忠会会长殿下：

鉴于允许本人此番加入贵队，由××先生见证，特宣誓遵守下列各项条款：

一、我等期待着依靠皇道进行皇国维新。

二、随时服从队长，维护全队的秩序与团结。

三、任何场合均不失贵队队员之荣耀，不违背队规。特向神明起誓，恪守上述各项内容。如有违背，甘受任何惩罚。

年　月　日

×　×

见证人：××

"在那儿署上你的名字吧。喂，用钢笔写也无妨的。"正木说道。随即他从口袋里掏出小刀，要峻吉盖上血印。

"割哪根手指？"

"你真是一个什么也不知道的家伙，当然是小指了。"

峻吉毫不犹豫地用闪闪发光的刀刃在自己的小指上轻轻划了一刀，但没有成功。于是再次加大力气一划，果然刚才正木所说的那种愉悦的战栗便倏然漫遍了整个脊梁。只见从白皙的伤口内侧迸出了一股殷红的鲜血。

"到底是拳击手呐，放血时竟然那么泰然自若。"正木说道。

九

……藤子朦朦胧胧中知道,清一郎上班去了。

昨晚本该在十一点半抵达爱德华机场的飞机,延误了两个小时才到。因藤子也与明治制铁公司的社长有一些私交,所以夫妇俩一起去机场迎接社长。加上通关时间,他们一共等候了三个小时,最后挤开其他的迎候者,成功地用清一郎的车把社长送到了饭店。当时已是深夜三点了,回到家休息时也近四点。尽管如此,清一郎还是在八点钟准时起床去了公司。

他们租的是一个美国朋友的公寓。那个美国人是一个工程师,这阵子去了委内瑞拉。因为他不想失去自己在方便地带的公寓,所以让清一郎夫妇搬进来看守房子。这样,清一郎夫妇终于逃离了长达两个月的饭店生活。当然,这也只是一个临时的栖身之处,而要最终迁居到舒适的郊外公寓,比如说早已预订的里巴蒂尔的公寓,还必须等到现今住在里面的贸易公司的夫妇离任返回日本时为止。

……藤子看了看枕边的钟。快要到晌午了,可房间里依旧笼罩着黎明时分般的昏滞光线。这说明昨夜的雨肯定还在淅淅沥沥地下着。

旁边清一郎的枕头被发蜡的油弄脏了。在昏滞的光线下那污痕显得更加醒目，被原封不动地映现出来。藤子把脸伏在上面亲吻着。

藤子起身走近窗边，拉开了窗帘。在雨中，能看见建筑物背后高低不平的景色。那是纽约市第五十六大街的西侧。

正面的大街上，高度几乎相同的大楼鳞次栉比，密集如云。作为相当于一个街区的中庭部分的景观，只见低低的屋顶、屋顶花园、向外伸出的宽大阳台自然地形成了错落不齐的风景。在它的对面，可以看见红色砖房的后窗。从这三楼的窗户下面延伸出一个细长而空旷的屋顶花园，但奇怪的是，除了窗户再也没有可以通向屋顶花园的出入口。夫妇俩在窗户的外面堆满了烧壁炉用的柴禾。

屋顶花园上，两三个栽着已经枯死而不知是什么花的花钵和早已朽坏得歪歪斜斜的藤椅，被雨点打落得嗒嗒作响。尽管没有肉眼看得见的泥土，但屋檐之间却耸立着几株高高的洋梧桐树。虽说才刚刚进入十一月，可树上的黄色阔叶却几乎完全凋落了，宛若广告传单似的被雨水打湿后，粘贴在了屋顶的钢筋上和藤椅上。

哪儿都看不见人的身影，连汽车的鸣响也无法抵达这里。对面红砖的后窗也一扇扇拉上了白色的窗帘，抑或放下了百叶窗，像被废弃的房屋一样死一般沉寂。

藤子想给壁炉烧上火，于是打开窗户把手伸向柴禾。柴禾被雨淋得又湿又冷，她胆怯地抽回了手。她穿着睡衣，感到寒气逼人，所以不可能把窗户一直敞开着，还不如从窗户里面把脸贴在玻璃上，眺望外面笼罩着落寞景色的雨点……纽约的冬天就这样开始了。

尽管藤子到昨天为止都还没有发现,但现在她却看见了——雨中藤椅后背上的藤条已经散开,就像牵牛花的藤蔓为了寻求支柱而伸出双手一样,那深褐色的藤条散开着伸向了雨中。

"我不可能看见这种东西。"藤子用早晨起床后昏昏然的脑袋思忖着,"来到纽约的偏远地带,我不可能如此专注地凝视这种东西。"

然后她又陷入了漫无边际的思考,想到了清一郎在当地和故国所受到的如潮的好评——头脑清醒、工作认真、待人热情、毫无轻薄之处,语言能力超乎常人,是山川物产最优秀的年轻职员等等评价常常传入藤子的耳朵。尽管藤子找不到任何证据来否认这些评价。但透过这些评价所看到的清一郎就像是一个十根指头上都戴着戒指的男人。

"如果是那样的话,无论每一个戒指是多么具有高雅趣味的东西,不是全都变得毫无意义了吗?而且他过于讨老人的喜欢。他使用独特的技巧,巧妙地捕获了老人们萎缩的心脏。一旦回国以后,那些拥有权力和金钱的老人们就把他吹得像是神明一样:'的确是个好青年。从不曾看见过这么优秀的青年。没能把女儿嫁给这种男人真是一大遗憾。'"

——然后藤子又想到了人们对自己的评价。在来纽约后的很短一段时间内,已经有一部分人把她叫做恶妻。听到这一称呼的人们一边向她通风报信,一边无一遗漏地到处传播,以致它成了一个人所皆知的通称。从藤子自身的感觉来看,她并没有做任何坏事。她明白:其他职员长达一年也未能把妻室儿女接到身边,一直过着不正常的独居生活,而惟有藤子打一开始便与丈夫偕行同来,这构成了对她做出上述评价的直接原因。这些人把自己描绘成过着第二个自由独身时代的男人,而把清一郎描绘成一个被恶妻纠缠不放的受到约束的男人。

本以为在外地可以避开这些流言蜚语而轻松地生活,谁知那些流言蜚语非但没有消除,相反,人们认为她自己已经主动承认了上述事实。与其如此,倒不如主动应战,把火焰一个个灭掉。这是身在异乡的日本人社会的共同法则,可藤子打一开始就不具备跟从这些共同法则的力量。

……雨点以同样密集的程度不停地下着。正午,室内的暖气已经停止,所以窗户的玻璃上没有起一点雾气,就像是给人下达命令一般,清晰无比地将外面单调的雨点显现在藤子面前。

藤子对自己在纽约城里被这种孤独所折磨着的难以置信的事态感到很惊讶。即使告诉日本的朋友们,也不会有什么人愿意相信它吧。藤子曾经是那么快乐活泼,喜欢冷嘲热讽,是一个与孤独这个词语最不相配的姑娘。

一周或是十天当中,丈夫会回来午休一次共享午餐。这种时候,他会提前打来电话。今天清一郎一定是和明治制铁公司的社长在某个餐馆共进午餐吧。清一郎一定在恳切地叮嘱对方:

"也许算我多嘴吧,切不可给太多的小费。因为日本人在小费上过于慷慨,反而有被轻视的倾向。"

……藤子不由得出声地笑了。这种笑使她的大脑稍微清醒了一点。她跑进厨房,打开了冰箱的门。装得不算太满的冰箱里那点亮着的灯光,在雨中阴暗的房间里显得可爱无比,仿佛告诉人们,只有那儿才正在悄悄地营造着小小的生活……

做早餐的东西大体上都有了。但藤子依旧觉得,一个人去点心店——当然不是什么拉姆普尔迈之类的豪华店铺,而是俭朴实惠并不显眼的店铺——吃一顿晚了的早餐为好。

她走到第六大街上。沿街而行,前面能看见中央公园的树丛已经开始枯萎凋零的枝叶尖梢。它们在细雨迷蒙中隐约可见。

藤子模仿着当地人的样子,早早地穿上了带阿斯特拉罕羊羔皮领的大衣,撑着一把可以让枯叶的颜色明亮地透视过来的雨伞。多亏了这把伞,使她多少陷入了一种错觉之中:似乎惟有自己的头顶上在下着明亮的雨点。

这一带与第五大街不同,既没有引人注目的商店,也没有美丽的橱窗。有一家古朴的店铺在窗户上用金箔呈半月形地标示着店名。在店铺的外头,只见被折叠起来的遮阳篷已经有一端出现了倾斜,雨点从那儿像漏斗似的流泻下来。

藤子走过两个街区,推开了位于街角上的那家点心铺的大门。这是一个清洁而时髦的店铺,里面有柜台和四五张桌子。无论什么时候在这儿都能吃到早餐式的东西。

幸好柜台几乎都是空的。藤子向一个意大利人模样的肥胖侍者要了半个西柚、热巧克力和英国式黄油甜松饼。她从来不喜欢那从罐头中取出来放在西柚中央的红樱桃,所以用匙子舀出来放进了托盘里。

柜的正面有一个陈列点心类的橱窗。在晴朗的日子里,从这儿观察那些一边走过一边浏览着点心的行人的表情,的确是趣味盎然的。但在开了暖气的今天,玻璃完全起雾了,只有那些红色的短外衣和黄色的出租车从外面穿过时,窗户模糊不清的颜色才会变得鲜艳醒目起来。

在藤子右面好容易空出的椅子上，一个伛偻着后背的小个子老太婆又坐了下来。

"哦，真冷！这天多冷呀。这以后开始的将是长长的冬天。"

她向柜台里的侍者搭讪道，但侍者一笑也不笑，冷漠地听着她点饮料。老太婆用乞丐般的腔调说道：

"能不能给我点咖啡？"

咖啡马上就上来了。老太婆把唇髭浸泡在热气中，抿起抹着浓浓口红的嘴唇，像鹦鹉似的露出僵硬而干燥的舌头，把咖啡一饮而尽。她一身漆黑的衣服，褐色头发上戴着令人讨厌的羽毛饰品。

喝完咖啡后，这次她又转向藤子这边，开始了犹如阴暗的水流舔拭桥梁一般的絮叨：

"对不起，您是日本人吧。到底是没错吧。您瞧，我马上就能分辨出日本人来。《罗生门》①是一部多么精彩的电影呀。看了以后，我几乎成了个日本迷。我收集了大量的日本邮票，还从朋友那儿要了一尊小佛像好好地珍藏着。日本的佛像是多么可爱呀，就和那些要完泥团后回家来的可爱的淘气鬼一模一样……"

藤子对这种所谓偏爱日本的腔调厌恶极了，但这种老太婆与其说是真正地偏爱日本，不如说是为了寻找一个临时的说话对象而采取了权宜之计。在老太婆的身体中，甚至直到她的喉头都经日充塞着想说的话语，倘若藤子略为应酬，那么她的话语就会像破裂的水管一样顷刻间横溢四方。在纽约有多少这种拼命想寻找说话对象的

---

① 由黑泽明导演的电影。这部根据芥川龙之介原作改编的电影使日本电影首次赢得了世界声誉。

人啊！只要陪她说五分钟的话，不管对方是外国人也好，小狗也好，抑或是麻风病人，都毫不在乎。

——这时，藤子感到左面的椅子上有一个高个子男人坐了下来。四开版的演艺界报纸的右边一页稍稍碰了一下藤子装着黄油甜松饼的盘子。藤子终于抓住了一个掉转身躲开老太婆的时机，故意装出一副责备的样子，朝那男人瞅了一眼。

"早晨好，杉本太太。我也这才进早餐呐。"男人说道。原来是住在同一栋公寓楼上，但比藤子他们还高一层的弗兰克。

藤子曾经在自己现在居住的房子里与弗兰克谈过一次话。那还是在房子的主人去委内瑞拉之前，当时清一郎夫妇为商量租借房子一事顺便来访，而工程师的朋友弗兰克也来房间里玩，并加入了他们的谈话。弗兰克是一个二十七八岁的青年，据说是一个在联邦电视台制作每周星期四晚上的电视剧节目的制片人。

在迁居到这儿以后，偶尔在走廊或楼梯上邂逅相遇，彼此间便会稍事寒暄或莞尔一笑，但自从初次见面以来，还不曾在一起好好聊过天。她不曾邀请过他，也不曾被他邀请过。

弗兰克是一个长着明朗而大方面孔的青年，额头上微微有些秃顶。头发的颜色是深褐色的，眼睛的颜色也是同样的深色，所以，对于日本人来说，是容易亲近的。装束上显得有点邋遢，不像清一郎周围的美国人那样刻意打扮得一本正经。不过一旦露出笑脸，他那天真而漂亮的带点少年气的酒窝就会像是用线吊起来似的出现在面颊上。

弗兰克瞅了瞅藤子正在吃的东西，没有点巧克力，而是点了咖啡，而其他的两样都点的是相同的东西。他继续抽着刚才就一直在抽的香烟。

"下午一点的早餐还算不上特别颓废。不过，没有什么比早餐前的香烟更美妙的东西了。它分明就是典型的颓废的味道。"弗兰克说道。

右边的老太婆就像是听见了什么脏话似的陡然起身离席而去了。

"你总是在这儿吃早餐吗？"弗兰克问道。

"不。并且这么晚的早餐也并不常见。"藤子用缓慢的英语说道。

"我的工作总是堆到晚上才一下子蜂拥而至……我常常到这个店来，可在这儿看见你还是第一次。"

在这一瞬间藤子猛然醒悟了：这种相遇一点也不是偶然的。藤子刚才走出公寓时，他似乎就已经跟在后面了。于是藤子感到脖颈一阵发热。然后她思绪又突然转向了刚才那个孤独的老太婆，接着又从这种思绪中一下子蹦出了"娼妓"这个词。一旦潜入陌生的异国他乡的大都市中，即使从事卖淫，也不会有人发现吧——这种莫名其妙的想法竟然出现在大脑中，随即又很快消失了。藤子交叉起双腿。雨靴上的水滴通过袜子，冰冷地触弄着腿肚子。

"从你们家前面通过时，因为吉米在时已经习惯成自然，总是情不自禁地想去敲门。刚要敲，马上又发现不对，于是便停下了，但或许有一两次，是在敲过门以后才意识到的，那时我就像一个摁响别人家门铃又拔腿而逃的淘气鬼一样慌慌张张地顺着楼梯逃走了……这或许是一种梦游症吧，有时连自己也控制不了。也许在给府上添麻烦之前，还是请精神分析医生看看为好……怎么说呢？我对那个房间有一种奇怪的乡愁。"

这实在是再明显不过的诱惑了，但藤子用身居外国的日本女人多少有些类型化的冷淡，说道：

"只要我们搬到新的公寓，而吉米又回来了的话，那个房间便又成了你的自由天地……那是什么报纸？我还不曾读过这种报纸呐。"

"这是演艺界内部的行业报纸。"弗兰克有些沮丧地摊开演艺界的报纸给藤子看，"瞧，尽是些演艺界的行话，对于我国人来说或许是最难看懂的报纸。Gotham，你猜是什么意思？其实就是指的纽约。"

藤子从孤独中被解救出来，变得明朗快活了。就像是读取温度计上的刻度一样，她知道自己正变得越来越爽快兴奋了。然后两个人又谈到了眼下在百老汇大受欢迎的戏剧和音乐剧。在帝国剧场连续上演两个月的《真丝袜子》是根据过去一部名叫《异国鸳鸯》的电影改编而成的音乐剧。那个剧场是藤子来纽约后第一个造访的剧场，而且仔细想来，那部音乐剧也是自己与清一郎两个人一起观看过的惟一一部戏。

那以后也看过二十几部戏，但清一郎并不怎么喜欢戏剧。从父亲那儿得到丰厚零花钱的藤子常常和单身来旅行的客人一起去剧场，在戏结束后又将客人带到清一郎等在那儿的夜总会去。

弗兰克对藤子所观看的戏剧之多大为惊奇，更对她竟能想法搞到极其抢手的戏票深感诧异。他隐约暗示道，出于自己的职业关系，他可以帮藤子搞到紧俏的戏票，并透露了百老汇的种种幕后趣闻。

一旦进入这种话题，弗兰克便神采飞扬地加快了说话的速度，加大了动作和手势。在百老汇的戏剧界，工会组织势力强大，常常硬性塞进很多并不需要的大道具布景，以致在道具颇多的戏中，五六个大男人除了幕间稍稍搬运一下桌椅之外便无所事事了，净在后台玩扑克牌打发时间，所以人们把道具布景工又叫做贵宾家族……另外最近有一部刚刚公演颇受好评的狂言①，也就是在波士顿试演的那天晚上，演出结束后，演员们在观众的喝彩声中微笑着谢幕。可就在帷幕完全降下的那一瞬间，由于受到剧本作者与导演之间种种矛盾的牵连，舞台上发生了一场大混战，引起了数人受伤。

……这些话题渐渐加快了速度，并掺杂着充满俚语的对话，使藤子坠入了五里雾中。她不时地点头示意，但事实上并不是因为明白了才点头的。在这几个月的异乡生活中，藤子已掌握了不让对方感到自己没有听懂而在一旁应声附和的技巧。

话语渐渐加速了。画着昔日课本的第一页上所出现的字母发音的嘴唇和舌头的怪诞画面。从薄薄的嘴唇中间，年轻男人的舌头像那种鸽子报时挂钟般一伸一缩。睁大的眼睛。闭着一只眼睛的双眼。浅褐色的、长长的、上翘的人工睫毛……话语如雨滴一般讨厌地扑打着藤子的脸颊。完全缺乏意义却闪闪发光的、无数连珠炮似的话语刚刚突然中断，下一句话又蓦然从空中降落下来，就像魔术师眼望天空，从一个一无所有的地方抽出一张张扑克牌一样……而且在这些话后面又是另一些话语的链条叮叮当当地紧随而来。毫无意义……在这儿人们的对话从根本上讲是缺乏意义的，无论听与不听、说与不说，都不具备什么特别的意义。一定的时间被语言占据着流逝而去，与不被语言占据着流逝而去，并没有什么两样。

---

① 日本的一种古典滑稽剧。

"他毕竟是个外国人。"

藤子对这种喧闹的沉默感到疲惫不堪。与其如此,还不如一个人在雨中漫步。

——藤子说她要去第五大街买东西。弗兰克说他和别人约好要在麦迪逊街一起吃饭。尽管如此,午休却并没有结束。两个人走到寒冷的户外,在第五大街拥挤的人群中听凭伞与伞互相碰击着,散了一会儿步,然后分手了。

清一郎读完了镜子长长的来信。信上谈到了峻吉作为一名拳击运动员所受到的致命创伤与夏雄陷入神秘主义的泥沼中以致画不出参展作品的事。

"全都一个样,"清一郎咋舌道,"干吗这么急着奔向死亡?收已经真正地死了,可现在连夏雄和那个峻吉也都……"

其中尤其是峻吉的挫折令清一郎恼火。尽管镜子对这一突发事件不可避免的结局进行了详尽的描述,但在清一郎看来,这无非是峻吉自己所选择的道路而已。

无论是多么偶然降临的天灾人祸,人们都是在自己选择自己的命运,穿适合自己的衣服,招致与自己相应的悲剧——这是清一郎所坚信的东西。但这也应该说是一种旁观的坚信。

死是一种常态,破灭是一定会来临的。就像朝霞一般,世界崩溃的征兆在每一个黎明时分都透过每一扇窗户清晰地映现在眼前。在清一郎看来,收、峻吉和夏雄都在面临这种事态时匆忙地奔向了个人的破灭。这使他大为不满。个人的"世界崩溃"当然也是必然来临的。人们肉体的死亡和精神的死亡,每当这种时候便将世界像玻璃一般地打得粉碎。他们选择合适的服装……但是，他自己的这种确信却是他所厌恶的。惟有他试图背离自己的信仰而生存，惟有他不慌不忙地朝着那种预言般的世界的全盘崩溃，朝着像制服般对所有人都无不适合的世界的全盘崩溃生存下去。因此他有他的金科玉律，也就是在他人的人生中生存。

不仅如此，他甚至还害怕收、峻吉和夏雄所直面并正在体验的那种个人的悲剧色彩。其中有他所厌恶的奢侈而华美的东西。所谓个性对清一郎来说，是一种陈腐、奢侈，而且华美的东西。惟有他应该穿着朴素的西服，在他人的角色中生存下去。无论多么徒劳，都应该如此，正如为了逃避死神锐利的目光而隐身于集市的喧嚣中的那些波斯奇谭里的人物那样。

清一郎把读完的信揣进口袋里，随即把目光转向旁边的《先驱论坛报》。上面用很大的铅字报道着与世界崩溃正好相反的信息。

"美国经济历史上空前的繁荣！"

美国已摆脱一九五三至一九五四年的经济衰退（这种衰退也是微乎其微的，并没有发展为第一次世界大战后那样的世界性经济萧条），以出人意料的速度大幅度地更新了过去所有的经济指标，预计国民收入将在三千亿美元的基础上再提高二百亿美元，达到了历史上的空前水平。

而且这种繁荣的浪潮业已波及了欧洲和亚洲，致使世界经济整体达到了战后的最高水平，马克思经济学满怀希望所做出的预测彻底失败了，事实证明资本主义具有不死鸟的能力。

众多的统计数字和上述的阐释，使《先驱论坛报》的经济栏变成了如同盛赞足球比赛获胜的大学报纸似的东西。

清一郎自己深知，这些并不是谎言，也没有任何的夸张。身在世界繁荣的根据地，每天往返于华尔街上的事务所，他亲眼目睹了本世纪初叶的种种经济学预言被彻底打破的景象。所谓历史的必然性的恐吓，还有那些古老的占星术，已不再像从前那样能撼动人们的心灵。

　　但是，这一切正好是清一郎所说的那种世界崩溃的明白无误的征兆。纽约是世界繁荣的根据地，同时也是庞大的世界崩溃的根据地，即清一郎所说的"惟一确切无疑的现实"的发源地。纽约不停地死亡和复苏。在这儿，古老的东西被不断破坏，建筑工程方兴未艾，在成为其结晶的高层建筑群的旁边，宛若一张脆弱的玻璃顶天而立的几十层摩天大楼又已经开始动工了。一幢大楼那硕大的绿色玻璃的墙面就像是一张巨大的明信片一样，用深浓而沉郁的色彩栩栩如生地映照出古老纽约的无数摩天大楼。

　　这个国度像怪物一般的繁荣将余波冲向了日本这个东洋岛国。在那儿有一小群年轻人，清一郎也曾是其中的一员。他们中演员自杀，拳击家受伤，画家近于疯狂。尽管那是一种明彻的迷狂，但却无疑属于迷狂。他们的确正经历着适合自己的个人的悲剧，在个人的死亡中死亡。但在清一郎眼里，事情并未因此而结束。他们只不过是将自己和自己的身体放置在了再生的一环中。在这种肉体的死亡、精神的死亡的彼岸，一定有怪诞而讨厌的复活在等待着他们！

　　在遥远古代的农耕仪式中的那种再生的神话一般的东西，不仅在纽约，也在欧洲、毛泽东的中国、刚刚独立的各个年轻的亚非国家中，穿着各自不同的衣裳而得以广泛的普及。这便是可以称做现代惟一信仰的东西，是历史和思想被统统打入不可收拾的相对性中的现代的特性。即使一种思想貌似死亡了，也肯定会再度复活，一种理想主义一旦灭绝，便会又以崭新的形态重新再生。并且思想与思想正在思考着怎样彼此残杀。

但是清一郎由衷地感到：这些再生的神话、复活的秘义正如是不可辩驳的世界崩溃的征候。因为他是坚信着这最终的、决定性的、绝对无一例外的世界崩溃而生存着的，所以，决不再生、决不复活便是清一郎的信念。

……尽管如此，纽约那种天生具有的悲壮氛围却正好与他不谋而合。在这灰扑扑的、阴沉着面孔的拥挤都市里。总是有"不知道明天会怎么样的心灵"在某个地方存活着。

清一郎心满意足地叹了口气：

"收死了，峻受了伤，夏雄……是的，我并不怪罪他们。怪罪是救助的一种。至少我们的骄傲就在于直到最后谁也不曾打算彼此救助这一点……因此我们的同盟如今仍旧健全地存在着。"

"去散散步吧！"

藤子已经重复说了好几次。今天是一个少有的星期天，既不需要去接人，也用不着去送人。藤子已换上了散步的服装。

清一郎老大不情愿地叠起了《先驱论坛报》。那神情的确是一副很不高兴的样子，仿效着星期日漫画上所描绘的丈夫在这种场合下的典型态度。

但藤子接下来所表现出的那种敏感的反应却使清一郎多少有点困惑。

"你呀，与专心读报的丈夫这种角色很不相称呐。"藤子说道。

然后她又接着说道，"你属于三天前便早已知道今天报纸内容的那种类型。"

清一郎这才如释重负。藤子依旧不过是按照她自己的意愿来看待清一郎。并且这种对话在藤子的心目中无异于一种诡辩。

清一郎对妻子在家庭中企图滥用诡辩术的倾向十分警惕。这完全是源于藤子的孤独。既然在美国的日本人全部都是敌人，她的英语又无法向美国人传达她的机智，那么除了向丈夫发泄之外当然别无他法。尤其是这一个月以来，清一郎对妻子一以贯之的那种俏皮机智的说话方式真是一筹莫展。这就像是每天不得不在家里吃供应给餐馆的菜肴一样。

清一郎起身去系领带。与单身时代一样，他讨厌所谓"周末的服装"这种东西。

"去公园散步的话，穿更随便点的衣服不好吗？"

"不，我宁愿被人看作近东的王族。"清一郎说道。

在房间的主人吉米去委内瑞拉之前，清一郎夫妇在吉米策划的恶作剧中成功地扮演了一个角色。吉米把他们俩带到他常去的餐馆，向其他人介绍说，这是近东的王族，侍者的领班信以为真，毕恭毕敬地把藤子叫做"Your highness①"。那还是在他们夫妇俩刚来到这个地方，对一切都很好奇，并充满快乐的时候。

到了第六大街上，夫妇俩像外国人一样挽起了手臂。藤子原本就希望如此，而清一郎也喜欢这种所谓他人的习惯。当他们这样漫

---

① 英语，殿下。

步而行的时候，与其说是一对日本夫妇，不如说清一郎那坚实的下颏、锐利的目光和藤子圆圆的脸庞、大大的眼睛使他们更像一对某个近东地区西欧化了的王族。

天气相当寒冷。冬天的氛围越来越浓。虽然清一郎喜欢那种室内暖气的人工热能，可藤子却渴望着呼吸户外的空气。在东京，她比什么都更喜欢夜总会的薄明，可如今一旦被抛掷于纽约的孤独中，便开始爱上了自然。

"爱自然。"——这是一种危险的兆候。清一郎一刻也不曾怀疑过妻子在肉体上爱着他，但妻子在孤独中的妄想却投向了自然，这一点分明违背了他的感觉。出于种种迫不得已的理由，尽管他一面使妻子置身于孤独之中，另一面却又讨厌看到孤独的妻子。尽管他所希求的一直是平庸，但妻子所希求的却是个性，这是一种偏离了他的计划的发展趋势。在订婚时期，看到她炫耀自己的机智，清一郎曾以为她会成为一个"热爱平庸丈夫的妻子"。

可事实上，藤子在卧室里常常是真挚无比的。来纽约以后，她有时甚至剥夺了丈夫的角色。但清一郎从中所看到的也只是妻子孤独的反映。有时候它甚至被认为仅仅是美国风土对日本人卧室的一种毫不留情的侵略。

——因为是星期天，除了饮食店，所有的商店都大门紧闭。行人也显得稀疏寥落。阴霾的天空中将要下雪的景观抹杀了石砌的街道那清晰的轮廓，使街道显得就像是一张古老的铜版画。

夫妇俩挽着手臂，走进了中央公园冬日的树丛下面。

"散步是一种恶劣的习惯，它会孕育孤独。"

会不会有哪个家伙在公园门口竖立这样一块警告牌呢？今天幸

好天空阴霾，气候寒冷，所以没看见那些抢占星期日中央公园的长凳，在上面孤独地晒着太阳的人们。在每一处树荫下面都铺满了无数的落叶。

从枯树枝梢的网眼中可以窥见纽约冬日灰色的天空。

"你不作一首俳句吗？"藤子揶揄似地说道。

清一郎对自己习惯于马上想从枯树的枝梢中寻找平庸的季题①感到不胜惊讶。

"有一个去巴西每天作五十首俳句的女俳人。能够如此，倒也不错，只是……"

"俳句也能成为野心的种子吗？"藤子依旧喜欢"野心"这个词。

"如果是女人的话，那不叫野心。"清一郎多少有些夸耀男性的尊严，说道。

在散步的道路中央，有成群结队的鸽子。它们身上的羽毛也无一不呈现着冬日天空的颜色。有些老人在带着狗散步。其中两个老妇人带来的两只狗显得十分精悍，长着一张远比主人俊秀的面孔。它们俩仿效着拳击的样子，彼此逗乐不愿分开。两个老妇人把狗放在一边，自个儿长久地闲聊着。狗之间的争斗不时偏离原地，倒向鸽子群，害得无数的鸽子一齐展开翅膀飞向了天空。清一郎和藤子的视野顷刻间被成群飞起的鸽子遮蔽了。它们的振翅粉碎了凝固的空气，在瞬间以四处散落的玻璃碎片般的冰凉抽打着人的脸颊。

在中央公园里他们俩最喜欢的当数松鼠。每次散步时，总是从

---

① 又名"季语"，是俳句，连歌中表示季节的词。

卖花生的摊点上买几袋没有剥壳的花生以逗引松鼠。一只松鼠用一只手贴在胸前，歪着脑袋从远处目不转睛地瞅着这边。另一只松鼠叼起一粒花生，匆匆忙忙地返回自己的领地。还有一只最大胆的松鼠在不到一米远的地方敏捷地咬破花生壳以后，用双手捧起一粒长时间地咀嚼着。它那啮齿目的细白门牙轻轻地翕动着，给凋落的树叶、阴沉的天空、寂寥的树木所组成的风景平添了一丝鲜洌的情趣。

而在枯树丛的对面，中央公园东部的楼群隐隐约约，看起来就像是一个遥远而陌生的都市的景观。

藤子一个劲儿地把花生喂给松鼠，没有半点厌倦的神色。可清一郎马上就厌倦了。他想起了在进行完同样散步的一个明亮的秋日的午后，从树木的红叶下面现出一个还是少女模样的黑人娼妇，朝着自己这边暗送秋波。那白昼中的黑人娼妇在黑色的衣服上戴一顶红色的帽子，提着红色的手提包，把头发染成妖冶花哨的金发，一边咧着涂了鲜艳口红的嘴角，一边用一只手支撑在红棕色的枫树树干上。

"下雪了！"藤子站起身，仰望着冬日的树梢说道。

清一郎不相信。他伸出的手掌没有触摸到雪花。但他却看见深蓝色的外套袖口上不一会儿便粘上了轻轻的灰烬似的雪花，随即又消失了。

"下雪了！"藤子又一次说道。于是她开始了夸张的孩子气的欢闹。清一郎像是在观赏舞蹈一样地看着她。

尽管他是在有充分的思想准备之下开始没有实感的生活的，但这也未免过于缺乏实感。看来藤子打算借助刚刚降落的虚幻的雪花,打一场雪仗。

"我们好年轻呀。"藤子的姿势似乎在如是说。的确,清一郎也不过二十几岁。但藤子所认为的那种年轻却是她从日本运来的国际概念,具有一种总是在心灵的某个角落憧憬着生活中的戏剧特质。如果清一郎在年龄上更大一些,或许他会觉得这种浅薄的年轻十分可爱吧。但要做到这一点清一郎还太过年轻。

——两个人从外表上看,相当热闹而快活地从溜冰场的旁边登上了一座小小的假山山顶。山顶上有一座日本古老佛堂似的六角堂,在纷飞的雪花中,白昼的窗户所透出的灯光显得充满了暖意。

两个人到达山顶后,从外面望着那六角堂。虽然看不清被蒸汽弄得雾沉沉的窗户里面,但隐约可见里面充满了人影。尽管听不见笑声和喧闹声,但却传来了木头相互撞击似的声音。入口处沉重的大门上写着"ADMISSION FREE"①。

清一郎站在前面推开了大门。里面令人窒息的强烈暖气和弥漫着的香烟的烟雾使每个人的面孔难以分辨。不大的堂内到处是人,有很多桌子,人们正围着桌子下国际象棋和西洋跳棋。这儿似乎是一个免费的娱乐场所。在桌子周围,一大群起哄者模样的家伙站在旁边看热闹,还一边抽着香烟或是叼着烟斗。长凳子环绕着六角形的墙壁,一直排列下去,只见那些凳子上也坐满了人。尽管如此,屋子内却很少有说话声和笑声,没有一个人特别注意到刚进来的这对日本夫妇。

随着视力对环境的适应,清一郎和藤子都注意到了:待在这儿

---

① 英语,免费入场。

的净是些老人。他们全都穿着粗劣的服装，满头白发，抑或早已秃顶。在他们那长时间地思考着跳棋走法的额头上布满了可怕的深深皱纹。屋内的异样气味分明属于老人的气味。在他们当中的某些人的下颏上，皱纹像钟乳似地耷拉下来，而在皱纹之间蔓延着老年性黑斑。特别是坐在长凳上的老人们只是一个劲儿取暖，一声也不吭，就像栖息在栖木上的鸟儿一样，半垂着铁一样的眼睑，微微地颤动着下巴……在这黑色与灰色的沉郁空气中，惟有跳棋和国际象棋的红白棋子闪现着清晰鲜明的色彩。

——藤子催促着清一郎走到了外面。户外寒气逼人。在夫妇俩转身离去的背后，看不见任何有人怀着好奇心目送他们的迹象。长凳上的老人们凝视着自己正面一米左右的前方，没有半点要挪动眼珠的意思。

"一群流浪汉，真可怜。"藤子一边想着自己富有的父亲，一边说道。

"不，这是一帮靠退休金生活的人。他们并不为生活犯愁，只是紧紧抓住这种不花钱的娱乐不放而已。"清一郎说道。

藤子病态的快活因为目睹了刚才的情景而被治愈了。清一郎也不再需要开口说话了。两个人任凭开始密集起来的雪花打在身上，在公园东侧的步行道上款款而行，然后来到了广场上。只见一座巨大的青铜雕塑耸立在风雪中。那是一个骑在马背上的英雄。

清一郎稍稍停住脚步，张开嘴巴，眺望着这悲剧性的青铜英雄的身影。

"有什么可笑的？"藤子看见清一郎在微笑着，便盘问道。

"没什么。我想起了皇居前面的楠公铜像。以前经常在午休散步时看见它。"

藤子再次为丈夫纯粹的乡土之恋而大为惊叹。

清一郎将一九五一年造的黑白两色的派克汽车以每月二十五美元的价格寄放在市里的车库内。上班时乘坐地铁，只在去机场迎送客人和去近郊兜风时才使用它。

第二个星期六，他们俩应邀去纽约州帕切兹的辰野家进晚餐，所以要去三十五段西边的车库取回寄放的汽车。

辰野信秀是日本人联谊会的会长，但今晚的女主人却是信秀的胞妹，即山川喜左卫门夫人。夫人不愿待在疾病缠身的丈夫身边，为投靠几年前丧失妻子的胞兄而开始了漫游美国的旅行，并从此一直寄居胞兄府上。只要一旦有山川喜左卫门病危的消息，她就必须得赶回日本去，但极度衰弱的喜左卫门却依靠奇怪的指压师，至今仍然顽强地活着。夫人把故国的丈夫叫做"那个幽灵"，公开宣称道：

"那个幽灵仍然活着，都是多亏了我。倘若我大发慈悲返回日本，他一定会因为惊奇而丧命的。"

尽管如此，夫人却像疼爱自己的儿子一样热爱山川物产。她有时会突发奇想，款待物产的职员来胞兄的宅邸共进晚餐。她常常邀请分店长，还出于公平之心依次轮番招待其他职员。这次轮到了清一郎，但这种招待却并不那么令人兴奋。

从市里去帕切兹，必须留有一个半小时以上的时间。两个人在公寓前叫了辆出租车，匆匆忙忙地赶往车库。车库里，一个肥胖的年轻人一副似睡非睡的样子，满口的布鲁克林土音很是难懂。清一郎的派克汽车终于被拖了出来。几天前的那个下雨天用了之后，弄脏了的车窗玻璃丝毫没有擦拭过的痕迹，而且电池也是用光了的。清一郎生气地吩咐年轻人赶快充电。夫妇俩在夕暮寒冷的户外一直等待着。

北风像洪流一般从高大建筑中间的十字路口吹了过来。外套下面穿着晚礼服的藤子竖起宽宽的衣领来包住脸颊，以抵御寒气。

"还没好呀。到底在干什么？"

"马上就要好了。"

这种对话重复了好几次。每重复一次，藤子的声音就会变得更加尖厉。

"还是去某个暖和的地方一边喝茶一边等为好吧。"

"等等吧。一旦充完电，就必须马上出发。因为已经没有时间了。"

"如果是那样的话，你不能再去催催他吗？"

"已经催了两次了……这儿又不是日本。"

"他认为我们是日本人，就故意耍弄我们。"

"那只不过是日本人的被迫害妄想症罢了。在纽约，几乎全都是外国人，如果在意哪个国家怎么样，对方是做不成生意的。"

"如果真是那样的话，还是扔掉日本人的那种谨小慎微为好呐。"

"做得平常就行了。我不过是很平常地在行事罢了。"

"如果父亲在这儿，会怎么样呢？他一定会马上给美国人的实业家朋友打电话，在当天之内就让那个吊儿郎当的肥崽丢掉饭碗。"

清一郎想说"那就让我来做他的翻译吧"，但欲言又止了，因为库崎弦三在英语会话上十分拙劣。

他知道藤子故意抬出自己娘家的父亲，是为了伤害清一郎的自尊心，但这种场合下，她的这种举动并非出于可爱的无意识的少女之心，而是故意做出的，所以他控制着没有发火。他并非抱着养子似的吝啬的自尊心开始这场婚姻的。但拥有有权有势的父亲的千金小姐那种老一套的恶作剧却使他的感情与其他人一样动辄受到了伤害，这一点却是不可思议的。这种恶作剧以别的理由伤害了他的自尊心。因为清一郎力图相信自己至少在心灵的深处和感情的深处，保留着一片荒芜的废墟。这废墟远离了因社会上的面子观点而引发的冲突。

他尽管忠实地在他人的角色中生存着，但他与其他人所拥有的那种心灵却应该是无缘的。尽管如此，他的内心中居然也盘踞着这种“他人的感情”，并开始呈现出与世间相同的反应，这多么不可思议，多么令人恶心啊！

但清一郎巧妙地遏制住了愤怒。他那种禁欲主义的修炼对此产生了效用。为了断然制止他人感情的侵入，坚定地保卫自己内心的荒芜和真空状态，仅仅只需借用他人的角色。这样一种禁欲主义是他最为珍视的生活理论。在外表上，他似乎只是在苦苦忍耐着，可事实上却远非如此，他正努力驱逐着与他的理论背道而驰的感情。

修理完毕已是将近一个小时以后。藤子因为过分的不快而一声不吭。当车子开始启动时，她说道：

“快开暖气吧。我的手都已经这样了。”

说着，她把因透过手套的寒气而冻僵了的手贴在清一郎的面颊上。清一郎微微避开了身体，这样一来，便使藤子的不快变得一发不可收拾了。她开始抽泣，在汽车从四十一段东侧进入东河河岸的卢兹贝尔特车道,沿着平坦的道路向曼哈顿岛北上的这段时间里一直哭个不停。

就连这种晚会前的争吵也是美国式的。清一郎一边驱车前进,一边慢慢等候妻子停止哭泣。当跨过桥梁进入布伦克斯时,藤子或许会停止哭泣吧。从那儿到帕切兹之前,她会想办法重新化好妆吧。果然这种预测成真了,所以,这个年轻的丈夫为自己对人生抱有的那种鸟瞰似的视点充满了自信。

在重新化妆时,藤子似乎从镜子中看到了一张典型的日本女人的脸。努力找回与这张脸相适应的感情——这一想法无意中发挥了功效,她说道:

"对不起,我并不是对你发火。只是因为太冷了,一下子变得很害怕而已……我想,是平常一个人时的寂寞突然间爆发出来了。"

然后,藤子那喜欢冷嘲热讽的侧面又蓦地抬头了:

"如果我打算像一个女人似的动不动就哭,我是什么时候都可以做到的。我喜欢你默默不语忍耐着的面孔。我一边哭着,还一边不时地瞅着你,但你却连眼睛都一动也没动。"

这次是清一郎自己让步了,主动提起了藤子的父亲:

"山川夫人是你父亲永恒的女性呐。你也必须赢得山川夫人的喜欢哟。"

帕切兹是一个在苍翠的树林中零星分布着很多宏伟宅邸的村落。那些豪宅无不带有情趣各异的庭园。住在这儿的人们都极为富有,具备一套独特的装模作样的方式,这儿的田园俱乐部是在十九世纪末开始创立的。

辰野信秀是子爵的次子,很早以前便来到了美国,而且一次也没有回过故国。当早川雪洲①在好莱坞刚刚走红时,他已驰名于波士顿的社交界。在与波士顿的名门之女结婚后,他移居纽约,一生尽管无所事事,却被抬举为日本人联谊会的会长,在战争期间也幸免遭到扣留,并将旅美时的财产脚踏实地增值到了今天的程度。这种"无所事事的人种"在日本全都无一例外地没落了,而信秀成功的秘诀却在于他在美国将古老的日本贵族主义毫不让步地保持下来了。

山川夫人把这个胞兄视为了不起的天才,以取代自己的丈夫。将她嫁给山川喜左卫门男爵,也是信秀赴美前的部署。直到太平洋战争爆发之前,信秀都一直把山川物产视作自己的金库。尤其是在山川财阀旗下的公司募集外资时,信秀不止一次动用自己的面子,但他却从不曾打算捞取一官半职。

他位于帕切兹的家有十七间卧室。山川夫人占用了客房中风景最好的房间。她自己对几年来寄居篱下的生活毫不介意。这些人是以五十年为单位来考虑金钱问题的。过去胞兄就曾经深受物产的恩惠,尽管这几年是自己承蒙胞兄的关照,但他身为哈佛大学教授的混血儿长子或许将来又会从物产那儿得到充分的恩惠吧。更何况胞兄的妻子几年前已经过世,在这个家的晚会上,山川夫人有必要扮演女主人的角色。尽管她似乎生来便是为了扮演这些角色的,可在日本,这种机会却越来越少了。

"要把华族②作为一种招牌。"这是夫人来到失去妻子的胞兄身边时所说的第一句话,"山川物产已不再成为招牌了。"

---

① 早川雪洲 (1889—1973) 本名早川金太郎,1931年入纽约电影公司,成为美国影坛的外国影星。
② 指日本明治维新后赐予爵位的人及其家族,战后被废止。

“我知道，因为四十年我就是这样过来的。”

“在日本，华族的称号已无异于老古董店里的勋章了，可在这里，无论向谁介绍时，都要称我男爵夫人哟。”

“很难把你这样精神矍铄的女人想成是一个逃亡贵族呐。”

“总之，只要是日本的华族，无论怎么破落衰败，也比那些挤在贫民窟中的意大利公爵或公爵夫人有价值。”

清一郎将派克汽车驶进了被常绿树林所包围着的、样式显得古老而沉静的豪邸的门廊。这儿就宛若战前东京旧市区的一角突然在纽约郊外复活了一般。年迈的管家出来迎接他们夫妇俩。

藤子很有些紧张。清一郎看见她的那种神态，禁不住笑了。这也是情有可原的。这个战后派实业家的女儿被父亲将古老的山川家族的威严过多地灌输进了大脑，其强烈的程度远远超过了清一郎。此刻在丈夫面前，她甚至丧失了炫耀父亲威信的余地，只是虔诚地等待着谒见长久被传说的光辉所笼罩着的父亲的主君夫人。

“看不出刚刚哭过吧。我呀，一哭眼睛就会马上肿起来。”藤子光照手中的化妆镜似乎还放不下心来，从进入帕切兹村时起，就不停地问清一郎。

“迟到了一个小时，怎么办呢？还是老老实实地讲明实情吧。不然又该怎么办呢？”

她惴惴不安地征询清一郎的意见。这一切都是与平素的藤子大相径庭的。藤子像一个乡下姑娘似的战战兢兢。而丈夫那“单纯的”心灵却对恐惧一无所知，表现出一种堂堂正正的态度。对此藤子又一次深感佩服。在车子就要抵达时，由于过分的感佩，以至于她孩子气地问道：

"你不害怕吗？"

"有什么可怕的？我本来就是一个'深受好评'的人。"清一郎一边刹车，一边恬淡地说道。

山川夫人将他们两个介绍给所有的客人。其中除了正巧来纽约游玩的日本原王族的一对夫妇、纽约日本工商会议所的会长、纽约总领事、卸任后正在返回日本途中的原驻葡萄牙大使夫妇等日本人以外，还有七对中年以上的美国夫妇。

清一郎兴趣盎然地观察着山川夫人这个女性。这个与其说年届五十不如说已接近六十岁的女人，毫不犯忧地露出白发，一点也不假装出滑稽的年轻。而一旦置身于擦着鲜艳口红的美国老妇人中间，她便更是显得格外年轻格外威风。她那竖起脖颈的硬朗举止、漂亮的鼻子和锐利的目光，尽管缺乏一点娇媚，但却显得高贵不凡。她那与夜礼服十分般配的肩膀，有一种对四周不屑一顾的气势。脸上的皮肤确实已经衰老了，可她却并不隐瞒自己的衰老。她那被枝形吊灯照亮着的裸露的肩膀显得娇艳而丰腴，俨然像是三十岁女人的肩膀。

尽管长期毫无共通点，年纪也悬殊得就像一对母女，可山川夫人却让清一郎不断地想起镜子。在境遇上，夫人可以说是将镜子放大后的原形，是放置在世界地图上的镜子。清一郎的这种印象并非始于今天。记得刚到任时，藤子因非正式赴美感到不好意思，清一郎只得一个人在分店长的带领下去拜见夫人。尽管那是一次极其短暂的初次见面，但他却萌生了与现在相同的感想。

不过，她态度的冷淡，以漠不关心和公平为宗旨的关切却是与镜子迥然相异的。虽然身为隐居之人，夫人却又一半是公开的存在。尽管如此，与镜子家弥漫着的空气在某个地方属于同一种的，并将那种空气加以更微妙的变质、扩大和深化后使人的眼睛更难辨认的某种东西，在清一郎跨进大门时便已经马上感觉到了。

山川夫人那不苟言笑的嘴角，不大露出娇媚的眼角，充满了清高孤傲的神气。可以想像这种女人是多么不爱自己的丈夫！她一刻也不曾忘记过昔日的豪奢。

清一郎从稍远的地方观察着与每一个客人应酬时夫人的目光。在那双眼睛里常常闪烁着批评的眼神，严格地辨别着人们，丝毫不为地位、财产所迷惑，明显地蔑视着那些平庸之辈。

客人中有一个一眼便可以发现的平庸男人。他身材肥胖而矮小，是一个在日本颇为知名的文化人士，四十几岁才初次来国外旅行，对英语一窍不通，却在各地的日本人社会中四处奔走。山川夫人看着这个男人的目光就像是在审视一个滑稽而丑陋的甲虫类动物，比如说一种名叫滚粪虫的低级动物。

"是一位比传闻更可怕的人。"胆战心惊的藤子对丈夫嗫嚅道。夫人像是在看一个小姑娘似的看着藤子。

室内的装饰将维多利亚王朝的样式与日本情调进行了完美的融合，这种融合带给日本客人一种早已熟悉的亲近感。

黑色桃花心木的装饰架与漆器也十分吻合，与螺钿、景泰蓝、古老的中国瓷器也非常协调。带有猫脚形支腿的家具陈列在桃山屏风的前面，在火苗熊熊燃烧的壁炉上边，是意大利生产的大理石炉台，而炉台上面又摆放着很大的一个九谷瓷① 花瓶。

---

① 日本有名的彩绘瓷器，生产于石川县九谷地区。

客人们还在啜饮着开胃酒。战前辰野信秀从日本招来的厨师在侍者送上来的装满冷盘菜的一个个托盘上，精心烹制了食物的庭园式盆景，用富士山、华表、神社、寺院、水池、拱形桥、仙鹤等的构图不断博得了客人们的喝彩。

　　分店长获得山川夫人的准许，带着日本制造的照相机，向清一郎夫妇俩这边走了过来。

　　"这是一个难得的机会，所以请夫人也站进来一起拍一张照片吧，以便给杉本君夫妇留下一个纪念。"

　　夫人毫不犹豫地站进了夫妇俩中间，也没有向他们夫妇俩做任何寒暄，便从正面对着镜头。清一郎感到夫人裸露的肩膀已因醉意而发热了。相机在调整焦距时很费了些周折。一个美国人对日本相机表现出了执拗的兴趣，这更是妨碍了神经质的摄影师。

　　"看见这张照片，家里的父亲一定会羡慕不已的吧。"

　　"哦，说的是库崎呀……是的，当时我也还很年轻。"夫人依旧是那张轮廓分明的侧脸，她用畅快而干燥的嗓音说道，"那还是在一九二七年呐。初次去印度旅行时，还是请他给我们当的向导呐。我至今还记忆犹新。"

　　"那以后据说我父亲常常梦见夫人呐。"

　　"是被魔住了吧，真可怜。"

　　藤子惊慌失措得喘不过气米，连清一郎也通过夫人的肩膀感到了她的紧张和惶恐。

　　"似乎现在还没有从梦魇中醒来呐。"清一郎说道。

　　"真是念念不忘呀，对和我一起做过的事。"

　　这次夫人明显地把面孔转向了清一郎，就像拉丁血统的女人经常做出的表情那样,睁开了惊愕的眼睛。这时快门摁响了,分店长大声地提请大家注意,以致其他客人的注意力也转向了这边。

"我们还是听话点吧。"

夫人说着,把正面对向了镜头。于是她戴着钻石戒指的手指无意中碰到了清一郎的手背。其间夫人也没有停止说话。

"多么拙劣的摄影师呀。"

她用瞅着昆虫般的眼神冷然地注视着分店长和相机。

——藤子一直余悸未消。她第一次看到了丈夫的另一面。那简直是一种胆大包天的行为,清一郎那种过于亲昵的语气就像是把夫人当作一个愚蠢的女人在对待。

清一郎也对自己感到惊异。当他向夫人搭讪时,就仿佛是在向镜子搭讪似的感觉油然而生,以致情不自禁地背弃了戒律,暴露出了自己从未在镜子家以外的地方向其他人展示过的真实面目的一鳞半爪。这谈不上什么称之为"才气"的东西,只是在谈话中流露出了他十分自然的喜欢轻蔑的语气而已。他变得快活了,并对夫人那喜欢轻蔑的性格与刚才那自然形成的小小对话显然一拍即合充满了自信。

"今后也能和她一直这样下去的。"他思忖道,"令人愉快的是,我和夫人首先是把库崎弦三当作笑料来开始交谈的。"

藤子离开夫人后,便一直和丈夫单独呆在角落里。但她对自己的父亲被人当作了笑料一事却没有半点印象。藤子在一度受惊后又恢复了原状,重新找回了往日的那种喜欢嘲讽的快活劲儿来声援丈夫。

"你呀,可真有胆量,令我刮目相看呐。"

在壁炉前的椅子上,一个美国妇人正在玩日本制造的鸡蛋玩具。这是一种箱根的手工艺品,将许多大大小小的木片复杂地组合成鸡蛋的形状,但一旦分解开来,便很难回复到原来的鸡蛋形状。看热闹的人们对这琐屑费事的操作很感兴趣,全都聚集在四周观看着。

无论美国妇人怎么摆弄,鸡蛋的一部分总是开着一个窟窿,而别的部分却又像长着犄角一样高低不平,最后她烦躁得终于发出一阵尖叫,撂下了鸡蛋玩具。接着日本原王族的成员又用胖乎乎的手指接过鸡蛋,仔细地解体后又开始重新组装。

当清一郎回过神来时,只见藤子在远离沙发的墙边,成了美国中年妇人的俘虏。总领事也在旁边。藤子远远的身影带着一种孩子气,反而显得华贵了。

清一郎再次感到了那碰在自己手背上的刺儿一般的戒指的冰冷。或许是心理作用吧,这一次它是摁住了他的手背。

"多亏了这鸡蛋玩具,女主人终于可以歇口气了。"山川夫人向清一郎搭话道,"所谓女主人,最理想的莫过于像那种鸡蛋一样,复杂、不可理解、像谜一般,而且材料是普通的小木块。"

"可你是不胜任的。"

"是的,我讨厌谜一般的东西。"

夫人一边掌握着鸡尾酒杯的平衡,一边把清一郎引到了一个能够两个人单独交谈的角落。在黑色的景泰蓝花瓶里插着日本式的枫叶,把他们俩与其他人隔绝开来。

"你平常搞什么体育运动?"夫人问道。

——瞧,又来了!这是一种司空见惯的误解。她显然认为我是一个像运动员那样虽然嘴上也说一些乖言巧语，但骨子里却非常单纯的男人。

"不，哪一样都只是知其皮毛罢了。"清一郎采取了颇为谦逊的说法。

夫人的语气又突然变得自命不凡、并带着命令的口吻了，她匆忙而又清晰地说道：

"与这种无聊的晚会不同，在市内不时有一些非常有趣的秘密晚会。如果你想去，请让我做你的伴儿吧。"

"务必请您多多关照。"

"我看准了你，所以务必请你严守秘密。我会打电话到公司通知你时间的。届时我会使用'木村'这个假姓，注意别让公司的人发觉了。"

清一郎的脸上浮现出单纯而愉快的微笑，他点点头。夫人轻轻地握了握他下垂的手指，便很快离开了。

晚餐室的拉门向左右两边大大打开着。管家告诉客人们，晚餐已经准备停当。

那位原王族成员的注意力还集中在鸡蛋的组装上，哪有心思吃饭。它就像这个往昔的国王曾拥有过的小小版图一样，使他胖墩墩的小手无所适从。

"赶快做成炒鸡蛋收起来算了。"

刚才的那个美国妇人把鲜红的指甲搭在他的肩膀上说道。

不久照片冲洗出来了。藤子把它寄给了父亲。很快父亲的回信就寄到了。他用与平常那种事务性的简短信件截然不同的文笔描述了过去的幻影与现在紧紧相连的感慨。能看见女儿在处于昔日日本资本主义皇后宝座上的人身边成长起来的身影,是他巨大的喜悦。因此他训诫女儿,还应该感谢选择了在山川物产就职的丈夫清一郎。这种陈词滥调的感情表白使藤子很有些蔑视父亲。在藤子看来,这是典型的店铺伙计的表白。正是在这种父亲的感化下,自己才在去拜会夫人时充满了对夫人的畏惧。对此,藤子感到十分懊恼。

夫人对藤子所表现出的冷淡又是怎么回事呢?她几乎没有对藤子说点什么。尽管藤子当时并不怎么在意,可几天以后,特别是在收到了父亲回信后的今天,一种屈辱感和懊悔变得越来越明显和强烈了,甚至让人觉得山川夫人代表了在美国的全体同胞向藤子投来的白眼。这种悲惨的境遇无疑也应该归咎于巧立名目以便让藤子和清一郎同时赴美的那种父母的好意。一想到这里,藤子甚至忘记了自己曾经是那么热切地渴望来到美国,而只是一味地怨恨着父亲那感情脆弱的性格。那种对女儿的疼爱无疑是一种粗俗的心理。如今在这个任性的女儿看来,那种父爱和店铺伙计的本性正好是父亲身上难以摆脱的一连串卑微特性的表象。

作为婚后一年多的妻子,这种心情不是可以帮助她更加倾心于丈夫吗?可清一郎却去芝加哥出差了。藤子又变成了孑然一身。

在纽约分店的七个部中,清一郎所属的机械部在营业额这一点上,不愧为其中的佼佼者。在接待客人的忙碌上也是头号的。从日本来的客人中有九成都是机械部的,有时为了去接人,全体部员不得不同时奔赴纽约的三个机场。

在位于华尔街的这间古旧的办公室里,共有一百多职员在工作。从日本来的正式职员以分店长为首约有四十人,其他的均是当地雇用的职员。其中有白人,也有日本移民的第二代,有打字员,也有速记员。

清一郎每天早晨九点半去上班,一直工作到晚上六点多。每天早晨出勤时,一夜之间从日本发来的讯息就会在电传机上堆积如山。他一一阅读完毕,便与有关厂家进行联络。接着将日本的来信加以英译,然后口述,让速记员记录备案,并向有关厂家进行询价,其中鱼龙混杂,让人有时禁不住犯疑:干吗要让这种无聊的询价从遥远的日本来到这太平洋的彼岸呢? 而这些却正好是清一郎的日常公务。

一来到纽约,比起在东京总社时多三倍的工作量和责任一起匆匆地落在了清一郎这样的年轻职员肩上。因为人数不多,所以工作繁忙,业务范围广泛。在东京总社时,很少有机会在文件上盖上自己的印鉴,在日本没有部长级的盖章便不能发出的信件,在这儿只需署上清一郎的名字便可以径自发出。即使给东京来的电报回复时,也不必一一向科长汇报。

自己的办公桌一下子变宽了,这种状态给清一郎带来了莫大的快感。当然,这并非权力的增大,也不是自由意识的扩张,而不过是青年特别憧憬、特别渴望的那种社会效应和无异于幻影的某种实感罢了。染指和玷污青年们捶胸顿足地渴求的东西的那种感觉是清一郎所喜欢的感觉。年轻人一抓住那种东西,就说自己已经达成了野心,相信自己征服了社会。年轻人是多么喜欢夸张! 他们攥住一块泥土便欣然死去,还以为手里握着整个地球。

机械部这阵子主要是在从事进口电源开发机械和为了推进制铁

公司合理化计划所需要的新型辊轧机械。日本经济动向的最先进形式便显现于此。松永安左卫门长期呼吁的电力现代化计划终于结出了果实,与政府的经济六年计划相呼应,以昭和三十年为第一个年度,开始了电源开发的六年计划。它很快便引发了对超过日本机械工业的制造能力的超大型涡轮机的订货。

另一方面,始于欧洲的钢铁经济的繁荣在进入昭和三十年以后,使陷入萧条的日本制铁工业开始了复苏。矿山工业生产的增加带来了设备投资的余裕。清一郎在机械部中正好负责这种辊轧机械的进口项目。

宛如一幢巨大的钢铁建筑一样的大型辊轧机是位于匹兹堡的麦斯特公司的名牌产品。当清一郎去工厂看货时,想到自己这样一个小小的人竟然在从事如此庞大机器的经纪业务,不禁觉得自己就像是一个在马戏中照看大象的印度商人。

东亚制铁就要购买辊轧机的情报从山川物产的九州分店传到东京总社,是在山川夫人的晚会一周前的事情。东亚制铁的常务董事兼技术部长与两个很有能力的工程师一起,很快开始了申办赴美的手续。这时在纽约,遵照接待重大人物的先例和各个一流商社之间的协定,召开了各个公司间的协调会议。以在日本制定的日程为基础,各个公司公平地分担向导和接待的任务。

清一郎的工作越来越忙碌不堪,他桌子的四周更是热闹非凡。东亚制铁的技术部长将视察美国各城市的炼铁厂,参观那儿所使用的辊轧机的操作状况,参考现场工程师的意见,以决定在同种辊轧机中到底选择麦斯特的产品还是其竞争对手斯特拉斯伯格公司的产品。如果选择麦斯特的辊轧机,便自然会与山川物产签订合同,但如是选择斯特拉斯伯格的辊轧机,就会与日本商事签订合同。

在日本制定的日程不一定就符合美国公司的习惯,也不一定就适宜于美国的旅行状况,因此,清一郎的工作便是一边与日本商事等进行联络,一边给各地的炼铁公司挂长途电话,调整安排,预约饭店,并根据当地的实情来制定最终的日程,还要陪同客人前往现场,全力以赴悉心接待以使客人的判断天平向自己公司一边倾斜,最终成功地签署多达几百万美元的合同。

位于巴尔的摩的A·A公司使用的是斯特拉斯伯格公司的辊轧机。那儿的向导和接待工作由日本商事承担。而位于芝加哥的L钢铁公司使用的是麦斯特公司的辊轧机。所以,清一郎作为三个重要客人和机械部长的随行人员,前去芝加哥出差三天。

响起了敲门声。

"哪一位?"

她刚一问,敲门声便戛然而止了。门外又是一片阒寂。如果藤子起身去打开门的话,便只会听见有人沿着铺有地毯的楼梯匆忙跑下的脚步声。

她知道这不是外面的来客。如果是事先约好的客人,他肯定会看见狭窄的大门旁边排列着几个房间的门铃,摁响其中写有"杉本清一郎"名字的门铃吧。而只要藤子在房间里回摁一下门铃,那么,须臾之间大门口那扇沉重的门扉就会自动打开的。一旦通过美国中等公寓中无处不有的这种装置,客人就会拾级而上,最后走来敲响房间的门吧。

这突如其来的敲门声一定是出自同一个公寓的房客,而且它并非始自今日。从一起吃过那顿早餐后的第二天开始，弗兰克便常常做出这种事来。

在那顿早餐后的第二天，藤子便马上明白了：敲门的人就是弗兰克。所以她从不应答，只是缄口沉默着。但她却悄然无声地走近门扉把耳朵贴在上面，并感到对方也正悄悄地窥伺着房间里面。不一会儿，那把楼梯震动得嘎吱作响的下楼声便渐渐远去了。

随着这种事情的一再发生，藤子曾一度默不做声地蓦然打开了门扉。于是，响起了慌忙下楼的脚步声。打那以后就再没有发生过类似的事情了。

而这次的敲门声发生在丈夫乘坐早晨的飞机前往芝加哥，去机场送行的藤子回到家里正准备更衣时。

——纽约已进入寒冬腊月。那种严酷的寒冷是东京整个冬季也绝无仅有的。在路上飘落纷飞的枯叶、刺骨的北风、蔚蓝色的冬日天空，还有迎面驶来的洒水车。

世界上与"幸福"这个字眼最无缘的大都市已进入了与它最适宜的季节。十二月为社交活动的鼎盛时节，同时也是孤独的鼎盛时节。

藤子不情愿地被迫承认自己在这季节的两个尖锐对立中属于后者。在东京，藤子不用操任何心，也理所当然地属于幸福的那一类人。可因为某种莫名的原因，她在纽约成了孤独种族中的一员。在藤子看来，与真正沉入孤独的人们相比，自己之所以更为不幸，乃是因为这种孤独是与自己的身份很难吻合的一种蛮横无理的命运。藤子不应该是孤独的，可又的确是孤独的。

但社交界也不会有幸福吧。即使是那些为了一个夜晚的宴会，而不惜动用横跨太平洋的飞机把在巴黎的餐馆里订做的美味佳肴运到纽约的大富翁，也同样与幸福无缘吧。欧洲各个古老的都市自不用说，就是在美国外省城市和小城里也存在着某种像是作为城镇最高塔尖上的风标鸡一般的市民的幸福理念。可惟独纽约没有。在这儿富翁与贫民都摆出一副对幸福不屑一顾的面孔，终日忙碌不堪。在这种意义上，纽约正好是一个世界上罕见的男性的都市。藤子作为女人的孤独也无疑可以从这里找到几分根据。

藤子强制性地把自己想像成一个蜷缩在东京某个角落小住宅里抑或公寓房间里，守候着忙于工作的丈夫的年轻妻子。尽管她试图这样想像，但却做不到。藤子此刻所在的房间就如同一条小小的遇难船只一般孤立无援。外面是一片名叫"外国"的汪洋。尽管充满了人流，却是一片无人之境。"煤气灯闪闪发光的巨大蛮荒之地"……

今天的敲门声显然比平常更加执拗，重复了两次。藤子一声不吭。又响起了第三次强有力的敲门声。藤子停下更衣的手，走到门边，从门扉的缝隙里向外问道：

"哪一位？"

"弗兰克。我这就从下面塞一张纸条进来。"

他似乎笨拙地跪下了双膝。只见门下边塞进来一张纸片，上面写道：

"今晚一起吃晚饭，如何？如果可以的话，六点我在不久前一起进早餐的点心铺等你。"

可以说藤子是怀着怠惰的心绪很快答应的。只见她什么也不想地在房间里四处走动着，慢慢寻找着铅笔，在寻找铅笔时只想着铅笔的事，然后用铅笔写上"OK"，把纸片从门下面塞了出去。

弗兰克在门外发出了某种近于感叹词似的声音，随即那声音又变成了从他嘴里从未听到过的口哨声。小跑着的脚步声在楼梯上蹦跳着消失了。然后又是一片死一般的寂静。

藤子走到了镜子前面。与平常一样，镜子中映出的绝对只有藤子的孤影，还有某个地方漂漾着因临时居住而带来的那种不安氛围的房间，壁炉台上面的土人木雕头像，印花布的床罩和里面厨房的白色瓷砖。房间里依然一成不变。

"我刚才干了什么呢？什么也没干。这个房间里永远只有我伶俜一人。什么也不会发生。"

藤子用一半发冷一半发热的大脑迷迷糊糊地思考着。她一边试着发型，一边想：或许额前的头发还是再剪短一点好。

——在丈夫此次出差之前弗兰克已三番五次来敲过门。关于这件事藤子并没有向丈夫说起过。藤子一点也不认为这是什么不贞的表现。这种敲门并不伴随任何危险性，甚至几乎等于不存在，所以她不愿意将这点芝麻小事也向丈夫一一汇报，免得被清一郎认为是自作多情，或是被嘲笑为一种妄想症。

不可思议的是，清一郎有一种癖好，总喜欢把一些事都看成是妄想而不屑一顾。藤子早就发现了丈夫的这种倾向，但却误认为是现实主义者或野心家的特性。而事实上这仅仅是他观念上的特性罢了。

他是那种不管妻子向他讲述多么具体的忧虑也一概简单地归结为"妄想症"的丈夫。他拒绝原封不动地接受妻子眼中所反映出来的具体事物，或是她毫不怀疑地信以为真的东西。妻子说道："那是

423

马车哟。"可他却很讨厌这种命令式的对现实的指称方式。他经常关注的无非是那些从某种角度看的确是马车,而从另外的角度看却不是马车的东西。

对于稀薄的现实、稀薄的空气中的窒息所歪曲地显现出来的事物的表象,清一郎的眼睛早已是见惯不惊了。一看到那些来到外国,便马上对周围的陌生感到束手无策,徒劳地惊恐万状的日本旅行者,清一郎更是对他们待在日本时那样坚定不移地把现实看作现实的虔诚感到困惑不解。在清一郎眼里,既然那些上班途中的红色邮筒曾经只是一种稀薄的存在,那么,这纽约的巨大建筑群就更是只能被视作一种稀薄的幻影了。对于持这种观点的他来说,异邦的生活无疑不是什么难事。

"那是马车哟。"藤子说道。

藤子是在他们看完戏的归途中乘坐地铁提前一个站下车后,在接近晚秋的深夜一点在第五大街上蹓跶时说这句话的。

深夜的道路上忽然出现了被灰色马儿拉着的马车,而且前前后后一共有三辆。它们留下"嗒嗒"的响声,消失在夜晚的浓雾中。

走过一个街区之后,在趸向住家的拐角上,清一郎突然停下脚步说道:

"半夜三更居然有一些奇怪的东西在大街上通过呐。"

"那是马车哟。"

严格说来,藤子的回答并不是针对清一郎的感慨所做出的正确回答。在此可以看到女人那种独特的、用最浅显易懂的方法整理归纳现实的强有力的尺度。清一郎对此十分反感。他自己在此所看到的东西尽管也的确只是由灰色马儿拉着的三辆马车,但他还是说道:

"那是你的妄想呐。"

……"那是你的妄想呐。"仿佛清一郎此刻正从飞往芝加哥的飞机上透视着藤子的生活，用这一句话来总结了纸片在门缝下面的你来我往。

傍晚六点以前的这段时间怎么打发呢？或许到傍晚为止好好地睡一觉为宜吧。要不，弗兰克干脆现在就马上带藤子出去好了。

藤子首先换上了睡衣。在这无人下达命令的地方，在这接近晌午的时候为了睡觉竟然换上睡衣，这让人觉得很有些矫揉造作，就俨然是自己一个人演示给自己观看的滑稽仪式。于是，睡觉的理由也不复存在了。

躺在床上，打量着陈旧的灰泥上已经产生龟裂的肮脏的天花板，把头转来转去，审视着冻僵了的灰色天空。不知不觉之间，藤子想到了日本的性知识入门书，它常常把过去日本男人出于无知而造成的性的粗暴与西方男人的甜蜜温柔、熟练殷勤当作恶与善的样板来进行比较。但清一郎绝不是一个粗暴的丈夫。她茫然地思忖着：在清一郎那具有常识性的、健全的、熟练而精微的爱抚之上，西洋人那毛茸茸的、白皙而柔和的肌肤与强烈而甘美的体臭又会添加一些什么新鲜的东西呢？

这个国度的人容易衰老，弗兰克也不例外地多少有些秃顶了，但他那张刻有两个少年气十足的酒窝的笑脸却并不让藤子讨厌。他那种厚颜无耻与极度怯懦的有趣混合，接近藤子时的羞怯与独特的执拗，特别是他对"日本女人"所抱有的那种幻想，深得藤子的欢心。仗着自己多多少少的敏感，喜欢对自己的个性感到厌倦的藤子，并不讨厌自己被当作某种抽象的梦想对象、扑朔迷离的梦中女性、东洋诗篇的化身。

藤子故意很女人化地比约定的时间晚了二十分钟才去。弗兰克正打开一张晚报一边阅读，一边等她。三言两语之后，他说，据天气预报，今晚要下雪。

那个点心铺只是一个坐着等人的场所，所以弗兰克与她商量道，在哪儿喝开胃酒好呢。他又说道，因为很近，可以去广场饭店的橡木屋，而晚餐已经在第四十九大街的路·香特克莱尔饭店预订了座位。

在喝开胃酒的时候，弗兰克显得十分兴奋活跃，尽把去委内瑞拉的吉米挂在嘴上，让藤子很有些无聊。刚才在点心铺看到他的笑脸时，藤子曾感到自己仿佛从孤独中被解救出来了，可现在，那种感动正逐渐被稀释淡化，变得浑浊模糊了。

吉米！吉米！不知道从弗兰克的嘴巴里冒出了多少次这个名字！吉米是一个多么难以形容的好家伙。他常常一边板着面孔一边开玩笑，与他的工程师身份不相称，他喜欢音乐和戏剧。蔑视上流社会，蔑视放荡不羁的艺术家，工作上发挥着超人的精力，还喜欢用温柔的口吻谈起他在故乡弗吉尼亚州过世的祖母，而且是一个狂热的日本爱好者，并非出自浅薄的日本趣味，而是真正地崇敬日本人。还有他对领带很有品位，一旦搞到埃及或土耳其的香烟，总是会与人分享。和亲密的朋友一起喝酒时，他还会仿效着自由女神的模样，用浓郁的布鲁克林土音模仿大总统的演说，还是打扑克牌的行家，善于用扑克牌耍魔术……听着听着，让人觉得吉米成了一个超人，一个理想中的人物，一个不可思议的万能之人。但在听者藤子的记忆中，吉米的确不失为一个善于克制的、和蔼而温暖的男人，可也仅仅是一个有才能而又平庸的、随处可见的"干得不赖的男人"罢了。

路·香特克莱尔饭店的墙壁上挂满了协和广场的写生画，侍者是清一色的法国人，客人们也几乎全用法语来点菜。当他们走进来坐下以后，有关吉米的话题终于结束了。这次弗兰克开始谈起了他自己的工作。藤子渐渐发现，这是一个十分枯燥乏味的男人。倘若他的话全部换成了日语，或许就更让人难以忍耐了吧。

藤子仔细打量着弗兰克，只见他身穿可以称之为纽约男人的夜晚制服的黑灰色西服，脖子上系着银灰色的领带。在他的衣领上面是年轻的脖颈、血色很好而又表情丰富的脸庞，因为装束朴素淡雅，使他生动的头部显得更加秃顶。但与日本同等年纪的青年相比，皮肤上隐含着衰颓的征兆，眼睛下面和鼻翼旁边，有一道道像是模糊的线条似的皱纹。

像是从耳朵上卸下收音机的耳塞一样，藤子竭力不去听弗兰克的英语。那种力图让她理解的强制性的说话方式已构成了一种障碍……一旦拒绝倾听，那些话语就一句也传达不过来。他快活的表情和嘴巴的张合使藤子得以采取冷静旁观的态度。

"这是一个温柔的、对女人十分友善而又性格开朗的美国青年。"藤子思忖道，"如果是这样的话，也并非那么与我不相般配呀。日本避暑地的那些青年们不是全都模仿着这个样子吗？尽管模仿有时候显得更具魅力，但本来的真品也并不坏呀……他什么时候才会向我低语爱情呢？现在这副神采飞扬的模样什么时候才会变成恳切而又沉静的态度呢？不过，那种事怎么样都行，因为重要的是，今天我摆脱了孤独。"

孤独在不知不觉之间已经征服了曾经那么傲慢的心灵,把藤子变得有几分卑微了。只要可以摆脱孤独,她就会向任何东西报以微笑吧。藤子又以一种不识世事的天真心态梦想着自己成为一个卖笑的娼妇,并且继续驰骋着她的想像力。她认为,或许所有的卖淫都不是源于贫穷,而是孤独吧。

　　弗兰克终于将话题转向了藤子。他的英语变得清晰易懂了。

　　"美国人都赞美日本姑娘。但一看见你,我就发现:日本的太太不知要比姑娘强上多少倍。我问一个问题,你是因为美丽才那么保持着戒备心呢? 还是不管美丽与否,戒备心都是日本太太应该具备的修养呢?"

　　"这是我们对外国人的一种礼节。"藤子说道。继而又觉得这种使用复数第一人称的谈话有点愚蠢。她对"我们"没有兴趣。

　　——户外格外寒冷。因为酒精暖和了身体,所以他们俩一边眺望着圣诞节前的街景,一边蹓跶着。洛克菲勒广场上高达六十五英尺的白色针枞的圣诞树已经拾掇停当,上面装饰着成百上千的灯笼和三千个小灯泡。两个人走到它的下面,夹杂在一群乡下人中间,发出一阵欢呼声,并观看着那些在眼前嬉戏玩耍着的溜冰的人们。

　　藤子终于又寻回了那颗已经久违了的旅行者的心。一旦找回旅行者的心,所有的一切便显得稀奇珍贵了,并愉悦地放射着光彩。只需停止那种将自己视作流浪之身的想法来重新观察世界,一切该有多么美好啊!

　　溜冰人脖颈上飘扬着的黄色围脖和鲜红的围巾,这些色彩的跳跃倏然间变得栩栩如生。看见那些装模作样地溜冰的老绅士跌倒在冰道上,藤子大声地笑了。那笑声不是一种仅仅在四周的墙壁上引起回声的笑,而是从人们彼此对视的一张脸上波及另一张脸上的笑,是一种确确实实地唤起反响的笑。

只需重新观察世界便行了!藤子把感激的目光投向弗兰克。可弗兰克的脸却不在那里。他外套里的胳膊从背后抱住藤子,他的鼻孔正毫不客气地嗅着藤子头发上的香味。

弗兰克把藤子带到了格林威治村的一个个夜总会里,这些夜总会几乎都是藤子所不知道的。在"悄悄点酒"(禁酒时代那多么令人怀念的名字!)观看了一出小型滑稽剧,在"晚安"观看了曲艺艺人的表演。

但弗兰克带去的夜总会都是些不能跳舞的夜总会。藤子知道,东京的青年们无非是期待着跳舞时身体的接触,才邀请女朋友一起去夜总会的。而弗兰克只是在桌子下面轻轻地捏住她的手。

他的谨小慎微与精力无穷的巨大身体之间形成了一种有趣的对比,这给藤子带来了一种不坏的印象。那些长着可怜的体格却欲火中烧的日本青年们!藤子从弗兰克那毛茸茸而又柔和的大手掌上感到了听话而顺从的孩子那种勇敢的灵魂。这个清教徒的谨慎中有一种与囚犯的谨慎相似的魅力。"或许他正思考着上帝。"藤子思忖道。

"他正当年华!"……藤子不知不觉地感到自己是一个比这个年轻人要年长很多的女人。

"今晚到现在为止,他已经放掉了五次左右与我接吻的机会。"

她看了看表,已是深夜一点了。这在纽约并不是一个那么夜深人静的时刻。

在相声的一唱一和中，弗兰克大声地喝着彩，并用简明扼要的英语一一给藤子解释那些她一窍不通的英语俏皮话。在他这种琐碎的啰嗦中，藤子已经厌倦了自己被迫做出一副很好笑的样子聆听他说明的义务。既然是一窍不通的俏皮话，那就根本谈不上什么好笑。

在日本做了美国人太太的朋友们常常做出很好笑的样子哈哈大笑着，听占领军播放的相声。藤子总是以十分轻蔑的眼神望着她们。一想到这里，藤子断然决定绝不与那些女人为伍，于是板起了阴沉的面孔。

这样一来，弗兰克又啰啰嗦嗦地问道，是不是藤子觉得无聊了，如果觉得无聊，就马上出去吧。或者是不是心情不好了，等等。

藤子摇摇头。为了让自己越发显得像一个不可理解的谜一般的女人，她龟缩在自我之中，作为突然板起面孔的继续，搜寻着与这种场合不相适宜的古板想法。藤子从手提包中掏出了小镜子，她已经从这里找到了那种想法。镜子中映出的是一个日本女人。饮酒与夜游的疲惫尽管不为其他人察觉，但却瞒不过自己的眼睛，从眼睛的潮湿中，从眼圈的刺痛中，从脸颊上微弱但却锐利的阴翳中。

"我身为别人的妻子，结婚也已经一年了，而且也并不是不爱自己的丈夫。"

藤子试图想起在芝加哥的清一郎，并试图在口中嗫嚅他的名字，但是她却没有萌生任何良心的苛责和内疚。于是藤子这才如释重负，感到自己已经可以确认，她对眼前这个美国青年的感情并不属于什么恋爱。

——于是，藤子终于能够像一个突然想起要回家的孩子一样，直率地说道：

"我回去了。"

在藤子回到房间一个人独处之前，她需要那些多少有些复杂的心理上的纠葛。一走出"晚安"，只见外面正下着大雪，要找到一辆出租车并不容易。当他们在风雪中走着走着时，弗兰克在一片阴暗的红砖建筑的阴影下突如其来地吻了藤子。

在这长长的接吻中，弗兰克双目紧闭，而藤子却睁着眼睛。这是她的戒备心使然。因为弗兰克背对着建筑物，所以她的身后被离得很远的街灯映照着，能看见红砖的墙壁。雪花毫不留情地飘进了接吻的两个人中间。藤子看见有一两片雪花驻留在他长长睫毛上。男人的面孔从高处向下低俯着，沉浸在深深的阴影里。藤子感到鼻子和嘴巴周围都粘上了雪花，仿佛那雪花比接吻更令她窒息。即便如此，也比孤独强吧。在红砖建筑的二楼上，能看见一扇大大敞开的窗户所形成的黑色窟窿。无论多么寒冷的夜晚，也有那种不打开窗户便不能成眠的人。藤子专注地仰望着那窗户的窟窿。雪花不停地灌进了那窗户，在那儿肯定有一个在黑暗中鼾睡着的、过着独身生活、恺郁而洁癖的半老之人……藤子终于闭上了眼睛，好像这才发现自己正被人亲吻着似的。

游戏的接吻，藤子在婚前也经历了不少。但美国青年这种贪婪的真挚却使她不快。接吻时的他与接吻前的他判若两人。藤子用手臂顶住他的胸口，抽回了嘴唇。于是，她的鞋子的后跟轻轻地落在了石头的路面上。

——在回到公寓的房间之前，藤子一直表现出恶作剧的态度，本来她只需保持住尊严就行了，可她觉得，恶作剧比尊严更显得女人味十足。弗兰克老老实实地流露出一副苦恼的神情。藤子轻轻地把自己的房门打开一条缝隙便一下子溜了进去，然后从那条缝隙中只露出一双眼睛，说了句"晚安"，便马上按下了门锁。随后，他的脚步声还在门前徘徊了好一阵子。藤子也好一阵子侧耳谛听着，但没有响起敲门声。藤子走进了洗澡间，扭开了热水的龙头。少女时代她曾不喜欢思考，而喜欢泡在浴缸里。

第二天早晨，报纸的标题上这样写道：
"积雪达八到九英寸，今夜路面将结冰。"
藤子急不可待地到大门口去取报纸。昨晚她疲惫不堪，洗完澡便马上睡了，但没想到一大早就醒了过来。

窗帘明晃晃的，是因为雪的缘故。站在窗边眺望屋顶，只见到处都被厚厚的积雪包裹着。是一场暴风雪。积雪的表层已经开始消融，不时从那儿吹起一阵风雪的烟雾。

已经朽烂的古老藤椅一直被风吹打着，刮走了上面的积雪，只有椅背的部分还几乎被埋在白雪中，可前面部分已明显地露出了藤条的网眼。透过风雪，能够看见陈旧的藤条那仿佛已经复苏了的黄色，可这时却又吹来了一阵雪块。看来藤椅一整夜都这样被风雪不停地耍弄着。

藤子没有缘由地想，今天是不是也去某个点心铺一个人进早餐。要去弗兰克不会来的店铺，比如说去每个街角上都有的"舒莱夫特"的分店也行。那里只有女顾客进进出出。一群总是积攒小钱的无所事事的女人。一群孤身生活的寂寞无比的中年女人和老太婆。

在下雪的日子,那些老太婆会一边在门口故意夸张地拍打着外套上的雪花,一边走进来坐在柜台旁边,用乞丐般的腔调说道:

"May I have a cup of coffee^①?"

妄自尊大的、年轻而漂亮的男侍者或许会懒洋洋地简单回答一声,而其中的多数甚至根本不回答便粗暴地把咖啡杯放在托盘上端上来吧。旁边会有一个板着面孔的讨厌的中年女人。在吃完点心后,她终于抓住了向那个美男子侍者搭讪的机会吧:

"今天早晨十一点、下午两点和现在,我一共来了三次,就像是包揽了这个店似的。"

忙碌不堪的侍者却不搭理她。于是,那女人一整天殚精竭虑的搭讪便止于没有反响的空洞的自言自语……

在入口处顶着风匆忙折叠起的无数黑伞。从那儿飞散开来的雪片。马赛克瓷砖上的些许泥泞。女人们被弄脏了的雨靴……"我不想去。与其成为那种女顾客中的一员,还不如独自一人在这里挨饿……"藤子思忖道。但这种感慨中不免会有夸张的成分。藤子年轻,拥有丈夫,而且还是日本人。

藤子观望着窗外不住地纷扬着的雪花,整个上午都在百无聊赖中熬了过来。依靠水果罐头、饼干和咖啡吃了一顿难以下咽的早餐,然后在镜子前面开始了长时间的化妆。镜子里映出的这张睡眼惺忪的脸,比过去任何时候都更丑陋。她嫌一边仔细化妆一边更衣麻烦,所以只穿了一件睡衣,上面披了件睡袍。今天她打算一整天就这副模样一直蜷伏在家中。于是她感到自己就像是一个自甘堕落

---

① 英文,能给我一杯咖啡吗。

的女人，禁不住涌起了几分兴奋。

藤子横躺在长椅子上，翻阅着已经看了好多次的杂志《时尚》和《哈泼斯芭莎》。她孤独一人，房间里没有任何在动弹的东西，只有满窗外一大片雪花在运动着，那就像是在发黄的屏幕上放映的一场陈旧的无声电影。这机械的暴风雪。其运动是那么单调、执拗，永远也听不到声响。

藤子看厌了流行杂志，又开始读小小的通讯录上的电话号码。上面排列着在纽约的朋友们的名字。全都是日本女人，一帮喜欢在白天里凑在一起喝茶或是去看电影的家伙。只要藤子打电话去，对方马上就会用甜蜜的声音邀请她去玩，一起去看电影，一起搭伴吃饭，随即又愉快地分手……然后对方还会四处张扬道："我陪杉本先生的夫人一起玩了。最后是她举起了白旗。"

藤子变得越来越孤独了。她感到这被风雪围困住的房间就像是一座监狱。可孤独却宛如内部的火焰，烤得人身体发热。她把冰冷的手贴在脸颊上。站起身，在房间里来回踱步。最后她终于跪倒在窗前，尽管不相信什么神明，却在心里反复祈祷道：

"救救我、救救我！如果能把我从这种状态中拯救出来，我什么都在所不惜。"

这时藤子的心里涌动着一个念头——从这扇窗户中跳出去自杀！但这无非是一种虚假的跳楼自杀。即使从窗户跳入风雪之中，也只会在被雪花柔和地包裹住的柴堆上翻滚着，最后飘飘然地跌落到屋顶的积雪上吧。但是，哪怕只是从窗户跳下去，也肯定会发生什么事的。透过对面红砖房子的后窗，难道不会有谁正观察着这一切吗？要是有谁从头到尾一直看着这一切才好呐。风雪的对面，后窗垂落下白色的帷幔，一片阒寂。仿佛从帷幔的阴影中，有一只黑色的眼睛正怀着极大的兴趣凝目监视着整个事态的始终。对他人的疯狂所抱有的无私的共鸣……藤子不知道，只有丈夫的眼睛才最适合于产生这种共鸣。

藤子索性打开了窗户的玻璃。倏然间风雪迎面扑来，迫使她闭上了眼睛。她深深地呼吸着。雪涌进了她的咽喉深处。雪在她热炉般的内部融化殆尽了。藤子脱口而出道：

"啊，真舒服！"

这时，响起了敲门声。藤子几乎没有听到。又一次敲门。第二次带着惯有的那种犹豫。第三次则带着光明正大的权力……尽管丈夫从未敲过自家的门，但藤子却从那种敲门方式中感到，肯定是匆匆归来的清一郎在敲门。她就那样敞开着窗户，跑过去把门大大地打开了。

站在那里的是穿着红色毛衣的弗兰克。他倒背着手把门关上，理所当然地走进了房间里，然后环视着被窗外涌入的风雪折腾得乱七八糟的室内。雪花甚至撒落在了起床后没有收拾的床铺上。在灰暗的室内，色彩鲜明地起伏着的纯白色床单就像是室内遭到了雪花强暴的证据。甚至有几瓣雪花打在了壁炉台上的红黑色的土人假面上。

"到底怎么了？"

弗兰克犹如一个自己的房间遭到洗劫的人一样，迅速关上窗户，走到藤子身边。他的手搭在了藤子的肩膀上。

"怎么回事？一副冷冰冰的面孔。"

妻子像往常一样，去机场迎接出差归来的清一郎。有些古板老成的清一郎并没有马上向妻子谈起工作上的成败。但从他疲惫不堪而又生气勃勃的表情，还有在机场分手之际机械部长对他所说的"今天不用去公司了，好好休息吧。因为这以后就可以放心了"的慰劳的话语中，妻子肯定已经察觉到了他工作上的成功吧。——清一郎思忖道。

夫妇俩没有径直回家，而是踅到了经常光顾的第三大街上一个名叫"海中之王"的鱼菜馆。女招待送来了长着须的大海虾。他们要了烤虾，用白葡萄酒举杯庆贺。清一郎问起了他出差期间的那场大雪。妻子只是含糊其辞地回答了一下。

来纽约后，他已经习惯了妻子的这种表情。他看见妻子逐渐受到他自己束手无策的那种病菌的侵害，这给他带来了一种安慰。"这女人迟早也会和我落到同样的结局吧。她会懂得，除了选择对所有病菌都能够免疫的精神外已别无选择吧。届时我将拥有一个亲密的朋友而不是妻子吧。"

这是一种需要耐心的期待。他蔑视那种所谓夫妇间的心灵距离这样一种小市民的思考方式。他感觉不到彼此向对方靠近的必要。他像水车一样永远在同一个地方旋转不止，而妻子则只需像散步者一样在他周围来回踱步。而不久，那无一例外的破灭就将降临，把一切都吞噬殆尽。

"关于银白色水貂皮，你想怎么办？"

因白葡萄酒而脸颊微红的清一郎问道。藤子瞄了他一眼。"这家伙故意做出一副被逼得走投无路的女间谍的样子。"丈夫想道。但藤子的回答却出人意料：

"银白色水貂皮？我已经不想要了。"

关于银白色水貂皮的长披肩，其中有一些经济上的原委。藤子原来很想要买。如果请求父亲,像往常那样通过某个美国人寄来零花钱,就可以买了。但藤子想让清一郎送给她作为圣诞礼物。然而,银白色水貂皮的长披肩价格昂贵,凭清一郎的月薪是无法购买的。无论如何想达到自己愿望的藤子终于向丈夫挑明了一切,希望清一郎去父亲的美国朋友那儿取钱,这俨然是清一郎给她买的东西一样,作为他送给她的圣诞礼物。

仅仅从"我已经不想要了"这一句话中,清一郎便明白了:妻子已处于与往常截然不同的状态中。但清一郎是一个绝不会像一般丈夫那样会提出"到底怎么了"之类老一套问题的男人。他认为妻子又被什么新的妄想攫住了。

饭后夫妇俩马上回到了公寓。清一郎打开窗户去把柴禾搬进房间。这时一股寒冷的北风吹了进来。看见被打开的窗户玻璃和丈夫低着头的背影,藤子不由得打了个寒战。

清一郎在壁炉里烧上柴禾。他很擅长于点火。被雪打湿的柴禾"噼噼啪啪"地不停爆裂着。不久,火焰就像被解放了一般晃荡着升腾起来。夫妇俩站在壁炉前,眺望着火势逐渐加旺的火苗。脚下的地毯被烤暖后,发出一阵颇为熟悉的气味。

在观察着壁炉的火苗时,清一郎产生了一种幻觉,仿佛自己的身体不知不觉之间已来到了镜子的家中。在纽约时这种感觉还不太强烈,可一旦外出旅行,他就会不由自主地想起镜子的家。那种对无秩序的狂热崇拜,那种自由,那种漠不关心,还有那儿常常弥漫着的一种热烈的友爱的气氛……清一郎从火苗中洞见了这一切。仿佛镜子就在他的耳畔呢喃道:

"你选择了俘虏的生存方式。想依靠自己主动进入围栏中来证明自己是一头猛兽。这是一种非你莫属的想法。但知道你是一头猛兽的,在这个世界上却惟有你自己一个人。"

……藤子悄悄地啜泣起来。不过,这种以眼泪来回答丈夫事业上成功的任性女人却正好符合清一郎的趣味。至少在哭泣时的藤子比恣意挥洒机智时的藤子更讨他的喜欢。清一郎用嘲讽的、演奏钢琴似的手势,开始爱抚低着头的妻子的头发。妻子用力挡回了他的手。

藤子昨晚一夜没有合眼,一边等待着向丈夫坦白的时机,一边反复思考着将自己投入那悲剧性瞬间的事情的发端。藤子的大脑中所涌出的智慧却只有眼泪这一样……和弗兰克的一切对于她来说,一点也不快乐。一想到事后的懊悔和这种对坦白的热烈渴望,藤子仿佛感到自己正是为了寻找这可怕的、千载难逢的坦白机会而故意犯下了错误似的。

清一郎顽固地沉默着。"怎么了"之类的提问意味着破坏他自己的性格。但看见憔悴不已的妻子那两鬓的短发背对着火苗,投落下颤栗的影子时,他萌生了一种预感:人生中一种全新的体验似乎正在眼前展开。他并不害怕,他做好了迎接的准备。"我不相信所有名叫妖怪的东西。"

藤子战战兢兢地开始倾诉清一郎外出期间自己的冷清寂寞和难捱的孤独。清一郎对她一反常态的谦逊口吻大为诧异。他顺手往火里又加了些柴禾。人生已偏离了日常的轨道,带上了一种戏剧色彩,这是他所不喜欢的。这可以称之为人生的越权行为,他真想规劝妻子停止这种有失检点的行为。藤子就像是察觉了这一点似的,结结巴巴地说道：

"你想让我现在就闭口不说吗？事到如今，你认为我还能够停止下来吗？"

接着藤子分明期待着"为什么"的反问。但丈夫坚实的下巴和锐利的目光在火焰的照射下，就像是一座阴郁的不表露任何感情的雕像一般沉默不语。在他的下巴上，可以看见往常那种笨拙地使用剃须刀后的伤痕。突然藤子被一种不安——丈夫会把自己所说的一切简单地归结为妄想的不安——所驱使着，一口气说道：

"在你外出期间，我做了不该做的事，和别的男人。"

清一郎并不惊奇。"和别的男人"这句话中有一种难以言喻的滑稽的回音。"居然在我身上也有发生平庸事件的余地！"……这是一种过于恰如人意的平庸，就活像是按照自己的要求和计划而发起的事件一般。但清一郎恪守自己的个性，决不问"究竟是和谁"。

藤子在没有得到自己所期待的反问而产生的焦躁中，变得比自己预期的更果敢无畏了。

"你猜是和谁？是和谁？是和弗兰克哟。"她就像是在炫耀着胜利一样说道，在藤子看来，清一郎听完自己的话之后所露出的那种神情真是糊涂透顶。

清一郎如释重负，袒露出了自己那种糊涂的表情。"对方竟然是弗兰克！弗兰克竟然和我的老婆……藤子还不知道那家伙的底细呐。一点也不知道。他和吉米长期以来一直是一对同性恋伴侣呐。"

在这一刹那间，清一郎不知道自己是出于怜悯还是恶作剧心

理,决定无论如何也不把吉米与弗兰克的关系告诉妻子。这个决定
下得如此急速,以致帮助他出色地完成了自己平常所相信着的那种
人类社会的众生相。那正好是匆匆忙忙地奔向崩溃的愚蠢而滑稽的
世界肖像,而这与他的趣味完全一致。他手里掌管着人类相互之间
的不可知论的钥匙,他便是这小小世界的神明。

　　如果是一般的人,就会把这喜剧性的误解误认为是一道深渊
吧。他蓦地想起了峻吉、收、夏雄。他绝对不相信所谓深渊这种东
西。这便是他与他们之间惟一的区别。深渊也罢,悲剧也罢,惨痛
的结局也罢,这全都是青春特有的罗曼蒂克的偏见。只有那必将来
临的全盘的破灭才是惟一的东西。一切都是在通往它的过程中重复
发生的喜剧性事态……

　　清一郎一副无法形容的表情,沉默了良久,以致藤子对丈夫发
怒时的静寂感到有些不快。她期待着丈夫一反往日的冷静露出勃然
大怒的神色。可无论怎么等待,都没能看到那种表情。

　　"我再也不见弗兰克了。能不能早些搬到其他公寓里去。这种
事无论怎么唠唠叨叨地辩解都无济于事,但这决不是我主动去挑起
的。确实是被逼得走投无路才那么做的。我寂寞得都想自杀了。而
这时弗兰克出来救了我。"

　　清一郎觉得妻子的话过于夸张诡谲,过于琐碎详尽。所有的表
白都难免夸大其辞,而且表白者看见对方不相信自己的夸张还会十
分惊愕。藤子把脸凑过来,几乎像是摇晃着丈夫的身体一般说道:

　　"干吗做出那副脸色? 我犯下了罪过,在你外出期间。"

　　"罪过?! 不要使用那种过于夸张的说法嘛。"

清一郎就像是隔着水族馆的玻璃墙壁观赏鱼类的面部一样,观望着正坦白自己那种完全缺乏实质性罪过的妻子的脸庞。他深谙那种罪过是没有实质的,以致一切看起来都像是弥天大谎。

"你还不相信吗?你居然以为我是在闹着玩、撒谎!"

藤子愤然站起身,犹如魔术师一般拿来了装满烟头的烟灰缸。

"和你抽的烟不同吧。全都是弗兰克抽的本森与赫吉斯牌香烟呐。"

"真是一个粗心大意的男人呀。"

清一郎就像是用手抓起别人送来的酒心巧克力一样,取出两三根烟头投进了壁炉的火焰中。忽然火苗移开了,火苗中闪动着更强烈的金色火花。

看见妻子竟然收集了物证,他明白了妻子对他不怀疑这种表白的诚实性,但却对所有事情都不愿轻率地加以相信的性格是了如指掌的。收集的这些烟头可以说是深谙丈夫性情的妻子所准备的家常用品。在妻子的不贞面前,他的确是一个世上罕见的多疑丈夫……在清一郎眼里,惟有事态的喜剧性轮廓正变得越来越清晰明了。壁炉的火焰宛若马戏团使用的火圈。作为女驯兽师的藤子用一只手高高举起火圈,用另一只手把鞭子在地面上挥舞得噼啪作响。钻过去!快钻过去!而清一郎只需扯开嗓门大吼一声,钻过那个火圈便大功告成了。

他就像一只又懒惰又胆怯的野兽,只是观望着那燃烧的火圈。如果是平常的清一郎,他只需要依仗那种决不向他人暴露真心的意识便可以战胜和逾越那火圈。

但是,他正在发笑的心灵却怎么也没有这种勇气。他在火圈周

441

围反复转悠着,嗅嗅气味,然后又懒散地卷起尾巴返回原地躺了下来,并用尽可能威严的口吻说道:

"我没有生气哟。错误归错误,也是迫不得已的。只要不再见弗兰克就行了。"

藤子的脸上明显地流露出失望的神色。

"你为什么不生气?为什么不责备我?为什么要宽恕我?"

她按照日本方式端坐在地毯上,两只眼睛中只有一只折射出壁炉的火焰,整个身体热烘烘的。

"在异乡生活,那种事往往不可避免。只要不重犯错误就得了。并且忘记它,早点忘记它。"

"但我的确犯下了罪过。你为什么不叱责我?为什么不揍我?"

如此罗曼蒂克的藤子真让人可怜,就如同一个孩子。藤子认为,只要丈夫发怒、叱责、惩罚,那么自己就能真正从孤独中被解救出来。也不知这种信念来自何处,但在娇生惯养中长大成人的女人过于把人生的期待抵押在这一瞬间里,就像占卜晴雨的小孩一样,只是胡乱地自我认定:倘若丈夫严酷地惩罚自己,自己就会摆脱孤独,否则,就会沉入比现在更难治愈的孤独中。

于是藤子的失望轻而易举地变成了恐怖。为了逃离这种恐怖。她把手伸向黑暗之中,拼命地搂住最世俗的观念不放。这是那种令人放心的、单纯的,依靠它便能解决一切的明朗的观念。

"我忘了,即使在这种时候,他也不过是一个纯粹的野心家罢了。他害怕离开我和我的父亲。他认为,因一点微不足道的小事而责备我,并破坏他自己的兴致,是不合算的。是的,肯定是如此。正如我最初所看透的那样,他是一个善良而又不好对付的人,一个在这种时候也不愿忘记自己角色的人。"

藤子这样想着，将所有世俗的卑劣归咎于丈夫，但却对自己内在的东西视而不见。她没有发现：关于丈夫在社会上、经济上都不可能离开她的这种自信，从根本上构成了她做出上述表白的那种勇气的源泉。

终于藤子的心情变得平静了。她擦干眼泪，莞尔一笑，重又恢复了她平常那种冷嘲热讽的态度。她像是在嘲笑清一郎似的说道：

"你真是个好心人。我现在才深深地体会到。"

藤子试着向丈夫表明，自己脸上所浮现出的微笑是绝对不诚实的微笑。是她在与弗兰克交往时反复练习的那种娼妇的微笑。

这时清一郎便明白了自己在刚才的那一瞬间为什么突然决定向妻子隐瞒弗兰克和吉米之间丑闻的理由。他在内心打定主意要尊重妻子这件架空的情事、架空的罪愆、架空的表白。那是妻子精心策划后制造出来的事实。从不对妻子做的饭菜品头论足的他决定也不对妻子制造的这一起情事品头论足。伤害它、打破它的幻影、将妻子推入新的令人不快的绝望中，这或许会成为一种发端，把自己精心营造的那种玻璃制的现实也毁坏殆尽吧。无论如何，他必须一直生存到那破灭的一天。

尊重他人的幻影，这是清一郎的人生训条中最重要的条文。这才是人生的第一意义，是为了在这个世上绝对不诚实、绝对不认真地生存下去的最大要谛。

清一郎再次将令人愉快的单纯和率直、明朗的声音、运动员一般迟钝的诚实等等之类的东西集于一身，开始扮演驾轻就熟的"他

443

人的角色"。"重要的是社会上的体面，"清一郎说道，"这个问题永远只作为你和我的秘密，不得向任何朋友公开。常常能够唤起记忆的，便是那些亲密的朋友，倘若只是把它作为自己的秘密，那么，记忆也就会渐渐消失的。我会主动找弗兰克谈谈，寻求他的反省。赶快找一个新的公寓吧。如果有什么的话，先住一阵子饭店也行。在住宅区那面，安静而且便宜的饭店多的是……你也要利用这个机会，抛弃那种畏首畏尾的脾性，积极地和那些讨厌的日本人交往。与其一个人呆着，不如置身于风言风语的浪涛中还少一些无聊。不久，那些风言风语听起来便像是小鸟的鸣啭了。男人都是这样活着的。"

"就按照你所说的去做吧。"藤子说道。

清一郎故意做出一副悲戚的表情。

"今晚我累极了，不知道在听了你的这一番话以后，还能不能入睡。"

在这个宛如画在画布上的模范丈夫面前，藤子重又寻回了那种从高处俯视一切的心境，对他产生了同情，以至于胸口一阵发痛。

"真是一个坏太太。在纽约的日本人太太中，我肯定是最坏的一个。但从明天开始，我会彻底改变的。今后无论干什么，我都要做一个好太太。我给你做热蛋酒吧。喝了它，身子骨会暖和的，就能睡得香甜了。"

"是吗？那就给我做热蛋酒吧。清一郎在地毯上舒展开身体说道。

尽管抱着如此潇洒的态度，但清一郎还是逐渐发现了自己所受到的伤害，这一点是确切无疑的。其证据是，他第二天便马上给镜子写了封信，把这一切向镜子和盘托了出来。

"我成了淫妇之夫，而且是一个少见的有点古怪的淫妇之夫。"

这便是他的信的启首部分。

不知为什么，他想起了自己独身时代在从公司回家的路上嫖了女人以后，在占领军拍卖的孩子气的器械上玩耍取乐的那个初夏的夜晚。为了找回那种与自身的亲密感而做出的小小尝试……但是，他善于用夸张的语言来平息自己的感情。

"无论如何，我完成了对欺瞒的服务。"

这只不过是因为他偶然地掌握了那恰到好处的最后招数而已。多亏这最后的招数，他获胜了。倘若不是这样，他是否还能如此平静呢？对此他是缺乏自信的。清一郎希冀着别人希冀的东西，别人并不总希望是淫妇之夫。

这胜利的偶然性，这种服务的侥幸成功，化作跨过某种危险桥梁后的感慨沉淀于他的心中。山川夫人给公司挂来了电话，在那个使用了"木村"这一假姓的电话中，传来了夫人毫不隐讳的声音。

夫人告诉他，星期五晚上在住宅区西面一个不太出名的饭店里举行晚会。一个名叫罗梅洛的古巴制糖商人租了饭店的第九层楼。据说邀请了大约五十人，准备在那里狂欢一场。

罗梅洛与巴基斯坦政府的要员几乎都有亲属关系，与美国资本联手经营工厂，还在哈瓦那开设了赌场，并向反政府军秘密出售武器。这些都是那天晚上清一郎在约会的酒吧里从夫人那儿听说的。

那天晚上的夫人，一反常态，像个小姑娘似的欢蹦乱跳着，惹得清一郎也有些反常地变得感伤起来，用在镜子家的那种口气把妻子的"罪过"抖落了出来。

"在纽约，有不少女人只对引诱那些喜欢男色的男人感兴趣呐。

而你的夫人却属于相反的情形,应该感谢上帝,你夫人不属于那种类型的女人。你夫人只是太过寂寞了。这就像是一种伪装的自杀,无非是为了引起你的注意。不过,既然你夫人已做出了那种事情,今晚你不也可以尽情地玩一番吗……此外再没有什么需要叮嘱你的了。是的,今夜的晚会上你最好是提高警惕,谨防钱包被扒哟。因为还有不少从哈瓦那来挣钱的不知姓名的女人。"

然后夫人突发奇想地问清一郎道:

"另外,那个叫什么来着,就是你夫人的美国人对象?"

"是弗兰克吗?"

"嗯,弗兰克。你已和他谈妥了吗?"

"第二天我找上门去好好教训了他一番。我告诉他,我还没有向妻子泄露他的秘密。他居然感激涕零。那心理可真奇妙啊。因此我威胁他,如果再对我妻子心存不轨,我就把他的秘密全部捅破。他高兴地答应我再也不干了。"

"再问一个问题,你是怎么知道他的秘密的呢?"

"来纽约后不久,因工作关系出入于公司的吉米主动来接近我。一天晚上一起喝了酒,他向我公开了自己与弗兰克的秘密,然后又开始引诱我。我当然拒绝了他。于是他说,希望我成为他的普通朋友,并答应把房间借给我。"

"哎呀,你竟然成了东方男人的魅力化身。男同性恋者对男人的性魅力比女人更有眼力,女人应该多向他们学习。女人的算计心理、浅薄的自恋使女人在男人的魅力面前变成了瞎子。结果,女人作为瞎子,什么好处也没有捞到。"

晚上九点,两个人坐出租车来到了饭店。周围一片阒寂,能看见濒临哈德逊河的滨江公园里的冬季树林。狭窄的大厅里回荡着像是被搔了痒似的女人的笑声。那笑声是从大厅一角的酒吧里传来的。

在等待电梯时，还断断续续地传来了那种女人的笑声。此外已没有任何声音，也没有客人的身影。只能看见一个意大利人模样的中年男子离开前台，到里面的办公桌前专心致志地查看着账簿。电梯中各个楼层的数字显示灯终于从十二楼下到了七楼，然后又像变了卦似的重新上升，在九楼上停了下来。

男侍者走了过来，一边用白色手套的指尖为他们俩再次摁了按钮，一边闭着一只眼睛说道：

"今晚连电梯都酩酊大醉了呐。"

在电梯中所看到的山川夫人将银色水貂皮大衣的肩部稍稍下滑着，戴了一顶与浅紫色的缎子西服同样布料的帽子，沐浴着从低低的天花板上照射下来的灯光，显得威风凛凛。她甚至将自己的一头银发也化作了服饰的一部分。看不出她现在正奔赴一个奇怪的晚会，那脸上的表情倒像是去出席一艘新造船只的下水典礼一样，显得庄严无比。

在九楼下了电梯，穿过走廊，摁响了尽头的门铃。一个在无尾礼服上配着白色领带的年迈的黑人侍者毕恭毕敬地出来迎接他们。忽然间拉丁音乐的唱片发出的噪音震耳欲聋，房间内非同寻常的酷热一下子扑击着脸颊。

房间内微微有些灰暗，但却看不出有什么特别异样的情形。罗梅洛先生走了出来，和清一郎互道初次见面的寒暄。他是一个典型的古巴人，鼻孔下面蓄着小胡子，身体肥胖，长着一双平易近人的滑稽的大眼睛。这双典型的拉丁人的眼睛随着他夸张的说话方式，不断地把眼珠子向上翻吊着。这是一双绝对不会进行思考的眼睛，他毛茸茸的手指上戴着钻石戒指，穿着古巴风格的耸肩双排扣西服。

罗梅洛先生向每个客人一一介绍夫人和清一郎时，听从山川夫人低声的暗示，把夫人叫做花子，把清一郎叫做太郎。名字什么的，怎么着都无所谓。

"这是一个什么也没有的矫揉造作的晚会。"

"现在的确如此。过一会儿你再瞧瞧，那个男人喜欢在众目睽睽之下干那种事，而那个瘦削的女人恨不得马上就脱光衣服，那个年轻的男人只喜欢五十岁以上的女人，还有那个上了年纪的肥胖的银行家，你等着瞧吧！这些装腔作势的人全都会变成禽兽呐。"

"你也是吗？"

"怎么说呢？总之，我喜欢看滑稽的东西。我是为此而来这里的。"

不一会儿，清一郎便与古巴来的混血女郎混熟了。那女人长着棕色的皮肤，一口蹩脚的英语，说是在哈瓦那的电视表演中跳恰恰舞。她的肤色具有一种干燥而沉稳的光泽，就像热带的珍贵树木。当光线照在上面时，那光滑的肌肤表面就会像涂抹了金粉一般熠熠闪光。尽管身材细长，但却让人觉得在她那比白人更紧凑的、没有斑点和茸毛的肌肤上蕴藏着太阳的弹力。头发又黑又长，一张西班牙风格的脸，尽管处在阴影中，眼睛的白色部分却不时闪闪发光。她喝的酒之多，令人恐惧。

山川夫人不停地与那个偏爱五十岁以上的女人并有些神经质的漂亮青年聊着天。尽管在多大程度上带有做戏的成分不得而知，但青年一直表现出一种胆怯的、过于谦卑的态度,脸上浮现出的微笑似乎都是在迎合对方。青年并拢细细的膝盖,不时将背头式样的又多又沉的金发戏谑似的埋入夫人的怀中,大声地笑着。当夫人与清一郎的视线相遇时,夫人的脸上确实掠过了不容置疑的友爱的微笑。每当看到这种微笑,清一郎的心中便充满了身在镜子家的安心感。

一个像是法国大富婆的女人正在讲述她新近搞到手的淫书收藏品。其中有桑·鲁克子爵夫人的《肉之花》、一八九〇年出版的《希特埃尔岛的新逸乐》,还有艾尔居尔·弗尔克兹著的法国古典淫书《阿格涅斯修女的勇气》等等。这个法国女人戴着眼镜,一副学究气,俨然以做学问的语气谈论着上述话题。后来清一郎才从山川夫人那儿得知,这个女人是一个同性恋者。

宴席逐渐混乱不堪,女人们全都无所顾忌地脱光了衣服,人们开始频繁地出入于卧室。清一郎与古巴女人一起走进了卧室,毗连着的每个房间里都有两三张床铺。房间里灯光灰暗,充满了呛人的香水味、体臭和喘息声。清一郎拽拉着女人的手到处寻找空着的床铺,黑暗中看到了无数白皙的臀部。一些臀部在剧烈地运动,另一些臀部却像死了一般沉睡着。

“快去! 快去! 就要开始了!”

清一郎被这一句日语惊醒了,睁开了假寐的眼睛。在一个房间的入口处,客人们有的赤身裸体,有的把纽扣一直扣到脖颈。装束各异的客人们你拥我挤,聚精会神地盯视着房间里面。清一郎越过山川夫人的肩膀望着室内。

两根蜡烛的强烈光线直射眼睛。只见那个巴西的老银行家两手擎着蜡烛，伫立在卧室中央。

周围的床铺上，四五个全裸的女人重叠在一起，分别从一个意想不到的地方扬起她们镰刀形状的脖子，双手拄着脸颊，瞅着老银行家的神态。老银行家一丝不挂，皮下脂肪沉稳地在侧腹上显露出肌肉的松弛，肚子可怕地向外凸出着。而且在他那白色的肌肤上一半像是浮游着似的生长着浓密的红棕色体毛。尽管光秃秃的头顶上闪烁着蜡烛的光亮，可巨大的腹部下面却被一片黑暗笼罩着。

巴西人用闪光的眼睛凝视着正对面。那儿虽然只有拥挤在房间门口看热闹的人群，但他的目光所观望的却分明不是那些人，他凝视着的是只有他自身才能看见的空间上的某一点存在。

不一会儿，巴西人那丑陋的肥胖身体一动不动地站着站着，竟然开始微微颤抖起来。腹部周围的肥肉微妙地晃动着，宛若果冻一般。随之他举着蜡烛的双手渐渐慢慢地向前方靠拢。蜡烛燃烧着，蜡滴落在手指上，耀眼的火苗从左右两侧一点点向正前方并拢。老银行家全身痉挛得更加厉害，额头上也是汗珠滚滚。眼珠子忙碌不堪地交替着向左右蜡烛的火苗嘀溜着。两个火焰终于要在男人的眼前合二为一了。但颤抖的手所支撑着的火焰却依旧动摇不止。

终于巴西人在眼睛前面将两根蜡烛合在了一起。在这一瞬间里，巴西人射精了。围观的人一齐发出"哦——"的愚蠢叫声。

幸好清一郎不是赤身裸体。他和一直整齐地穿着衣服的夫人肩并着肩，回到刚才的客厅取酒。

"怎么样，这种滑稽的节目？"

"我还不曾看过这么愚蠢的场面。"

"或许这儿是地狱吧。不过，地狱是滑稽的，滑稽得发不出笑声来。"

"夫人很讨厌严肃的东西吧。"

"即使是那个银行家，在自己的办公室里也一定会做出一副严肃的面孔吧。但糟糕的是，人们光有一张面孔是无法忍受的。即使身败名裂，也要为滑稽服务，并且心甘情愿。"

"这对于那个巴西人来说，是得以完全成为他自身的瞬间呐。要想成为自身，只有坠入滑稽的地狱。"

"谁都如此，"夫人充满自信地说道，"没有一个可以例外。"

然后夫人又发挥了她惯有的那种突然想起某个离题事件的癖好，说道：

"哦，我倒是由那个银行家想起了一件事。你知道吗？山川物产的社长昨天因脑溢血倒下了。下一任社长几乎等于已经确定，那就是你的岳丈大人。"

十

一九五六年四月初的某一天夜里八点以后，前些时候一度中断了来客的镜子家里，来了个不速之客。镜子正在照看年满十岁的真砂子温习功课。一听说来客的名字，真砂子立即欢呼雀跃着，扔下功课，飞奔到大门口。原来是夏雄来了。

夏雄身穿干净利落的灰色春季西服，系着一条显得年轻的胭脂色斜条花纹领带。头发整整齐齐地剪成后面短前面长的发型，尽管有些清癯，但脸色却充满了像过去那样的孩子气的活力。

"好久不见了。而且你也变了，给人一种随处可见的敦厚的良家少爷的感觉。"

在大门口镜子首先开口说道。尽管如此，夏雄这突然的来访还是有些出乎镜子的意料。原先在这种夜晚突然来访的客人必定是清一郎，所以，当大门的门铃响起时，镜子曾暗自猜度道：尽管不大可能，但或许是突然从纽约归来的清一郎来了吧。

真砂子缠住夏雄，一步也不离开。不过，前年夏天曾经只能抓着他裤子的真砂子现在勉强可以和他手挽手了。

"多时不见，竟然长这么大了。"夏雄快活地说着讨好真砂子的话。

真砂子始终以孩子气的娇媚回答着他。苗条的她已出落成亭亭玉立的少女了。但她却片刻也没有停止又蹦又跳。

走进客厅的夏雄环视着房间，发出了感叹：

"呀，变得真漂亮，就像是刚刚建好的新房子。"

每当遇到暴风雨就会有雨水飘进来的法国式窗户也镶上了扎实的新木框，看起来比以前更坚固更结实了。陈旧的椅子全都焕然一新，尽管墙纸的花纹与过去完全相同，但因为刚刚重新张贴过，显得异常明亮轻快。墙纸上各个地方更换画框后留下的那些令人怀念的斑痕也消失不见了。特别是这房间里夜晚的灯光看起来比以前更明亮好几倍，这是因为过去那些被香烟的烟油和灰尘污染了的枝形吊灯上的玻璃全都无一遗漏地擦拭得一干二净的缘故。

彬彬有礼的夏雄没有询问其中的缘由，所以镜子也就没有解释。夏雄在过去无数次坐过，如今却显得陌生的长椅子上坐了下来。

"还在用功呐。"他拿起桌子上的数学笔记本说道。真砂子夸张地嚷嚷着，从他的手中夺回了笔记本。夏雄的眼睛只不过是掠过了一些幼稚的数字排列而已。

"是的，正在用功呐。"镜子代替她回答道。镜子的衣着比以前显得雅致朴素了，再也不存在被人误以为是女佣或者舞女的尴尬了。或许是心理作用吧，觉得她妆也化得淡了，但这反而使镜子显得年轻了。

"纪念馆森林的樱花怎么样了？"

"如今已是满树盛开了。"

镜子站起身，打开法国式窗户的幔帐。月光皎洁，透过玻璃能看见远处森林的轮廓。夏雄避开玻璃上映出的自己的面孔，歪斜着脸,眺望着遥远森林中间巨大的樱花树上绽开着的白色繁花。那就像是在明朗的夜空下,在光洁的黑色森林的夜景上,白蒙蒙地繁殖开来的霉菌。

女佣端来了红茶和点心。真砂子一个人从厨房里拿来了白兰地酒瓶和两个酒杯。

"请随便饮用吧。"真砂子说道。

"这便是这孩子最高级别的款待了。她对别的客人决不会这样慷慨的。"镜子笑说道。夏雄暗自想,这个家庭的教育方针依旧未变。他两手摇晃着白兰地酒杯,说道:

"我今天是来告别的,不久,我就要离开日本了。"

"以前阿清也是这样来告别的,我们家就好像是一个驿站或者港口。你要去哪儿?"

"去墨西哥。不过,我不是靠自己赚的钱去,"谦逊的夏雄补充道,"老头子让我去学绘画。日本的画家应该去那种色彩亮丽的国度,大自然是比美术馆的画更好的老师。这就是我所思考的结果。"

"是吗?你来告别得正是时候,再晚两三天,也许就不能这样坐在一起静静地喝这杯告别酒了。"

夏雄这才询问其中的原委。镜子做了简短的说明:

"后天起丈夫就要回到这个家里来了。一切均已准备就绪,所有的手续都已办妥,母女俩已做好回到昔日生活的准备。丈夫派来的工匠每天都在家里修茸翻新,终于在昨天竣工了。"

"那我可不知道呐,"夏雄不胜感慨地说道,"那么,也就意味着我们的镜子之家就此完结了。"

"从后天起,这儿已不再是镜子之家了。世界上俯拾皆是的那种三口之家会在这里扎下根来,而谁都可以凭着兴趣随时光临的情形将不复存在。每天早晨,我要送丈夫去上班,送孩子去上学,然后和家长会的太太们来往应酬吧。你能想像得到吗?把我和家长会联系在一起,这样一种不可思议的事情。"

"不过,或许你有信心那么做吧?"

"信心?"镜子倦怠地说道,"不存在什么信心。或许眼下那些愚蠢而无聊的太太们会令我生气讨厌,但不久我就会变得能够忍耐了吧。依靠他人的绯闻和他人的梦想,我曾经宛如鼓满风儿的白帆一般膨胀着生活了下来,可这以后将会是风平浪静吧。船儿已听凭引擎恣意地发动,我只需做出一副佯装不知的面孔。请瞧吧,我已从病态中痊愈康复了。"

"会不会又患上了别的疾病?"

"不,我已经痊愈了。这个世界看起来是那么软塌塌的,可以变成任何东西,认为有它便存在,认为没有它便不存在——这种病态已不再属于我。这个世界就此显得坚固而扎实了。就像具有天赋的木匠所制作的烟斗一般准确规整,无论怎么摁怎么戳都纹丝不动,任何梦想都不能够腐蚀它。瞧瞧我决定从此所信奉的神明的脸吧。在他炯炯有神的红色眼睛上,一只写着'服从',另一只写着'忍耐'。他那两个巨大的鼻孔喷出的烟雾在空中勾勒出'希望'两个字眼,松弛地耷拉着的巨大舌头就像是涂抹了食用红粉一样鲜红无比,上面写着'幸福',而喉咙深处却隐现出'未来'的字样。"

"一个多么古怪荒诞的神明啊。"

"这以后三百六十五天我都要在神明前烧香供物。无论这神明多么古怪荒诞,只要他长着人的面孔便行了。如果愿意,我甚至可以在他的嘴唇上亲吻。

"所谓人生，是一种再好不过的邪教了。我决定信奉它。不想为生存而生存，骑在'现在'这匹无头之马上四处驰骋——这貌似很可怕，但倘若信奉了邪教，也就并不困难了。害怕单调、害怕无聊也是一种疾病，重复、单调、无聊……所有这一切是比任何冒险都更能让人长久沉醉的醇酒。不需要再睁开眼睛，首要的是能够尽可能长久地沉醉。这样一来，还有什么可以对酒的品牌加以抱怨的呢？"

夏雄被这种滔滔不绝的宏论所压倒了，缄口不语。好一阵子两个人只是静静地呷着白兰地酒。真砂子假装在温习数学，一边却倾听着大人的谈话。不可思议的是，如今这儿洋溢着平静的家庭气氛，再也没有丝毫以前那种嘲笑的氛围了，以致夏雄感到自己仿佛也变成了百无聊赖的丈夫那一类人。

这是一个没有春风吹来骚扰人的夜晚。每摇动一次杯中的白兰地，在圆圆的玻璃内侧便会留下透明的云朵形状的斑纹。夏雄的舌头因为这种烈性的酒而发热，似乎口腔里含满了某种在这个家中无法发出的强烈词语。尽管以前常常来这里的时候，他是一个沉默寡言、只是一个劲儿微笑的人……

再看看镜子吧。她薄薄的嘴唇和中国美人式的漂亮脸蛋依然如故，可究竟是什么改变了她的想法？这是无法得知的。结实的脖颈、丰满的胸脯也在过于明亮的灯光下，只显示出冷冰冰的学究气的素描线条一般勾勒出身体的轮廓。正因为如此，夏雄从没有像现在这样抱着执于掌心似的实感来感受过镜子的身体。

就像是为了驱赶自己的想法一样，夏雄说道：

"阿峻、阿收、阿清，他们到最后都没有信奉你那种所谓的邪教。

总之，阿清也会努力吧。他总之会努力的吧。"

"嗯，他在努力呐。他不时寄信给我，但要像他那样一直在蔑视幸福中生存，对于女人来说，是很难做到的。"

"阿峻加入了右翼的社团组织。他的确是一个真正的男子汉，只是过于男子汉了，所以才缺乏发明的才能。"

"你呀，也变成一副阿清式的口吻了。"镜子惊奇地说道。

"我也受到了各种各样的影响呗。"

"我一直认为，你是一个最难受人影响的人呐。"

"你说的是阿收吧。他从自己的肉体出发发明一切，看不见人的影子，听不见人的声音，利用自己肉体的破灭来了结了一切……全都是流弹。这是为什么？全都是流弹罢了。"

"用不着伤感，"镜子用强硬的语气说道。当她要遏止某种感慨时，她温柔的脸庞就会一下子绷紧，变得很可怕。

"倒是你怎么了？变得精神抖擞，还比以前更健谈了，又突然提起要去墨西哥。尽管我必须注意不让自己的好奇心轻易启动。但今天是最后一次了，我想问问也无妨。曾听说你正热衷于神秘的思考，那还是在去年夏天吧。那以后怎么样了？说给我听听吧。"

"我吗？"夏雄微笑了，那微笑中没有任何胆怯的阴翳。从一开始他便是打定主意要向人倾诉才来这儿的。他在长椅子上伸了个懒腰，然后躬下身体，一边用双手捧住白兰地酒杯，一边说了起来。

......

　　我之所以摆脱了神秘，究竟是因为我自己治愈了，还是被神秘抛弃了，抑或打一开始我便与神秘无缘，这些是难以说清的。

镇魂玉毫不灵验,肉体的苦行也没有带给我任何东西。惟有我的心被死亡与黑暗深深地占据了。现实世界那些明晰之物的形状没能带给我的心任何感动。

所谓神秘的魅力是难以言传的。即使向不喝酒的人传达酒的魅力,也肯定比它来得容易。其魅力首先在于它使我们抱有身处世界边缘之境的感觉。这就恰如到极地探险,征服处女峰,仿佛自己已来到了人类居住的世界的最边缘地带,正用自己的身体直接与他界联结着。一旦心中信奉神秘,我们就一口气来到了人界的人类精神的最边缘地带。那儿的景观是如此奇特,以致所有人类的东西都在自己的背后,宛若遥远都市的风景一般凝结为结晶体,看起来闪闪发光,而另一方面,在自己的前面却巍然屹立着令人头晕目眩的空无。

因为我是一个画家,所以自认为深谙这种精神边境的风物。但是,一旦画家站在那里完成了造型,便会折叠起画布,回到人们的村落。可神秘思想者们却并不因此而满足,他们最主要的工作便是进行这个世界与另一个世界的通讯联络,还有实体与虚无的通讯联络。

只要是曾经一度伫立于这个世界的尽头和精神边境的人,哪怕探险家和登山家也不例外吧,都会极其自然地感到自己是人类的代表。神秘思想者们的虔信也是与此类似的东西。因为在这种场合,映现于眼帘的人类的形象除了自己以外已别无他人。

我是一个画家,所以不把这一地点叫做灵魂,而叫做人类的边缘。倘若真有所谓灵魂这个东西,倘若灵魂存在的话,那么,它并非深深潜藏于人的内部的东西,而应该是延伸至人的外部的触手的尖端，人的最外侧的边缘，并且应该是一旦超出其轮廓和外缘，便不再成为人的那种最极限的边缘。

尽管我有一双只关注外界的眼睛，并不关注自己的内部，属于那种只被森林、黄昏的天空、鲜花、静物的美丽所魅惑的人，但为什么却陷入了神秘呢？或许上述的说明能使你明白其中的缘由吧。我向着眼前清晰可见的外界奋勇直前，沿着那条道路笔直挺进。于是，理所当然地我与神秘相遇了。在朝着外部前进的过程中，我不知不觉地来到了人类的边缘地带。

神秘思想者与理智的人在此互为表里。理智的人一旦达到这种地步，就会突然向人类世界回头顾盼。于是在他的眼里，人类世界的一切就如同小小的模型一样，俨然是一个容易解答的数学公式。世界政治的动向、经济发展的趋势、青年人的怨言、艺术的停滞等，只要是人类精神参与的活动，在他看来，都像简单的公式一样迎刃而解，含糊不清的谜语也不复存在，语言已变得过分地明晰……但是，神秘思想者们在这里却能决定性地背对人类世界，放弃对世界的阐释，其语言处处都充斥着混乱的谜语。

但现在回想起来，其实我既不是一个理智的人，也不是一个神秘思想者，而依旧是一个画家。过度的明晰抑或阴暗的谜语，两者都不属于我。当来到人类的边缘时，我即无法背对人类世界，也无法以冷嘲热讽的、冰凉而亲密的微笑回首盼顾，并凌驾于人类世界之上，而只是浮游在丢失了世界的情感之中。

我的眼睛无法集中在镇魂玉上。我战战兢兢地环顾着四周的黑暗，于是在那里，在同样的死亡与黑暗之中，看见了被丧失了世界的情感打得粉碎后漂浮游移着的无数年轻人的面孔。走到这一步的并不只是我孑然一人,其中既能看到血迹斑斑的美丽死者的面容,也能看到受伤的面孔,还能看到拼命瞪大眼睛的脸庞……

我好几次都断念了,但这整个冬天却依旧紧紧抓住神秘不放,还去了几次中桥房江先生那儿,我的身体已消耗殆尽,但并未患病,一种不可思议的生命力支撑着我。总之,或许这只是表明我年轻罢了。

自从倾倒于神秘之后,我严禁在画室中放置鲜花。我感到那色彩、那感性的气息恐怕会成为我进入神秘的障碍。

初春时节,有一天我不自觉地睡了一次懒觉。在冬季,我已让自己习惯了那种短暂的睡眠,但肯定是不合时宜的温暖制造了心灵的懈怠。从画室一隅的沙发床的白色床单上我爬了起来,这时我发现在白色枕头的旁边有一株水仙。

我刚想生气,可随即又改变了主意。枕边的水仙是如此自然地放置于那里,就仿佛是等待着我睁开睡眼。

即使我这样对你说,也无法让你理解我当时的特殊心理状态,对此你一定会嗤笑不已吧。诚然,倘若换了现在的我,也肯定会像你所想的那样,立即猜想到,那水仙是家里人故意捣蛋或者家里人好心所为。但当时的我却并不是如此想的。

在透过窗户射进来的晨曦中,我从床上欠起半个身子,静静地与枕边的水仙相对而坐。在安有隔音装置的画室里,听不见任何来自外界的声音,使我得以在完全的沉默里与晨曦中的水仙两个人单独相处。

这时我萌发了一个念头：这水仙肯定是灵界的赐物。自从去年夏天开始长期修炼以来，在某个早春的清晨，一株生机盎然的水仙竟然就这样被灵界赐予了我。看不见的花的精气凝聚在一起，以这种明了的白色花儿的形状具体地显现了出来！

好一阵子我忘我地沉湎于恍惚的喜悦之中。长时间的修炼并不是徒劳无功的。我把坚实的叶子护卫着的绿茎捏在手中，目不转睛地打量着绽开的花朵。

花儿一副清冽的模样。没有受到一点污染，一片片花瓣就像刚刚降生一般芬芳馥郁，那曾经在花蕾中被牢牢地叠合过的痕迹，沐浴着朝阳，将微妙的起伏线条准确地描摹在花瓣的表面上。这的确是一种精微的形象，使我不由得蓦然想起了宋代花鸟画高雅的写实，特别是徽宗的水仙鹌鹑图。

我毫不厌倦地一直凝视着水仙花。花儿徐徐地浸润着我的心，它毫不含糊的明晰形态就宛若弦乐器的演奏一般萦绕在我的心头。

不久我开始感到自己欺骗了自己。这果真是灵界的赐物吗？灵界的东西真的会以如此难以置信的完整形象迫近我们的眼前吗？一切属于虚无的事物难道不是在若有若无的、依靠心象的不可靠性而动摇不定的世界之中显现出来的吗？我的眼睛看见了水仙，这无疑就是一株水仙，能感到作为观察者的我与作为被观察者的水仙从属于同一个坚实的世界，而这不正是现实的特征吗？那么，这水仙花不也就是现实的花吗？

一想到这儿，在刹那间我被一种难以言传的不快所驱使着，恨不得把花儿弃掷在床上。我猛地感到那花儿是活着的。

　　……我猛地感到那花儿是活着的。这既不是普通的物象，也不是普通的形态。如果借助中桥先生的说法，或许可以说在那一瞬间，我透视了清冽的白色水仙花，从透明的花中看见了花的灵魂吧。先生会说，就像他在长期的艰苦修炼之后看到了龙一样，我看到了水仙的灵魂吧。

　　但是，我的心在此时是那么明白无误地远离了这种想法。倘若这水仙花并非现实的花儿，那么就可以想像，我是不可能如此这般地存在着和呼吸着的。

　　我用一只手拿着水仙，从床上站了起来，打开了紧闭的窗户。于是在早春的阳光中，今年第一阵和煦的春风所送来的种种气息和声音，便霍然占领了我的鼻子和耳朵。

　　因为家建在高高的山冈上，所以能远远地看见远方的百货店、大楼街，以及飘浮在空中的广告气球和在高架桥上疾驰的电车。随着风势的强弱，还能不时听见许多混杂的声响。一切看起来都像是在今天早晨被洗濯一新了。

　　我既不是在对你阐述哲学，也不是在打比喻。世上的人容易陷入这种思考之中：所谓现实无非尽是由桌上的电话、电子新闻屏、工资袋，抑或在看不见的遥远国度所展开的民族运动、政界角逐等等之类的东西构成的。但作为画家的我却从那个早晨中创造出了崭新的现实，即重新组建了现实。从根本上支配着我们所居住的这个世界的现实的东西，不是别的，而是这一株水仙花。

我发现,这白色的、容易受伤的、像灵魂一样在精神上赤裸着身体的花儿,这被坚实而整洁的绿叶所护卫着的清冽的早春之花,便是一切现实的中心,即现实的内核。世界环绕在这花的周围,人的集团、人的都市被整齐有序地排列于这花的周围。即使在世界尽头所发生的任何现象,都无不起源于这花瓣轻微的战栗。它向周遭扩散波及,然后又返回原处,再度悄然平息于这花蕊之中。

我极目眺望遥远的高架桥。一辆打桥上通过的汽车在朝阳中熠熠闪光。于是仿佛连那一辆汽车也陡然丧失了距离,被一根很短的细线与我的存在串在了一起。这也多亏了水仙。

我呼吸着庭院中清新的空气。乍一看,尚未出现绿色的苗头,但事实上树梢微微泛红的所有枯木都已经失却了冬季严酷的轮廓。这也多亏了水仙。

多么玄妙的水仙!从我无意中把它捏在手中时开始,处于水仙的延长线上的所有东西,就像是被串连在一根链条上一样,一个接一个地出现,向着我行早安礼。这就俨然像水仙的谒见仪式一般。我向与我栖息在同一个世界上、与水仙共同拥有一个世界的所有东西问了好。我曾长时间等闲视之,现在却感到难舍难分的那些同胞们从水仙背后一一露出了身影。在街上漫步的人们、提着购物袋的主妇、女学生、威武的摩托车骑手、自行车、卡车、灵巧地窜过马路的野猫、那座桥梁、广告气球、建筑群的起伏跌宕、高架铁路、遥远的汽笛、公寓窗户上晾晒的衣物、人的集团、人类的所有工件、大都会——这一切接二连三地以非同寻常的清新面貌出现在我的眼前。

我一天天地回复到现实中，从那以后到今天以精神抖擞的姿态出现在你面前为止，这两个月中所发生的种种事情，已没有详细讲述的必要吧。我已经彻底结束了以前所过的那种封闭生活。对此家人的欣慰自不用说了。我开始能够一点点地工作了，我变成了想看看更广阔的世界和未知的国度这种普通青年具有的欲望的俘虏。父亲对此大为赞同。于是我决定去墨西哥。

　　……

　　"你一副难以置信的神情呐。"夏雄笑着说道，"不过我自认为已经尽可能简明扼要地讲述了自己的真实体验。"

　　"懂与不懂你的话，并不重要，"镜子用畅快的声音说道，"重要的是，你现在精神焕发地待在这儿，这本身就是最好的证据呐。"

　　镜子从夏雄的话语中受到了一种感动。从他的叙述中，不知道为什么，镜子仿佛找到了她自己的生存方式的保证，从这个常常是温顺地微笑着而一声不吭的青年初次表现出善辩能力后那无比兴奋的脸色中她找到了一种不曾发现的共鸣。

　　在坚持女性的立场上，镜子原本就不曾做出任何让步。对所有的逻辑进行女性的融解，这正是镜子的长处。

　　"再给客人倒点酒。"她满不在乎地对女儿说道。真砂子高兴地撂下数学笔记本，给夏雄的酒杯里又斟上了白兰地酒。夏雄暗自思量着，镜子究竟几时才让这孩子睡觉呢？

　　夏雄真想在这儿一直待下去。一想到今夜是自己不久将奔赴国外，而镜子将迎回丈夫前最后的自由之夜，一种恋恋不舍的缱绻之情便油然而生，甚至越发加剧了。夏雄用醉醺醺的眼神环视着四周。于是他的眼前浮现出了昔日朋友的身影。他们各自以轻松惬意的姿态坐在了如今这些陌生的新椅子空位上，想说话时便拉开话匣子滔滔不绝，想喝酒时便敞怀豪饮，想回去时便起身离席而去，是那么随意自如。

收穿着花哨的衬衫，蜷伏在自己美貌的栅栏中，不知道在思考些什么。他一副无为的模样，呆呆地把手放在椅子的扶手上，托腮而坐。峻吉站在壁炉台旁边，从不改变他那种预备着随时有敌人出现在自己面前的紧张姿势，从他那被拳头打得扁平的脸上，一双眼睛放射出格外俊敏的光芒。而清一郎在淡雅的西服上系了一条淡雅的领带，邋遢地松开着领带的结子，一副酩酊大醉的样子，说道：

"世界不久就会毁灭。喂，我们出发吧！"

——夏雄的这种感慨很快也感染了镜子。

"你在想过去的朋友吧。"镜子说道。

"嗯。"夏雄回答道，那种诚恳的断定强烈地打动着镜子敏感的心灵。

"他就像是一个幸福的王子，一个清瘦、勇敢、深谙不幸，甚至懂得如何快活地说话的幸福王子。当然已经不是真正的幸福王子了。曾几何时他说过，自己幸福得就恍如回到了孩提时代，可那以后就再也没有那种幸福了。他会说水仙花怎么怎么的吧，可那么一株水仙花真的能够凌驾于他幼年时代的那种绝对幸福之上吗？我尚有可以教给他的东西。"

镜子马上将上述想法脱口而出道：

"去旅行是很不错的。在墨西哥有不少肤色黝黑的漂亮女人。不过，你对此早已了解吧？"

夏雄的脸一下子涨得通红，缄默不语了。与其说是镜子说的话，不如说是真砂子的态度令他感到害怕。这个十岁的小姑娘一听见母亲说的那种话，马上就从刚才还像在好好用功的数学教科书上，猛地抬起了蓄有短发的脑袋来，目不转睛地盯视着夏雄。那眼神因好奇心而潮湿得晶莹闪亮，但却充满了善意，犹如一个年长的女人一边冷眼旁观着，一边在心里安慰着年轻人，并热切地期待着答案一样。

户外已开始起风了。透过窗户能看见枝叶的摇曳。但却不像从前那样，有风雨叩打着门扉，向室内通报着外面的情形。法国式窗户也紧紧地关闭着，惟有枝形吊灯的光芒璀璨夺目，让人感到房间完全被从外界隔离开来了。

"还不了解吧？"镜子用圆润的声音说道。

"嗯。"夏雄依旧红着脸回答道。

真砂子忽然站起身，向客厅一角的唱机走去。她从橱柜里寻找着唱片，然后踮着脚把它放在了唱盘上。夏雄惊讶地数着这孩子幼小的后背上排列着的纽扣的数量。

开始响起了甜蜜的舞曲。真砂子一副大功告成的得意神情，回到了母亲的膝盖旁边。她满脸孩子气的兴奋表情，闲不住似的动来动去，把教科书、笔记本、铅笔收在一起挟在了腋下。

"要睡了吗？真懂事，快睡觉吧。"镜子说道。

真砂子来到夏雄旁边，抓住椅子的扶手，道了一声晚安。

"你得吻吻她的额头。因为这孩子在外国电影上学的，想让自己最喜欢的客人吻吻自己的额头呐。"

夏雄把嘴唇凑近她长着小小茸毛的额头，闻到了一股带着乳臭的头发气味。不料真砂子机敏地让额头避开了男人的嘴唇。当走到门口时,她又回头挥了挥手。

"再见了。请从墨西哥给我来信吧。满满地贴上漂亮的邮票哟。"

她把满头的短发往后一甩,消失在门的背后。

"干吗做出那种表情?"镜子笑着问道。

"我变得有些害怕了。"夏雄说道,他的声音难以抵抗舞曲过大的音量。

"有什么可害怕的?你很讨那孩子的喜欢呐。"

"讨她的喜欢?!"

"是的。在来我这儿的客人中,她最喜欢的便是你,最讨厌的或许是阿清吧。当然,她在这个世界上最爱的是我的丈夫,她的父亲。当她知道她父亲就要回来,她快要如愿以偿时,便一下子变得非常宽容了,似乎有些可怜起我来了。

"尽管过去我一点也不懂得那孩子的心理,可如今却算是了如指掌了。瞧她刚才倒酒的样子,放唱片的样子……显然,如今的你已经得到了那孩子的认同。否则,一听到刚才的那种话,她是很有可能出来打岔的。"

"但真砂子才十岁,对吧?"

"十岁又怎么样呢?要知道她是我的女儿呐。"镜子用一种自暴自弃的语调道出了上述可怕的宣言。

沉默了半响。这次是夏雄先开口道:

"前年的现在,大家曾一起去了箱根。"

"是芦之湖吧,并且在旅馆里……"

"在旅馆里……一想起那个晚上,禁不住觉得那是一个奇妙的夜晚……"

"总之，你是过于尊敬我了。"

这样一说，镜子突然间像获得了某种权力似的，在一只手上拿着白兰地酒杯，来到了坐在长椅子上的夏雄旁边，坐了下来。

"你说过，不戴耳环，就像是赤耳裸体一样。"

今夜的镜子没有戴耳环。夏雄以一种平静的心境，注视着女人形状姣美的耳朵，那微微泛着桃红色、因常常搽香水而散发着香味的柔和的耳朵。

不知不觉地镜子在抚摸着他头发。

"不再尊敬我了吗？这也无所谓了。因为你就要去外国了，我们再也难以见面了。"镜子说道。

"镜子居然向我坦白了！我第一次从她的口中听说了她所做的一切。我还难以相信呐。夏雄竟然和她在一起睡了觉！并且镜子还是他的第一个女人……或许镜子在最后的最后还撒了个早已编好的谎言吧。真是愚蠢！谁知道她打的什么主意，拽住我们这样不打自招？"

光子情绪亢奋地兀自唠叨着，并且像是在跟谁顶嘴似的补充道：

"还说是在前天夜里！真是愚弄人啦。还说夏雄当时感激涕零！即使愚弄人也得有个限度嘛。"

"不过，肯定不是撒谎。"好心的民子说道，"因为她从不曾撒过谎，而且她之所以告诉我们，是因为她信任我们。在丈夫回家前两天，才第一次发生那种事，一旦被人知道，不是也很尴尬吗？更何况是在她丈夫动用侦探调查，证明镜子是一个光动嘴巴，而实际上很守贞操的女人，并且就要回到那个家里的前夕。"

光子和民子走出镜子的家，在通往车站的狭窄道路上一边走着，一边热烈地交谈着，以致好几次停下了脚步。光子的语气里充满了难以抑制的愤懑，可民子却一如既往，采取了无动于衷的说话方式。而这更是惹得光子心烦意乱。

在和丽的阳光中，在行人稀少的大街上，盛开的樱花枝头从巨大宅邸的墙垣中伸了出来。尽管没有风，花儿却凋零了，飞舞着落在了两个人的头发上。不知从什么地方传来了练习钢琴的声音。走了不一会儿，两个人便身体发软，汗流浃背。民子这阵子开始发胖了，尽管觉得只有自己受到了自然的不公平待遇，但却从不节食减睡。也不对自然发出什么积极的抱怨。相反光子却瘦了，本来就有些黝黑的肤色更是加深了色彩，在她有些下垂的大眼睛下面，增添了无数的小皱纹。但光子却为自己可以开始穿紧身衣而暗自高兴。

总之，她们俩对自己都没有什么特别的不满。光子穿着有些素雅的绿釉陶色的衣服。而民子则穿着比季节大约早了两个月左右的印花连衣裙。

尽管她们俩就这样谴责着镜子眼下的情事，但事实上却是因为别的事情被伤害了自尊心。今天，她们俩像往常那样，为了换换心境，相互邀约着带上简单的礼品突然造访了镜子家，自以为不仅能够受到一如既往的欢迎，甚至还能在这里寻得新的男朋友，谁知镜子只是冷淡地接待了她们，并突然说道：

"你们来得可真不是时候。"

尽管如此，镜子还是让她们进了家里。而且扬言道，不到一个小时，丈夫就要回来了。所以必须在此之前请她们回去。两个人大吃一惊。这时，镜子又不打自招地道出了自己与夏雄的情事。

回去时更糟糕。送到大门口的镜子对她们过去诚挚的交往深表感谢后，用一种婉转的方式请求她们今后再也不要在她家随便出入了。

——随着她们逐渐走近车站，就连好心的民子心中也点燃了对镜子的怒火。

"她泰然自若地背叛朋友。打一开始我就认为镜子是一个绝顶冷酷的人。"

"你胡说。你会有那种看穿人的眼力吗？你被镜子巧妙地拉拢了过去。"光子用恶毒的语气说道，而民子竟毫不生气地表示着赞同。

两个人按照平常心情糟糕时的惯例，一致认为，只要一到银座那家常去的美容院，心情就会好转吧。当走到信浓町站前的广场上时，她们到处寻找着出租车，可今天就是没有。

桥对面的外苑森林平添了几分绿色。在横跨铁轨的高架桥上有一群穿着少见的土黄色制服的青年。在他们中间插着几面旗帜。从他们那土黄的胸部露出的黑色衬衫和黑色领带给那群人增添了一种不吉利的阴森感。

"没准有某个皇族从这里通过吧。不少警察正聚集在那儿呐。"民子说道。

光子没有理睬民子这种愚蠢的错觉，兀自让目光从那些穿着威严而残忍的鸟类般制服的年轻人群中一一扫过。每个人都长着一副充满肉体力量的漂亮面孔，光子为自己从未与身穿制服的男人一起睡过觉而深感遗憾。

不久，那些在桥上商议着什么的青年们突然向周围四散开来了。不少人成群结队地向车站方向走去。民子从中认出了一个向这边走来的年轻人，大声地叫喊起来：

"阿峻！那不是阿峻吗？"

光子一听说是峻吉，顿时感到自己的幻想被猛然打破了。但是在穿着制服的峻吉脸上，洋溢着粗鄙而生动的精力。那粗糙得几乎要胀破制服的身体耸立在两个女人面前，就宛如用整个身体在命令着某件屈辱的事情一般。

"那制服是怎么回事？"

"是尽忠会的制服。"

"尽忠会是什么？"民子问道。

"你们是无需知道的。"

峻吉说，他这正要去镜子家。光子和民子费尽口舌来阻止他。峻吉终于屈服了，但对她们一起去银座的邀请也当即拒绝了。

"我还是和同伴们一起回去吧。"

他追逐着正通过检票口的那些身穿制服的人，背对着她们跑走了。

"真冷淡呀。"民子说道，"介绍两三个朋友给我们有多好。带上那些身穿古怪制服的家伙一起去玩，肯定会很愉快吧。"

这时，一辆出租车徐徐开到了这两个打扮得入时而娇艳的客人身边。她们俩无可奈何地坐了进去，告诉司机去银座的美容院。

……镜子没有搭理从学校早退回来待在一旁的真砂子。她坐在宽敞的客厅中央的长椅子上，一边瞅着时钟，一边好几次回头看着通往大门口的那扇门。

已经早早超过了约定的下午三点。也许是时针快了吧。一切都已修复完毕，惟有习惯于无秩序生活的时钟忘了拿出去请人修理。

"是该来的时候了。"

镜子这样对真砂子说，已经不知道是第几次了。恰好这时听到了汽车碾过门内的鹅卵石开了进来的那种清晰无比的轰鸣声。镜子牢牢地拽住了想要飞奔出门的真砂子。

"我说了多少次了，就在这儿等着。在这儿迎接父亲，对他说：'您回来了！'"

这是镜子那种矜持的残余，是她最后应该表现出的自尊心的残余。为此她特意选择了背对门口的长椅子，想在确定了丈夫走进家门的脚步声后，再慢慢站起身，回过头去迎接丈夫。

大门打开了。随即客厅的门被人用可怕的气势打开了。镜子惊异于那气势，不由得回头望了望门边。

七只狼狗和大猎犬同时被解开了锁链，从门口一齐拥了进来。周围响起了狗的咆哮，于是，宽敞的客厅很快便弥漫着狗的气味了。

图书在版编目（CIP）数据

镜子之家/（日）三岛由纪夫著；杨伟译.
—上海：上海译文出版社，2011.4（2023.8重印）
（三岛由纪夫作品系列）
ISBN 978-7-5327-5338-3

Ⅰ.①镜… Ⅱ.①三… ②杨… Ⅲ.①长篇小说-日
本-现代 Ⅳ.① I313.45

中国版本图书馆CIP数据核字（2011）第021735号

KYOKO NO IE by MISHIMA Yukio
Copyright © 1959 HIRAOKA Iichiro
All rights reserved.
Originally published in Japan
Chinese (in simplified character only) translation rights arranged
through THE SAKAI AGENCY.

图字：09-2008-490号

镜子之家	[日]三岛由纪夫　著	出版统筹　赵武平
鏡子の家	杨伟　译	责任编辑　刘　玮
		装帧设计　柴昊洲

上海译文出版社有限公司出版、发行
网址：www.yiwen.com.cn
201101　上海市闵行区号景路159弄B座
上海信老印刷厂印刷

开本 890×1240　1/32　印张 15　插页 2　字数 270,000
2011 年 4 月第 1 版　2023 年 8 月第 4 次印刷

ISBN 978-7-5327-5338-3/I·3086
定价：58.00 元